劍羚與秧雞

ORYX AND CRAKE

Margaret Atwood

瑪格麗特 · 愛特伍———著　韋清琦 袁霞———譯

獻給我的家人

我也許可以像其他人那樣用奇談怪事來使你們吃驚不已，但我寧願以最簡單的方式和風格來平鋪直敘；因為我的目的是要增長你們的見識，而非博君一笑。

——喬納森・史威夫特，《格列佛遊記》

那時是沒有安全感嗎？不可能領悟世界的生息之道嗎？沒有引領，毫無遮蔽，而一切又都是奇蹟，都從那塔尖迸發到空中了嗎？

——維吉尼亞・吳爾芙，《燈塔行》

目次

序言

「《劍羚與秧雞》（*Oryx and Crake*）？什麼意思？」我把剛完成的小說的標題告訴出版社，他們這麼問我。「劍羚和秧雞是兩種在小說的背景時代已經滅絕的生物名稱，也是主要人物的名字。」我這麼回答。「但小說一開始，牠們都死光了。」出版社的人說。「這正是故事的重點，起碼是重點之一。」我說。（有一點我沒有提起，這個標題聽起來很像池塘青蛙在唱歌，你不妨念三遍看看，Oryx oryx oryx, Crake crake crake，像吧？）

由於還是說服不了出版社，我便告訴他們，R、Y、X和K是力量型字母，包含所有這些字母的標題不可能沒有優點。他們相信我的說法嗎？這就難講了。

不過，直到今日，《劍羚與秧雞》仍然是這部小說的名字。

這也是我寫的兩部最有可能成為青少年教材的小說之一，顯然老師回應了這些神奇字母的力量，或者回應了某樣東西。

除此之外，《劍羚與秧雞》是我第一部從頭到尾都有男性敘事者的小說，因此也是當時唯一的一部。沒錯，我厭倦了別人問我為什麼「老是」描寫女人。我並沒有總是描寫女人，但這部小說的確是一塊獨自屹立的磐石。此書一出版，性別文學批評的公理就應驗了，馬上有人問我為什麼不用女性敘事者。沒有人能做到完美。

故事是這麼來的。二〇〇一年三月，我開始寫《劍羚與秧雞》，當時我人在澳洲，剛剛結束了上一部小說《盲眼刺客》（*The Blind Assassin*）的新書巡迴發表會。接下來有幾天時間，我去阿納姆地區的季風雨林賞鳥，還參觀了幾個開放洞穴群，原住民在那裡與環境和諧相處四、五萬年，文化從未改變。

看過洞穴後，我們的賞鳥團去了葛雷葛利（Philip Gregory）的食火雞之家，就在凱恩斯附近。即使在那時，愛鳥人士和自然主義者就有這樣的習慣，這個習慣其實已經數十年了：我們會不自覺討論起自然界的高滅絕率，滅絕率之所以高，那是因為人類正在加速改變這個世界。食火雞——看起來像藍色、紫色和粉紅色恐龍，用一隻爪子就能把你開膛破肚，非常厲害，只是不會飛——牠們還能存在多久？幾隻食火雞在食火雞之家的院子遊蕩，吃著香蕉切片，吞食那些不明智留在窗台冷卻的餡餅。在矮樹叢中亂竄的紅頸秧雞呢？牠們還能存活多久？我們的普遍看法是：不會太久。

那麼現代人呢？我們這個物種是否會繼續破壞我們從中誕生且繼續維持我們生存的生物系統，因此保證這個生物系統將會快速走向滅亡？還是它會停下來想想它的魯莽行為，設法徹底改變呢？它能不能走出自己的發明所造成的困境呢？或者開發出自我毀滅的生物技術手段——也許是藉由一種經過精心改造的超級病毒——還發現了改變人類基因的方法，於是決定用某慈善家或是某一心改善世界之瘋子設計出的人類來取代自己？新版本的人類更善良，更知足，也沒那麼凶猛好鬥。我們之中會不會潛伏著一位先知或瘋狂的科學家，準備要按下重置鍵呢？

在食火雞之家陽台觀看紅頸秧雞時，《劍羚與秧雞》的寫作計畫幾乎完整呈現在我眼前，我從那天晚上開始做相關筆記。上一部小說才剛完成，立刻接著開始另一部，我覺得太累了，但當故事吵吵嚷嚷希望引起你的注意，你是推遲不了的。

每一部小說在作者的生活中都有一個漫長的前奏——她或他所看到的、經歷的、讀到的和思考的——《劍羚與秧雞》也不例外。很長一段時間以來，我一直在思考反烏托邦的「如果」情節以及物種滅絕。我在科學家之中長大，我的童年跟著野外生物學家一塊度過，近親中有好幾個科學家，在每年的聖誕團圓晚宴上——我們不切火雞，我們解剖火雞——餐桌的主要話題可能是腸道寄生蟲或是老鼠性激素，更為晚近的這些年，我們聊的會是CRISPR基因編輯工具問世了，因此有人開始考慮《劍羚與秧雞》中出現的「基因精靈」的商業投機活動。我的休閒讀物可能是古爾德（Stephen Jay Gould）或《科學人》（*Scientific American*）一類的科普書籍，部分原因是為了能夠跟上家人之間的對話。

所以我多年來也保持著剪下報紙最後幾頁的小文章的習慣，我警覺地注意到，十年前被嘲笑為偏執幻想的趨勢已經變成可能，然後變成了現實。《劍羚與秧雞》也是如此：讓豬長出人體器官，在我寫這本書時，那只是一種可能，現在已然成了現實。「沒頭沒腿雞」在當時是一項發明，但「人造肉」如今已經進入了我們的生活。貓咪打呼嚕的自我修復功能，這一門科學在我寫這本書的時候還處於初級階段，現在已被廣泛接受。然而，還有更多的發現和發明正在發展中。

但是，哪一個會先到達——是生物技術、人工智慧和太陽能的美麗新世界，還是生產這些技術並使之成為可能的高科技社會的崩潰呢？生物學規則和物理學規則同樣無情：沒有食物沒有水，你就會死，沒有任何動物能夠耗盡資源基礎還盼望能夠活下去。人類文明也受制於同樣的法則，氣候變化造成的災難已經在我們中間造成一定程度的浩劫。

和《使女的故事》（*The Handmaid's Tale*）一樣，《劍羚與秧雞》是一部推想小說（speculative fiction）——繼承了歐威爾（Orwell）的《1984》的風格，而非如H．G．威爾斯（H. G. Wells）筆下的傳統科幻小說如《世界大戰》（*War of the Worlds*）：故事中沒有星際旅行，沒有瞬間移動，也沒有火星人。也如同《使女的故事》，它所創造的一切，皆是我們已經發明或正在發明的東西。每一部小說都是以「如果」起頭，接著闡述它的原則。《劍羚與秧雞》的「如果」很簡單：「如果我們繼續走我們正在走的路，那會怎麼樣？」斜坡有多滑？我們的得救之道是什麼？誰有意志來阻止我們？我們是否能夠靠著生物工程逃脫我們似乎已經啟動的大災難？

《劍羚與秧雞》是一部逗笑作品，充滿了趣味和歡樂。在故事中，人類幾乎都被消滅了，消滅之前，人類分裂成兩邊，一邊是科技官僚體系，一邊是無政府狀態。但還是有一線希望：有一群準人類，他們經過基因改造，所以永遠不會罹患困擾現代人的病痛。換言之，他們是經由名師設計出來的人類。但是，從事這種設計的人——我們正在做這種事，這種事我們會越做越多——必須要問：在被改造的人不再是人類之前，我們在改造領域會走到多遠的地方？我們的哪些特點是我們存在的核心？

這些名師設計的人類（故事中稱為「克雷科人」），具有幾項我自己都不介意擁有的配置：內建驅蟲劑、自動防曬霜、像兔子一樣消化樹葉的能力。他們不需要衣服，不需要農業，也不需要土地種植食物和織物材料，因此他們不會為了領土而發動戰爭。

他們也有一些確實可以改進的特點，儘管我們大部分人不會喜歡這些改進，包括如多數其他哺乳動物的季節性交配，在交配季節，他們身體某些部位會變成藍色，就像狒狒一樣，所以不會再有求歡遭拒或強姦的情形。人人都有性行為，為了增添一點浪漫色彩，雄性克雷科人會唱歌跳舞來求愛。許多動物有這類的行為，我最喜歡的是蠹蟲：如果雄蠹蟲的舞蹈被雌蠹蟲所接受，雄蠹蟲就會給雌蠹蟲一個精囊，故事就此結束。我告訴我的會計師這件事，他說：「我有很多客戶會很想這麼做。」

雄性克雷科人還會贈送鮮花，就像雄企鵝送石頭給雌企鵝一樣。在澳洲觀察了一些園丁鳥後，我曾經想加入園丁鳥的特徵，但加入會讓故事變得更複雜，而且涉及到雄性競爭——這是克雷科希望消除的競爭——所以就放棄了：雄性克雷科人不會像園丁鳥那樣互相偷取藍色的塑膠衣架，但克雷科人會像貓一樣成群結隊地做愛，所以不會焦慮誰才是真正的爸爸。

克雷科人愛好和平，性情溫和，茹素，而且善良。唉，我們碩果僅存的現代人（名叫吉米）覺得他們無趣至極。人類畢竟是愛講故事的動物，我們對於戲劇情節有著致命的迷戀。

許多不同的力量同時出現時會出現「完美風暴」，人類歷史的完美風暴也是如此。小說家麥克勞德（Alistair MacLeod）說得很好，作家寫的是他們所擔心的事情，而《劍羚與秧雞》的世界正是我目前所擔心的。這不只是我們的創造可能會危害我們自身的問題——大多數人類發明都是中立的工具，負面和正面的道德影響來自於我們的使用，其中一些使用值得稱讚；儘管如此，即使是「好」的發明，也可能帶來意想不到的後果。降低死亡率卻不增加食物供應，將會引發饑荒、社會動盪和戰爭，沒有一次例外。

小說不提供答案，答案就留給指南書吧，不只如此，小說反而還要提出問題。以下是《劍羚與秧雞》提出的一些問題。

第一個問題大概會是「我們能信任自己嗎？」無論科技發展到多高的境地，現代人的內心深處仍舊是數萬年來的樣子——同樣的情感，同樣的想法，同樣的好、壞和醜陋。我們人類什麼人都有。

但要是我們可以消除壞的和醜的部分，我們會怎麼做呢？結果還算是人類嗎？如果這樣的生物沒有攻擊性，少了殺戮本能，就像史威夫特（Jonathan Swift）在《格列佛遊記》（*Gulliver's Travels*）中描述的高尚的馬「慧駰」（Houyhnms），他們難道不會像十六和十七世紀許多加拿大原住民，遇上歐洲人之後，結果迅速滅絕嗎？我們當中有人相當善良、相當正派，就像格列佛本人一樣——就像《劍羚與秧雞》中的吉米一樣，這就足夠了嗎？吉米有一顆「善良的心」，我們的善心足以拯救我們嗎？還是我們仍需要別的東西呢？

今日，我們越來越有能力創造新的、更美的、在道德上更勝一籌的人類典型，要保護這個典型，也為了保護我們自己正在火速破壞的生物圈，難道我們不需要摒棄我們現在的人類典型嗎？你一定會有這樣的想法。

克雷科也是這麼想，而且他付諸了行動。

瑪格麗特・愛特伍

（序言譯者為呂玉嬋，《瘋狂亞當三部曲》第二部《洪水之年》譯者）

導讀一

邁向美麗新世界？

單德興

故事開始時，已是「無水之洪」（the Waterless Flood）浩劫後，整片大地唯一倖存者似乎只有「雪人」吉米，而他觸目所及則是一片奇異景觀：氣候劇變與嚴重污染下的景色，綠兔子、器官豬（pigoon）、狗狼（wolvog）等基改動物，以及一群把他奉為先知般崇拜的新人類（克雷科人）。加拿大國寶級作家愛特伍（Margaret Atwood, 1939- ）以如此詭異、驚悚的末世畫面與後人類景象，揭開《瘋狂亞當三部曲》（*The MaddAddam Trilogy*）的序幕。雪人吉米是何許人？「無水之洪」是何種浩劫？基改動物從何而來？為何會出現一群長相奇特、性情溫和、素食維生、不畏蚊蟲與紫外線、不知貪婪和嫉妒為何物的人造人？這些在在勾起讀者的好奇，想一探究竟。

高齡八旬的愛特伍，是位早慧且充滿創意與能量的作家，自幼喜歡與家人說故事，博覽群籍，★年紀輕輕便決心以寫作為志業。一九六六年以第二本詩集《圈戲》（*The Circle Game*）獲得加拿大總督獎，聲譽鵲起。她長年勤於創作，多方位發展，除了詩、短篇小說、長篇小說、兒童文學、圖像小說、電視劇本、音樂劇、歌劇、電子書、有聲書，也出版散文、評論集、文學演講集，並編選詩集與

★參閱《與死者協商：瑪格麗特・愛特伍談寫作》（*Negotiating with the Dead: A Writer on Writing*）的參考書目與索引（即將由漫遊者文化出版）。

短篇小說集。一些作品也被改編為電影或電視劇，甚至自己客串演出。二〇〇〇年以《盲眼刺客》（*The Blind Assassin*）、二〇一九年以《證詞》（*The Testaments*）兩度獲得英國布克獎（Booker Prize），作品被譯為數十種語言。榮譽學位與其他榮銜不勝枚舉，包括美國人文與科學院外籍榮譽院士（1988），也曾於一九八四至八六年擔任加拿大筆會會長。愛好自然和動物的她與伴侶、小說家吉布森（Graeme Gibson, 1934-2019）同膺國際鳥盟稀有鳥類俱樂部榮譽主席。

此外，愛特伍堅持言論自由，經常針對政治與社會議題發表意見。筆者撰寫本文的當下，她為了抗議日漸緊縮的言論空間，面對禁書、甚至焚書的威脅，特地製作防火材質的限量版《使女的故事》（*The Handmaid's Tale*，加拿大總督獎與亞瑟．克拉克最佳科幻小說獎得獎之作），在企鵝藍燈書屋YouTube影片中，只見白髮蒼蒼的她手持火焰噴槍，煞有其事地噴向自己最常遭禁的這本防火書，其特立獨行、既幽默又嚴肅的行徑可見一斑。

前後歷經十年出版的《瘋狂亞當三部曲》，在份量與內容上可謂愛特伍最可觀之作。首部曲《劍羚與秧雞》（*Oryx and Crake*, 2003，又譯《末世男女》）透過男子雪人的角度，觀看無水之洪過後的廢墟世界，探索大難發生原因，結束於他帶領一群人造人前往海邊，探尋是否還有其他劫後餘生的人類。第二部《洪水之年》（*The Year of the Flood*, 2009，又譯《洪荒年代》）的時序約與第一部平行，從無水之洪中意外倖存的兩位女子桃碧與芮恩的角度，述說她們在浩劫前後的驚險遭遇。第三部《瘋狂亞當》（*MaddAddam*, 2013）主要從一男（澤伯）一女（桃碧）的角度，接續並補充前兩部未盡之處，也把整個故事推展到匪夷所思又發人深省的地步。

作者藉由豐富的想像，純熟的技巧，交織出細緻的情節，彼此穿插的人物，呈現出一個既亙古如《聖經》、又奇異如幻想的重要主題：如何使墮落、惡化的世界再次啟動、重新開始？遠古時期的大洪水與諾亞方舟，是大家耳熟能詳的聖經故事，科技昌明的二十一世紀有什麼對應的版本？地球上的人類能另啟生機嗎？或者，反過來說，已被人類占地為王、開腸破肚的地球，在什麼情況下可能獲得新生？

愛特伍特地拈出「推想小說」（Speculative Fiction，郭強生用語為「科推小說」）一詞，以示與「科幻小說」（Science Fiction）之別。在她看來，科幻小說不乏超乎目前科技所及的幻想成分，如火星人、星際旅行等；推想小說則根據現實已有或明顯在望的科技，推想可能發生、甚至已經發生的現象，如生物工程、基因改造、人造病毒等。《瘋狂亞當》的謝詞中便說，此書雖為「虛構的作品，但並不包含任何不存在、不在製造中，或理論上不可行的科技或生物體」。愛特伍在代表作《使女的故事》中描寫未來的基列國裡，掌政教大權的男性如何剝削女性，視使女為「只是長著兩條腿的子宮」之生育機器。書中使女的白帽紅衣，如今甚至成為女權運動者集會時的穿著，可見其作品之深入人心、呼應社會脈動。而篇幅最鉅、最具雄心的則是《瘋狂亞當三部曲》，其中的假設便是：「如果我們繼續走我們正在走的路，那會怎麼樣？」

《瘋狂亞當三部曲》一方面訴說充滿想像、創意卻又駭人聽聞的故事，另一方面引領讀者觀照身處的世界，並推想可能的未來，重要主題之一就是「存活」（survival）。愛特伍的父親是森林昆蟲學家，她自幼在魁北克森林中長大，存活是性命攸關之事，正如她接受《巴黎評論》（*Paris Review*）訪談時表示，存活「打一開始就是我生命的一部分」。這也是愛特伍心目中加拿大文學的重要議題。她的第一本文學評論《存活：加拿大文學主題導引》（*Survival: A Thematic Guide to Canadian Literature*, 1972），主張文學對國族認同扮演著舉足輕重的角色，而加拿大認同必須著重在地。★而在新千禧年出版的三部曲

★此說法一如她就讀的多倫多大學教授、國際聞名的文學批評家佛萊（Northrop Frye）的主張：「現實的中心就在你所在之任何一處，圓周則是你想像力可及的範圍」（轉引自《與死者協商》）。

處理的不只是「無水之洪」後舊人類的存活，更是倖存者與新人類如何在浩劫後的地球繼續存活。換言之，「存活」涉及愛特伍個人的生命經驗、文學見地、國族認同以及人類/地球未來。

地球之所以遭逢無水之洪，遠因和近因都與人類有關。遠因就是人類世（Anthropocene）的出現，號稱萬物之靈的人類逐漸在地球上取得主控權，尤其是工業革命以來對大自然需索無度，導致資源枯竭、生態失衡。近因則是資本主義橫行，跨國公司為謀取最大利益罔顧企業倫理、社會公義，導致道德淪喪、貧富懸殊，以致物極必反。

書中有人組成宗教性組織「上帝的園丁會」（The God's Gardners），宣揚環保理念，友善動植物，回歸自然生活。但也有極端分子如科技天才葛林/克雷科（其在網上互動遊戲「大滅絕」代號為「秧雞」），對現有世界絕望，決定以人造瘟疫消滅舊人類，並透過基因技術製造出和善、無害地球的新人類，大破大立，企圖讓地球重獲生機。此情節正切合比爾．蓋茲（Bill Gates）警示當今人類面對的兩大威脅：極端氣候變遷與生物恐怖主義。這些對人類中心論（Anthropocentrism）的批判，以及對地球永續發展的關切，具見於愛特伍長年對自然生態與動物權的重視。

《瘋狂亞當三部曲》為反烏托邦（dystopia）的文學傑作，延續了扎米亞京（Yevgeny Zamyatin）的《我們》（*We*, 1924）、赫胥黎（Aldous Huxley）的《美麗新世界》（*Brave New World*, 1932）、歐威爾（George Orwell）的《一九八四》（*Nineteen Eighty-Four*, 1942）的傳統，並根據今日的科學條件，推想人類的前途與地球的未來。書中科技與醫藥的創新，表面上是增進眾人（其實是付得起的消費者）福祉，實際上卻是貪圖背後龐大的利潤，甚至使出見不得人的卑鄙手段，掩飾可能的副作用。意圖揭密者或遭到公司逼迫、殺害或「被自殺」。同業之間充滿爾虞我詐，挖角、刺探、綁架，無所不用其極。換言之，科技進步未能維護人類福祉與自然環境，反因人性險惡（或動機良善卻手段殘忍），導致眼前人類浩劫，未來卻在未定之天。

與此相關的則是全球化及其危機。科技進步，交通發達，使得全世界的人流、物流、金流更為頻繁緊密，形成命運共同體。若被有心者利用，影響更是迅速且廣泛。最具體的事例表現於利用行銷全球的喜福多藥丸，暗藏定時病毒，同時爆發，連海島臺灣都未能倖免於此無水之洪：「我聽到新聞，之前一直在報導的小流行病疫情反常，本來是可以控制的區域性爆發，現在成了緊急危機事件。他們放了一張全球地圖，疫情嚴重的地區亮著紅燈：巴西、台灣、沙烏地阿拉伯、孟買、巴黎、柏林。」（《洪水之年》，頁二八六）。書中描繪的「全球一命」情景，在新冠疫情爆發後更令人感同身受。

上述的嚴肅主題透過作者高超的技巧，結合不同的文類，包括說故事、佈道詞、讚美詩等，令讀者不忍釋手。創意之大者如主題呈現，情節安排，人物塑造；小者如一名之立，自創新字以形容基改動物，如MaadAdaam是左右讀來完全一樣的回文（palindrome），在在顯示出作者的巧思。而中譯本文字流暢，譯註仔細，則具現了譯者們的用心。

至於此書指涉的互文，可視為致敬之作，從《聖經》、希臘羅馬神話、莎士比亞，到現當代文學，都可找到相應之處。最明顯的便是首部曲題辭引用史威夫特（Jonathan Swift）的《格列佛遊記》（*Gulliver's Travels*, 1726）以明志：「我也許可以像其他人那樣用奇談怪事來使你們吃驚不已，但我寧願以最簡單的方式和風格來平鋪直敘；因為我的目的是要增長你們的見識，而非博君一笑。」這不禁讓人聯想到大人國國王對人小鬼大的格列佛所說的話：「你的國人中，絕大多數是大自然有史以來容許在地面上爬行的最惡毒、最可憎的小害蟲」（《格列佛遊記》第二部第六章），或可反映作者對人性險惡及人類中心論的批判。

總之，愛特伍透過閱讀、體驗、深思與推想，以生花妙筆呈現人與自己、他人、社會、科技、環境的關係以及可能的未來情境。《瘋狂亞當三部曲》尾聲，舊人類與新人類結合，可能孕育出什麼新人種？學會文字記事，對新人類是福是禍——從此進入有文字的文明，抑或人生識字憂患始？無水之洪過後，是邁向美麗新世界，抑或重蹈覆轍，如劍羚與秧雞般滅絕？而作者愛特伍，是揭示未來的先知，抑或預言為人漠視的卡珊卓（Cassandra）？這一切，都有待讀者的尋思與時間的驗證。

二〇二二年五月三十一日，台北南港

（本文作者為中央研究院歐美研究所特聘研究員）

導讀二

多重宇宙的永劫回歸——另一個平行時空中人類文明毀滅的故事

郭欣茹

前言

瑪格麗特．愛特伍為加拿大及北美文壇極負盛名的小說家兼詩人，透過融合不同文類的敘事風格，凸顯當代前沿議題。從早期關注女性主義與生命治理，到近期的生態環境論述、人類世、生物醫學科技與後人類的倫理辯證等預視未來社會的警世寓言，作品力道強勁震撼人心。例如廣為人知的《使女的故事》中全景敞視的監視型社會、對女性生殖之生命治理以遂行社會控制等可能發生在真實世界的情節。而近期受到廣泛討論的《瘋狂亞當三部曲》：《劍羚與秧雞》（*Oryx and Crake*, 2003）、《洪水之年》（*The Year of the Flood*, 2006）及《瘋狂亞當》（*MaddAddam*, 2013），是愛特伍歷經十年創作完成。第一部作品《劍羚與秧雞》出版於二〇〇三年，恰巧是SARS蔓延之時，迅速成為當時北美暢銷小說之一。時隔近二十年後的今日，當Covid-19仍威脅全球的此際，本書依然寓意深遠。此三部曲是愛特伍對於生物醫學與基因科技過度發展所進行的反思與批判，小說中的情景如既視感般地鋪展出人類社會的現況。誠如愛特伍曾言及她的作品不該被歸類為科幻小說（science fiction）而應當是推想小說（speculative fiction），因為她所關照的對象與議題是現在人類的生存景況，是具備事實基礎的推想而非空泛的想像。

《瘋狂亞當三部曲》起始於人類文明滅絕於人造病毒瘟疫後的荒蕪，交叉書寫不同角色的敘事觀點，回溯病毒全面擴散前的過往，漸次拼攏出人類如何行至當下廢墟般的現實世界，以及基因改造的新人種克雷科人如何開啟另一文明起源的可能性。第一部作品《劍羚與秧雞》探討生物資本主義過度發展、基因科技濫用、階級分化加劇、性別奴役、以及記憶與現實交錯的末世景象。《洪水之年》則描述被貪婪企業摒棄的弱勢平民倖存者、以及力抗科技企業化治理名為「上帝園丁會」的環保宗教組織，如何生存於人工病毒肆虐後且舊時代文明已不復存的世界。最後《瘋狂亞當》收攏起平行互文的情節，關注末日瘟疫後的世界如何重新創建，也將三部曲的眾多敘事觀點進行串接。

《劍羚與秧雞》：生物資本主義與現代普羅米修斯

第一部作品體現了基因科技所呈現的當代焦慮與失序。克雷科是一位具有偏激理想的極端環境主義者、甚或是生態法西斯科學家，他相信自己有充分理由創造嶄新世界，透過「無水之洪」變種人工病毒的瘟疫擴散，毀滅當下醜陋現實：企業財團壟斷經濟、生物資本主義的霸權、猖獗的性奴役、醫療化與商品化的基因工程發展，種種造成人類階級劇烈分化的罪惡。因此神諭般的天譴，被以人為的病毒瘟疫實踐。而創世的隱喻呼應著西方人文傳統中，人類是否跨越自然倫理的極限，而自詡為造物者的母題思考。基因改造科技像是伊甸園中知識的禁忌之果，克雷科書寫了他自己的創世紀，毀滅與創生卻如同兩面刃互相依存，以致命的人工變種病毒造成大滅絕，再創造新人類「克雷科人」的美麗新世界。

小說中生物醫學與基因工程毫無節制的發展成為一種科技宰制，基因編輯技術的濫用已然逸出人類倫理，造成物種間疆界遭破壞殆盡，基因科技與過度醫療化當道致身體成為資本的現象所形成生物資本主義（biocapitalism），而企業公司治理政權（corporate regimes of governance）進行的身體監控與治理技術，亦重新定義了生命政治。故事中出現在大街小巷的廣告標語、置入性行銷等文字符碼，造成從個人到集體對於俊美外貌、高智商、健康等被植入的意識形態產生認知偏差，透過基因科技，可以針對不完美的「偏差」進行「矯正」，正是預視了一個過度濫用醫療基因科技而改變了生命正常過程的醫療化社會。

資本主義的過度發展也使得國家機器由企業財團把持，社會人口組成被嚴重階層化，分裂為高科技人才和平民兩個階級，世界被一分為二：富人與高科技菁英人才居住在戒備森嚴、配備保全部隊、安全的公司園區（compound）裡，而一般人則居住在龍蛇雜處、危險混亂的平民區，統稱為「雜市」（pleebland）。極端的階級概念讓園區裡的住民必須先經過申請才能往城裡去，更不單獨在雜市裡走動，而公司防衛隊則負責「維持與監控」。

小說中描繪商業發展蒙著科學的面具，以解決人類問題、改善人類生活的假議題為旗幟，企業為了獲利而生產的基因改造動物，反而為人類社會製造更多難題。「後基因體時代」的來臨，將隱藏生命密碼的潘朵拉黑盒子被開啟，若不審慎使用，此次影響文明的力量將遠超過工業革命。此書重新挑戰我們在各種日常經驗中，對生命極限的認知、定義與想像。

《洪水之年》：女性觀點的多聲部複調敘事

《洪水之年》的故事時間軸與《劍羚與秧雞》相同，但是以園區高牆外的「雜市」平民為背景。有別於第一部作品由克雷科與吉米兩位男性視角進行陳述，《洪水之年》以女性觀點描繪同一場傳染病所帶來的人類浩劫。透過桃碧與芮恩的日記進行對位敘事，呈現愛特伍塑造抗拒的女性意象顛覆父權或主流意識形態的企圖，呈現多樣化的女性意識與認同，也間接連結多音並陳的女性生存敘事。而女性基因科技與增能醫療化氛圍當道，導致女性身體亦成為生物資本的現象，帶領讀者反思全球化的脈絡下，生物醫學科技演進及醫療市場經濟化，我們如何重新定義性別政治、偏差身體污名化、及身體增能商品化等議題。

不同於第一部作品用單一敘事者回溯事件始末，《洪水之年》透過多位敘述者從不同面向省思無水之洪的浩劫，呈現出迥異於《劍羚與秧雞》悲觀的絕望獨白，反而試圖傳達樂觀的多聲部複調。兩位女性敘述者分別在尚不清楚是否有其他倖存者時，不約而同決定以日記形式記錄自己的經歷。儘管書寫的當下她們深深相信自己是浩劫下唯一的倖存者，而日記也或許沒有見證文明瓦解的功能，但是書寫本身就是一種希望。因為象徵文明存續的書寫就是對未來的企盼，心中仍懷揣著，也許，也許有一天會有人讀到這些文字紀錄。此外，雖然「上帝的園丁」見證了災難末世的異象的平和心態和相信無水之洪必然性的宿命論，具有悲觀的基調，但小說提供了喜劇框架來補償，或至少稍稍緩解了浩劫後的悲劇性。亞當一重新詮釋聖經中「人類墮落」（The Fall of Man）的神話成為墜落的視覺想像，令人莞爾，原本關於墮落的悲劇性與悲觀主義，因而在更高層次上被它的幽默感所中和抵消。

因此愛特伍在《洪水之年》中表明，理性思考不僅需要文字，更需要有意義的故事例如神話，才能理解個人生命樣態並建立群體認同。正如同克雷科人總是期待著桃碧述說他們是如何被創造出來的故事，他們的大腦思考不僅用於夢想與歌唱，更用在敘事能力。此書無論是作為一個有意義的故事本身，或是其虛構人物的生命而言，都如啟示錄的神話般，在極端危機的壓迫時期賦予人們意義和救贖。

《瘋狂亞當》：新中古時代（neo-medieval）

第三部小說《瘋狂亞當》時間由前兩部結束之處繼續向前推進，然而敘事方式則是不斷回溯到過去事件進行修正和擴展。因此，此書可說是前兩部的反類型，重新覆蓋前兩部小說並開展更多可能。《瘋狂亞當》揭示了末日後新時代的世界樣貌，無水之洪的瘟疫後，倖存者被迫重返狩獵採集與有限的耕作，以粗糙的工具技術與其他生物（包括基因工程改造物種）共享新世界。自二十世紀以降，人類活動造成環境極大變化，如資源加速消耗、人口高速成長、後期資本主義所形成的「人類世」（anthropocene），在三部曲的最後篇章都畫上了句點。然而，小說中舊人類文明的終結，是否對應著歐洲歷史在西羅馬帝國殞落後進入中古時期的黑暗時代？答案顯然是否定的。正如同隨著文化史家的考證，歐洲的中古世紀並非如過去史家所推斷的文明倒退的黑暗時代，相反地，其物質文明與精神文明的發展水準只是用不一樣的方式開展並無退化。正如同小說故事中，浩劫後雖然人類在這個星球不再處於統治地位，但是各物種平等的新世界，或可類比為新中古時代（neo-medieval），雖仍百廢待舉但也隱含著未來多樣化的可能性。因此《瘋狂亞當》的末世觀顯然並不僅止於人類歷史的盡頭，更在於這個新時代的篇章，象徵著過去人類物種對於這個星球的壓迫已然終結，而另一個可能的嶄新文明正萌芽。

《瘋狂亞當》的最後一章節取名為〈書〉，透過成年後克雷科人小黑鬍的書寫和口頭敘述，展示桃碧生前的經歷。三部曲的主要敘述者由最初的男性克雷科與吉米、到女性桃碧與芮恩，最終是後人類的克雷科人小黑鬍。因此，雖然是克雷科人擁有最後的話語詮釋權，但桃碧持續述說的故事：新時代的創世紀、上帝園丁們的儀式、神話形塑等，敘事過程中揉雜了事實與想像，透過述說故事與文字書寫而留存並傳承，賦予克雷科人與舊人類的混血後代形成身分認同與存在的意義。

愛特伍曾評論《瘋狂亞當三部曲》並非末世論調，因故事中人類文明的毀滅不全然是人類活動導致自然環境崩潰，才進而引發生態浩劫導致人類毀滅，而是人為的生物恐怖主義以人工改造病毒，有計畫性地摧毀人類，旨在透過毀滅人類，進而防止地球上物種因人類活動所造成生態破壞而滅絕。其背後隱而未現的動機，反而是為了維護大自然蓋婭的完整性，因此《瘋狂亞當三部曲》為環境末世論（environmental apocalypse）提供了另類的閱讀想像與詮釋。

也許，愛特伍的三部曲反而更接近啟示錄的內涵。愛特伍的新時代是一個動植物生命繁衍於荒野，並淹沒舊文明象徵的城市頹圮遺跡。在一段詼諧的轉折中，愛特伍讓後人類克雷科人學習寫作與講故事，克雷科人比他們的人類創造者所能想像的更加人性化。無水之洪並非僅被理解為人類滅絕的末日浩劫，而是開啟地球新時代並揭示新希望的轉捩點，不管衝擊多麼劇烈或創傷，故事中所開展的新世界是一個後人類時代。

結語

在《與死者協商：瑪格麗特．愛特伍談寫作》（按：即將由漫遊者文化出版）一書中，愛特伍談到她對寫作的觀點。她引用《聖經．約伯記》形容作家的身分是：「只有我一人脫逃，來給你報信。」細心的讀者一定也會同意身為報信者的愛特伍舉步維艱地向我們走來，只因為「過去歷史中的圖像一幅幅在他腦海裡掠過」，她真正想說的並不僅僅是另一個平行時空中世界毀滅的故事而已。

愛特伍提及《瘋狂亞當三部曲》不只敘述世界末日或反烏托邦情境，因為三部曲的核心災難性事件「無水之洪」，並非單純的環境生態災難，而是作品本身所預視的生物恐怖主義行為的後果。而三部曲亦可被理解為末世論（apocalypse）的另一則啟示錄（revelation），意即「對未來所有可能性進行有想像力的探索與詮釋」，而非僅止於這個《聖經》神話中，詞面所定義的「所有可能性的終結」。

如同小說中的情節，二〇一九年末至今的 Covid-19 將人類帶入一個沒有地圖、沒有前路可循的未知旅途。歷史上傳染病與人類文明發展不斷來回拉鋸，如同永劫回歸。一方面醫藥科技進步，研製疫苗與抗生素、現代都市規畫下水道分流改善了公共衛生，都大幅減少傳染病對人類存亡的威脅；然而，過度開發也導致生態系的破壞、過度都市化的擁擠，跨國運輸也加劇新型態傳染病急速擴散。人類一直在反省學習卻也不斷重蹈覆轍，但在週而復始的循環中，或許我們只需要累積一些微小而確切的決定，那麼歷史的弧度與曲線終將會改變。

二〇二二年的此時，疫情仍持續延燒，而你我都仍在這場未知而關鍵的旅程中，懷揣著希望繼續前行。

（本文作者為中國醫藥大學人文與科技學院副教授）

1

芒果

雪人在天亮前醒來。他靜靜地躺著，傾聽潮汐湧向岸邊，海浪一波接著一波拍打著各種障礙物，呼啦嘩啦，呼啦嘩啦，節奏猶如心跳。他寧願自己仍在睡夢中。

東邊地平線上有團灰霧，一道刺眼玫瑰色光芒照耀其上。但奇怪的是，色澤仍然那麼柔和。在晨曦的輝映下，近海處的瞭望台現出黑色輪廓，彷彿矗立在粉紅與淡藍色的珊瑚礁中。築巢的鳥兒發出尖銳叫聲，夾雜著近處海浪拍打著由生鏽的汽車零件及破磚瓦組成的人工礁石聲，聽起來就像是假日的車潮。

他習慣地看了看錶——雖然已經不走動，但不鏽鋼外殼與拋光的鋁製錶帶仍閃閃發亮。他把這當作唯一的護身符。錶面呈現一片空白：零時。沒有法定的時間使他不寒而慄。不論何時何地，沒有人知道現在幾點。

「冷靜下來。」他對自己說。他做了幾次深呼吸，抓了抓被蟲咬過的地方——只抓周圍，且不觸及最癢處——小心地不碰觸結痂；他可不想讓毒素跑進血液中。接著他掃視地面看看有沒有什麼野獸：一切都很安靜，沒有鱗片，沒有尾巴。左手、右腳、右手、左腳，他順著樹爬下來。他撣掉樹枝、樹皮，然後將髒兮兮的床單像件袍子般裹在身上。因為怕那頂仿紅襪隊棒球帽被偷走，整晚他都把它掛在樹枝上；他檢查了帽子裡面，趕走一隻蜘蛛後才戴上。

他往左走了幾碼，對著灌木叢撒尿。「警覺點！」他對受到突襲而匆忙逃散的蚱蜢說。然後他走到樹的另一側，遠離小便處，開始在儲藏櫃裡翻找。櫃子是他用幾根水泥條拼湊出來的，用紗網蒙住以防鼠輩。他在裡面存放了些芒果，捆紮在塑膠袋裡的還有一罐斯維爾塔那無肉合成香腸，半瓶寶貴的蘇格蘭威士忌——其實還剩不到三分之一——以及從休旅車營地裡翻出來並用錫箔紙包著的半融化的巧克力勁力棒。現在還不能吃，這也許是他能找到的最後一塊了。他還藏了一把開罐刀、沒有特別理由而留下的碎冰錐，以及為了懷舊和貯存清水的六個空啤酒瓶。還有他的太陽眼鏡；他戴了起來。已經缺了一個鏡片，但總比什麼都沒有好。

他解開塑膠袋，只剩一顆芒果了。奇怪，他記得應該還有一些。雖然他盡可能地綁緊了，但還是有螞蟻鑽進去。黑蟻和凶殘的黃色小螞蟻現在爬上他的手臂了。他很訝異牠們竟能造成那麼大的刺痛感，特別是黃色那種。他揮手撣掉。

「嚴格遵守日常規定才能保持良好的精神和健全的心智，」他大聲說。他覺得自己正在引用書裡的話，某種過時、為幫助歐洲殖民者經營莊園之類的生計而立下的古板規矩。他記不起有沒有讀過這種東西，但這已沒有意義了。在他殘餘的腦中有很多空白，而這應該是記憶所在的位置。橡膠園，咖啡園，黃麻種植園（黃麻是什麼？）。他們被教導要戴遮陽帽，進餐時衣著要穿齊整，不可強姦當地土著。不可能用強姦這個字眼。不可與女性原住民親熱。或換種說法……

他打賭他們沒遵守，十有八九。

「考慮到舒緩潛在的危險。」他說。他發現自己站在那兒張著嘴，努力想回憶起接下去的句子。他坐到地上吃起芒果。

漂流

一群孩子走在白色的沙灘，上面散布著被沖刷上岸的珊瑚，以及破碎的骨頭。他們渾身閃耀著濕亮的水光，一定剛游過泳。他們應該小心一點，誰知道珊瑚礁中藏了什麼；但他們並不擔心；他們不像雪人——即使在夜晚陽光照不到他的時候，他也不會把腳伸進海裡。更正：特別是在夜晚。

他羨慕地注視著他們，抑或是懷舊？不可能，他兒時從沒在海裡游過泳，也沒有赤裸裸地在海灘上到處跑。孩子們掃了一眼周圍的地形，彎腰撿起沖到岸上的漂浮殘骸；接著他們商量，留下一些東西，扔掉其餘的；他們把揀出的寶貝裝進一只破口袋。遲早——他確定——他們會找到他，發現因陽光毒辣而裹著破床單坐在地上、抱著小腿躲在樹蔭下吸吮芒果的他。對那些有著抗紫外線厚實皮膚的孩子們而言，他活在陰霾的昏暗裡。

現在他們過來了。「雪人，噢雪人。」他們像唱歌似地反覆喊道。他們從不會離他太近。是出於尊敬——他比較願意這樣想——還是因為他散發著臭味？

（他的確散發著臭味，他知道得很清楚。臭烘烘的帶著膻氣，跟海象一樣油膩、鹹腥。他沒有真的聞過這種動物，但他看過圖片。）

孩子們打開口袋齊聲喊道：「噢雪人，我們找到了什麼？」他們拿出那些東西，高舉著像是在兜售：輪軸蓋、琴鍵、被海水沖得很光滑的淡綠色汽水瓶玻璃片、喜福多塑膠瓶，奧那賓斯雞塊桶，也是空的。一個電腦滑鼠，或說是它的殘餘，連著一根長長的電線尾巴。

雪人想哭。他能告訴他們什麼？根本無法向他們解釋這些古怪東西是什麼，或曾經是什麼。但他們已經猜到他會說什麼，因為他總這樣說。

「這都是過去的東西。」他使自己的聲音保持和善而疏離；應該就是混合著老師、占卜者和仁慈叔叔的語氣。

「會對我們有害嗎？」有時他們能找到幾罐機油、腐蝕性溶劑以及塑膠瓶裝的漂白劑。以前的害人玩意兒。他被當作了專家，擅長處理突發事故：能灼傷皮膚的液體、致病煙霧、有毒粉塵。各種奇怪的病痛。

「不會，」他說，「很安全。」他們聽到這個便沒了興趣，拿著袋子晃蕩著。可他們不走開，他們站在那，盯著他看。撿沙灘上的東西來只是藉口，其實他們只想看他，因為他和他們多麼不同啊。他們常常要他摘掉太陽眼鏡再戴上，他們要看看他是不是真有兩隻眼睛，或是三隻。

「雪人，噢雪人。」他們唱著，用種玩笑的方式而非真的叫他。對他們而言，他的名字只不過是兩個音節。他們不明白雪人是什麼，他們從沒見過雪。

這是克雷科的規矩之一：選名字一定要有具體形象——哪怕是標本，哪怕只是骨架——能夠得到證實的。不能是傳說中的獨角獸、獅身鷹首獸、人面獅身蠍尾獸或蛇怪。不過這些規矩不再適用了，雪人為自己取了這個含糊的稱呼，也給了他苦澀的快感。喜馬拉雅山雪人——存在的和不存在的，在暴風雪中時隱時現，像猿一般的人或像人一般的猿，神出鬼沒，只限於傳言和那遺留的腳印。據說山裡的部落曾追蹤到牠，並趁機捕殺。據說他們將牠煮了、烤了，舉行了特別的盛筵；簡直是同類相食嘛，他推想，這更刺激了。

考慮現今的狀況，他縮短了名字，只叫雪人。只有他自己知道前面還有討厭的這個詞（譯註：Abominable Snowman，喜馬拉雅山雪人名稱，其中Abominable原義為討厭的），他把它當作祕密的自我折磨。

猶豫片刻後，孩子們圍成半圓跪了下來，男孩和女孩都是。有幾個年紀小一點的還嚼著早餐，綠色汁液流到下巴。沒有鏡子，每個人都很邋遢，這讓人沮喪。不過他們仍然漂亮得驚人，這些孩子每一個都赤身露體，每一個都很完美，每一個都有不同的膚色——巧克力色、玫瑰色、茶色、奶油色、乳白色、蜜色——但每人都有著綠眼睛。克雷科的審美觀。

他們充滿期待地看著雪人。他們希望他會跟他們說話，可是他今天沒興致。頂多讓他們看看他的太陽眼鏡，或是那閃亮卻停擺的手錶，或是棒球帽。他們喜歡這頂帽子，但不懂他為什麼需要這樣東西——像是活動的頭髮但又不算是頭髮——他還沒有找到說法。

他們安靜了一會兒，盯著他看並反覆琢磨著，不過接著其中年齡最大的一個說話了。「噢雪人，請告訴我們——從你臉上長出的那些青苔是什麼？」其他人也紛紛附和。「請告訴我們，請告訴我們吧！」不是起鬨，不是嬉鬧，是很認真地詢問。

「羽毛。」他說。

每週他們至少問一次，他都給相同的答案。才過了這麼短的時間——兩個月，還是三個月？他數不清了——他們積累了許多有關他的說法和臆測：雪人原本是隻鳥，但他忘記怎麼飛了；他其餘的羽毛也脫落了，所以他感到冷，需要第二層皮膚把自己裹起來。不，他會冷應該是他吃魚，而魚是冷的。不，他把自己裹住是因為他弄丟了男人的東西，他不想讓我們看見。這就是他為什麼不去游泳。雪人有皺紋是因為他以前住在水裡，皮膚就變皺了。雪人很悲傷是因為像他那樣的人都飛過大海去了，現在就只有他一人。

「我也要羽毛。」最年幼的孩子說。一個實現不了的希望：在這些克雷科的孩子們裡，男人不長鬍子。克雷科覺得鬍子不合理的，每天都得刮鬍子讓他覺得很不耐煩，所以他取消了這一項。不過對雪人當然沒輒：太遲了。

現在他們齊聲喊起來。「噢雪人，噢雪人，我們也能長羽毛嗎？拜託。」

「不行。」他說。

「為什麼不行，為什麼不行嘛？」最小的兩個孩子撒嬌道。

「等一下，我來問問克雷科。」他把手錶舉到空中，將手腕轉了一圈，然後貼近耳朵做出正在傾聽的樣子。他們著迷地盯著他的每個動作。「不行，」他說，「克雷科說不行，你們不會有羽毛的。好了，快滾開吧（piss off）。」

「滾開？滾開？」他們面面相覷後又看著他。他用錯詞了，這是個無法向他們解釋的字眼，尿（piss）這個字並不會讓他們覺得受辱。「什麼叫滾開？」

「走開！」他揮舞著床單，他們一哄而散，沿著沙灘跑走。他們仍然不確定是不是該怕他，或者有多麼怕他。沒聽說他傷害過小孩子，但還不了解他的本性。誰也不知道他會做出什麼事來。

聲音

「現在我獨自一人了，」他大聲說，「完完全全一個人，獨自在寬闊的海。」他腦袋裡燃燒的剪貼簿的另一片段。更正：海岸。

他渴望聽到人的聲音——真正的人聲，就像他的聲音。有時他笑得像隻鬣狗，或是吼得像隻獅子——他所知道的鬣狗，他所知道的獅子。小時候他曾在老DVD片子裡看過那些動物：動物紀錄片展現牠們交配、咆哮，牠們的隱密生活，以及母獸舔著幼崽的鏡頭。為什麼在當時給了他莫大的安慰呢？

也許他要像那些器官豬（pigoon）般地嘓嘓尖叫，或是像狗狼（wolvog）般嗷嗚嗷嗚地嚎叫。有時候天色微暗，他就在沙地上跑來跑去，把石頭扔進海裡並大吼著：他媽的，他媽的，他媽的，他媽的，他媽的，他媽的！然後他會覺得好過些。

他站起身伸展雙臂，床單掉了下來。他低頭懊惱地看著自己的身體：蚊蟲叮咬過的骯髒皮膚，一簇簇黑白相間的體毛，日益增厚的黃色腳趾甲。像剛出生那天一樣赤裸，但他當然無能記得那時的事；有許多重大的事件悄悄地發生，在他們無法注意的時候：比方說出生與死亡時，還有做愛時的那種忘我。

「想都別想。」他告訴自己。性就像是喝酒，一大早滿腦子就想到這事實在很糟糕。

他以前維持得很好，跑步、在健身房裡鍛鍊；現在他可以看見自己的肋骨了，他正日益消瘦。動物性蛋白質攝取不足。一個女聲在他耳邊溫柔地說：「好漂亮的屁股！」不是奧麗克絲，是別的女人；奧麗克絲不再說個不停了。

「說話吧。」他懇求她。她聽得見他，他需要相信這一點，可是她沉默以對。「我能做些什麼？」他問她。「妳知道我……」

哦，好棒的腹肌！耳語又打斷他。寶貝，躺著就好。是誰？某個他找來的妓女。更正，職業性技專家。高空鞦韆表演者，附著在她身上的塑膠尖刺，還有晶亮如魚鱗般的裝飾。他痛恨這些回音。以前的聖徒也曾聽聞，他們都是些瘋瘋癲癲、滿身蝨子的隱士，住在山洞和沙漠裡。很快地，他就會看見妖冶的魔鬼向他招手，舔著唇，露出火辣辣的乳頭，伸吐著粉紅的舌頭。美人魚將越過水裡那些搖搖欲墜的塔樓踏浪而來，他會聽見她們嫵媚的歌聲，然後游向她們，再被鯊魚吃掉。長著女人腦袋和胸脯及鷹爪的動物將從天而降，他會敞開胸懷去迎接，而那就完蛋了。魂飛魄散。或者更糟糕，某個他知道或認識的女孩將會穿過樹林走向他，她會很高興見到他，但她卻是空氣做的。即便如此他也歡迎，至少有人作伴。

他用有鏡片的那隻眼睛掃視了一下地平線：空空如也。大海是塊炙熱的金屬，天空是褪色的淺藍，太陽在上面灼出一個洞。一切都那麼空盪。水，沙灘，天空，樹林，流逝的時光碎片。沒有人聽得到他。

「克雷科！」他嚎叫道，「混蛋！滿腦子都是屎！」

他傾聽著。淚水又沿著臉頰流下來，他永遠不知道這何時會發生，也無法阻止。他大口喘氣，彷彿有隻巨掌攫住了他的胸口——抓住，放開，抓住。莫名的驚懼。

「都是你害的！」他朝著大海吼叫。

沒有回答，這並不奇怪。只有波濤拍岸，呼啦嘩啦，呼啦嘩啦。他握著拳頭擦臉，擦著灰土、淚水、鼻涕，落魄者留的那種落腮鬍以及黏稠的芒果汁液。「雪人，雪人，」他說，「找回生活啊！」

2

火堆

從前從前，雪人不叫雪人，他叫做吉米。那時他是個乖孩子。

吉米最早的完整記憶是一片大火。他應該已五歲了，也許六歲。他穿著紅雨鞋，兩隻鞋尖都畫有鴨子的笑臉；他記得是因為看過火燒之後他得穿著雨鞋走過消毒池。他們說消毒劑有毒，別弄得水花四濺，於是他擔心毒素會鑽進鴨子的眼睛弄痛它們。他們說鴨子只是圖案，不是真的，所以沒有感覺，但他不大相信。

那麼就當是五歲半吧，雪人想。大概沒錯。

那時可能是十月，或者十一月；樹葉仍在變換顏色，橘紅色和紅色。腳踩著泥濘——他一定是站在泥土地上——還下著毛毛雨。被燒的是堆成小山的牛、羊、豬。牠們的腿僵直地伸出，並已經淋上汽油；火焰沖天，黃色、白色、紅色和橘紅色，一股焦肉味瀰漫在空氣中。有點像他爸爸在後院烤肉的味道，但更濃些，且夾雜著汽油味以及毛髮燒焦的味道。

吉米知道毛髮燒焦的味道。因為他曾用指甲剪剪下自己的頭髮，用媽媽抽菸的打火機燒。那些頭髮捲起來，扭動得像一團細小的黑蟲。他又剪了些頭髮來燒。大人發現時，他前額的頭髮已剪得像狗啃的，被罵時他說那是一項實驗。

他爸爸笑了，媽媽卻沒有。（爸爸說）至少吉米還懂得把頭髮剪下後再燒，媽媽說他沒把屋子燒了已是萬幸。然後他們又為了那只打火機爭執起來，（爸爸說）要是媽媽不抽菸打火機就不會在那兒了。媽媽說所有小孩根本都是縱火狂，就算沒有打火機也會用火柴。

他們開始爭吵，吉米就如釋重負，因為他知道不會受到懲罰。他所要做的就是閉上嘴，很快他們便會忘記當初為什麼吵起來。但他也感到內疚，都是他的緣故。他知道吵架將會以摔門結束。他越來越蜷縮在椅子裡，爭吵聲在他頭上颼颼地飛來飛去，最後門重重地關上了──這次是他媽媽──隨之而來的是一股風。摔門時總會有一股風，「噗」的一聲，就在他耳邊。

「沒關係，小夥子，」他爸爸說，「女人總愛氣得臉紅脖子粗（譯註：get hot under the coullar，下一段提到衣領、熱，便是承接此處的collar hot），她會冷靜下來的。我們來吃點冰淇淋。」於是他們會用畫有紅藍雙色鳥吃玉米穀片的大碗──碗是墨西哥手工製品，所以不能用洗碗機洗──吃覆盆子冰淇淋。吉米吃光了他的那份，讓爸爸知道一切都沒問題。

女人，以及她們衣領底下的事情。她們的羅衫下是帶著奇異麝香味的錦繡國度，那兒天氣多變，忽冷忽熱──神祕、珍貴、難以控制。這就是他爸爸的理解。可是從來沒人研究過男人的體溫；在他小時候，爸爸也沒提過，只會說：「別太熱衷了。」為什麼不研究呢？為什麼對男人衣領內的火氣就隻字不提呢？那些光滑而線條分明的領子及硬挺的深褐色襯裡。他原本可說出一番道理來。

第二天他爸爸帶他去櫥窗貼有噘著嘴、穿著一邊快滑下肩膀的黑色T恤漂亮女孩照片的地方剪頭髮，那女孩瞪著一雙炭黑色眼睛，迷離又害羞，頭髮像刺蝟。屋裡瓷磚地上到處都是頭髮，成綹成綹的；店裡的人正用長柄闊掃帚將頭髮掃起來。吉米先是罩上黑色披肩，但看起來比較像是圍兜。吉米不想披著，因為像是小娃娃用的。理髮師笑著說這不是圍兜，因為哪個小孩會用黑圍兜？所以就沒問題了。接著吉米整頭頭髮都被剪短了，只為了和那狗啃地方一樣齊，而這可能正是他當初所想要的一頭短髮。理髮師從罐子裡挖了點東西撥弄成豎直的髮型，聞起來像橘子皮。他朝鏡子裡的自己笑笑，接著又怒目而視，擠眉弄眼。

「硬漢，」理髮師向吉米爸爸點點頭說，「好一隻老虎。」他把吉米剪下來的頭髮撣到地上與其餘的頭髮一起，然後用誇張的動作解開黑披肩，將吉米放下來。

吉米在火堆旁很為那些動物著急，因為牠們被燒烤著，而那一定會使牠們受傷。不會的，爸爸告訴他，動物已經死了。牠們就和牛排、香腸一樣，只不過還帶著皮而已。

牠們有頭，吉米想，牛排沒有頭。有頭就不同了。他想他能看見動物們燃燒著的眼睛責備地看著他。從某種意義上來說，這一切——火堆、燒焦味，但最重要的是這些燒著的、正在受罪的動物——都是他的錯，因為他沒做任何能挽救牠們的事。那時他發現火堆很漂亮，閃閃發光像棵聖誕樹，不過是棵著了火的聖誕樹。他希望會有爆炸聲，就像電視上那樣。

吉米的爸爸在他身邊，一直牽著他的手。「把我舉起來。」吉米說。他爸爸以為他想更舒服些，於是將他抱起來。吉米的確是想更舒服些，但也為了看得更清楚。

「就這麼結束了。」吉米爸爸說，但不是對著吉米，而是對和他們站一起的男人說。吉米的爸爸語氣裡帶著惱怒，那個男人回答時也如此。

「據說是有人故意帶進來的。」

「我不會覺得奇怪。」吉米爸爸說。

「我可以拿一隻牛角嗎？」吉米說。他覺得不留起來很可惜。他想要兩隻，但可能會被罵。

「不可以，」他爸爸說，「這次不行，小夥子。」他拍拍吉米的腿。

「哄抬肉價，好狠賺一筆，他們會這麼做。」那個男的說。

「是賺了一筆，」吉米爸爸帶著厭惡的口吻說，「但也可能是哪個瘋子幹的，邪教分子，誰知道呢。」

「為什麼不行？」吉米說。沒有人想拿牛角。這次他爸爸沒理他。

「問題是，他們怎麼做的？」他說，「我認為我們的人把我們蒙在鼓裡。」

「我也這麼想。我們付的錢夠多了，那些傢伙是幹什麼吃的？養他們不是讓他們睡大覺。」

「也許被買通了，」吉米的爸爸說，「他們會去查銀行轉帳，不過把這種錢一直留在銀行裡也是蠢到家。不管怎麼說，有人人頭要落地了。」

「仔細調查就是了，我可不願意跟他們一樣，」那個男子說，「哪些人是從外面進來的？」

「修理工，還有那些開廂型貨車送貨的。」

「他們應該讓自己的人來做這些事。」

「我聽說計畫是這樣的，」他爸爸說，「這種病毒是新的，我們已在顯微鏡下拍到了。」

「那種遊戲可以有兩個人玩。」男子說。

「多少人都行。」吉米的爸爸說。

「為什麼要燒那些牛羊？」吉米隔天問爸爸。他們正在吃早餐，他們三個都在，所以應該是星期天。那是他爸媽會同時在早餐出現的日子。

吉米的爸爸正在喝第二杯咖啡。他邊喝邊在一張滿是數字的紙上寫著。「牠們必須燒掉，」他說，「防止擴散。」他沒有抬頭，隨意撥弄著袖珍計算機，用鉛筆快速寫著。

「防止什麼擴散？」

「疾病。」

「什麼叫疾病？」

「比如你咳嗽了，就是一種病。」他媽媽說。

「要是我咳嗽了，會把我燒了嗎？」

「很有可能。」他爸爸說著翻過那頁紙。

吉米很害怕，因為一週前他咳嗽過，隨時可能會再咳；他的喉嚨好像卡著東西。他能想見自己的頭髮著火了，不是像盤子裡的一兩簇，而是所有長在他頭上的。他不想跟牛和豬堆在一起。他哭了起來。

「跟你說過多少次了？」他媽媽說，「他還小。」

「爹地是壞蛋，」吉米的爸爸說，「開個玩笑嘛，小傢伙。你知道的——玩笑。哈哈。」

「他不懂這種玩笑。」

「他當然懂，對吧，吉米？」

「對。」吉米抽抽噎噎地說。

「別吵爹地，」他媽媽說，「爹地正在思考，那是他的工作。他現在沒時間陪你。」

他爸爸把鉛筆一扔。「哎呀，妳就不能等會兒再抽嗎？」

他媽媽把香菸丟進喝了一半的咖啡裡。「來，吉米，我們去散步。」她抓住吉米的手腕拉他起來，異常小心地輕帶上後門。兩人甚至沒穿外套；沒外套，沒帽子，她只穿著睡衣和拖鞋。

天空灰暗，風很冷；她低頭走著，頭髮隨風揚起。他們繞著房子轉，越過濕潤的草坪，手拉手快步走著。吉米感覺自己被有鐵爪的東西在深水裡拖著。他覺得像是挨了一頓打，一切都快四散、捲走了。同時他又覺得精神振奮，他看到媽媽的拖鞋上面沾了潮濕的泥土。如果他的拖鞋也這樣，他就會倒大楣。

他們放慢腳步，然後停住。媽媽用電視裡女老師那種輕柔好聽的聲音對他說話，這種聲音意味著她在生氣。病菌是看不見的，她說，因為它太小了。它能在空氣中飛或躲進水裡，或沾在小男孩的髒手指上，這就是為什麼你不能用手挖鼻孔或放進嘴裡，為什麼你上廁所後總得洗手，為什麼你不能擦……

「我知道，」吉米說，「我可以進去了嗎？我很冷。」

他媽媽似乎沒聽見他的話，繼續用那種平靜的、拖長了的聲音說：「病菌鑽進你體內，改變了裡面的東西。把你的細胞一個個重新排列，這樣細胞就生病了。你是由極小的細胞所構成的，它們一起工作使你保持活力，如果生病的細胞到了一定的數目，那你就……」

「我就會咳嗽，」吉米說，「我會咳嗽的，現在就會！」他發出咳嗽的聲音。

「哦，沒關係。」他媽媽說。她經常想向他解釋，卻又感到很灰心。那是最難受的時刻，對兩人都是。他會反抗，即便懂也裝不懂，裝出愚蠢的樣子，但他也不願讓她放棄。他要她勇敢，盡可能地陪伴他，要她推倒他在他們之間築起的那堵牆，並與他一同前進。

「我要聽聽那些小細胞的事，」他放肆地嚷道，「我要嘛！」

「今天不行，」她說，「我們進去吧。」

奧根農場

吉米的爸爸在奧根農場（譯註：OrganInc Farms，Organ有器官之意）工作。他是基因研究專家，是該領域的佼佼者。他還是研究生時就完成了蛋白質基因順序的幾項關鍵研究，接著又協助策畫了瑪士撒拉鼠（譯註：Methuselah，《聖經．創世記》中以諾之子，據傳享年九百六十九歲）專案，作為長生不老研究計畫的一部分。在奧根農場，他一直擔任器官豬工程的核心設計師，這個團隊包括器官移植專家以及微生物專家，他們的工作是切割基因來防止感染。器官豬只是個綽號：正式名稱為多器官生產者，不過大家都稱之為器官豬。有時他們還叫這兒是器官豬農場，但並不常用。這裡怎麼看都不是真正的農場，不是照片裡的那種。

器官豬計畫的目的在基因變種宿主豬體內培植各種安全的人體器官組織——這樣器官很容易移植也比較不會產生排斥，還能抵禦每年越來越多的細菌和病毒。由於注入快速生長基因，器官豬上的腎、肝和心臟能夠很快生成；現在最理想的狀態，一隻器官豬一次可長出五六個腎，多餘的腎便能割下來，也不用殺死牠，讓牠繼續長出更多器官；很像龍蝦失去一隻鉗子後能再長出新的。這樣很經濟，因為養器官豬得花很多食物和心血；大筆資金已經投入奧根農場了。

吉米夠大時，他們就跟他說過這些了。

夠大，雪人抓癢的時候想，他只抓被咬處的周圍。這是個愚蠢的概念，夠大能做什麼呢？夠大可以喝酒、做愛，還是更懂事？是哪個豬頭做了那些決定？比方說，雪人就不懂這個，這——叫什麼呢？這種情況。他永遠也弄不懂，沒有一個心智健全的人能理解……

每個人都要在眼前的道路上腳踏實地地走。他腦中有個聲音說，這回是個男的，腔調像個假惺惺的領袖。每條道路都是獨一無二。追尋者關心的不該是道路的性質，而是在面臨挑戰時所應有的魄力、體力和忍耐力……

「去你的。」雪人說。一定是某種自我開發的廉價手冊，寫給弱智者的天啟書。不過他心煩意亂地感覺到他也可能寫下這種經典句子。

當然，是在那些快樂的日子裡寫下的。喔，比現在快樂多了。

器官豬的器官可以訂做，是取自人體捐獻者的細胞，而造出的器官在移植前一直冷凍著。這比複製自己的器官要便宜許多——還有一些問題要克服，吉米的爸爸常常這樣說——也比在某個非法的嬰兒培養園裡藏一兩個可提供器官的娃娃代價低。奧根農場的簡介和宣傳品用詞華麗而謹慎，強調的是培養器官豬的高效益和相關的衛生問題。為了不讓人不安，農場還宣稱器官豬死後不會被做成醃肉或香腸；沒人想吃與自己有任何一點相同細胞的動物。

不過隨著時間的累積，海岸附近的地下蓄水層變鹹了，北部的永久凍土層開始融化，遼闊的苔原泛出沼氣，大陸中部平原地區的乾旱不見結束，中亞地區的大草原變成沙丘，肉類越來越難弄到，在此情況下有人開始懷疑。在奧根農場內，大家注意到加拿大燻豬肉、火腿三明治和豬肉餡餅仍常出現在員工餐廳的菜單上，常客都戲稱安德烈餐廳是豬肉鋪。當媽媽心情煩躁時，吉米和爸爸就會到那兒吃午餐，鄰桌的人就喜歡開些倒胃口的玩笑。

「又吃器官豬餡餅啦，」他們會說，「器官豬烙餅、器官豬爆米花。快吃，吉米，全吃了！」吉米覺得不舒服，他很疑惑誰能吃得下那些東西。他不想吃器官豬，因為他把器官豬當作與他相像的生物。不論是吉米或他們都不知道現在發生了什麼事。

「別聽他們亂說，」拉蒙娜說，「他們在開玩笑，知道嗎？」拉蒙娜是他爸爸實驗室裡的技術員，經常和他們一起吃中飯。她很年輕，比他爸爸年輕，甚至比他媽媽還年輕，她長得有點像理髮店櫥窗的那個女孩，有著同樣噘起的嘴和大眼睛，大且灰濛。但她很愛笑，而且也沒把頭髮弄得像豪豬刺，她的頭髮柔軟烏黑。吉米媽媽的頭髮按她的話說是髒髒的金黃色。（「還不夠髒，」他爸爸說，「嘿！開玩笑，開玩笑的，饒了我吧！」）

拉蒙娜總是吃沙拉。「莎倫怎樣了？」她問吉米的爸爸，嚴肅地睜大眼睛。莎倫是吉米的媽媽。

「還是悶悶不樂。」吉米爸爸說。

「喔，真糟糕。」

「的確是個問題，我開始擔心了。」

吉米看著拉蒙娜吃飯。她咬了一小口，不發出聲音就把萵苣吃掉。吃生胡蘿蔔時也是如此。真讓人驚訝，好像她可以把那些硬硬脆脆的食物化為液體吸進去似的，就像DVD上的外星蚊子。

「也許……她應該找個醫生看看，」拉蒙娜表示關心地揚起眉毛。她塗了紫色眼影，稍微過濃，看起來眼皮有些重。「他們有很多辦法，還有好多新藥……」拉蒙娜應該是個科技人才，但說起話來就像洗髮精廣告裡的小女孩。她並不笨，吉米爸爸說，她只是不想把腦細胞耗在說話上。在奧根農場有許多這樣的人，而且不只是女人。因為他們跟數字打交道，不是文字，吉米爸爸說。吉米早就知道自己不喜歡數字。

「別以為我沒提過，我打聽到最好的一個，也預約了，但她不肯去，」吉米爸爸說，他低頭看著桌子。「她有她的想法。」

「很遺憾，多可惜啊。我是說，她以前那麼聰明！」

「噢，她現在也很聰明，」吉米爸爸說，「她絕頂聰明。」

「但她以前是那麼地……」

拉蒙娜放下叉子，彼此注視著，彷彿在找最好的形容詞來形容媽媽以前是怎樣的人。注意到吉米正在聽，他們的視線像來自外太空的探照燈般轉向他，很刺眼。

「吉米，親愛的，在學校裡好嗎？」

「全吃掉，麵包皮也吃掉，這樣才會長大！」

「我能去看看器官豬嗎？」吉米說。

器官豬比一般的豬大且胖，這樣才有空間長額外的器官。牠們被豢養在特別的地方，那兒戒備森嚴。要是被競爭對手抓走一隻器官豬以及精心製造的基因，將會造成大災難。吉米去參觀器官豬時得穿上對他而言大得離譜的生化衣，戴上口罩，得用抗菌皂洗手。他特別喜歡小器官豬，十二隻排成一排，貪婪地吸吮母豬的奶。牠們很機靈可愛，但成年豬就讓人有些害怕了，流著鼻涕，有著白色睫毛和淡粉紅色小眼睛。牠們抬頭看他，彷彿看見了他，真的看見他，而且認識他。

「器官豬，粉紅豬，器官豬，粉紅豬。」他把身體越過豬欄，唱歌安撫牠們，還好豬欄剛沖洗過聞起來不臭。他很高興沒有生活在豬圈裡，要不然他就得躺在屎尿中了；器官豬沒有廁所，隨處拉撒。想到這使他隱約感到羞恥，不過他有好久沒尿床了，或者只是他自己覺得。

「小心別掉進去，」他爸爸說，「只要一分鐘牠們就會把你吃掉。」

「不，不會的。」吉米說。因為我是牠們的朋友，他想。因為我唱歌給牠們聽。他希望有根長棍子來戳戳牠們——不是要打牠們，只想讓牠們活動活動，因為牠們整天什麼事也不做。

當吉米很小的時候，他們住過套房區一間科德角式造型的屋子。他還躺在陽台的嬰兒搖籃裡照過相，日期等資料全印在照片上。他媽媽把照片黏在相冊裡，那時她還努力操持著家務——但是現在他們住在有室內泳池和小型健身房的大型喬治亞式社區，家具被稱作複製品。吉米直到很大才明白這個名詞的意涵：每件家具都應該有原始物件，或曾經有過。

房子、游泳池、家具，這些都屬於奧根農場園區。本來只讓高階主管居住，漸漸地，中級行政人員和資淺科學研究員也住進來。吉米爸爸說這樣更好，因為沒人願意從套房區搭車來上班，雖然交通走廊和高速子彈列車都經過消毒，但穿過城還是有危險。

吉米從沒進過城，只在電視上看過——連綿不絕的大型廣告看板和霓虹燈，以及一片片高矮不齊的樓宇，望不到盡頭的骯髒街道，各式各樣數不清的汽車，有的還從尾部排出煙霧來；成千上萬的人奔忙著、嬉笑著、吵鬧著。還有其他城市，有些居住區還比較好，他爸爸說，差不多跟他們園區一樣，有高高的圍牆，但那些地方很少上電視。

住在園區裡的人非到不得已不去城裡，去的時候也不單獨行動。他們把城市叫做平民區。雖然現在人人都帶著指紋身分證，但平民區的公共安全體系仍漏洞百出：那兒會遇上遊手好閒的人，他們什麼都能偽造，可以假冒任何人，更不用說那些人渣了——吸毒者、搶劫犯、乞丐、瘋子。因此奧根農場的所有人員最好都住在一塊，這裡的生活萬無一失。

在奧根農場的圍牆、大門和探照燈之外的事物都不可預料。而在裡面，在情況變得那麼糟糕前，一切都和吉米的爸爸孩提時代一樣，至少吉米的爸爸是這樣說的。吉米的媽媽則說這一切都是人工的，是個主題公園而已，過去的生活已一去不復返，但吉米的爸爸說幹麼那麼挑剔？可以不用擔驚受怕地四處走動，對吧？去騎自行車、在路邊咖啡店坐一坐，去買個冰淇淋都沒問題吧？吉米知道爸爸說得沒錯，因為這些事他都做過。

即便如此，公司安全衛隊——就是吉米爸爸稱作我們的人的那些——隨時提高警覺。當有那麼多危險時，誰也不知牆外的另一方會訴諸何種手段。一方或者好幾方：你得小心的不止一方。還有其他公司、其他國家、形形色色的小集團以及陰謀家。四周有那麼多的裝備等著對付我們，吉米爸爸說。那麼多硬體，那麼多軟體，那麼多不友好的生化物，那麼多各式各樣的武器，還有那麼多的妒忌和瘋狂以及邪惡的信仰。

很久以前，在騎士與猛龍的時代，國王和公爵住在城堡裡，四周有高大的圍牆、吊橋以及城牆上的射孔，這樣你就能把滾燙的柏油澆到敵人身上，吉米的爸爸說，建造園區也是一樣的概念。城堡的作用是讓你和你的夥伴們在裡面安居樂業，並把其他人都擋在外面。

「那我們就是國王和公爵了？」吉米問。

「喔，當然。」爸爸笑著說。

午餐

有段時間吉米的媽媽在奧根農場工作，因此與他爸爸相識；他們在同一個園區工作，研究相同的專案。他媽媽是微生物學家：她的工作是研究對器官豬有害的生化物蛋白質，並修改感受器，使其無法與器官豬細胞的感受器連結，或開發阻礙連結的藥物。

「很簡單，」她耐著性子對吉米解釋，「壞的細菌和病毒想要從細胞的門戶進去，從裡面把器官豬吃掉。媽咪的職責就是為這些門配上鎖。」她通過電腦螢幕給吉米看細胞圖、細菌圖，給他看細菌怎樣入侵並感染細胞，使細胞破裂的圖，還有蛋白質的特寫鏡頭，以及她曾試驗過的藥物圖樣。這些圖片看起來像超市的糖果盒：透明塑膠盒裝的糖球，透明塑膠盒裝的果凍軟糖，透明塑膠盒裝的條形甘草糖。那些細胞就像是有蓋子的透明塑膠盒。

「為什麼妳不再為這些門上鎖了？」

「因為我想和你待在家裡。」她說，目光越過吉米的頭，一口一口地抽著菸。

「那器官豬怎麼辦？」吉米擔憂地說，「細菌會鑽到牠們的裡面！」他不願看到自己的動物夥伴像那些受感染的細胞一樣被弄得支離破碎。

「有其他人負責。」他媽媽，滿不在乎地說。她任由吉米去玩電腦裡的圖片，一旦他學會操作程式，就玩起打仗遊戲——細胞大戰細菌。她說如果他殺掉電腦裡的資料也沒關係，反正這些材料都過時了。不過有些日子裡，當她顯得生氣勃勃、躊躇滿志、情緒穩定時，她會自己上機操作。他喜歡她興致盎然地做自己事情的時候，那時她也會表現得很友好，像個名副其實的母親，而他也像真正的孩子。但總是好景不常。

她是什麼時候開始不在實驗室工作？大概是在吉米上奧根農場學校一年級全天班時吧。但這不合情理，因為要是她想在家陪吉米，為什麼選吉米白天都不在家時？吉米一直想不出箇中原因。他第一次聽到這解釋時年紀太小根本沒法仔細想。他只知道住在家裡的菲律賓女傭德洛麗絲被遣走了，而他十分想念她。她叫他吉吉，會說會笑會用他喜歡的方式煎蛋還會唱歌，並對他百依百順。可是德洛麗絲得走了，因為現在吉米真正的媽咪整天都會在——這像是對吉米的恩惠——況且誰也不需要兩個媽咪，對吧？

哦，需要的，雪人想。哦，真的很需要呀。

雪人腦海裡有一幅十分清晰的母親——吉米的媽媽——的形象：他從學校回來吃午餐時，她總坐在廚房的桌子旁邊，仍穿著浴袍。她面前會有杯咖啡，但還沒喝；她抽著菸看著窗外。浴袍是紫紅色的，一種至今依然讓他感到焦躁的顏色。照例並沒有午餐在等著他，他得自己做，他媽媽唯一的參與只是用平淡的語氣發號施令（牛奶在冰箱。右邊。不對，在右邊。你不知道哪隻手是右手？）。她的聲音很疲倦；也許她對他感到厭倦了，或許她正生著病。

「妳有沒有受到感染？」有一天他問她。

「什麼意思，吉米？」

「就像那些細胞？」

「噢，我明白了。不，我沒有，」她說。然後，又過了一會兒。「也許有。」但當他泫然欲泣時她又把話收回了。

吉米最想做的事情就是逗她開心逗她笑，就像他記憶中她過去的樣子。他講學校裡的趣事或是做些好笑的事或是杜撰（嘉麗．約翰斯頓在地上大便）。他在屋裡蹦蹦跳跳，像猴子似地表演鬥雞眼並吱吱亂叫，這個把戲逗樂了班上幾個女孩和幾乎所有男孩。他把花生醬抹在鼻子上，試著用舌頭去舔。大部分時候，這些行為只會激怒他媽媽：「這一點也不好玩，討厭。」「好了，吉米，你鬧得我頭痛。」不過接下來他也許會得到她的微笑，或者更多。他永遠不知道哪樣有效。

偶爾會有一頓真正的午餐等著他，太過精心安排的豪華午餐反而嚇到他：是什麼節日？擺設好的餐具、餐巾紙──還是彩色的，像舉行宴會──麵包抹上花生醬和果凍，是他喜歡的組合：以花生醬畫頭，用果凍做出的圓圓笑臉。他媽媽精心打扮，搽了口紅的笑臉呼應著麵包上的微笑。她還熱切地注視著他，傾聽他以及他那些可笑的故事，她的眼睛湛藍。這種時候他總會聯想到瓷水槽：潔淨、光亮、堅硬。

他知道他必須稱讚她為這頓午餐所費的心思，所以他也努力配合。「哇！是我最喜歡吃的！」他說，同時裝出漫畫裡那種饞鬼的樣子轉動眼珠，揉著肚子，表演得有些過火。這樣可以達到目的，她就會笑了。

等他再大一點、再狡點一點時，發現要求無法達到時，至少也得到些許反應。比平淡的聲音、空洞的眼神以及投向窗外的疲倦的目光要多一點的反應。

「我可以養貓嗎？」他會這樣開始。

「不，吉米，你不能養貓。以前我們就談過了，貓會攜帶病菌，這樣對器官豬不好。」

「可是妳不在乎。」他的聲音聽起來很狡猾。

一聲嘆氣，一口菸。「別人在乎。」

「那我可以養狗嗎？」

「不行，狗也不行。你不能在自己房間玩嗎？」
「我能養鸚鵡嗎？」
「不行。別說了。」她並沒有好好地聽。
「我可以什麼也沒有嗎？」
「不行。」
「噢，那好，」他得意地叫道，「我不能什麼也沒有！那我就要有個什麼！我能得到什麼呢？」
「吉米，你有時真討厭，你知道嗎？」
「我能有個小妹妹嗎？」
「不能！」
「那就小弟弟吧？好不好嘛？」
「不能就是不能！你聽不懂嗎？我說不能！」
「為什麼不能？」
這就是引爆點。她也許會哭起來，匆忙站起並衝出屋子，把門關得震天價響：「砰！」或者她會哭並摟住他，或者她會抓起咖啡杯扔過房間並吼著：「全是狗屎，都是狗屎！沒希望了！」她甚至會搧他一耳光，然後哭著摟住他。結果可以是所有這些的組合。或者她只是趴在手臂上哭泣，她會全身顫抖，抽泣、哽咽得喘不過氣來。這時他就不知所措了。在惹得她不開心時，或是當她使他不開心時他是多麼愛她。在那些時候他弄不清誰是誰非。他會拍拍她，就像陌生的狗，遠遠地站在身後。他說：「對不起，對不起。」他確實很難過，然而不止於此：他還洋洋得意，因為他總算達到目的。
他也很害怕，就像遊走在刀鋒邊緣。他是不是太過分了？如果是，接下來會怎樣？

3

午間事

正午時最糟糕，陽光刺眼、潮濕。約莫十一點，雪人折返森林，直到完全看不到海。即便樹木遮蔽天空，水面反射的邪惡光線也會追上他，使皮膚發紅起泡。他真正需要的是強效防曬霜，如果找得到的話。

在第一個星期，當他還有精力時，用掉落的樹枝和從毀損的車內找到的膠帶及塑膠布搭蓋了一個遮蔽處。那時候他還有把小刀，但一星期後就弄丟了，或是兩個星期？他必須對像星期這種時間再有概念點。小刀是那種有兩副刀片、錐子、細小鋸子、指甲挫和開瓶器的攜帶萬用刀；還有一把小剪刀，用來修剪腳趾甲，還可以切割塑膠布。他很後悔弄丟剪刀。

九歲生日時爸爸送他一把這種萬用刀。爸爸總是送他工具，想使他務實些。照他爸爸的意思，吉米連旋個（screw）電燈泡都不會。誰願意旋進電燈泡啊？雪人腦中有個聲音在說，這回像個喜劇演員。我寧願在床上搞（譯註：screw，指性交）。

「閉嘴。」雪人說。

「你有沒有給他一塊錢？」他跟奧麗克絲談到這把小刀時她問他。

「沒有，幹麼問這個？」

「別人送刀給你時你要給錢。這樣霉運就不會割傷你，我不願意看到你倒楣，吉米。」

「誰告訴妳的？」

「噢，某人說的。」奧麗克絲說。某人是她生活中的一大部分。

「某人是誰？」吉米恨他，這個某人——沒有面孔、沒有眼睛、嘲弄著自己，有時是一個人，有時是兩個人，有時是一夥人——可是奧麗克絲的唇在他耳邊輕聲呢喃，哦，哦，某人，同時輕笑著，所以他怎能再繼續追究？

在有遮蔽處的那段日子裡，他睡在一張從半英里外的小木屋拖來的折疊床上，這張床有鐵架，彈簧上還有床墊。第一個晚上他被螞蟻咬了，於是他把床腳浸在四只放滿水的鐵皮罐頭中。這阻止了螞蟻的入侵，但塑膠布使得濕熱的空氣越聚越多，讓他覺得難受至極。在夜晚，絲毫沒有風的地平面，環境的濕度像是百分之百，他的呼吸在塑膠布上凝結成水滴。

浣鼬也很討厭，牠們在樹叢中亂竄，嗅著他的腳趾，在他周圍探頭探腦，彷彿他是一堆垃圾。有一天早晨他醒來時還發現三隻器官豬正隔著塑膠布盯著他。其中一隻是公的，他幾乎都可以看見白色獠牙上的閃光。器官豬應該不長獠牙，但由於具有快速成熟基因，可能正迅速恢復野生狀態。他吼叫並揮舞雙手，牠們就跑掉了；但誰知道下次再來時會幹些什麼？牠們，或是那些狗狼。牠們很快就會知道他沒有噴槍了；子彈用完後他就把槍扔了。他沒有再弄彈匣來還真是蠢：這是個錯誤，就像他在地面上搭帳篷一樣。

於是他搬到樹上。那兒沒有器官豬和狗狼，也很少有浣鼬；牠們比較喜歡低矮灌木。他在樹的主幹中間用木板和塑膠布搭了個粗糙的平台。做得還不錯；他收拾東西的本領向來超出父親對他的評價。起先他把床墊拖了上來，但當它開始發霉並發出誘人的番茄湯的味道時，他不得不把它扔了。

遮蔽處的塑膠布在一場異常猛烈的暴風雨中被扯破了。不過床架子還在，他在中午還能用一用。他發現如果伸展開四肢平躺在上面，也不用鋪床單，就像準備下油鍋的聖人那樣，比睡在地上好。至少他能讓身體都接觸到空氣。

突如其來閃現一個詞：中生代。他能看見這個詞，也能聽見，卻無法觸及，無法連結這個詞的相關事物。最近這種情形發生太多次，意義的瓦解，他珍視的詞彙表上的記載正飄散到太空中。

「都是因為天氣熱，」他自言自語道，「一下雨我就好了。」他汗如雨下，幾乎可以聽見流汗的聲音；一滴滴的汗水順著他的身體爬上，不過有時其實是蟲子。看來他對甲蟲頗具吸引力。甲蟲、蒼蠅、蜜蜂，好像他是塊死肉，或是一株惹人厭的花。

午間最好的事情是他不覺得飢餓。光是想到食物都讓他覺得噁心，就像在洗蒸氣浴時吃巧克力蛋糕。他希望能吐出舌頭讓自己涼快點。

現在是日正當中；頂點，以前是這麼說的。雪人張成大字地躺在床架上，在浮動的陰影下，聽任酷熱擺布。讓我們假裝在度假吧！這次是個老師的聲音，帶著傲慢和施捨的語氣。斯特拉頓夫人還說「叫我薩莉吧」，真是笑死人。讓我們假裝這個，讓我們假裝那個。在學院的頭三年裡他們要你裝蒜，然後在剩下的時間裡你如果還這樣就當掉你。「讓我們假裝我在這陪著你吧。天大的笑話，其實總想著把你的腦從雞巴裡吸出來。

是不是有點興奮了？他低頭看看自己的身體：沒有反應。薩莉．斯特拉頓消失了。也好，他得找更多更好的方法打發時間。他的時間——一個多麼沒用的概念，好像他得到一只屬於他的時間箱子，盛滿小時和分鐘，他可以像花錢一樣花費。麻煩是，這只箱子有個洞，時間正在流走，不論他做什麼。

比如他可以削木頭做一副象棋，自己跟自己下。他以前是跟克雷科下棋，但用的是電腦，沒有拿真正的棋子。大部分都是克雷科贏。應該在哪兒還有一把刀；如果他下決心去翻那些殘留物品，他一定能找著。當他想到這點時，他很驚訝怎麼先前沒想到。

他把思緒拉回到與克雷科相處的放學後時光。起初都無傷大雅，他們玩「大滅絕」或其他電腦遊戲。3D韋科、蠻踏、克里克塔姆．奧薩馬（譯註：此處暗指策動九一一事件的恐怖主義首領奧薩馬．賓拉登）這些遊戲都要一心二用，不僅要看清自己的行進方向，還要注意對手的行進方向。克雷科玩這些遊戲很拿手，因為他擅長側身跳躍。玩克里克塔姆．奧薩馬時吉米偶爾也會贏，只要克雷科玩的是異教徒這一方。

但要用刀削出這遊戲是沒指望了，只能削象棋。

或者他可以記日記，寫下他的印象。四周一定散落不少紙張，在那些仍然密閉、沒被燒毀的室內空間裡，還會有鋼筆和鉛筆；他在闖進這些房子裡尋找食物時看過，但從不想拿。他可以仿效以前的船長——在風暴中沉船，船長被困在艙裡，生還無望卻視死如歸，在航海日誌上留下千言萬語。有過這樣的電影。或者學學被困海島的落難者，用日記來消磨漫長的日子。列出補給品，記錄天氣，還有做過的小事——縫上一顆鈕釦，吞掉一隻蛤蜊。

他也算是個落難者。他可以記記流水帳，這樣生活也能有些條理。

但即使是落難者也該假設未來有讀者。說不定將來有人發現他的屍骨和記事，進而知道他遭遇。雪人不能做出這樣的假設：他不會有未來的讀者，因為克雷科人不識字；他所想像的讀者都是過去才有的。

一隻毛毛蟲沿著一根線往下掉，伸縮著身體像繩索藝術家表演那樣，盤旋著朝他胸口前進。牠呈現出一種鮮美、不真實的綠色，像橡皮軟糖，周身覆蓋著豔麗的茸毛。他看著蟲子，心頭忽然湧起莫名的柔情和歡樂。獨一無二，他想。再也不會有第二隻像這樣的毛毛蟲了。再也不會出現這種情與景同時產生的時刻。

這些感覺毫無緣由悄無聲息地攫住他，這些非理性的快樂閃現，大概是因為缺乏維生素。

毛毛蟲停了下來，遲鈍的腦袋在空氣中四處探察，巨大而黯淡的眼睛看起來像防暴頭盔的前端。也許牠正在聞著他，搜集他的化學氣味。「我們到這兒不是來玩、來做夢、來遊蕩的，」他對牠說，「我們有粗活要幹，要挑重擔。」

這回這句話又是從他腦神經哪個正在退化的角落裡冒出來的？國中的生活技能課，老師是個步履蹣跚的新保守主義者，在那個轟轟烈烈、富有傳奇色彩的.com泡沫時期裡頗不得志，便退縮到史前時代。他在半禿的後腦勺留了一撮捲鬚狀的馬尾巴，穿仿真皮夾克；他那凹凸不平、鬆鬆垮垮的老鼻子上戴了夾式金鼻環，並用毫無希望的語調鼓吹著自立精神、個人主義和冒險意識，彷彿他自己也不再相信這些。偶爾他會用某句老掉牙的格言諷刺挖苦一番，可這也不能沖淡乏味；他還會這麼說：「本來我可以拿第一的。」然後意味深長地瞪著全班學生，好像他們應該從中體會到某項真諦。

電腦簿記、電子銀行、微波爐煮蛋，填找房子或找工作的申請表格，家族遺傳調查，在簽訂結／離婚協定時應如何談判，明智的基因選擇婚配，正確使用保險套以防止性病傳播：這些都是「生活技能」。這些小孩都不當回事，他們不是都知道了，不然就是不想知道，把上課當成休息時間。我們來這不是來玩、做夢，或是遊蕩的，我們是來練習生活技能的。

「隨便你怎麼講吧。」雪人說。

或者，要是不做象棋、不記日記，他還可以把注意力集中在自己的生活條件上。這方面還有改善空間，很大的空間。比如擴大食物來源。他為什麼沒有採集樹根、漿果，並用削尖的木棍做陷阱來捕殺小型獵物？還有應該怎樣吃蛇？他為什麼浪費時間呢？

哦親愛的，別跟自己過不去呀！一個女聲在他耳邊遺憾地輕輕說道。

要是能找個岩洞，一個頂很高、通風很好，還能有些活水的岩洞，他就舒服多了。在四分之一英里外的確有條溪流；溪流在一處地方擴展成一汪水塘。起先他還去那兒涼快涼快，但克雷科人也許會在池子裡玩水，或在岸邊休息，孩子們會纏著他去游泳，但他不喜歡在沒裹著床單的時候被他們看見。與他們相比，他太怪異了；他們使他覺得自己很畸形。即使那兒沒人也很可能會有動物：狗狼、器官豬、野貓。活水塘總能吸引食肉動物，牠們趴在地上伺機而動，淌著口水。牠們會猛撲過來，那可不好玩。

雲層越積越厚，天色逐漸轉暗。他在密林中看不到天色，但能感覺到光線變化。他進入半睡眠狀態，夢見了奧麗克絲。她仰面躺在游泳池裡，穿著一套似用嬌美的白色紙花瓣做成的泳裝，在她周圍展開來，像水母瓣膜一樣舒張和收縮著。游泳池刷成了鮮亮的粉紅色。她抬頭朝他微笑，輕輕挪動手臂使自己浮在水上，他知道他倆正處於危險中。一陣空洞而沉悶的響聲傳來，像是一座巨型穴窟的門轟然落下。

傾盆大雨

隆隆雷聲和一陣疾風將他驚醒，午後的暴雨正在頭頂蓄勢待發。他手忙腳亂地站起來，抓著床單。那陣咆哮來得極快，在暴風雨中不該待在金屬床架上。他已在林子裡用輪胎堆起一座小島，他可以蜷縮其上使身子與地面隔開，等到暴風雨過去。有時還會下起高爾夫球大小的冰雹，但森林頂層厚密的枝葉減緩了落下的速度。

他剛好在暴雨橫掃時爬上那堆輪胎。今天只是下雨，與往常一樣的傾盆大雨，衝擊力強得讓空氣變得霧濛濛。雨水洶湧地傾瀉在他身上，閃電在天空中嘶嘶作響。樹枝在頭頂劇烈地搖曳著，無數條小河在地面上緩緩流過。已經變涼了，空氣中充斥著剛洗刷過的樹葉和潤濕的泥土氣味。

暴雨剛開始轉成濛濛細雨，雷聲也逐漸退卻時，他便步履蹣跚地回到用水泥板做的儲藏櫃那拿空啤酒瓶。接著他又來到一片懸垂於空中、參差不齊的混凝土結構邊上，那本是一座橋。其下有橙色三角形標誌，上面是個揮動鐵鍬的男子剪影。在當時是指「作業中」。想想，這些無休止的勞動真不可思議，挖掘、敲打、切割、搬運、打鑽，日復一日、年復一年，多少個世紀過去了；而今一切都在土崩瓦解中。黃粱一夢。

匯集的水流從混凝土框架側面的洞傾瀉下來。他站在下面張開嘴，大口吞著流水，水裡滿是沙粒、小樹枝和別的他不願去想的東西——這股水流到這前必定穿過房屋的廢墟、充斥著怪味的地窖、淤塞的河溝，還有鬼才知道的地方。然後他開始沖洗身子，將濕透的床單擰乾。這樣不會洗得很乾淨，但至少可以除去表面的浮灰和污垢。要是有塊肥皂——他偷溜進別人家裡時總是忘記拿——會很有用。

他灌滿啤酒瓶。他得找個更好的容器，保溫瓶或是水桶——比較好握的東西。瓶子拿起來很笨拙，既滑溜又放不穩。他老是想像著他能聞到裡面的啤酒味，儘管這只是一廂情願的想法。讓我們假裝這是啤酒吧。

他真不應該想這個，不該折磨自己。他不該把這種不可能的事懸在面前，就像關在籠子的實驗動物，落入圈套，對自己的腦做出不當的實驗。

放我出來！他聽見自己在心裡說。但是他並沒有被關起來，並沒有蹲牢籠。他如何從現在的處境中出來呢？

「我不是故意這麼做的。」他說，在這種狀況下他又恢復如孩子啜泣時的聲音。「事情就這樣發生了，我不清楚，我控制不了！我能怎麼做呢？有沒有人在，隨便誰，求你聽我說！」

多麼拙劣的表演。連他自己也說服不了。他又抽噎起來。

重要的是，他腦中的書說，能夠對那些無足輕重的干擾不予理會，杜絕毫無意義的牢騷，把精力集中到眼前的現實和手上的工作。他一定在哪讀過，他的腦筋絕對編不出毫無意義的牢騷這種句子，至少不完全是他自己想出來的。

他用床單的一角擦了擦臉。「毫無意義的牢騷。」他大聲說。跟往常一樣，他覺得有人在聽：某個看不見的人，躲在樹叢中，狡猾地看著他。

4

浣熊

他的確有個聽眾：是浣鼬，還很小。他看見牠在灌木叢下，眼睛晶亮地窺視著他。「過來，過來。」他引誘牠。牠縮進灌木叢深處。如果他真的去嘗試，他大概能夠馴服其中一隻，然後他就有說話的對象。有人可說話是件好事，奧麗克絲曾告訴他。「有機會你應該去試試。」她說話時吻著他的耳朵。

「可是我跟你說啊。」他表示反對。

又一個吻。「是嗎？」

吉米十歲時他爸爸送他一隻浣鼬當寵物。

他爸爸長什麼樣子？雪人並不能說得一清二楚。媽媽在他腦海中卻一直有個清晰的形象，色彩鮮明，圍在閃閃發光的白紙框裡，就像拍立得相片那樣，但對於爸爸他只能回想起一些細節：吞嚥東西時喉結上下滾動，耳後有明亮的廚房窗戶為背景，左手放在桌上，被襯衫袖口遮住一半。爸爸像是由許多零件拼湊而成的。也許吉米從來沒有站得夠遠，可以一次看清所有零件。

送給他浣鼬應該是在他生日時。他不願多去想生日：那不是固定的慶祝活動，在菲傭德洛麗絲走後就不是了。她在時總會記得他的生日；她會自己做或是去買蛋糕，總之就是會有個蛋糕，真正的蛋糕，帶有糖霜和蠟燭——難道那些不是真的嗎？他緊緊抓住那些蛋糕的真實性不放；他閉上眼，讓那些蛋糕一起呈現在腦海裡，排成一行懸浮著，蠟燭全點亮了，散發出沁人心脾的香草的芬芳，就像德洛麗絲的香味。

他媽媽似乎從記不得吉米幾歲或他是哪天出生。他得在吃早餐時提醒她，然後她會猛然醒悟，買給他一些讓人感到羞辱的禮物——有袋鼠或狗熊圖案的小孩睡衣、一張四十歲以下的人都不願聽的CD、有著鯨魚圖案的內衣——用薄紙包好，晚飯時放在桌上。臉上帶著越發詭異的微笑，彷彿有人用叉子戳著她，對著她說：笑。

他爸爸會用非常微弱的藉口辯解自己為什麼一時沒想起這個非常特別、非常重要的日子，並問吉米是否一切都好，而且還會發一封電子生日賀卡——標準的奧根農場圖案，五隻長翅膀的器官豬排成一列跳著康康舞，卡上寫著：生日快樂，吉米，願你夢想成真——並在第二天給他一件禮物，那禮物並不是真正的禮物，而是某種工具或益智遊戲或另有含義的要求。但要達到什麼呢？從未有什麼標準；就算有，也是那麼朦朧，那麼高遠，誰都看不見，尤其是吉米。吉米的一切成就都不能達到父親的標準。用奧根農場的「數學－化學－應用生物學」的標準衡量，他是屬於那種非常平凡的孩子；也許因此爸爸不再跟他說只要努力就可以做得更好，而是講幾句暗藏失望的表揚話，好像吉米的腦子受過傷似的。

所以關於吉米的十歲生日，雪人除了那隻他爸爸裝在手提籠裡帶回來的浣鼬外，什麼也想不起來了。牠是隻很小的浣鼬，是第二代浣鼬中最小的，而牠們都是第一對經基因變種配對的浣鼬的後代。那一窩的其他幼浣鼬都被爭搶一空。吉米的爸爸明白他得花大量的時間精力，並動用不少關係才能弄到，但為了這個非常非常特別的日子，所有努力都值得，雖然兒子的生日照例講已是前一天的事了。

浣鼬是奧根農場生化實驗室中一名高手的嗜好下的產物。那時他們亂搞很多事；創造動物真有趣，那些傢伙說，讓你有當上帝的感覺。有不少實驗品被銷毀，因為太危險。誰希望在刷牙時從浴室窗戶爬進來一隻有變色龍捲尾巴的蔗蟾弄瞎你的眼睛？還有「蛇鼠」，蛇與老鼠的混合體；他們不得不把這些都消滅掉。浣鼬卻被奧根農場當作寵物收留下來。牠們並非來自外面，也就是這個園區外的世界，所以不會攜帶病菌，對器官豬沒有危害。牠們還很聰明伶俐。

小浣鼬博得吉米的歡心，黑白相間的毛色，臉像是戴著黑面具，白條紋貫穿背部，毛茸茸的尾巴一圈黑一圈白，舔著吉米的手指，他愛上了牠。

「沒有怪味，不像臭鼬，」吉米爸爸說，「是很乾淨的動物，性情也溫順。浣熊長大就不是好寵物了，脾氣乖戾，幾乎把房子拆了。這個小傢伙應該不會。我們拭目以待。對吧，吉米？」

近來吉米的爸爸對他總懷有歉意，彷彿他錯怪吉米並心生歉疚似的。他老是說：對吧，吉米？吉米不喜歡這樣——不喜歡做一個總說好話的人。他爸爸有些舉動在他看來也沒必要：用拳頭親暱地捶他、揉弄他的頭髮、用略帶深沉的腔調說：孩子。這種本來是親切的談話每況愈下，彷彿他爸爸在扮演父親的角色但又不抱希望。吉米常做這種事，所以大部分時候，他一眼便識破。他撫摸著小浣鼬，沒有回答。

「誰負責餵牠和清理這個小盒子呢？」吉米媽媽說，「因為不會是我。」她說話時並沒有發火，而是用一種超然、就事論事的語氣，似乎她是個旁觀者，事不關己；彷彿對吉米或是對他那差強人意爸爸的日常照料、她和爸爸之間的爭吵，還有他們日益沉重的生活負擔，都與她毫無關係。她不再大發雷霆，不再穿著拖鞋衝出屋。她變得遲緩和從容。

「吉米沒有要妳做，他會自己做。對吧，吉米？」他爸爸說。

「你要怎麼叫牠？」他媽媽說。她並不是真的要答案，只是想接近他。當他對爸爸送的東西表現出興趣時，她總是不高興。「強盜？」

這正是吉米所想的，因為臉像黑色面具。「不，」他說，「很無趣。我要叫他『殺手』。」

「取得好，孩子。」他爸爸說。

「唔，要是殺手尿在地板，你要收拾。」她媽媽說。

吉米帶殺手上去他的房間，在他枕頭邊做了窩。牠的確有股淡淡的味道，古怪但並不難聞，類似皮草的刺鼻味，像專為男士設計的新款肥皂。他睡覺時把牠圈在臂彎裡，他的鼻子貼著牠的小鼻子。

在得到浣鼬一兩個月後吉米的父親就換工作了。他被欣膚公司（NooSkin，Noo與New諧音諧形，skin則為皮膚之意。此為作者自行造字）挖角，擔任該公司的中階管理階級——副官，吉米的媽媽這麼稱呼。奧根農場的實驗室技術員拉蒙娜，也一起跳槽。吉米的爸爸說，她是協定的一部分，因為她是無價之寶，也是他最得力的弟兄（「開玩笑的。」他會對吉米說，表示他知道拉蒙娜不是男的；不過反正吉米明白）。吉米有點高興午餐時仍能看見拉蒙娜——至少她算是熟人吧——儘管和父親一起吃午餐的次數越來越少，間隔越來越長。

欣膚是康智（譯註：原文Helth Wyzer與Health Wiser諧音諧形）公司的分支，所以他們就搬進康智園區。這回他們的房子是義大利文藝復興風格，帶有拱形柱廊、大面積的上釉褐土色地磚，室內泳池也更具規模。吉米的媽媽談到它時便說「這間穀倉」。她抱怨康智大門口的安全檢查太嚴格了——警衛比以前的粗暴，他們誰都懷疑，喜歡叫人脫光搜查，特別是女人。他們從中尋求快感，她說。

吉米的爸爸說她太小題大作了。他說不管怎樣，在他們搬來前幾個星期就出過事——一個狂熱分子，女的，把一種有害微生物裝在髮膠瓶隨身攜帶。是毒性極其強的伊波拉或馬堡病毒的變異品種，能導致大出血。她打倒了一名警衛，這個警衛因為天熱很不明智地違規摘掉防護面罩。那女人立即被噴槍打死並被浸在漂白缸裡消毒，而那個可憐的警衛則被火速送進高致病性病毒隔離室，溶化成一灘黏稠的物質。災害沒有擴大，警衛們飽受驚嚇。

吉米媽媽說這並沒有改變她身陷囹圄的感覺，吉米爸爸說她還不明白現實處境。難道她不想安全無虞，不想讓兒子平安嗎？

「這麼說是為了我好？」她說。她正把法國吐司切成等邊的方塊，消磨時間。

「為我們好，為了我們。」

「嘿，我偏偏不贊成。」

「這不稀奇。」吉米的爸爸說。

根據吉米媽媽的說法，他們的電話和電子信箱都被安裝了竊聽、監視裝置，而健壯幹練、每週來兩次的康智公司清潔工——每次總是來兩個——則是監視者。吉米爸爸說她疑心病越來越重，再說他們沒什麼好隱瞞，何必擔心呢？

跟奧根農場相比，康智園區的場地不但更新也更大。它擁有兩條而不是一條步行購物商場，一家更好的醫院，三間跳舞俱樂部，甚至還有自己的高爾夫球場。吉米上了康智辦的小學，起初他誰也不認識。除了開始時的孤獨感外情況不算壞，其實還不錯，因為他可以再玩老把戲和玩笑；奧根農場的孩子對他的噱頭都習以為常了。他已模仿過黑猩猩的動作，近來正在表演假裝嘔吐和噎死——都很受歡迎——還有就是拉著一個脫光衣服的女孩坐在他肚子上，她的胯部正對著他的肚臍，讓她在上面扭動。

他不再回家吃午餐。早晨他由學校的乙醇太陽能雙用車接走，晚上再乘車回來。學校有一間賞心悅目的餐廳，供應營養均衡的飯菜，不同種族的人可以有不同的選擇：俄式餃子形餡餅、阿拉伯炸豆泥，還有猶太熟食，以及為吃素食的人準備的豆製品。午餐不必有父母在場，這讓吉米高興得都有些暈眩了。他甚至長胖了，不再是全班最瘦的。如果飯後時間還多，也沒有別的事，他就可以到圖書館去看舊的教學光碟。鸚鵡艾力克斯是他最喜歡看的，出自《動物行為研究經典》。他愛看艾力克斯發明新詞——軟木花生，意思是杏仁——最好看的是艾力克斯受夠練習分辨藍三角形和黃正方形並說道：我要走了。不，艾力克斯，你給我回來！哪個是藍三角形——噢別走，藍三角形？但艾力克斯已在門外了。艾力克斯可以得五顆星。

有一天吉米獲准把殺手帶到學校，她——現已正式認定是個「她」——引起轟動。「哦，吉米，你真幸運！」沃卡拉．普拉斯說，她是他第一個喜歡的女孩。她撫摸著殺手的皮毛、棕色爪子和粉紅色指甲，吉米感到一陣顫抖，好像她的手指正滑過他的身體。

吉米的爸爸花在工作上的時間越來越多，卻越來越少談。欣膚公司也有器官豬，跟奧根農場的差不多，但比較小，而且是用來研發與皮膚相關的生物技術。主要是要研發新皮膚替換舊表皮層的方法，不是用雷射或磨皮使皮膚變薄的暫時性處理，而是徹底地真正換膚，新皮膚也不會有皺紋或疤痕。種植一個年輕而飽滿的皮膚細胞，它會吃掉原來皮膚的乾癟細胞，並自行複製細胞來替換，就像池塘裡的水藻那樣。

這項實驗若能成功，將帶來無限的報酬，吉米的爸爸解釋道。最近他都用對待大人的方式對吉米說話。那些曾經年輕漂亮的有錢男女服用荷爾蒙補充劑，大把注射各種維生素，但在無情的鏡子前還是無計可施。他們有誰不願意賣房子、賣掉有圍牆的退休別墅、賣掉孩子以及靈魂來換取第二春呢？**為老者換新膚**，廣告詞是這麼說的。不過這並非意味已經研發出完全有效的方法。十幾個飽受皺紋之苦又滿懷希望的人志願接受換膚試驗，他們不須付費，但簽署了放棄控告權。結果他們就像從同一個模子裡出來的外星人——新皮膚色調不均、偏綠的棕色，還會一片片剝落。

不過欣膚公司還有別的專案。有天晚上吉米的爸爸很晚才到家，略顯醉態，手裡還拿著香檳。吉米看了一眼便走開。他在客廳那幅海濱風景圖後面藏了個微型麥克風，廚房牆上的掛鐘——那種每小時都會有不同惱人的鳥叫聲——後也有，這樣不關他事的話題他也能聽見。麥克風是他在學校新技術課上裝配的，他採取的是用於無線電腦聲控的微型麥克風的標準零件，稍作調整就成了很不錯的竊聽裝置。

「拿著那個幹什麼？」吉米媽媽的聲音。她指的是那瓶香檳。

「我們搞定了，」吉米爸爸的聲音，「我想該小小地慶祝一下。」一陣忙亂：也許他想親她一口。

「什麼搞定了？」

香檳酒瓶塞打開的聲音。「來呀，又不會咬妳。」停頓了一會兒：他一定在倒酒。沒錯，有酒杯碰撞聲。「這杯為我們喝。」

「什麼搞定了？我要知道為什麼而喝。」

又停頓了一會兒。吉米想像爸爸吞下一口酒，喉結上下滾動，咕咚，咕咚。「是那個神經再生專案。我們現在可以在器官豬裡植入真正的人類大腦皮層組織了，失敗那麼多次後終於成功了！想想未來應用吧，對中風病人，對……」

「正是我們需要的，」吉米媽媽說，「更多有豬腦子的人。不是已經夠多了嗎？」

「妳就不能正面些嗎，只要一次？都是負面的想法，這也不好，那也不好，在妳看來沒什麼是夠好的！」

「對什麼正面一點？對你們又想出了點子去搜刮一群絕望的人？」吉米媽媽用新近那種不慍不火的腔調說。

「天哪！妳真是憤世嫉俗！」

「不，你們才是。你和你那夥聰明的合作人，你的同事。錯了，整個組織都錯了，這是個道德的污水池，而你明白這一點。」

「我們可以帶給人希望，給人希望不等於搜刮！」

「欣膚的價位就是搜刮。你們誇大效用，捲走他們所有的錢，等他們山窮水盡時，就不再供應他們；是你和你那些夥伴毀了他們。你不記得我們以前是怎麼說的，全不記得我們想做的那些事情了嗎？使人們的生活更美好——不光為了有錢人。你以前那麼……那時你有理想。」

「當然，」吉米的爸爸帶著疲憊的聲音說，「現在也有，只是代價我付不起。」

一段停頓。吉米的媽媽一定仔細想著那些話。「就算是這樣，」她說——這表明她並不準備讓步，「就算是這樣，那麼多研究又怎麼說呢？你們正在幹的事情——豬腦袋的事，你們在干涉構築生命的基礎材料，這是不道德的。是一種……瀆聖行為。」

砰，敲擊桌子的聲音。不是他的手，是酒瓶嗎？「真不敢相信我聽到的！妳都在聽誰說話呢？妳受過教育，妳以前也做過，不過是蛋白質嘛，妳知道呀！細胞和組織沒什麼神聖可言，僅僅是……」

「那些理論我清楚得很。」

「不管怎樣，這份工作確保妳衣食無虞，妳不該高談闊論。」

「我知道，」吉米媽媽的聲音，「相信我，對此我很明白。為什麼你不能做一份誠實的工作？做點實在的事？」

「比如什麼，哪兒有？妳要我去挖水溝嗎？」

「至少那樣你會問心無愧。」

「不，妳才會。妳才是有神經質罪惡感的人。妳自己為什麼不去挖幾條溝，至少可以讓妳遠離菸，說不定就把菸戒了——妳是生產肺氣腫的一人工廠，妳還單槍匹馬地為捲菸公司搖旗吶喊。妳要是這麼在乎道德就好好想想吧。他們散發免費香菸讓六歲大的孩子上癮一輩子。」

「這我全知道。」停頓。「我抽菸是因為我感到很沮喪。菸草公司讓我沮喪，你讓我沮喪，吉米讓我沮喪，他正變成一個……」

「要是妳這麼他媽的沮喪就吃些藥！」

「沒必要罵髒話。」

「我認為也許有必要！」吉米爸爸的吼叫已不是新鮮事，但夾雜著髒話使吉米的注意力完全集中。也許還會動手，摔杯子。他覺得害怕——肚子裡好像又有了那個冰冷的腫塊——但他又很想聽。如果將發生大災難，毀了一切，他想要知道為什麼。

不過什麼也沒發生，只有走出房間的腳步聲。是誰？不管是誰，反正這個人現在要上樓來看吉米了，以確認他已睡著也沒聽見。他倆腦子裡都裝著張「父母職責一覽表」，接下來他們便可以在表格裡的那一項上打勾了。吉米氣的不是他們的壞行為，而是好行為——那些應該是好的，或者為了他好的行為；那些讓他們自我稱讚的行為。他們對他一無所知，不知他喜歡什麼、討厭什麼，以及渴望什麼。他們以為他是他們看見的樣子；一個好孩子，只是有些傻，有些愛表現。不是宇宙中最閃亮的星，不是數學天才，但你不能要求太多，至少他不算是個廢物，至少他不像許多同齡孩子那樣酗酒吸毒，所以就求老天保佑吧。他的確聽爸爸說過：求老天保佑吧，好像吉米注定了會幹蠢事，會誤入歧途，而他竟還沒走到那一步田地。他心裡那個不同的、祕密的吉米，他們根本不明白。

他關掉電腦，拔下耳機，熄燈上床，動作輕柔而小心，因為「殺手」已經睡在那兒了。她伏在他腳跟，她喜歡待在那兒；她愛上了舔他的腳，把鹽分舔掉。有些癢，他把頭埋在被子裡，暗自笑得發抖。

榔頭

幾年過去了。應該沒錯，雪人想，除了聲音變粗和開始長毛，這幾年他記不得多少。當時這些並不會帶給他多大的興奮，只覺得要沒這些變化會更糟。他還長了些肌肉，開始做與性有關的夢，白天便沒精打采。他憑空想像了很多關於女孩子的事情——沒有臉的身體——也想到了有臉的沃卡拉．普拉斯，雖然她沒和他出去過。他長粉刺了嗎，長了吧？他現在記不得了；但在他的回憶中，他那些對手的臉上都滿是痘痘。

軟木花生！他對激怒他的人說，只要不是女孩。只有他和鸚鵡艾力克斯知道軟木花生是什麼意思，所以破壞力極大，在康智園區的孩子中流行起來，吉米也因而小有名氣。嗨，軟木花生！

他內心裡最好的朋友是殺手。真可悲，能讓他推心置腹的竟是一隻浣鼬。他盡可能地迴避父母，他老爸是個軟木花生，他媽媽整天遊手好閒。他不再對他們劍拔弩張的場面感到害怕，他只覺得他們囉嗦乏味，他跟自己這樣說。

在學校，他大大地出賣他父母。他在兩手的食指關節上都畫了眼睛，把大拇指藏在拳頭裡。然後他上下滑動大拇指以表示嘴巴一張一合，這樣他就可以讓這兩個手玩偶爭吵了。他的右手是邪惡老爸，左手是正義媽媽，邪惡老爸空談理論，滔滔不絕地說著自以為是的廢話，正義媽媽則抱怨並責備著。在正義媽媽的宇宙哲學中，痔瘡、盜竊癖、全球衝突、呼吸障礙、地殼構造板塊中的斷層線以及腦血栓，還有正義媽媽所有遭受過的偏頭疼和經痛，這一切的唯一根源，就是邪惡老爸。中午他在餐廳裡的表演很成功，總有一群人圍上來，還提出意見。吉米，吉米——演邪惡老爸！這些孩子提了不少修改意見，都是從他們父母的私生活中搬來的；有的人也試著在指節上畫眼睛，但他們的雙簧總不夠精采。

做得太過分時，吉米事後便會覺得內疚。他不該讓正義媽媽因為荷爾蒙作怪而在廚房哭；他不該用「星期一特製魚柳（含百分之二十真魚肉）」做出性暗示，邪惡老爸撲到上面貪婪地將它撕碎，因為正義媽媽正躲在睡袋裡生悶氣不願出來。諸如此類的鬧劇破壞了父母的尊嚴，不過這些還不足以讓他罷休。這些戲隱含著吉米不願面對的事實。可是其他孩子都慫恿他演下去，他也抵擋不住掌聲的誘惑。

「是不是太過分了，殺手？」他問，「太卑鄙了吧？」卑鄙是他新近發現的詞：正義媽媽這些天來常把它掛在口上。

殺手便會舔舔他的鼻子，她總是原諒他。

有一天吉米放學回家時看見廚房餐桌上有張字條，是媽媽寫的。他一看到給吉米的字跡就知道了，下面畫了兩道黑槓；寫了些什麼呢？

親愛的吉米，字條子上寫著。哇啦哇啦哇啦，良心受夠了那麼長的折磨，哇啦哇啦，不想再過這種不但毫無意義而且還哇啦哇啦的生活。她說她知道等吉米再長大一些明白哇啦哇啦的含義時，他會贊同並理解她。如果可能的話，她以後會找他。哇啦哇啦搜尋工作會展開，肯定的；所以有必要躲藏起來。這絕不是在沒有進行過心靈上的探索、沒有思考過和痛苦過的情況下做出的決定，可是哇啦。她會永遠深愛他。

也許她是愛吉米的，雪人想，以她自己的方式。儘管當時他並不相信。或許，從另一方面來說，她沒有愛過他，不過總該對他懷有某種正向的情感。難道沒有所謂的母性嗎？

另外，她說。我帶走殺手並放她走，因為我知道她在森林裡會活得更快樂更自由。

吉米也不相信這個說法，他被激怒了。她怎敢這樣？殺手是他的！而且殺手經過馴化，自己過活就會陷入無助的境地，任何飢餓的野獸都會把她撕成毛茸茸、黑白相間的碎片。然而吉米的媽媽和她的同黨應該是對的，雪人想，殺手和其他被解救的浣鼬在自然界中一定適應得不錯，要不然怎麼解釋在森林裡竟充斥著這麼多討厭的浣鼬呢？

吉米傷心了好幾個星期。不，好幾個月。他最為誰傷心呢？他媽媽，還是一隻變種臭鼬？

他媽媽留下了另一個訊息。不是信，是一條無言的訊息。她把吉米爸爸在家用的電腦毀了，不只是電腦裡儲存的內容；她真用上了榔頭。事實上她把吉米爸爸那家庭巧手先生工具盒裡放得整整齊齊卻很少使用的每一件工具都用了，但看來她挑了榔頭作為主要武器。她也毀了她自己的電腦。因此無論是吉米的爸爸還是蜂擁而至的公司安全衛隊都不知道她是否寄了加密信，或是下載帶走了哪些資訊。

她又是如何通過檢查站和大門呢？她當時說要到套房區裡的一家牙科去做根管治療。她有書面證明，她說的狀況又屬實：康智牙科診所的根管治療專家因心臟病病倒了，而替代他的人還沒來，所以就把治療包給外面的醫院。她甚至真的預約那個套房區的牙醫，她爽約後醫生就把帳單寄給吉米的爸爸（吉米的爸爸拒絕支付，因為並不是他爽約；他和牙醫後來在電話裡大吵了一場）。她沒有打包，而是用很高明的做法。她雇請了公司安全衛隊保護自己從密閉的高速子彈列車站坐計程車，穿越一片不算長但必須得通過的平民區地帶，最後到達套房區的圍牆。這些都毫無反常之處，沒有人向她提出疑問，她的身影大家都很熟悉，她有需要外出的證明，有通行證，什麼都有。在園區門口誰也沒掰開她的嘴朝裡看，儘管什麼也看不見；精神上的痛並不會顯露。

那個公司安全衛隊一定是她的同謀，要不就是被做掉了；反正他沒回來，也沒再露過面，大家都這樣說。這才真正讓人驚惶不安，這意味著還有其他人參與。但這些人是幹什麼的，他們的目標是什麼？當務之急是搞清楚這些事情，那些盤查吉米的公司安全衛隊說。吉米媽媽有沒有對他說過什麼？他們問道。

說過什麼指的是什麼呢？吉米說。是他透過微型麥克風聽到的那些談話嗎？但他不想講。還是她沒完沒了的嘮叨？說什麼一切都毀了而且再也不能復原，就像她小時候那幢在海邊的房子——當海平面快速升高，後來又因加那利群島火山爆發引起巨型海嘯時，房子連同海灘的其餘部分，以及好幾座東海岸城市都被沖走了（學校裡地質經濟學教過。吉米對那部模擬這場災難的影片看得津津有味）。她還經常哭哭啼啼地回憶她外公在佛羅里達的葡萄柚園，而斷了雨水後葡萄柚就乾癟得像顆大葡萄乾。就在同一年奧基喬比湖（Lake Okeechobee）萎縮成臭氣熏天的泥潭，而沼澤地（Everglades）國家公園則整整燃燒了三個星期。

可是每個人的父母都在哀嘆諸如此類的事情。還記得當年你開車要去哪就去哪？還記得那時所有人都住平民區裡？還記得你可以飛到世界的任何地方也不用害怕？還記得漢堡連鎖店，總是夾真牛肉，還有賣熱狗的攤子？還記得紐約在成為新紐約（譯註：New New York，小說中假想的城市，在紐約被海水淹沒後重建的城市）；之前的日子？記得那時大家愛看選舉事件？這些都是茶餘飯後的話題。哦，過去一切都那麼美好。嗚嗚。我要去鑽睡袋了，今晚不要做愛了！

他媽媽只是個媽媽，吉米告訴公司安全衛隊。她做母親該做的事。她抽很多菸。

「她是不是參加什麼組織？有陌生人來過家裡嗎？她有沒有花很多時間打手機？」

「任何一點線索，我們都會感謝，孩子。」另一個公司安全衛隊說。是那句孩子讓吉米下決心。吉米說他覺得沒有可提供的。

吉米的媽媽留給他幾件新衣服，說這尺寸他很快就能穿得下。衣服不但很幼稚，一如她以前買的，而且尺寸還過小；他丟在抽屜的角落。

他爸爸很慌亂，看得出來，他很害怕。他的妻子打破所有教條，她一定過著他全然不知的生活，這種事足以丟盡男人的顏面。他說那台她砸掉的電腦裡沒有儲存特別重要的資訊，他當然要這麼說，是否如此也無從證明。然後在別處接受審查，歷時很久。也許被嚴刑拷打，就像老片和一些聲名狼藉的網站所展示的那樣，遭受電擊，被警棍打，被燒紅的釘子釘。吉米很擔心，害怕極了；為什麼不在一開始就加以阻止，而是表演那些差勁的雙簧戲？

吉米的爸爸不在時，有兩個一本正經的公司安全衛隊女隊員留在家裡照顧吉米，一個叫笑嘻嘻，一個叫板著臉。她們用手機打了很多電話，她們翻看相冊和吉米媽媽的衣櫥，還想和吉米攀談。她看起來真的很漂亮，你認為她有男朋友嗎？她是不是常去平民區？她為什麼要去那裡？吉米問。她們就說有些人喜歡去。為什麼？吉米又問。板著臉說有些人不正常，而笑嘻嘻則笑得臉都紅了，說你在那裡可以享受到這兒享受不到的東西。什麼東西？吉米還想問，但他沒有，因為答案也許會使他捲進更多的問題，都是關於他媽媽喜歡或者享受到什麼。他在康智中學餐廳已把她全抖出來了，他不打算再這樣。

二位女隊員做了很難吃、老得像皮革的煎蛋餅，想煮東西給他吃來卸下他的心房。這一招沒能奏效後她們便微波冷凍食品、訂披薩。你媽媽常去購物中心囉？她去不去跳舞？我打賭她有去。吉米很想揍她們。如果他是女孩就可以放聲大哭，讓她們為他感到難過，那樣她們就會閉嘴了。

吉米的爸爸回來後便去做心理諮詢。看起來確實有必要，他臉色泛青，眼睛紅腫。吉米也做了，但只是浪費時間。

媽媽失蹤了，你一定很難過。

是啊，沒錯。

你別自責，孩子。她離開不是你的錯。

你說的是什麼意思？

沒關係，你可以表達你的情感。

你要我表達什麼情感？

沒必要敵視我，吉米，我知道你的感覺。

既然已經知道了幹麼還要問我。諸如此類。

吉米爸爸跟吉米說他們倆要盡最大的努力過下去。於是他們真的努力繼續生活。他們努力，再努力，早晨自己倒橘子汁，在記得時把盤子放到洗碗機裡清洗。經過幾週的努力，吉米爸爸的臉色不再泛青，他又開始打高爾夫球了。

可以覺察得出他內心深處並沒有太糟糕，因為最難熬的日子已經過去了。他刮鬍子時吹起口哨，而且刮得更勤快。在一段恰當的時間後，拉蒙娜搬了進來。家裡的生活方式開始改變，有了一陣陣咯咯的笑聲，門背傳來咆哮的做愛聲，門雖關著卻無法隔音。此時吉米就調高音樂的音量，並盡力不去聽。他大可以在他們房間裡放個竊聽器，盡收耳裡，但他卻非常不想這麼做。說實話，他覺得十分尷尬。吉米和爸爸在樓上走道有過一次難堪的相遇，爸爸裹著浴巾，耳朵挺立在腦袋兩邊，最近一次肉體征戰所迸發的能量使他面頰上仍帶著欲火，而吉米則羞得滿臉通紅，並假裝沒有注意到。這對情欲勃發的男女可以有點禮教到車庫去盡情歡愛，而不是就在吉米旁邊。他們使他覺得自己是隱形的，但他也不想常常被他們看到。

他們的關係有多久了？雪人現在很想知道。是不是穿著生化衣、戴著病毒過濾面罩，躲在器官豬欄後偷偷地行雲雨之樂呢？他認為不會。爸爸是討厭的人但不是混蛋；當然有些人既是混蛋也是討厭的人。但他爸（他相信如此）笨拙得可以，也不會撒謊，不可能做出背叛的事卻讓吉米媽媽不曾察覺。不過也許她注意到了，也許那就是她出走的部分原因。不在盛怒下，是不會拿起榔頭去對付別人電腦的，更別說是電動螺絲刀和扳手了。

這並不是說她沒有很生氣，她的憤懣已超出單純的動機。

雪人越想越覺得拉蒙娜和他爸爸一直在壓抑，在投入彼此的懷抱前等待吉米的媽媽在盛怒下離去。否則他們就不會在奧根農場的安德烈酒店裡那麼熱烈而無怨地彼此凝視著。如果已有了親密接觸，他們在公共場合便會裝出生硬和公事公辦的態度，並相互迴避；他們會找個邋遢的角落苟且偷歡，會在辦公室的地毯上，性急地扯壞對方的鈕釦和拉鏈，會在停車場裡耳鬢廝磨。他們就沒必要惦記著和吉米吃無毒午餐了；在那些午餐上，當拉蒙娜吞嚥著生胡蘿蔔時，他爸爸盯著桌面；他們便不會越過綠色蔬菜和豬肉餡餅，用視線貪婪地渴求對方，並拿年幼的吉米做人體擋箭牌。

雪人並不是在批判他們。他懂得人情世故，或說過去那種人情世故。他現在是個成年人了，他自己的良心承載著更糟糕的事情。所以他有什麼資格去譴責他們呢？

（他譴責他們。）

拉蒙娜用迷濛而真誠的黑色大眼睛凝視坐著的吉米，告訴他，她明白這件事對他打擊太大了，是他們所有人的精神創傷，對她的打擊也不小，雖然他或許不這麼認為，而她也清楚自己無法替代他媽媽。不過她能不能和他成為好朋友？吉米說：沒問題，好啊。因為撇開她和他父親的關係，他挺喜歡她，也想讓她高興。

她確實嘗試過。她會因他講的笑話而笑，只是有時候反應比較遲緩——她話不多，他提醒自己；而有時候吉米的爸爸不在家，她就用微波爐做飯，義式烤寬麵條和凱撒沙拉是她的主食。有時她和他一起看DVD，靠著他坐在沙發上，拿著她爆好的爆米花，融化的奶油不是澆在上面而是用油膩膩的手去蘸。看到害怕的地方她就舔自己油膩的手指，而吉米則克制不去看她的胸部。她問他想不想知道關於她的情況，比如那些……他應該懂她的意思。她和他老爸，以及那場婚變。他說沒什麼要問的。

在夜晚，他偷偷想著殺手。還有——在腦子裡某個他不大願意承認的角落裡——他也懷念著他那古怪、不稱職、可憐的媽媽。她去哪了？處於怎樣的險境？這點無庸置疑。他們一直在找她，他知道，如果他是她的話，他也不願意被發現。

但她說過會跟他聯絡，那麼為什麼還沒收到消息？過了一段時間，他真的收到兩張明信片，分別貼著英國和阿根廷郵票，署名都是莫妮卡阿姨，但他知道是她寄的。希望一切順利。只有這句話。她確定明信片到吉米手上前已被上百個好管閒事的人讀過了，事實也是如此。因為每張明信片寄到後都有公司安全衛隊登門詢問莫妮卡阿姨是誰。吉米說他不知道。他認為媽媽不會待在郵票寄出的國家，因為她可沒這麼笨，她一定是託人幫她寄。

她不信任他嗎？顯然是。他覺得自己讓她失望了，嚴重地辜負了她。他從不能理解她提出的要求，要是他能再有機會使她快樂多好。

「我不是我的童年。」雪人大聲說。他討厭這些重播鏡頭，無法關掉，無法改變主題，無法離開那間屋子。他需要的是更為內在的行為準則，或他可以不斷重複以排遣那些回憶的音節。那叫什麼來著？符咒。他們在小學裡練習過。每週宗教。好了同學們，請安靜，就是說你，吉米。今天我們要假裝住在印度，我們要念符咒。好玩吧？現在我們每人都挑一個字，不同的字，這樣我們都有自己專屬的符咒了。

「記住那些字詞。」他自言自語。怪詞、舊詞、罕見詞。短慢。諾恩女神。尋寶術。風笛變奏曲。油滑。一旦離開了他的腦袋，這些字就一去不復返，彷彿從沒來過。

克雷科

吉米的媽媽失蹤前幾個月，克雷科出現了。兩件事在同一年發生，有關聯嗎？沒有，只是這兩人似乎很合得來。克雷科是吉米少數幾個朋友中能讓媽媽喜歡的。她認為他的男性朋友大都幼稚無知，女性朋友則愚蠢或邋遢。她從來沒用過這些形容詞，但可以感覺得出來。

但克雷科不一樣，比較像成年人。她說：他其實比許多成年人還成熟，可以很客觀地談話，列出事件和假設並得出合乎邏輯的結論。吉米沒有看過兩人這樣談話，但他們一定談過，不然她不會這麼說。這些充滿邏輯性、大人的談話是何時進行的？他常常感到奇怪。

「你朋友有過人的智慧，」吉米的媽媽說，「他不會欺騙自己。」然後她用藍眼睛凝視他，帶著吉米很熟悉的那種被傷害的表情——如果他能有過人的智慧該多好。媽媽一定從心裡翻出了另一份成績單，上面記錄著吉米勉強及格的分數，還有寥寥數語但意思不清的評價。如果吉米更努力的話，會有過人的心智。以及，如果他知道這屁話的意思。

「我不想吃晚飯，」碰到這種場合他總是岔開話題，「只要吃點點心就好了。」如果她想傷害誰就去傷害廚房的鐘吧。經他修理後，知更鳥叫聲變成呼呼，貓頭鷹變成呱呱。讓她去為那些叫聲失望吧。

他對克雷科有什麼令人欽佩之處心存懷疑，無論是心智上還是其他方面。對於克雷科，他了解得比他媽媽多一點。

當吉米的媽媽搗毀電腦並遠走高飛後，克雷科沒有多說什麼。他沒顯得意外或震驚。他只是說有些人需要改變，改變就需要換個地方。他說有人可以存在你的生活中，然後又永遠消失。他說吉米應該好好讀一讀斯多葛哲學（譯註：Stoics，古希臘哲學派系，強調禁欲、恬淡寡欲、堅忍）。最後一句話讓吉米有點不爽。克雷科有時喜歡說教，對於應該用得太隨便了。不過吉米還是很欣賞他，因為他處變不驚，也不愛管閒事。

當然克雷科還不是克雷科時，他的名字叫葛林（Glenn）。為什麼不像平常的拼法而是有兩個n？吉米有次拐彎抹角地問他，克雷科的解釋是：「我爸喜歡音樂，他給我取了個已故鋼琴家的名字，一個天才少年，名字裡有兩個n。」

「那他逼你學音樂嗎？」

「沒有，」克雷科說，「他從來不逼我。」

「那有什麼意義呢？」

「哪個？」

「你的名字，那兩個n。」

「吉米，吉米，」克雷科說，「不是所有東西都要有意義。」

雪人很難把克雷科和葛林視為同一個人，克雷科後來的面貌徹底遮蓋了他本來的面貌。他性格中屬於克雷科的部分打從開始就存在，雪人想，從來就不曾有過真正的葛林，葛林只是個偽裝。因此在雪人對往事的回想當中，克雷科從來不是葛林，從來不是葛林（別名克雷科），或克雷科／葛林，或葛林，後改為克雷科。他就一直是克雷科，簡單明瞭。

不管怎樣克雷科還比較節省時間，雪人想。在除非絕對必要時，又何必在名字加斜線、括弧什麼的？

克雷科是在九月或十月來康智中學，這種月分過去被稱為秋天。那是個溫暖的豔陽天，換了平時沒什麼特別。他是轉學生，因父母被挖角而換工作，這在康智是很頻繁的。孩子們來了又走了，課桌塞滿又騰空，友誼總是可遇而不可求。

當奶房激策（Hoodroom and Ultratexts）老師甜瓜．里萊向班上同學介紹克雷科時，吉米並沒怎麼留意。里萊並不叫甜瓜——那是班上男生取的綽號——但雪人不記得她的真名了。她真不該彎下腰與他的閱讀螢幕靠那麼近，她那碩大渾圓的乳房幾乎要碰到他肩膀。她真不該把欣膚T恤緊緊地束在有拉鏈的短褲裡，太讓人分心了。於是當甜瓜宣布由吉米負責帶新同學參觀學校時，吉米竟有一會兒沒反應過來她剛講了什麼。

「吉米，我剛給你個任務。」甜瓜說。

「沒問題，什麼都行。」吉米說，同時賊賊地轉動眼珠，可是沒有太超過，一些同學哄笑起來；連里萊老師也給了他淡而勉強的微笑。通常他都能夠用男孩子那種討人喜歡的舉動哄她高興。他喜歡想像如果自己不是小孩子，她不是他的老師，也不會隨便發號施令，那麼她就會把他臥室的牆咬穿個洞鑽進來，並將熱切的手指伸進他年輕的肉體裡。

那時吉米腦子裡想的全是自己，雪人寬容並帶著點羨慕地想道。當然，他也很憂傷。他的憂傷，無須多言。他投注很多精力在他的憂傷裡。

當吉米開始留意克雷科時，他不是很高興。克雷科比吉米高約兩英寸，也比他瘦。棕黑色的直髮，曬得黝黑的皮膚，綠眼睛，喜歡半帶微笑冷靜地凝視著人。他的衣服都是深色系，沒有固定的穿著觀念和視覺效果，平淡得乏善可陳。他年紀可能比班上其他人大一些，至少他想表現得如此。吉米不知道他喜歡哪種運動。不會是足球，不會是需要肌肉的那種，打籃球又還不夠高。吉米覺得他不適合參加團隊運動，也不會是把自己撞得遍體鱗傷的蠢運動。可能打網球（吉米打網球）。

午餐時間吉米帶著克雷科一起拿了些食物——克雷科吃了兩根素食大熱狗和一大塊厚厚的椰子蛋糕，他也許想讓自己的塊頭再大一些——然後他們便在走廊和通道裡來來回回，在教室和實驗室間進進出出，吉米則稍稍做些講解。這裡是健身房，這裡是圖書館，那些是閱覽室，想看書得在中午前去登記，那裡面是女生淋浴室，牆上應該被鑽洞了，但我從沒找到。你想吸大麻的話別用廁所，他們裝了監視器；通風口上有個微型保全攝影機，別盯著看，不然他們就知道你知道了。

克雷科什麼都看，一言不發，也沒主動提自己的情況。他唯一發表的意見是化學實驗室像個垃圾堆。

得了吧，吉米想。如果他想當個混蛋，這可是個自由的國家。在他之前，幾百萬人都已選擇了相同的生活。他為自己嘮嘮叨叨插科打諢而懊惱，這時克雷科則草率而不動聲色地瞥著他，一邊的嘴角帶著淡淡的微笑。然而，克雷科仍然有讓吉米心動的地方，那種來自另一個人不慍不火的慵懶總能給吉米留下很深的印象。使人感覺到能量被按捺住，積蓄在那兒，留待日後在比現在更重要的場合中釋放出來。

吉米發覺自己很希望克雷科能多注意他，對他的侃侃而談能有所反應；他有個缺點，就是很在乎別人對他的看法。放學後他問克雷科要不要到購物商場去逛逛，隨便看看，說不定還能遇上些女孩，克雷科說好啊。在康智園區裡，放學後就沒別的事了。在所有園區裡他們這個年紀的孩子都是這樣，不會有任何有群體的活動。在平民區裡就不一樣了。傳言說那裡的孩子都成群結黨四處流竄，哪家大人出門，他們就開始無法無天——他們蜂擁而來，把音樂放得震天價響，抽大麻喝烈酒，見什麼破壞什麼，包括家裡養的貓。他們搗毀家具，並注射過量毒品。好刺激呀，吉米想。園區就像拴緊的瓶蓋，把這裡整治得密密嚴嚴。夜晚有巡邏隊，對思想處於成長期的年輕人實行宵禁，用緝毒犬搜尋毒品。有一次他們放鬆，放進一支真正的樂隊——平民泥丸——但幾乎引起騷亂，就再也沒有第二次了。不過沒必要為此向克雷科致歉，他也是屬於園區裡的孩子，他懂。

吉米希望能在購物商場看見沃卡拉．普拉斯，他仍然有點愛她，但在她說過「我把你當朋友」從而斷送了他對她的追求後，他就換了目標，接著又換，結果——目前是這樣——到金髮琳達李才停止換對象。琳達李是划船隊隊員，有著結實的大腿和健壯的胸部，還不止一次偷偷地把他帶進她的閨房。她的嘴有臭味，經驗比吉米豐富，每次和她在一起時，他都覺得彷彿被吸進了柏青哥機器中，周圍盡是閃耀的燈，身體無規則地翻滾，小鋼珠爭先恐後地湧出。他並不怎麼喜歡她，可他需要跟她保持關係，確保仍在她的名單上。或許他也能讓克雷科排上隊——幫他一個忙，日後他也能回報。他很想知道克雷科喜歡什麼樣的女孩，但目前沒有任何訊息。

在購物商場既沒看見沃卡拉，也沒見到琳達李。吉米想打電話給琳達李，但她手機關機。於是吉米和克雷科在遊樂中心玩了幾把３Ｄ韋科，吃了兩個素漢堡——本月無牛肉，黑板上的功能表提示說——兩人又各自點了一杯冰鎮快樂杯卡布基諾，半根勁力棒以補充體力並提高體內類固醇。然後沿著封閉走廊悠閒漫步，兩旁有噴泉和塑膠蕨草。他們聽著此處不斷流瀉出柔和音樂。克雷科話不算多，而吉米正要說他得回去寫作業時，出現了引人注意的一幕：是甜瓜．里萊，和一個男人，正往成人舞廳走去。她換下學校裡的裝束，穿上寬鬆的紅外套，裡面是緊身黑裙，那個男的手臂從她的外套裡面摟著她的腰。

吉米用肘輕輕推了推克雷科。「你認為他有沒有把手放在她屁股上？」他說。

「這是個幾何題，」克雷科說，「得算一下。」

「什麼？」吉米說，然後又問道，「怎麼算？」

「運用你的感覺神經，」克雷科說，「第一步：計算男子的臂長，用可以看見的手臂作為標準臂長。假定：雙臂大抵等長。第二步：計算肘部彎曲的角度。第三步：計算屁股的弧度。在缺少可以核定的數字時，也許有必要進行估算。第四步：計算手的大小，同上，利用可以看見的手。」

「我不懂數字。」吉米邊說邊笑著。但克雷科還沒完：「現在得考慮所有手可能放的位置。在腰部，排除。在右屁股上方，排除。經推算，最有可能在右屁股下方或大腿上方。不排除手位於兩大腿上方之間，但該位置會妨礙該主體走路，而我們並沒有發現她走路不順的跡象。」他把化學實驗課老師模仿得維妙維肖——「運用你的感覺神經」那句，乾脆而僵硬的說話風格，有點兒像狗叫。真棒，真是棒極了。

吉米對克雷科改觀了，畢竟他們還是有共同之處，至少這傢伙有幽默感。不過他也覺得受到威脅。他是個很好的模仿者，能學所有老師的樣子。要是克雷科表演得比他還精采呢？他能感覺到自己的內心對克雷科又恨又喜歡。

可是在接下來的日子裡，克雷科就沒在大庭廣眾之下表演過。

即便在那時克雷科就有獨到的見解，雪人想。倒不是他真有多麼受歡迎，但大家在得到他的關注時都覺得很榮幸；不僅學生如此覺得，老師也是。他們說話時，他非常專注地聆聽，彷彿那值得全神貫注，儘管他沒有明說。他能製造敬畏——並非盛氣凌人的那種，但也足以讓人感受到。他顯現出潛力，但那是做什麼事的潛力呢？誰也不知道，所以大家都敬他三分。所有這些都隱藏在他那簡潔的深色衣服之下。

腦煎熬

沃卡拉．普拉斯曾是吉米在奈米生化科技課的實驗搭檔，但她爸爸被大陸另一頭的園區聘請，於是坐著高速密閉子彈列車一去不復返。她走後吉米鬱悶了一星期，連琳達李臭烘烘的嘴巴的騷動都無法安慰他。

沃卡拉在實驗室課桌的空缺被新來的克雷科補上，他原本孤零零地坐在教室後面。克雷科非常聰明——即便在康智中學充滿天才和博學之士的地方，他也毫不費力就名列前茅。他在奈米生化科技課表現優異，和吉米共同做單分子層轉植計畫，並利用原始海藻作為色碼，按照要求製造出紫色線蟲——比預定時間提前完成，並且沒有產生讓人擔心的變異品種。

吉米和克雷科開始習慣在午餐時間待在一起，接著——並非每一天，他們可不是同性戀，但至少一週兩次——放學後也一起出去玩。起先他們在克雷科家後面的泥土地打網球，但克雷科總把擊球方法和水平思考結合，討厭輸球；而吉米則魯莽衝動，不想精益求精。這樣球打得不見起色，他們便不玩了。或者他們會假借作業之名——有時確實是——關在克雷科的屋子裡用電腦下棋，要麼就是玩3D韋科或克里克塔姆．奧薩馬，還丟銅板來決定誰當異教徒。克雷科有兩台電腦，因此他們背靠背坐著，一人用一台。

「我們幹麼不下真的棋？」有一天他們在下棋時吉米問，「那種老式，有塑膠小人的。」兩人同處一室，背對背在電腦上下棋，確實古怪。

「為什麼？」克雷科說，「這反正也是真的。」

「不，不是。」

「好吧，同意你的說法，但不論哪種都沒有塑膠小人。」

「什麼？」

「真正的棋在你腦子裡。」

「冒牌貨！」吉米嚷道。這是個很好的形容詞，他是從老ＤＶＤ裡聽來的；他們用來互相攻擊對方自命不凡。「全都是冒牌貨！」

克雷科大笑起來。

克雷科總是專注於重複玩同一種遊戲，不斷地改善攻擊力，直到有九成的勝算。他們玩了整整一個月蠻踏（即「看你是否能改變歷史！」）。一方擁有城市和財富，另一方人多勢眾，而且——通常但非總是——窮凶極惡。要不是野蠻人將城市踏為平地，就是他們自己被踏在腳下，但你得根據歷史上的力量配給來啟動遊戲並從那時開始演進。羅馬對決西哥德族人（譯註：Visigoths，指西元五世紀入侵義大利、法國和西班牙的西哥德族人），古埃及對決希克撒斯王朝（譯註：Hyksos，約西元前一七三〇年至一五七〇年入侵並連續統治埃及的遊牧民族），阿茲特克人對決西班牙人。最後一種很有意思，因為是由阿茲特克人代表文明，而西班牙人充當野蠻部落。只要使用真實的名字，你就可以按意願改寫歷史。有段時間克雷科和吉米比賽看誰能想出更多組合。

「派尚耐格人（譯註：Petchenegs，古土耳其人的一支）對決拜占廷。」吉米說，那是個難忘的日子。

「派尚耐格人是他媽的什麼人？你編的！」克雷科說。

吉米是在一九五七年版的《大英百科全書》上找到的，資料都儲存在光碟裡——在學校圖書館找的，為什麼找則想不起來了。他講得出是在哪一章哪一行。「愛德薩的馬修把他們稱作飲血的惡獸，」他的語氣有著十足的權威。「他們殘忍至極，毫無可取之處。」於是他們丟銅板，吉米拿到派尚耐格人，而且贏了。拜占廷人遭到屠殺，因為那真的就是派尚耐格人幹的事，吉米解釋道。他們總是立刻將戰敗方殺得一乾二淨。或者他們至少要把男人除掉。然後過一段時間他們再把女人殺光。

克雷科一時無法接受自己人馬全軍覆沒，悶悶不樂了一會兒。之後他把興趣轉向血與玫瑰。它的天地更為廣闊，克雷科說，戰場更大，從時間到空間都是。

血與玫瑰是一種買賣遊戲，沿襲了大富翁的玩法。血的一方以人類惡行作為籌碼，都是些大惡；強姦、謀殺不算在內，必須是大規模殺戮人類。大屠殺、種族滅絕之類。玫瑰代表人類成就：藝術品、科學突破、建築傑作、有益的發明。遊戲裡把這些叫做譜寫靈魂輝煌的里程碑。遊戲螢幕旁邊設有按鍵，假如你不知道《罪與罰》、相對論、淚水小徑（譯註：The Trail of Tears，在奧克拉荷馬州東部的印地安人保留區，其中一條最著名的路程為當年切羅基人〔Cherokee〕含淚跋涉的淚水小徑，國家歷史步道）、《包法利夫人》、百年戰爭，或《逃往埃及》（譯註：義大利文藝復興時期先驅者喬托的畫作，故事取材於《聖經．馬太福音》，描述耶穌的父親約瑟在夢中被天使告知說希律王要下令殺害所有新生的嬰兒，約瑟只好徹夜帶著馬利亞與剛出生沒多久的小耶穌逃往埃及，一直到希律王過世前，約瑟家族一直待在埃及避難），你就可以點擊滑鼠，得到有插圖的簡短說明。按鍵有兩個選擇：Ｒ代表兒童，ＰＯＮ代表褻瀆、淫穢和裸體。這都與歷史有關，克雷科說，這三者在歷史上隨處可見。

你擲一次虛擬骰子，會彈出玫瑰或血。如果是血，玫瑰的玩家能有機會阻止惡行產生，但必須拿出一項玫瑰作為交換。該惡行便會從歷史，或者至少從記錄在螢幕上的歷史消失。血的一方可以獲得一項玫瑰，但得交出一項惡行，如此一來擁有的彈藥就減少了，而玫瑰的彈藥就增加了。如果懂得技巧，他就能借助於所擁有的惡行來攻擊玫瑰，搶奪人類進步成就並化為己用。時間用完後誰持有的人類成就多誰就贏。要是由於自己的失誤、愚蠢或昏庸毀掉了成就，那自然要被扣分。

遊戲上有建議的兌換率——一幅《蒙娜麗莎》抵得上納粹集中營卑爾根．貝爾森（譯註：Bergen-Belsen，二次大戰時的納粹集中營），一次亞美尼亞人的種族滅絕行動相當於《第九交響曲》外加三座埃及金字塔——但仍有討價還價的餘地。要做到這一點，你得掌握那些數字——惡行帶來的屍首總數，藝術品的最新市場價格，或者，如果該藝術品被盜，保險公司支付的賠償金是多少。這是個邪惡的遊戲。

「荷馬，」雪人邊說邊在滴水的植物中進行。「《神曲》。希臘雕塑。高架水渠。《失樂園》。莫札特的音樂。莎士比亞全集。勃朗特姐妹。托爾斯泰。珍珠清真寺。查特大教堂。巴哈。林布蘭。威爾第。喬伊斯。青黴素。濟慈。透納。心臟移植。小兒麻痺症疫苗。白遼士。波特萊爾。巴爾札克。葉慈。伍爾芙。」

一定還有。真還有不少。

特洛伊的陷落。他耳朵裡有個聲音在說。迦太基的毀滅。北歐海盜。十字軍東征。成吉思汗。匈奴阿提拉。對清潔派教徒（譯註：Cathars，中世紀歐洲的一個基督教異端教派，強調持守「清潔」，主張苦修和二元論）的大屠殺。燒女巫。阿茲特克人的滅亡。瑪雅人的滅亡。印加人的滅亡。宗教審判。把敵人釘在尖樁的基輔大公弗拉德。對胡格諾教派（譯註：Huguenots，十六、十七世紀法國基督教新教派）的大屠殺。統治愛爾蘭的克倫威爾。法國大革命。拿破崙戰爭。愛爾蘭大饑荒。美國南方蓄奴制。統治剛果的比利時國王利奧波德。十月革命。史達林。希特勒。廣島。毛。波爾布特。伊地．阿明。斯里蘭卡。東帝汶。薩達姆．侯賽因。

「住嘴吧。」雪人說。

對不起，親愛的。只是想幫幫你。

血與玫瑰的問題在於：屬於血的東西更容易記住。另一個問題是玩血的一方通常都能取勝，但取勝意味著你的戰利品只是一片荒原。當吉米對此大加抱怨時，克雷科便說這就是這個遊戲的意義。吉米說如果這就是它的意義，那真是毫無意義。他沒告訴克雷科他正做著要命的噩夢：出於某種原因，最可怕的夢是帕特農神廟裡裝飾著被斬下的首級。

他們有默契地不再玩血與玫瑰。克雷科很高興，因為他又喜歡上了一種新遊戲——大滅絕。是他在網上找到的一種生物知識競賽的互動遊戲。**大滅絕**，由瘋狂亞當（MaddAddam）控管。亞當為活著的動物命名，瘋狂亞當則替死亡的動物命名。你想玩嗎？這是在登錄該網站時出現的字句。然後你按下是，輸入你的代號，再從兩個聊天室裡挑一個——動物王國、植物王國。接下來某個挑戰者便出現在網上，他使用自己的代號——巨蜥、犀牛、海牛、海馬——並開始叫陣。首先，它有幾條腿？它指某種已在過去五十年裡絕跡的生命形式——而不是久已消失的雷克斯恐龍、大鵬、渡渡鳥，假如把時間框架弄錯就被扣分。接下來進一步縮小範圍，是哪門、綱、目、科、屬、種，產於何地，最後出現時間，是什麼消滅了它（污染、棲息地遭毀壞、輕信吃啥補啥的笨蛋）。挑戰者堅持的時間越長得分就越高，但你也能夠以速度贏得獎勵分。讓瘋狂亞當列印出所有滅絕物種的名字會有一定幫助，但你只能得到它們的拉丁名稱，而且少說也是一份長達兩百頁用蠅頭小楷字體打出的清單，上面淨是些不知名的蟲子、藻類和蛙類，沒有人聽說過它們。不過，這說法是把那些大滅絕遊戲大師排除在外，他們的腦子就像搜尋引擎。

在玩這種遊戲時你心裡總是有數的，因為一個小小的腔棘魚符號會出現在螢幕上。腔棘魚。史前深海魚類，長期以來被認為已滅絕，直到二十世紀中期又為人發現。目前狀況不詳。如果少了知識性，大滅絕就沒有意思了。從吉米的觀點來看，就像坐校車時不小心坐在滔滔不絕的學者旁邊，那是不會停止的。

「你怎麼這麼喜歡這個？」有一天吉米問全神貫注的克雷科。

「因為我很會玩。」克雷科說。吉米懷疑他想當大師，這並沒有特殊意義，只因為它是遊戲的一部分。

克雷科為他倆取代號。吉米叫「西克尼」（Thickney），那是已銷聲匿跡的澳洲雙鬫節鳥，常出沒於墓地，吉米懷疑克雷科給他取這個名字是因為聽起來很適合吉米。克雷科的代號，取自紅頸秧雞（Crake），另一種澳洲鳥，據克雷科說數量不多。有一陣子他倆私底下玩笑互稱克雷科和西克尼，當克雷科意識到吉米對大滅絕並不熱衷，兩人便不再玩。西克尼這個名字就逐漸被淡忘了。而克雷科則保留下來。

不玩遊戲時他們便在網上亂逛，去我的最愛網站看看有什麼新訊息。他們看現場直播的開心手術；或是裸體新聞，在那幾分鐘內，上面的人都裝作若無其事地工作著，盡量不去看對方的咪咪。或是看虐殺動物網站，《弗利西亞壓扁青蛙》之類的節目，不過這些東西很快就變得單調、重複：踩青蛙，用手把貓撕裂，都差不多。或者他們就去髒襪子傀儡網站（dirtysockpuppet.com），那兒上演著表現世界政治領導人的時事秀。克雷科說數位轉換技術使你無法辨別這些將軍和類似的人物是否存在，如果存在，他們是否真說過你所聽到的那些話。反正他們很快就被推翻、取代，真真假假無所謂。

或者他們還可以上砍頭（hedsoff.com），這裡直播亞洲的死刑執行。他們看到在某個看起來像中國的地方，人民公敵被用劍砍死，同時數以千計的觀眾在一旁拍手稱快。或者他們還可以去阿里伯伯

（aliboo.com），在那兒有竊盜嫌疑的人手被砍，通姦者和搽口紅者則被怒吼的人群用石頭砸死。這都發生在塵土飛揚的孤立地區，很可能是位於中東的基本教義國家。網站上的播放效果往往很差，據說那種地方禁止攝影，所以這可能就是某個走投無路的乞丐用隱藏式攝影機拍的，為了骯髒的西方貨幣賭命。大多數時候你看到的只是圍觀人群的背部和頭部，所以你會感覺自己像是掉進了巨大的衣櫥；除非偷拍者被抓住，若是那樣的話，在圖像變得漆黑前會看到許多手和布在慌亂地舞動。克雷科說這些血淋淋的集會場面說不定是在加利福尼亞的某個偏僻的電影攝影棚做出來的，讓臨時演員圍在馬路邊上。

比這些強的是美國網站，他們有體育賽事評論——「現在他過來了！好！是風火輪喬．里卡多，諸位網民投票選出的最佳球員之一！」然後是犯罪案件簡報，配有駭人的受害者照片。這些網站通常會插播商業廣告，都是些汽車電池和安眠藥之類的東西，品牌商標都會打在亮黃色的背景牆上。克雷科說：至少美國人還能有點自己的風格。

短路網站（Shortcircuit.com）、腦煎熬網站（brainfrizz.com）以及死囚區現場直播網站（deathrowlive.com）是最棒的；它們播放的都是用電刑以及注射方法處死罪犯的場面。這種實況直播一經合法化，那些死囚便也開始在攝影機前作秀了。大部分是男的，偶爾也有女的，但吉米不喜歡看：女人被處死是肅殺而令人唏噓。人們往往站在周圍，手持點燃的蠟燭和孩子的照片，或亮出自己寫的詩。要是男犯人就會引起騷動，他們扮鬼臉，對著警衛比中指，講著笑話，偶爾還會掙脫，讓警衛追著滿屋子跑，拖著鏈子高聲謾罵。

克雷科說這些都是冒牌貨。他說那些人都是給了錢才這麼做的，要不就是他們家人拿了錢。贊助者要求他們要不斷推陳出新，否則人們看煩了就不會再來。沒錯，上網的人很想看死刑過程，但時間一久，這些場面就顯雷同，所以得加上最後的掙扎機會，或其他意外情況。這有一半都排練過。

吉米說這是個可怖的理論。可怖是舊詞，跟冒牌貨一樣，都是他從DVD老片子裡翻出的。「你覺得他們真的遭到處決了麼？」他說，「很多像是模擬出來的。」

「永遠也不知道。」克雷科說。

「永遠不知道什麼？」

「什麼是真的？」

「冒牌貨！」

還有協助自殺網站——叫做晚安再見（nitee-nite.com）。其中有一節是「這曾是你的生活」：家庭相冊、與家屬的訪談、有勇氣在過程中守候一旁的親朋好友（有管風琴奏出背景音樂）。在面露悲戚之色的醫生宣布當事人生命已消逝時，錄音帶播出當事人的證詞，聲明為何選擇離開人世。此節目開播後協助自殺的統計數字直線飆升。據說願意付大把鈔票在此亮相並風光地幹掉自己的人排起了長龍，得靠抽籤決定誰能參加。

克雷科在觀看該網站時笑得合不攏嘴，出於某種原因他覺得這很搞笑，而吉米則笑不出來。他無法想像自己會做出這樣的事；克雷科則不然，他說這代表當事人已敏銳地覺察到自己活夠了。吉米的反感是不是說明了自己是膽小鬼？還是只是那管風琴音樂惹他不高興？

這種計畫著離開人世間的方式讓他感到不安，使他回想起鸚鵡艾力克斯說的：我要走了。鸚鵡艾力克斯、協助自殺和他媽媽及她給他的留言之間的關聯太細微了。三者都表明了自己的意願；然後都消失了。

或者他們還可以看《與安娜．K在家裡》。安娜．K自稱為室內裝置藝術家，有高聳的胸脯。她在公寓裡遍裝監視器，她生活的每時每刻都現場直播給數以百萬計的偷窺癖者。「我是安娜．K，我總在想著自己的快樂與不快樂。」這是登錄她的首頁時所看到的話。接下來你也許會看到她用鑷子拔眉毛、修剪陰毛以便穿上比基尼、洗內衣。有時她大聲朗讀古典劇本，扮演所有角色，此刻她正坐在馬桶上，她那條復古的鐘形鈕釦牛仔褲一直褪到腳踝。這就是吉米初遇莎士比亞的方式——安娜・K朗讀《馬克白》。她讀道：

明天，明天，復又明天。
一天接著一天地躡步前進，
直到最後一秒的時間；
我們所有的昨日，是替傻子們
照亮了歸於塵土之路。

安娜・K是個蹩腳的演員，但雪人一直對她心存感激，因為她就像是某種管道。要不是她，有些東西他就學不到了。想想那些詞語。比如：衣衫襤褸，或是猩紅色。

「這是什麼屁？」克雷科說，「換頻道！」

「不，等等，等等。」吉米說，他被吸引住了，某些他想聽的。而克雷科就真的等，有時他的確很遷就吉米。

或者他們就去觀看《生吞秀》，表演者比賽吃活的鳥獸，用碼錶計時，獎品都是些平常吃不到的食品。令人驚訝的是為了幾塊羊排或一塊貨真價實的布里乳酪，人們竟會幹出這種事。

或者他們就去看色情表演。網上多得是。

肉體是在什麼時候出發獨自去闖蕩的？雪人想。是在甩掉兩個先前的旅伴——理智與靈魂之後，對於這兩者，肉體只是一具臭皮囊，或是為它們演戲的傀儡，或是個壞夥伴，引誘它們誤入歧途。它一定是厭倦了靈魂沒完沒了的嘮叨嘀咕，厭倦了理智在焦慮的驅使下不停地編織著知識之網，每當它遇到什麼口感或手感上令它興奮不已的東西時，那二位總要來從中作梗。它把它們拋棄在某個地方，讓它們在某個潮濕的庇護所或擁擠的學術報告廳裡耽擱，自己逕直到有上空女郎的酒吧。它還把文化丟給它們：音樂、繪畫、詩歌和戲劇。昇華，都一起昇華吧，肉體說。為何不講重點就好？

可是肉體也有自己的文化，自己的藝術。死刑是它的悲劇，色情影片則是它的羅曼史。

為了進入更噁心、更禁忌的網站——為十八歲以上、需要密碼的網站——克雷科通過一種非常複雜、他稱之為睡蓮浮葉路徑的方法來使用他皮特叔叔的密碼。非法進入隨機選擇的某家入口鬆懈的企業網站，然後從一片睡蓮浮葉跳向另一片，同時抹掉軌跡。這樣當皮特叔叔拿到帳單時便無法找出誰使用過。

克雷科還找到皮特叔叔存放高級溫哥華大麻菸葉的地方，就是在冰箱的柳橙汁罐子裡，他拿了四分之一罐的分量，再加上易燃的地毯除塵劑顆粒，這在學校福利社花五十塊錢就可以買一小袋。他說皮特叔叔永遠也不會知道，因為他只在和克雷科的媽媽做愛時才想要抽菸。從橙汁罐的數目和菸葉被用掉的速度來看，他們做愛並不頻繁。克雷科說皮特叔叔在辦公室時才真正顯得精力充沛，把手下使喚來使喚去，責罵著這些工資奴隸。他從前是科學家，現在成了康智掌管財務的經理。

於是他們就會捲幾支菸，邊抽邊觀看處決犯人和色情表演——身體各部位在螢幕上以慢動作扭動著，承受壓力的血肉之軀在水下跳芭蕾，身體時而僵硬時而柔和地結合與分離，呻吟和尖叫，緊閉雙眼和緊咬牙關的特寫，各種形式的噴射。如果飛快地來回切換這些鏡頭，那看起來就像是同一件事情。有時他們會把兩種劇情放在一塊同時看，各占一面螢幕。

這些節目大都是無聲播放，此外只有機器發出的聲響。決定看什麼及何時停止的是克雷科。理應如此，因為電腦都是他的。在換節目前他會說：「不看那個了？」不管看哪個他都無動於衷，只是有時他認為那很可笑。他抽大麻似乎也從來不會上癮。吉米懷疑他沒真正吸進去。

吉米就不一樣了，他搖搖擺擺地走回家，大麻仍讓他頭昏腦脹，他覺得好像剛剛縱情聲色，而且對自己做的事和別人對他做的事完全不能控制。他還覺得輕飄飄的，身體像空氣般；像垃圾遍地的聖母峰頂上那種稀薄而令人暈眩的空氣。回到家裡，他的家長——假如他們在樓下的話——似乎永遠覺察不出什麼。

「已經吃飽啦？」拉蒙娜可能會這樣問他。她把他的囁嚅解釋為「是」。

傍晚是在克雷科家做這些事的最佳時間，沒有人打擾。克雷科的媽媽常常不在家，在家也總匆匆忙忙；她在綜合醫院裡擔任診斷專家，她是個做事認真、方臉黑髮的女人，胸部平平。偶爾吉米和她都在時，她也話不多。她會在櫥櫃裡翻出些可以湊合著做頓速食的東西，給「你們小夥子」——她就是這樣稱呼他倆。有時在做飯——把走味的餅乾倒在盤子裡，鋸開像大理石花紋般橙白相間的大塊乳酪——做一半時她會突然停住，一動不動地站在那，彷彿能看見屋子裡還有別人。她給吉米的印象是她記不住他的名字；不僅如此，她也記不住克雷科的名字。有時她會問問克雷科他的房間收拾得怎樣，雖然她從不進去。

「她相信應該尊重孩子的隱私。」克雷科面無表情地說。

「肯定是你那臭襪子熏得她不想進去，」吉米說，「阿拉伯所有的香水都無法讓襪子變得芳香。」近來他發現了引經據典的樂趣。

「我們有空氣清新劑來對付。」克雷科說。

至於皮特叔叔，他很少在七點前回家。康智正像氦氣那樣擴張，因此他又有了很多新的職責。他並非真是克雷科的叔叔，只是克雷科媽媽的第二任丈夫。他充當這個角色時克雷科已十二歲，這麼大的歲數使他覺得「叔叔」這個稱呼聽起來非常刺耳。不過克雷科接受現實，或者表面上如此。當皮特叔叔在時他總是微笑，總是說：當然，皮特叔叔、沒錯，皮特叔叔。儘管吉米知道克雷科討厭他。

一天下午——是幾月？三月，應該是，因為外面已經熱得要命。兩人正在克雷科的房間裡看A片。這對他們來說似乎已成昔日時光，好像已經在懷舊——彷彿他們已成熟得不再適合看了，如同中年男子去平民區裡的毛頭小夥子去的酒吧。儘管如此，他們還是兢兢業業地點燃大麻菸，從新的路徑盜取皮特叔叔的數位支付卡，並開始在網上遨遊。他們先登錄今日甜心，那裡照例在櫥窗裡展示著琳琅滿目的甜點，接著又打開老饕（譯註：此處有關食品、食客的用詞均指色情戲及表演者），然後進入一家俄羅斯網站，由退休的走鋼索演員，芭蕾伶娜和雜技表演者擔綱演出。

「誰說男人舔不到自己那話兒的？」克雷科評論道。手持六支點燃的火把走鋼絲的節目十分精采，不過類似的表演他們以前也看過。

然後他們就去了熱童（Hott totts），一個全球的性服務網站，其廣告語為「除身臨其境之外的最佳享受」。它宣稱在這兒看到的是真的性遊客，他們做的事情都被拍下，要是在他們自己國家裡，這些足以讓他們坐牢。他們沒拍到面孔也沒用真名，但雪人現在想來，要敲詐他們可能性還是很大。他們尋歡作樂的地點應該在生活水準低下、兒童眾多的國度，在那兒想要什麼都能買到。

這也是他們初遇奧麗克絲。她約莫只有八歲，或看上去才八歲。他們總也無法確定她那時有多大。她不叫奧麗克絲，她沒有名字。她只是另一個出現在色情網站上的女童。

在吉米眼裡這些小女孩似乎從來都不是真實的；他總覺得她們是數位複製品。但不知為什麼，奧麗克絲從一開始就是個3D立體的形象，她體格嬌小纖美，像其他人一樣赤裸著身子，只戴了花環和粉紅色髮帶，都是兒童色情網站上的常用道具。她身邊各有一個小女孩，三人跪在地上，被置於一具巨無霸似的男性軀體面前，這身子就如同小人國裡的格列佛——一個體形正常的男子因海難流落到可愛的侏儒之島，或被擄走並中了魔法，不得不體驗著由三個不知羞恥的小精靈帶給他的痛苦的快感。

此人的一些顯著特徵都被掩蓋——戴著只留視孔的頭套，刺青和傷疤用繃帶遮住；這種人極少願意被家人認出來，冒著被發現真實身分的可能也屬於他們追逐的刺激。

整個過程包括發泡鮮奶油和大量的舔食動作，其效果既天真又淫晦。她們三個用小貓似的舌頭和細小的手指弄這傢伙的身體，讓他遭受徹底的呻吟與咯咯傻笑的考驗。那咯咯笑聲肯定是事先錄好，因為聲音並非來自三個女孩；她們看上去很害怕，其中一個在哭。

吉米明白這種手段。他們就是要這些小女孩流露出這樣的神色。他想；要是她們停止動作，一根棍子便從鏡頭外伸過來戳戳她們。這就是該網站的特色，至少有三層矛盾的層面，一層疊著一層。我想做，我不想做，我想做。

奧麗克絲停頓了一下。她勉強擠出小小的微笑，這使她看上去年紀大了很多。她抹了抹嘴邊的奶油。然後她扭過頭來盯住觀眾的眼睛——盯住吉米的眼睛，盯住他內心那個神祕的人。我看見你了。那神情像在說，我看見你在看。我知道你。我知道你要什麼。

克雷科按了重播鍵，接著按定格鍵，然後下載。他經常把畫面定住，現在已經建了小小的圖片檔，有時他還列印一份給吉米。這有危險——會給追蹤路徑的人留下線索——但克雷科仍照做不誤。於是他保存了這一刻，奧麗克絲回眸一看的時刻。

吉米被這眼神燙到了——像是被強酸灼燒。她對他如此地蔑視。他抽的大麻菸裡一定是雜草，因為如果菸草烈一點，說不定還能避開他的罪惡感。可是現在他第一次感到他們所做的事是錯的。在此之前這只是娛樂，或是他無法控制的事，但現在他覺得自己應受譴責。同時他也感到強大的吸引力。如果有人要教他瞬間移動術，可以立刻到奧麗克絲所在的地方，他一定要學，爬都要爬到那。這一切讓他心亂如麻。

「這要保留嗎？」克雷科說，「你想要嗎？」

「嗯。」吉米說。他簡直沒力氣把這個字吐出來。他希望自己聽起來還算正常。

於是克雷科列印奧麗克絲回眸一看的照片，雪人一直、一直保留著。多年以後他把照片拿給奧麗克絲看。

「我認為這不是我。」一開始她說。

「一定是！」吉米說，「看！是妳的眼睛！」

「好多女孩都有眼睛，」她說，「好多女孩都做這個。好多好多。」然後她看出了他的失望，便說：「也許是我，可能是，這下你高興了吧，吉米？」

「沒有。」吉米說。這是謊言嗎？

「你為什麼一直留著？」

「那時候妳在想什麼？」雪人沒有回答而是提問。

換了別的女人就會把照片揉成一團，哭哭啼啼地罵他是個罪犯，對他說他根本不了解她的生活等等，通常都是這樣。但她沒有，而是把那張紙撫平，手指輕輕掠過那張柔和而充滿輕蔑的孩子的臉，這張臉毫無疑問是她。

「你認為我當時想什麼？」她說，「哦，吉米！你總認為所有的人都在思考。也許我當時什麼也沒想。」

「我知道妳在思考。」他說。

「你要我假裝嗎？要我說謊嗎？」

「不。我只要妳說實話。」

「為什麼？」

吉米不得不思考一下。他還記得看的時候的感覺，他怎麼能對她做出這種事？雖然這並沒有造成傷害。「因為我需要妳告訴我。」這不算是理由，但他只能想出這個。

她嘆了口氣。「我在想，」她邊說邊用指甲在他皮膚上畫圈圈，「如果可以有選擇的話，就不會是我跪在那裡了。」

「那會是誰？」吉米說，「誰？還有其他人？」

「你什麼都想知道。」奧麗克絲說。

5

吐司

雪人裹著殘破不堪的床單蜷縮在樹林邊，草、野豌豆和海葡萄一直蔓生到沙地裡。天氣涼爽也稍稍提振他的精神，他開始感到飢餓。飢餓是有意義的，至少讓你知道你還活著。

一陣微風掀動樹梢，昆蟲發出聒噪聲，夕陽的餘暉射向水裡建物的倒影，照亮了些許尚未破碎的窗戶，彷彿開了幾盞零零落落的電燈。有些大廈曾有屋頂花園，如今上面狂長的灌木叢使大樓顯得頭重腳輕。數以百計的鳥兒疾速掠過天空飛向大樓，準備棲息其上。朱鷺？蒼鷺？黑色的是鸕鶿，這他可以肯定。牠們落在越來越黑暗的樹葉叢中，呱呱地互相爭吵著。如果需要鳥糞肥，他就知道去哪找。

南邊的林地來了一隻兔子，跳著，傾聽著，還停下來用巨大的牙齒吃草。兔子在昏暗中發著光，是很久以前某次實驗中竊取自深海水母虹膜的綠色。兔子在朦朧光線中顯得很柔和，幾乎呈半透明，像一塊土耳其軟糖，毛皮彷彿可以像糖一樣舔光。雪人孩提時代就有會發光的綠兔子，但沒這麼大，也還沒能從籠子裡溜出來，並在野外繁殖成災。

這隻兔子一點都不怕他，然而他卻滿腹食肉的欲望。他好想用石頭把牠打昏，然後徒手撕碎，連皮帶肉塞進嘴裡。可是兔子屬於奧麗克絲的孩子，對奧麗克絲來說牠們是神聖的，而得罪女人可不是個好主意。

這是他的錯，當初他制定規則時一定喝的神智不清。他本該規定兔子供食用，至少他可以吃，但現在已無法改變了。他幾乎可以聽見奧麗克絲帶著寬容和惡作劇的喜悅嘲笑著他。

奧麗克絲的孩子，克雷科的孩子。他得想出點什麼。平鋪直敘，要簡潔，別結巴。以前這是律師為受審的罪犯提供的專業建議。克雷科用海灘上的珊瑚為克雷科的孩子造了骨骼，用芒果造了他們的血肉。但奧麗克絲的孩子是從蛋裡孵出的，那是一顆很大的蛋，是奧麗克絲生的。其實她生了兩個蛋：一個裝滿了野獸、鳥和魚，另一個裝滿了詞語，但裝滿詞語的先孵出來。而克雷科的孩子已被創造出來了，他們吃光所有詞語，因為他們很餓。所以第二顆蛋孵出時已沒有詞語。這就是為什麼動物不會說話。

雪人很早就學會了，最好要有內在的連貫性，那時撒謊帶給他的挑戰更大。現在即使陷入了小小的矛盾，他也能自圓其說，因為這些人相信他。他是唯一倖存者，曾當面跟克雷科說過話的人，所以只有他才有發言權。在他的頭頂上飄動著看不見的克雷科國度、克雷科狀態、克雷科旗幟，使他一切行為都如神授。

第一顆星星出現了。「星星發光，星星發亮。」他說。某個小學老師。大屁股莎麗。好了，現在緊閉你們的眼睛。閉緊點！再緊點！就在那兒！看見彗星了嗎？現在我們來許願，要一樣世界上我們最想要的東西。不過，噓——不要跟別人說，不然願望就不能實現了！

雪人緊閉眼睛，用手掌壓著，住整個臉。彗星還在那，藍色的。「我希望我可以，我希望我能，」他說，「能實現我今晚許下的願望。」

癡人說夢。

「噢雪人，你為什麼自言自語呀？」一個聲音說。雪人睜開眼睛：三個大一點的孩子站在離他幾步遠的地方，正饒有興趣地看著他。他們必定是趁著昏暗偷偷靠近。

「我在跟克雷科說話。」他說。

「但是你都是透過那個亮晶晶的東西跟克雷科說話的！它壞了嗎？」

雪人抬起左手臂亮出手錶。「這是用來聽克雷科說話的，跟和他說話不同。」

「你為什麼跟他說星星呀？你告訴了克雷科什麼，噢雪人？」

說了些什麼？雪人想。在和土著打交道時。他又開始掉書袋了——這次是本更有現代觀點的書，二十世紀晚期，一個自信的女性聲音——你應該盡量尊重他們的傳統，並將你的解釋限定在簡單概念中，這些概念必須能在他們的信仰體系的語境中為他們所理解。某個嚴肅的援助工作者，穿著卡其布叢林服，腋下夾著捕網，衣服上有一百個口袋。高傲自以為是的婆娘，以為她能回答一切問題。他在大學裡見過這種女孩，如果她在這，就要重新認識土著。

「我正跟他說你們問太多問題了，」雪人說。他把手錶貼近耳朵。「他還告訴我，如果你們還不改，就要變成吐司了。」

「噢，雪人，請問吐司是什麼？」

又犯錯了，雪人想。他得避免使用晦澀難懂的隱喻。「吐司是某種很壞很壞的東西，壞得沒法形容。現在該睡覺了，快去。」

「吐司是什麼？」他們一跑掉，雪人就對自己說。你拿了一片麵包這就是吐司——麵包是什麼？麵包是麵粉做的——麵粉是什麼？我們跳過這部分，太複雜了。麵包是可以吃的東西，將一種作物磨碎製成塊狀，把它煮熟……請問，為什麼要煮熟？為什麼不直接吃那種作物呢？別管這部分——專心。把它煮熟再切成薄片，把其中一片放進烤箱，烤箱就是用電加熱的金屬箱子——電是什麼？別管這個。薄片在烤箱時你把奶油拿來——奶油是種黃色油脂，從乳腺分泌——奶油也跳過去。這樣，烤箱就用冒出的煙把麵包片的兩邊弄黑了，然後這種烤箱就把薄片彈出來，掉在地板上……

「算了，重來。」雪人說。吐司是黑暗時代（譯註：指歐洲中世紀早期五至十一世紀，被認為是愚昧的時代）毫無意義的發明。吐司是種刑具，能使所有被折磨的人逐字逐句地吐出他們過去犯下的罪行。吐司是拜物教徒每天都要吃的食品，這些人相信它可以提高興奮度和性能力。吐司是不能用任何理性方式來解釋的。

吐司就是我。

我就是吐司。

魚

天色從湛藍轉深為靛青。上帝保佑為油漆和高級女性內衣顏色命名的人，雪人想。玫瑰粉、胭脂紅、薄霧灰、焦土棕、熟李紫、靛青、湛藍——這些詞語本身就是奇思妙想。使他覺得安慰的是他還記得智人在語言方面多麼具有天分，不僅是語言，在每一方面都能立刻通曉。

猴子的頭腦，這是克雷科的觀點。猴子的掌，猴子的好奇心，渴望把東西拆開、翻個徹底、聞一聞、玩一玩、量一量、做點改進、毀掉、扔掉——全是按猴子頭腦裝配，是猴腦的高級型號，但終歸是猴腦。克雷科對人類的聰明沒什麼好感，儘管他非常心靈手巧。

村莊的方向傳來含糊不清的說話聲，那兒沒房子，但就算是村莊吧。男人們過來了，舉著火把，後面是女人，完全按計畫進行。

每次這些女人出現，雪人總和第一次看見她們時一樣驚訝。她們什麼顏色都有，從最深的黑到最白的白，她們身高不一，但都很勻稱可人。個個牙齒堅固，人人皮膚光滑。她們腰間毫無贅肉，沒有發胖的肚子和臀部，大腿上也沒有下陷如橘子皮似的脂肪團，沒有體毛。她們看上去像修改過的流行服飾照片，或用高價做出來的廣告。

也許因為這樣，這些女人沒有激起雪人體內一絲欲望漣漪。過去曾打動他的都是由人類的不完美形成的個性特徵，肌體上的瑕疵：不對稱的微笑、肚臍旁邊的疣、痣、傷痕，這些都是他特別留意並用嘴親過的部位。他是否心懷撫慰，想以吻來治療創傷呢？性愛中總含有憂鬱的成分。過了對異性不加挑揀的青春期，他偏愛憂傷的女人，那種纖細、脆弱，失意並需要他的女人。他喜歡安慰她們，一開始就溫柔地撫摸她們，使她們安心，逗她們高興，哪怕只是短暫。他自己當然也想得到這些，那是他的報償。心懷感激的女人對他會格外眷顧。

但這些新型女人既不會側頭微笑，也不會鬱鬱寡歡，她們很平靜，就像活動的塑像；她們讓他不寒而慄。

女人們帶來他每週要吃的魚，已用他教的方法烤好了，包在葉子裡。他聞到香味，開始流口水。她們把魚送過來，放在他面前的地上。那是一種近海魚，肉質低劣無味，沒有遭受貪婪的捕撈、販賣，或是吃了會長毒疹，因而沒有滅絕，但雪人管不了那麼多，他什麼都願意吃。

「你的魚，噢雪人。」其中一個男人說，叫亞伯拉罕的那個。林肯名字中的亞伯拉罕。克雷科很樂意用歷史名人來替他的克雷科人取名字。當時只是覺得好玩，沒什麼特別的意義。

「這是今晚為你挑選的魚。」拿魚的女人說。是約瑟芬皇后，或是居里夫人，要不就是塞加納·特魯思（譯註：Sojourner Truth，十九世紀美國黑人女傳教士、改革家，女奴出身，致力於廢奴和女權運動），因她站在陰影中，所以他辨認不出。「這是奧麗克絲給你的魚。」

噢，很好，雪人想。今日美味。

每個星期——根據月亮算的：新月、上弦月、滿月、下弦月——女人們站在受潮汐衝擊的水灣裡，叫喚那條將被抓住的倒楣魚——就叫魚，沒有其他稱呼。然後她們把牠指出來，由男人用石塊和木棍把牠打死。這樣他們就分擔了殺生的不愉快，沒有人需要為沾了魚的血而內疚。

如果事情按克雷科的期望發展，是不會再有這樣的殺戮——不再有人類的捕食行為——但他沒把雪人和他野獸般的胃考慮在內，雪人不能靠吃苜蓿芽過活。這些人是一條魚也不會吃，但他們每週要帶給他一條，因為他告訴他們，這是克雷科的命令。他們已接受了雪人的怪異，他們從一開始便明白他有另一種活法，所以也不以為怪。

笨蛋，他想。我應該規定每天三條的。他把溫熱的魚從樹葉中剝出來，並盡力讓手不要顫抖，他得控制自己不能太激動，但他總是做不到。

眾人與他保持著距離並將視線挪開，此時他則將滿手的魚肉塞進嘴裡，把魚眼睛和臉上的肉都吸了出來，還發出滿足的咕噥聲。聽上去可能就像動物園裡的獅子大吃大喝的聲音，在還有動物園的日子裡，在尚存獅子的時代——撕扯、啃嚼，還有可怕的吞嚥聲——而克雷科人就像很久以前的動物園遊客一樣，忍不住看他幾眼。對他們而言，看來邪惡墮落的場面也挺有意思，儘管他們已被葉綠素淨化了。

雪人吃完後又舔舔手指，再用床單擦一擦，便把骨頭放回包魚的葉子上，準備讓它們重返大海。他告訴過他們，那是奧麗克絲的意思——她需要孩子的骨頭，這樣她就能用它們造出其他孩子。他們對此深信不疑，就像對他講的所有關於奧麗克絲的事情也毫不懷疑。事實上這是比較聰明的做法；把食物碎屑隨處留在陸地上極不明智，因為會引來浣鼬、狗狼、器官豬以及其他食腐性動物。

男人和女人都靠得更近，聚集在他周圍。他們的綠眼睛在半黑的夜晚中發著冷光，和那隻兔子一樣：來自相同的水母基因。他們都眨著這樣的眼睛坐在一塊，散發的氣味如同一整箱柑橘類水果——這是克雷科為他們添加的一項特徵，他認為那些化學物質能驅蚊。也許他是對的，因為方圓幾英里內所有蚊子好像都在咬雪人。他抵制著去拍死牠們的衝動，他的鮮血只會讓牠們更興奮。他換到左邊，讓火把冒出的煙熏一熏。

「雪人，請跟我們講講克雷科的事蹟吧。」

他們要的就是一個故事，作為屠殺每條魚的交換。好吧，算我欠他們的，雪人想。吹牛者的上帝啊，別讓我下不了台。

「今晚想聽哪段？」他說。

「從開始的地方。」一個聲音提議道。他們喜歡重複，記性也好。

「開始時，是一片混沌。」他說。

「讓我們看看混沌吧，拜託，噢雪人！」

「讓我們看看混沌的圖片吧！」

剛開始他們費了一番功夫去理解圖片——海灘垃圾堆裡乳液瓶上的花朵、果汁罐頭上的水果。這是真的嗎？不，不是真的。不是真的是什麼？不是真的也可以告訴我們什麼是真的。不過現在他們已經有概念了。

「對啊！對啊！畫一幅混沌吧！」他們慫恿著。

雪人知道他們會提出這一項要求——所有故事都以混沌開始——所以他已做好了準備。他從身後的水泥板儲藏櫃取出一樣他找到的東西——一只橘黃色塑膠桶，除了褪為粉紅色外，其餘完好無缺。他盡力不去想像曾擁有這桶子的小孩出了什麼事。「去裝些水。」他說著把桶子遞了出去。火把圈周圍一陣忙亂：手伸過來，腳步急匆匆地奔進黑暗中。

「在混沌裡，什麼都混在一起，」他說，「人太多了，所以人和塵土混在一起。」桶子拿回來了並置於這圈火光中，有水潑濺出來。他往裡面加了一捧泥土，並用樹枝攪拌著。「瞧，混沌。沒法喝了……」他說。

「是啊！」他們齊聲說。

「不能吃了……」

「對，不能吃了！」笑聲。

「不能游泳了，不能站在上面……」

「對！對！」他們愛說這個。

「混沌中的人自身也充滿混沌，而混沌使他們去做壞事。他們老是去殺別人。他們還違背奧麗克絲和克雷科的意願，吃掉所有奧麗克絲的孩子。他們每天都吃。他們不停地吃、不停地殺對那些孩子。不餓的時候也吃。」

聽到此處他們都倒吸口氣，睜大了眼睛：戲劇性的時刻。如此地罪惡！他繼續說：「而奧麗克絲只有一個願望——她想讓人們安居樂業，停止吃她的孩子。但由於混沌，人們無法快樂。於是奧麗克絲對克雷科說：我們把混沌去掉吧。於是克雷科把混沌拿走、倒掉了。」雪人做了示範，讓水從一邊潑出來，然後把桶子倒轉。「瞧。空了。這就是克雷科大重組，造成大空虛的經過。他清除掉塵土，他掃乾淨了屋子，都是為了……」

「為了他的孩子！為了克雷科的孩子！」

「對。還為了……」

「還為了奧麗克絲的孩子！」

「對。」雪人說。他這寡廉鮮恥的杜撰就沒完沒了嗎？他很想哭。

「克雷科製造了大空虛……」男人們說。

「為了我們！為了我們！」女人們說。這正在成為禮拜儀式。「噢，善良、仁慈的克雷科！」

他們對克雷科的吹捧讓雪人大為光火，儘管他是始作俑者。他們所讚美的克雷科是他虛構的，一種不無怨恨的虛構：克雷科反對上帝或任何一種概念的神，對自己逐漸被神化必定會感到厭惡。

如果他在這裡的話。但他不在，聽到這些顛三倒四的瞎扯，雪人感到很惱火。他們為什麼不頌揚雪人呢？善良、仁慈的雪人更加值得頌揚——值得更多——因為是誰把他們弄出來，誰把他們帶到這裡，誰一直在看顧他們？嗯，算得上看顧吧。一定不是克雷科。為什麼雪人不能把這神話修改一下呢？感謝我，不是他！得滿足我的自我！

可現在他得嚥下這枚苦果。「是的，」他說，「善良、仁慈的克雷科。」他把嘴角扭曲成他希望看起來大度而仁慈的微笑。

開始時他是即興發揮，而現在他們想要求得教義；他要離經叛道就得自擔風險。他也許不會失去性命——這些人沒有暴力傾向，不會採取血腥的報復行動，至少目前不會——但他會失去聽眾。他們會棄他而去。他現在是克雷科的宣揚者了，不管他喜不喜歡；同時也是奧麗克絲的宣揚者。要麼擔當此任，要麼無所作為。而他不能忍受無所作為，不能忍受知道自己無所作為。他需要被聽，需要被聽見。他至少需要得到理解的錯覺。

「噢雪人，跟我們講講克雷科誕生時的情形。」一個女人說。這是個新要求。他沒準備，他本該料到有此一問。這些女人對孩子有濃厚的興趣。得注意，他告訴自己。一旦他為她們描述了母親、生孩子的場面和嬰兒克雷科，她們便會追根究柢。她們便想知道克雷科何時長牙，何時吐出第一個字，何時吃到第一根塊莖，以及其他此類細鎖事。

「克雷科從沒出生過，」雪人說，「他是如雷電般從天而降。現在請離開吧，我累了。」他以後會把這個故事再多做補充。也許他會賦予克雷科一對角、風火翅，再加一條尾巴。

瓶子

克雷科的孩子們舉著火把列隊離去後，雪人費勁地爬上樹，試著入睡。周圍充滿噪音：海浪流動，昆蟲唧唧嗡嗡，鳥兒鳴囀，青蛙嘓嘓，樹葉沙沙作響。他的耳朵欺騙他，他覺得聽見薩克斯風在鼓聲節奏伴隨下吹奏起來，彷彿發自一家隔了音的夜總會。從更遠的沿岸地區傳來隆隆的吼聲，這又是什麼？他想不出有什麼動物能發出這樣的聲音。也許是鱷魚，從廢棄的古巴農場逃出來，爬向北部沿海地區。這對游泳的孩子們是個壞消息。他再次側耳傾聽，但沒有再聽到。

從村裡傳來縹緲而安寧的低語：人聲。如果能把他們稱為人的話；只要他們沒開口唱歌。他們的歌聲不像那些已消失的生活中所聽到的；超乎人類的水準，或低於這種水準。似乎是水晶在唱歌，但也不大像。更像蕨類植物重現生機——石炭紀的古老物種，但同時又如新生般，翠綠芬芳。歌聲壓迫著他，把許多他並不想要的情感強加給他。他覺得好像被排除在他永遠也不會受邀的聚會外。他所要做的只是邁步向前走進火光中，便會有一圈忽然變得空洞的面孔轉過來對著他。氣氛沉寂下來，就像很久以前的悲劇舞台上，難逃厄運的主角出場時，將藏在他斗篷下的壞消息迅速傳遞給每個人。在某個無意識的層面上，雪人的存在對這些人來說，是個提醒，而且是不怎麼令人愉快的提醒：他的樣子也許就是他們曾經的樣子。我是你們的過去，他也許這樣吟詠道。我是你們的祖先，來自死者之國度，現在我迷失了方向，無法返回，無依無靠，孤身一人。讓我進來吧！

噢雪人，我們要怎樣幫助你？溫和的微笑，不失禮貌的驚訝神情，帶著迷惑的親切。

算了。他會說。他們無法幫他，真幫不上什麼忙。

一陣冷風吹來，床單潮濕，他起了寒顫。要是有個恆溫器就好了，也許他可以設法生一小堆火，就在這棵樹上。

「睡覺。」他命令自己。沒有用。輾轉反側折騰許久後，他爬下樹去找儲藏櫃裡的威士忌酒瓶。燦亮的星光使他能看清方向，在開始的一個半月，這段路他走過好多次，在他確信可以放鬆警惕後，他就每晚喝得酩酊大醉。這當然不是理智或成熟的行為，但如今理智與成熟又有什麼用呢？

於是每個夜晚都是派對之夜，一個人的派對。只要他在附近廢棄的平民區樓房裡找到一批酒，便會舉行。起初他把周圍的酒吧翻遍，然後是旅館，然後是住房和拖車式活動房屋。他搜羅了咳嗽藥、刮鬍水、擦拭用酒精；在那棵大樹後面他堆了一大堆空瓶子；偶爾也能找到別人藏匿的大麻，他也照拿不誤；雖然大都有霉味，他仍然能陶醉一番。有時還可以找到一些藥，絕不會是可卡因、快克或海洛因——如果有也早被用掉了；及時行樂的人們會用來注入血管，吸入鼻腔做最後的瘋狂。在那種情形下，人們會抓住一切可以讓自己遠離現實的東西。到處都是喜福多的空瓶，那些藥劑足夠讓人毫無停歇地縱欲。狂歡者們沒能喝盡所有的酒，他搜尋的過程中常常發現有人先到一步，並且留下了些碎玻璃。當時必定出現各種所能想像的暴亂行為，直到最後沒有人能倖存繼續幹這些事。

地面暗得就像腋下，要有支電筒該多好，揮動一下就有電的那種。他得注意了，他確認方向便磕磕碰碰地摸索著向前走。他不斷察看地上有沒有凶殘的白色地蟹發出的微光，牠們在天黑後便鑽出洞四處亂竄，被夾到會很痛。他鑽進灌木叢裡繞了一圈，直到腳趾踢到藏東西的地方；無從得知在黑夜裡還有什麼東西潛行，他忍住沒有罵出聲。拉開儲藏處，手在裡面盲目地亂摸，摸到剩下三分之一的蘇格蘭威士忌。

他一直都存放在那，抗拒著痛飲一番的衝動。他把它當作一種符咒保留著，只要知道它還在那裡，日子就不算太難熬；這也許是僅存的一點了。他可以確定，他探查過從他的大樹出發一天內可以往返的地點。但現在他覺得很衝動。為什麼要留著這東西呢？幹麼要等？他的生命還有何價值，而又有誰會在乎？熄滅吧，熄滅吧，生命短暫的蠟燭。他已經達到目的，正如該死的克雷科知道他會做的那樣。他已拯救了那些孩子。

「該死的克雷科！」他禁不住嚎叫。

他一手緊抓酒瓶，一手摸索著路徑，回到他的大樹下。他需要騰出雙手來攀援，因此把酒瓶牢牢地捆在床單上。一上樹他就坐在平台上，吞下一大口威士忌，然後對著星星吼起來——啊嗷！啊嗷！——直到他驚覺就在樹的附近竟有一片應和聲。

那是眼睛的閃光嗎？他聽得見喘息聲。

「你們好，我長毛的朋友，」他向下喚道，「誰想當人類最好的朋友？」回答他的是一陣嗚嗚的哀鳴。這是狗狼最壞的特點：牠們看起來仍然很像狗，舉止也像，豎著耳朵，像狗那樣嬉鬧蹦跳，搖著尾巴。牠們會誘使你失去警惕，然後再凶相畢露。狗狼沒費多少功夫就逆轉了人與犬五千年的互動關係。真正的狗沒有絲毫機會能與狗狼對抗：對所有生理上顯露出被馴化過的殘留跡象的動物，狗狼都格殺勿論。他見過一隻狗狼親熱地湊近一隻汪汪叫的北京狗，嗅嗅牠的屁股，接著猛撲過去咬住牠的喉嚨，把牠像毛刷一樣甩來甩去，然後叼著軟綿綿的屍體慢悠悠地跑掉了。

有陣子還能看見一些喪家的寵物在周圍覓食。牠們瘦得皮包骨，一瘸一拐地亂轉，毛糾結在一起，色澤黯淡，睜著困惑的眼睛乞求有人收留，什麼人都行。克雷科的孩子不適合牠們——他們的氣味對狗來說太古怪了，好像會走路的水果，特別是在黃昏柑橘驅蟲劑開始發揮作用時——而且小狗對他們而言也只是一種概念，無法產生興趣。於是這些流浪的小傢伙都把注意力集中到雪人。有幾次他幾乎就要認輸了，狗兒們搖尾乞憐的樣子讓他不忍拒絕，但他養不起牠們；而且牠們對他也毫無用處。「適者生存，」他告訴牠們。「很抱歉，老兄。」他用石塊趕牠們走，同時覺得自己差勁透頂，而近來已看不見牠們的蹤跡了。

他真是笨，把牠們放走真是浪費。他應該吃了牠們。馴養一隻來捉兔子，或來保護他，或其他用途。

還好狗狼不會爬樹。如果牠們數量眾多且太過執著，在藤蔓之間蕩來蕩去，就會像人猿泰山那樣。真是個滑稽的想法，他笑了起來。「你們不就想要我的身體嗎！」他朝牠們吼道。他喝光酒並把瓶子扔下去，一陣尖叫以及倉皇逃竄的聲傳來：牠們被突如其來的投擲物嚇到了。但維持不了多久，牠們很聰明；很快就能感覺到他已毫無招架之力，並開始圍捕他。一旦牠們發動攻勢，他就無路可逃，或者說除了樹上，哪裡也去不了。牠們只需將他逼到空地上，把他團團困住，再圍而殺之。現在只能用石頭和削尖的棍子當武器，他非常需要再找一把噴槍。

狗狼離去後他仰躺在平台上，隔著婆娑的枝葉凝望星辰。這些星星顯得如此靠近，卻又很遙遠；數百萬數億年前的光芒，無人發送的信號。

時間流逝。他想唱歌但一首也想不起來。舊時的音樂在他心頭湧起又退卻，他只聽到鼓膜的震盪。或許他可以找樹枝、根莖之類的東西削一支笛子，只要能找到刀。

「星星發光，星星發亮。」他說。接下來是什麼？他怎麼也想不起來。

沒有月亮，今夜月亮躲了起來，雖然月亮就在那裡，而且正冉冉上升，一個看不見的巨型石球，一大塊重物，死寂但有力，把海水吸向自己所在之處，吸引所有液體。人體百分之九十八都為液體，他腦中的書說。這回是個男子的聲音，一位活百科全書；不是他認識的人。其餘兩個百分點由礦物質組成，最重要的是血液的鐵質和構成骨骼及牙齒的鈣質。

「誰去理會這種屁事？」雪人說。他不在乎自己血液的鐵質和骨骼的鈣質；他厭倦當自己，他想成為別人。徹底更換掉細胞，做染色體移植，與別人換腦袋，裝點更好的東西在裡面。比如撫過他周身的手指，纖小的手指，橢圓形的指甲，塗成了熟李紫、湖紅或玫瓣粉色。我希望，我可以，實現我今晚許下的願。手指，一張嘴。脊椎底部一陣隱且沉的疼痛開始發作。

「奧麗克絲，」他說。「我知道妳在那兒。」他重複著她的名字。這甚至不是她的真名，無法知道她的真名，那不過是個單字，一句咒語。

有時他真能通過念咒將她召喚出來。起初她蒼白且影影幢幢，但如果他不斷重複她的名字，那麼她或許便會滑入他的軀體，並隱藏在他的肉身裡與他同在，而他的手也變成她的。但她總是倏忽不定，無法將她的身形定住。今夜她沒現身，只剩他孤零零地一人很可笑地啜泣著，獨自在黑暗中自慰。

6

奧麗克絲

雪人突然醒來。有人碰他嗎？周圍空無一人，什麼也沒有。一片漆黑，沒有星星，一定被烏雲遮住了。

他轉身，用床單裹住自己。他在發抖，是夜晚吹拂的風，或者更有可能的是他仍醉醺醺的，有時這很難辨別。他瞪著這團漆黑，不知道何時天才會亮，並希望能再睡著。

一隻貓頭鷹不知在何處嘯叫著。那劇烈的顫音彷彿同時在極遠和極近處，如同祕魯長笛上的最低音。也許牠正在捕獵？捕什麼呢？

現在他可以感覺到奧麗克絲似乎乘著輕柔的羽翅，穿越空氣朝他飄來。她現在降下，站穩了。她離他很近，伸展著身子與他幾乎肌膚相觸。雖然平台不大，但她能夠好端端地落在他身邊，這真是奇蹟。如果他有蠟燭或手電筒就能看見她，她纖細的外形，一簇由黑暗襯底的蒼白的光。如果伸出手他就能觸摸到她，但那樣她就會消失了。

「不是為了性，」他對她說。她不回答，但他能感覺到她並不相信。他讓她難過了，因為他剝奪了她一些已知的東西，她的力量。「不只是為了性。」她露出苦笑：這還差不多。「妳知道我愛妳，妳是我的唯一。」她不是第一個聽到他這麼說的女人。他真不該在生命中過早用掉這句話，不該把它視為開啟女人的工具、楔子和鑰匙。等他真心誠意時，這句話在他聽來是那麼不真誠，使他羞於啟齒。「真的。」他對奧麗克絲說。

沒有回答，沒有反應。即便在他們熱戀時，從她那兒永遠沒有回應。

「只要告訴我一件事。」他會說，那時他還叫吉米。

「問個問題吧。」她答道。

於是他問，然後她會說：「我不知道，我忘了。」或者：「我不想告訴你那個。」或者：「吉米，你真壞，這不關你事。」有一次她曾說：「你想得太多，吉米，為什麼這麼想？為什麼你覺得那是我呢？」

他想他能理解她的茫然，她的模稜兩可。「沒關係，」他告訴她，一邊撫著她的頭髮。「都不是妳的錯。」

「什麼都不是，吉米？」

他花了多久時間才把精心收藏的關於她的碎片完整地拼湊起來？有克雷科敘述她的故事，也有吉米敘述的，那是更為浪漫的版本；還有她的自述，與以上兩者都不同，而且一點也不浪漫。雪人在腦中把這三個故事飛快地掃過一遍。一定還有別的說法：她媽媽的故事，買走她的那個男人的故事，此後又買走她的男人的故事，第三個男人的故事——最壞的一個，在舊金山那個狗屁混蛋畫家；這些故事吉米都沒聽過。

奧麗克絲是那麼精緻，精雕細琢。他邊想邊勾勒著她嬌軀裡的骨架。她有一張三角形的臉，大眼睛，小下巴，蜜蜂似的臉，螳螂似的臉，暹羅貓似的臉。皮膚是最蒼白的黃色，光滑而半透明，像古舊卻昂貴的瓷器。看著她，你便明白這個美麗、纖弱和一度貧困的女子以前一定過著艱難的生活，但你也明白那種生活並不是擦地板。

「妳那時要擦地板嗎？」吉米曾經問她。

「地板？」她想了一分鐘。「我們沒有地板。當我到有地板的地方時，不是我擦的。」她說，在早期，就是在沒有地板的時候，有一點她記得：每天都要把泥土地掃乾淨。吃飯時坐在上面，睡覺時躺在上面，所以掃地很重要。沒人想要被好幾天前的食物弄髒，沒有人想要跳蚤。

在吉米七八歲或九歲時，奧麗克絲誕生。到底在哪裡？很難說。某個遙遠的異國。

那是在一個村子裡，奧麗克絲說。一個綠樹環繞的村子，附近有田園或是稻田。屋頂上蓋著一種茅草——棕櫚葉？——不過最好的房屋有鐵皮屋頂。印尼的村莊，或者在緬甸？都不是，奧麗克絲說，雖然她不確定。那是印度？越南？吉米猜。柬埔寨？奧麗克絲低頭看自己的手指甲。這不重要。

她不記得小時候說的語言。她那時小得無法記住那最早的語言：所有詞句已蕩然無存。但不是她被帶去的第一個城市所講的語言，也不是方言，因為她不得不學另一種說話的方式。她倒是記得：話語在她嘴裡笨拙地打轉，那種一下子變啞巴的感覺。

這個村子每家都很窮，每家都有不少孩子，奧麗克絲說，她被賣掉時年紀還很小。她媽媽生了好幾個孩子，兩個比較大的兒子將要去田裡工作，這很好，因為爸爸在生病。他不停地咳啊，咳啊；這些咳嗽聲穿插在她最早的記憶中。

肺有問題，吉米曾猜想。在能弄到香菸時，他們大概都像瘋子一樣拚命地抽：藉菸散愁（他為自己的見地高興）。村民們把父親的病歸咎於髒水、厄運、妖魔。疾病帶有恥辱，誰都不願意受別人的病污染。於是奧麗克絲的父親得到憐憫，但大家也指責並迴避他。他妻子則暗懷厭惡地伺候著他。

喪鐘最後還是響了，禱詞也念了，把小人像投入火中。所有這些都無濟於事，因為父親死了。村裡所有人都知道將要發生什麼事，因為如果沒有男人在地裡或田裡工作，生活的基本物資就得從別處獲取。

奧麗克絲年紀比較小，常常不被重視，忽然間卻受到優待，吃得比平時好，還得到了一件特別的藍夾克。因為村裡其他婦女都過來幫忙了，把她打扮得漂亮又健康。長得醜或有殘疾，或者不夠聰明，或者說話不流利的孩子價錢不高，或賣不出去。村裡的婦女也許有朝一日需要賣掉自己的孩子，現在來幫忙，以後也會得到相對的援助。

在村子裡人們不把這種交易稱作「賣」，都是以當學徒的說法一語帶過。孩子們需要受訓練好在廣闊世界中求生存，這說法是自圓其說。再說，她們留在這能幹什麼？特別是女孩子，奧麗克絲說。她們只會嫁掉、生更多的孩子，接著那些孩子又被賣掉。賣掉或是扔進河裡，漂到海裡；因為吃的東西只有那麼多。

有一天村裡來了個男人，來的總是同一人。他通常坐汽車來，車在泥土路上顛簸，而這次更因下了許多雨而變得泥濘不堪。每個村子都有這麼一號人物，他們不定期地克服種種危險從城裡來到村子，不過大家總能提前知道他上路了。

「哪個城市？」吉米問。

奧麗克絲只是笑笑，談這些讓她覺得餓了，她說。貼心的吉米為何不打電話訂披薩呢？蘑菇、洋薊心、鯷魚餡，不要義大利香腸。「你也想吃嗎？」她說。

「不要，」吉米說，「妳為什麼不告訴我？」

「你為什麼在乎？」奧麗克絲說，「我不在乎，我從不去想很久以前的事。」

這個男人——奧麗克絲邊說邊注視著披薩，好像那是一幅拼圖，挑出蘑菇，她習慣先吃這個——

帶了另外兩個男人，他們是僕人，但有配槍可以趕跑劫匪。他穿著昂貴的衣服，而且除沾了些塵土外——到村子裡來的路上都會沾染塵土——看上去很整潔。他有一只金光閃閃的手錶，他不時地看錶，並捋起袖子炫耀著：這錶使人們覺得很放心，象徵品質。錶可能是純金的，有些人說。

沒人認為這個人是不法分子，反而覺得他是誠實的生意人。他不弄虛作假，或者說很少作假，而且付的都是現金。於是村裡人對他十分尊敬和友好，誰也不想得罪他。要是他不再來了怎麼辦？要是有家人要賣孩子而他不願意買，只因為上次來被得罪了怎麼辦？他就是村民們的銀行，他們的保單，他們好心而有錢的大叔，他們抵擋厄運的護身符。人們越來越頻繁地求助於他，因為天氣變得古怪難測——降雨太多或太少，太多的風，太多的熱浪——莊稼備受煎熬。

那人常常滿臉堆笑，招呼村裡的男人時都能叫出名字。他總要做一場小小的演說，每次都是這樣。他希望大夥兒都高興，他說。他想讓雙方都滿意。他不想讓誰感到難過。難道他沒有為他們盡最大努力？收留長得不好看，頭腦又笨，簡直就是累贅的孩子，只是為了幫助他們？如果他們對他做事的方式有意見，就應該告訴他。但從來也不曾有過批評，儘管有人在他背後嘀咕：他從不多出一分錢，他們說。然而他也因此得到讚賞：這表示他很會做生意，掌握孩子們命運的行家。

戴金錶的男人每次來村裡都會帶走幾個孩子，讓他們到城市街道上去向觀光客兜售鮮花。他向母親們保證，這份工作很輕鬆，孩子們也會被善待：他可不是下三濫的惡棍或是騙子，也不是拉皮條的。他們會有很好的食物，有安全的地方睡覺，會受到保護，還能拿到一筆錢，他們可以把錢寄回家，也可以不寄，都由他們自己決定。是他們掙來的錢再扣除住宿費後所剩的（從來沒有錢寄到過村裡，大家早就知道）。孩子們去做學徒的代價，是他付給父親或守寡的母親一筆可觀的款項，或他嘴裡可觀的款項；而考慮到人們通常的收入情況，這價碼的確還算說得過去。賣掉孩子的母親有這筆錢就可以給其餘孩子更好的生活。她們互相訴說。

吉米第一次聽到時怒不可遏。那正是在他憤怒的日子裡，也是他為奧麗克絲神魂顛倒的日子。

「你不懂。」奧麗克絲說。她仍然坐在床上吃披薩，同時拿著可樂和附帶點的薯條。她已吃完蘑菇，並開始吃洋薊心了。她從不吃披薩皮，她說浪費食物使她感覺很富有。「以前很多人都這麼做，是一種風俗。」

「狗屁風俗。」吉米說。他坐在靠床的椅子上，看著她如貓一般的粉紅色舌頭舔著自己的手指。

「吉米，你壞，別說髒話。你要吃義大利香腸嗎？你不要這個但他們還是放了，我猜他們聽錯了。」

「狗屁不是髒話，只是抽象描述。」

「嗯，我覺得你不該說。」現在她正吃著鯷魚，她總把這個留到最後。

「我很想把那傢伙殺了。」

「哪個傢伙？你要喝可樂嗎？我喝不完。」

「就是妳剛才和我說的那傢伙。」

「喔，吉米，也許我們全餓死，你更高興，是嗎？」奧麗克絲帶著她那淺淺的笑說。這是他最害怕聽到的笑，因為這掩飾了她覺得好笑的輕蔑。這讓他感到寒意：月光照亮的湖面上的一陣涼風。

當然他到克雷科那裡發洩憤怒，他重重搥打家具；那段時間他總是跟家具過不去。克雷科只是說：「吉米，看問題要現實一點。你無法把獲取食物的捷徑與無限膨脹的人口結合。人類看來是不會削減自己的物資供給，人類是少數幾個在面對資源急劇減少時仍不限制繁殖的物種。換句話說——在某種程度上也可以這麼說——我們吃得越少，幹得越多。」

「怎麼解釋這現象？」吉米說。

「想像，」克雷科說，「人可以想像自己的死亡，可以看見死神漸漸走近，光是想即將來臨的死亡都有催情的功效。狗或兔子就不會有這樣的表現。比如鳥——在食物匱乏的季節便減少產蛋量，或者乾脆不交配。牠們把能量集中在維持生存上，直到碰上好時節。但人類寄望於能夠把靈魂附著於他者身上，一個自己的新版本，這樣便萬壽無疆了。」

「這麼說來，作為一個物種，我們因為希望而無法避免死亡？」

「你可以管這個叫希望。希望，或是絕望。」

「但我們沒有希望也還是注定要滅亡。」吉米說。

「只是個體罷了。」克雷科快活地說。

「唉，這爛透了。」

「吉米，別那麼幼稚。」

克雷科不是第一個對吉米講這句話的人。

戴手錶的男人會和他配有槍枝的僕人在村裡過夜，還會和男人們一起吃喝。他整包整包地分發香菸，金色和銀色的紙菸盒上還留著玻璃紙。到了早晨他就察看那些待價而沽的孩子，提一些問題——他們有沒有生過病，聽話嗎？他還要檢查他們的牙齒。他們的牙齒一定要長得好，他說，因為他們需要常對人笑臉相迎。然後他就開始挑選，付錢，再道別，周圍是一片恭恭敬敬的鞠躬哈腰。他會帶三四個孩子離開，從不多帶；他只能應付這麼多。這意味著他能從一批孩子中挑最好的。他在其他村子也是這樣，他的眼光很出名。

奧麗克絲說沒被挑中的孩子會很糟糕，待在村裡的日子比以前更難過，失去價值，只能得到更少的食物。而她第一次就被選中。

有時候媽媽們會哭，孩子們也哭，但媽媽就對孩子說她們正在做好事，正在幫助自己的家人，她們應該跟那個人走，他吩咐什麼就做什麼。母親們說孩子們待在城裡一段時間，境況好些後，就可以回村子了（從沒有孩子回來過）。

這些全都得到諒解，即使沒被寬恕，至少也被原諒了。不過在那個人走後，賣了孩子的母親們仍感到空虛和難過。她們感到好像這種自願（沒有人強迫她們，沒有人威脅她們）並非出於自己的意願。她們感到受騙，好像價錢太低了。她們為什麼沒有開更高的價呢？然而，母親們對自己說，她們沒別的選擇。

奧麗克絲的媽媽一次賣了兩個孩子，不僅因為她缺錢，而是她覺得兩個人可以互相作伴，有個照應。另一個是男孩，比奧麗克絲大一歲。比較少人賣男孩，也沒有因此價格較高。

（奧麗克絲把兩個一起賣掉這件事當作是媽媽愛她的表現。她心裡沒有愛的概念，她無法描述具體事件。與其說她記得，不如說她相信。）

那人說他是幫奧麗克絲媽媽的忙，因為男孩子麻煩多，不聽話，更容易逃跑。誰會補償他惹的禍呢？還有，這孩子態度不好，一眼就能看得出來，門牙有一顆發黑，使他看上去好像犯過罪。但是他知道她需要錢，他也願意慷慨一點，把男孩帶走。

鳥鳴

奧麗克絲說她不記得從村子到城市的旅途，但記得其間發生的一些事情。那就像一幅一幅掛在牆上的畫，周圍是空白的灰漿。就像看穿別人家的窗戶，就像夢。

戴錶的男人說他是恩叔，他們就這樣叫，不然會有大麻煩。

「恩是名字還是作為開頭字母N？」吉米問。

「我不知道。」奧麗克絲說。

「妳看過他寫他的名字嗎？」

「村子裡沒人識字，」奧麗克絲說，「來，吉米。張嘴，最後一塊給你。」

想到這裡，雪人彷彿嘗到披薩的味道，然後是奧麗克絲伸進他嘴裡的手指。然後可樂罐滾到地板上，然後是作樂，像大蟒蛇一樣緊緊纏住他整個身子。喔偷來的祕密野餐會。喔甜美的喜悅。喔清晰的回憶。喔十足的痛苦。喔漫漫長夜。

那個男人——在晚一點或另一個晚上，奧麗克絲繼續說——那個男人說從現在開始他就是他們的叔叔。因為他們已離開村莊，所以他就沒那麼多笑容了。他們必須快點前進，他說，因為旁邊森林裡到處都有眼睛血紅、長牙利齒的野獸，如果他們闖進林子裡或是走得太慢，野獸就會撲上來把他們撕成碎片。奧麗克絲非常害怕，她想和哥哥手牽手，但這不可能。

「那裡有老虎嗎？」吉米問。

奧麗克絲搖頭。沒有老虎。

「那麼是什麼呢？」吉米想知道。他想這樣可以找到線索以確定地點。他可以查一下動植物棲息列表，也許會有幫助。

「牠們沒名字，」奧麗克絲說，「但當時我知道是什麼。」

起初他們排成一列沿著泥濘的道路行進，走地勢高的一邊，隨時提防著蛇。一個荷槍的走在最前面，接下來是恩叔，接著是奧麗克絲的哥哥，然後是另兩個被賣的兒童——都是女孩，都比兩兄妹大——然後是奧麗克絲。另一個有槍的男人走在最後。他們停下來吃午飯——冷飯，村裡人為他們準備的——再繼續趕路。他們走到河邊時，荷槍的那個抱起奧麗克絲，他說她很重，很可能會掉到河裡被魚吃了，不過這是玩笑話。他散發著汗濕的棉布、香菸、某種香水或髮油的味道。河水沒至他的膝蓋。

後來陽光斜刺進她眼裡——他們當時一定是朝西走的，吉米心想——她非常累。

隨著太陽越降越低，鳥兒開始鳴唱。牠們都躲在林子的樹枝和藤蔓裡所以看不見：嘶啞的呱呱聲和囀鳴聲，還有連續四種清脆如銀鈴般的聲音。在黃昏來臨及旭日初升前，總是同一種鳥在這樣叫，給了奧麗克絲莫大安慰。這些鳥叫聲是熟悉的，都屬於她知道的東西。她想像著其中一隻——叫起來如銀鈴——是她媽媽的精靈，化作鳥兒被派來看顧她，她想像著牠在說：妳會回來的。

她告訴他，村裡有些人在沒死的時候就能把自己的靈魂派出來，每個人都知道。你可以學，老婆婆們會教你，於是你就可以到處飛，你能預知即將要發生的事並發出訊息，還能進到別人的夢裡。

那鳥兒叫啊，叫啊，然後陷入沉默。接著太陽突然沉下去，天黑了。那一夜他們睡在棚子裡。

可能是牲口棚，有那種氣味。他們不得不在灌木叢裡撒尿，所有人排成一行，有槍的人在旁邊看守。那些男人在外面生起火，說說笑笑，煙味鑽了進來，但奧麗克絲不在乎，因為她睡著了。他們是睡地鋪，睡吊床？還是睡帆布床？吉米問，但她說這無所謂，她兄弟就在身邊。他以前很少正眼瞧自己的妹妹，現在他卻想要靠著她。

第二天早晨他們又走了一段路，然後到達恩叔停放汽車的地方。汽車停在一個小村莊裡，由幾個人把守著；比他們的村子更小更髒。女人和兒童從門口向他們張望，但都沒有笑容。有個女人還做了個驅邪的手勢。

恩叔檢查了一下汽車，在確定沒少什麼後便把錢付給那幾個人，並叫孩子們上車。奧麗克絲從來沒有進過汽車，也不喜歡那種氣味。它不是太陽能車，是燃汽油的那種，而且還是舊的。一個男人開車，恩叔坐旁邊；另一個男的在後面跟四個孩子擠在一起。恩叔火氣很大，叫孩子們不要問東問西。路很顛簸，車裡很熱。奧麗克絲感到很噁心，覺得要嘔吐了，但接下來她打起了瞌睡。

他們一定開了很久，停車時又是晚上了。恩叔和坐在前面的人進了一幢低矮的樓房，也許是小酒店；另一個鑽進前排座椅很快四腳朝天呼呼大睡。孩子們睡在後座，並盡可能讓自己睡得舒服些。後座門鎖上了：他們無法繞過那個男的溜下車，他們也害怕這麼做，因為他會以為他們想要逃跑。有人在夜裡尿濕了褲子，奧麗克絲聞得出來，但不是她。到了早上，他們都被趕到樓房的後面，那兒有一間露天廁所。他們蹲在裡面時，一隻豬在另外一頭看著他們。

又經過幾小時顛簸的車程，車停在一扇橫跨路面的籬笆，門口有兩個士兵。恩叔告訴士兵，他們是他的姪兒姪女，他們的母親死了，他正要帶他們住到他家裡，和他的家人住一塊。他又露出了笑容。

「你的姪兒姪女可不少啊。」其中一個士兵邊說邊咧著嘴笑。

「算我倒楣。」恩叔說。

「而且他們的媽媽都死了。」

「這是真的，很不幸啊。」

「我們不知道該不該相信你。」另一個士兵說，他也咧著嘴笑。

「看吧。」恩叔說。他把奧麗克絲拉下車。「我叫什麼名字？」他一邊對她說一邊將笑咪咪的臉湊近她。

「恩叔。」她說。兩個當兵的哈哈笑起來，恩叔也笑了。他拍拍奧麗克絲的肩膀讓她回到車上，把手伸進自己的口袋，然後和士兵們握了握手，於是士兵們就打開了大門。車子一上路，恩叔就給奧麗克絲一塊小檸檬形狀的糖果。她把糖放在嘴裡含了一會兒又拿出來留著。她沒有口袋，於是就用黏答答的手指捏著。那個夜晚她靠舔手來尋求安慰。

孩子們在晚上哭了，不很大聲，他們默默地哭。他們害怕不知道要去哪裡，也被帶離自己熟悉的地方。還有，奧麗克絲說，他們再也得不到愛了，假設他們曾經有過。但他們有金錢上的價值：對於其他人而言，他們代表了利潤。他們一定感覺到了——感覺到他們還有些價值。

當然（奧麗克絲說），金錢上的價值代替不了愛。每個孩子都應有愛，每個人都應該得到。她更情願保留著母愛——她一直深信不疑的愛，以鳥的形式與她在叢林裡飛躍，使她不覺得害怕或孤獨的愛——然而愛不可靠，它來去匆匆，所以具有金錢價值也是好事，因為這樣一來，想從你身上賺取利潤的人至少要保證你能吃飽穿暖，不會受到太大的傷害。再說，還有好多人既沒有愛又沒有金錢價值，有一樣至少比什麼都沒有強。

玫瑰

那座城市一片混亂，到處是人、車、噪音、怪味道，還有一種難懂的語言。四個新來的孩子起初嚇呆了，他們就像被丟進一鍋開水裡——好像這座城市會傷害他們的身體。但恩叔有經驗：他對待剛來的孩子像待貓一般，讓他們有時間適應新環境。他把他們帶進一幢三層樓的小房間裡，房間在三樓，有一扇裝了柵欄的窗，能向外看但不能爬出去。漸漸地，他會帶他們出去，剛開始是短距離，後來會多到一小時。已有五個孩子待在屋裡，所以空間很擁擠，但還夠讓每個孩子鋪一床薄薄的墊子。到了晚上滿是床墊和孩子，而白天時把墊子捲起來。床墊很破，滿是污點，還散發著尿味；把它們整齊地捲好是新來的孩子要學的第一件事情。

他們從其他更老練的孩子那知道更多事。第一件是恩叔將隨時看著他們，即使有時他似乎把他們丟在城裡不管了，他總能知道他們的行蹤。他只要把那塊閃閃發亮的手錶放在耳朵邊，錶就會告訴他，因為裡面有個無所不知的小小的聲音。這挺讓人安心，恩叔不會讓其他人來傷害他們。另一方面，恩叔也會看到你工作賣不賣力，是否企圖逃跑，會不會把從遊客那兒賺來的錢留一點給自己；那樣的話你就要被懲罰了。恩叔的人會把你揍得青一塊紫一塊，還會把你燙傷。有些孩子宣稱受過這些懲罰，並引以為傲：他們有傷疤。要是你犯規太多——偷懶、盜竊、逃跑——你就會被賣給據說比恩叔還壞的人。或者你會被殺死丟在垃圾堆上，沒人會關心，因為沒人知道你是誰。

奧麗克絲說恩叔知道怎麼做，因為孩子比較相信別的孩子講的懲罰。大人會以他們從不會做的事情來威脅，孩子則會講出發生過的事或者他們害怕會發生什麼，或者講出發生在自己或其他的孩子身上的事。

在奧麗克絲和哥哥到滿是床墊的房間後一星期，三個大一點的孩子被帶走了。他們要去另一個國家，恩叔說，這個國家叫舊金山。是因為他們表現不好嗎？不是，恩叔說，是獎賞他們表現好；聽話又賣力的孩子都有機會去那。奧麗克絲除了家，哪兒都不想去，可是「家」在她腦中日益模糊。她仍能聽見她媽媽的靈魂在叫著妳會回來的，但聲音越來越微弱，越來越模糊，不再像銀鈴了，像呢喃耳語。現在這已是疑問句而不是敘述句；一個沒有答案的問句。

奧麗克絲和哥哥以及另外兩個新來的被帶去看那些更有經驗的孩子如何賣花。賣的是玫瑰花，紅的、白的和粉紅的，他們得一早到鮮花市場去拿。莖上的刺已被除去，這樣玫瑰在人們手中傳來傳去就不會刺傷。你得在最高級的大飯店入口處晃蕩——兌換外幣的銀行和高級商店也是很好的地點——還要留神注意警察。假如有警察走近或瞪著你，應該趕快走開。不准向遊客兜售鮮花，除非你有官方許可，但那非常昂貴。不過不用擔心，恩叔說：警察心裡都有數，只是他們裝作不知道罷了。

當看見外國人，特別是他身邊還有一個外國女人時，你就要走上前舉起花，還得面露微笑。不能盯著或嘲笑他們奇怪的外國髮型，以及像水彩畫一樣的眼睛。如果他們拿了一支花詢問價錢，你就堆出更多的笑並伸出手。如果他們對你說話，提出問題，你得表現出不懂的樣子。這麼做很容易，他們給的總比花價多一些——有時會多很多。

錢要放進衣服側邊的小口袋，以防扒手和街頭頑童肆意搶奪，他們是沒有像恩叔這樣的人照顧的倒楣鬼。如果誰——特別是男人——企圖抓住你的手帶你去什麼地方，你應該掙脫開。如果他們把你抓得太緊就應該坐下來。那是個信號，然後恩叔的人或恩叔就會過來。絕不准進汽車或賓館。如果有男人這樣要求你，你得盡快告訴恩叔。

恩叔給奧麗克絲取了個新名字，所有的孩子都得到一個新名字。恩叔要他們忘記舊名字，他們也很快就忘了。奧麗克絲現在叫蘇蘇，她的玫瑰花賣得很好。她那麼嬌小，臉孔那麼清純。他們給她一件過於寬大的裙子，穿上就像個可愛的洋娃娃。其他孩子也很寵她，因為她是年紀最小的。晚上他們輪流睡在她身邊，她在大夥兒的懷裡傳遞著。

誰能拒絕她呢？沒有多少外國人能。她的笑容很完美——不是自負或好鬥，而是透著躊躇與害羞，同時又顯出專注的神情。這是沒有絲毫惡意的微笑：其中不含任何仇恨、嫉妒，只讓你覺得她由衷地感謝你。「真可愛。」外國女士會低聲說，一旁的男士便買下一支玫瑰送給女士，這樣男士也變得可愛了；奧麗克絲把那幾枚硬幣放進裙子前胸內側的口袋裡，感到又可以踏實地過一天了，因為她賣完了她的份。

她哥哥可不是這樣，他的運氣一點也不好。他不願意像女孩子那樣賣花，而且他不喜歡笑；有顆黑牙，讓他笑起來也沒有效果。於是奧麗克絲就幫他賣剩下的玫瑰。恩叔起初並不在意——都一樣是錢——但後來他說奧麗克絲不該在同一個地點露面太多，會讓人看膩。

恩叔得另外找事給哥哥做，他們將不得不把他賣到別的地方。房間裡大一些的孩子搖搖頭：哥哥會被賣給拉皮條的，他們說；這種皮條客為毛茸茸的外國白種男人服務，還有長鬍子的棕色皮膚男人或胖胖的黃種男人，隨便什麼男人，只要他喜歡小男孩。他們很具體地描述了這些男人幹的事；還為此笑個不停；他將成為瓜仔。他們說：那是像他這樣的男孩的稱呼。外表又硬又圓，裡面又軟又甜；一個香噴噴的瓜仔，誰給錢就給誰享用。不是這樣就是在街道間為賭客跑腿。這種工作既累又危險，因為可能會被賭客的競爭對手殺了；也可能同時當跑腿和瓜仔，這種可能性最大。

奧麗克絲看到哥哥的臉色越來越陰沉，他逃跑時她並不意外；到底他後來有沒有被捉到她一直不知道。她也沒問，因為問問題——她已發現——沒有用。

有天，有個男人拉奧麗克絲的手要她跟他進酒店。她害羞地笑，不發一語地向上看，把手抽回。事後她告訴恩叔。恩叔的話讓她很驚訝。如果那個男的再提出要求，他說，她就跟他進去。他會帶她進他的房間，而她要跟他走，照那個男的要求做。但別擔心，因為恩叔不會讓她離開視線並會去救她，她不會受到傷害。

「我會成為瓜嗎？」她問道，「一個瓜妞？」恩叔笑了問她是從哪學來的。不會的，他說。不是這樣的。

第二天那個男人又出現了，還問奧麗克絲願不願意賺錢，比賣花賺的還多。他是個瘦長的白人，毛茸茸的，口音很渾濁，但她聽得懂。這次奧麗克絲跟著他走。他牽著她的手一起進了電梯——這段才是讓她感到恐懼的，緊關著門的小空間，門開時已在另一個地方，恩叔沒提過這個。她能感覺到心怦怦跳。「別害怕。」男人以為她怕他。其實是他怕她，因為他的手在發抖。他用鑰匙打開門，兩人走進去，他鎖好門，現在他們置身在紫色和金色交錯的房間，有張像是為巨人準備的大床，接下來男人要奧麗克絲脫掉裙子。

奧麗克絲順從地照做。對於這個男人可能還會要什麼，她有概念——其他孩子已經懂這種事了，對此他們肆無忌憚地嬉笑玩鬧。聽說大家為了男人想做的這種事情付很多錢，城裡也有很多為這種男人服務的地方；但有些人不願去，因為太公開了。他們羞於拋頭露面，就愚蠢地自作安排，這個男人便是其一。所以奧麗克絲知道男人要脫衣服了，或脫掉幾件，而他的確脫了。她盯著他的陰莖時，他似乎非常滿意。那陰莖長而多毛，就像他的人；還微微彎曲像隻小手臂。接著他跪下來，這樣就和她一般高了，他的臉貼近她。

那張臉是什麼樣？奧麗克絲不記得了。她只記得他的陰莖而不記得他的面孔。「不像一張臉，」她說。「鬆軟的像餃子，上面有個大鼻子，胡蘿蔔似的鼻子。又長又白的陰莖鼻子。」她用兩隻手掩住嘴笑起來。「和你的不一樣，吉米，」為不使他尷尬她又補充說，「你的鼻子很漂亮很可愛，相信我。」

「我不會傷害妳。」男人說。口音滑稽得讓奧麗克絲想咯咯笑，但她明白那樣不對。她又露出害羞的微笑，男人抓住她一隻手放在自己身上。他動作很輕柔，同時又很狂暴。狂暴而急躁。

就在這時，恩叔衝了進來——怎麼進來的？他拿到鑰匙，一定是酒店裡的人給他的。他抱起奧麗克絲並摟住她，稱她為小寶貝，並對著那個男的吼叫。男人看來嚇壞了，手忙腳亂地穿衣服。褲子套不進去，就邊單腳跳著邊用他那聽起來很難過的口音解釋，而奧麗克絲替他感到難過。接下來男人就把錢給恩叔，好多錢，皮夾裡所有錢，恩叔像捧著稀世珍寶一樣把奧麗克絲抱出房間，同時還皺眉叨念著。一到街上他就笑了，取笑那個男人跳著穿褲子的模樣，還對奧麗克絲說她是個好女孩，以後還想玩這個遊戲嗎？

於是那就成了她的遊戲。她對那些男人有點過意不去；雖然恩叔說他們活該，他沒有報警已算他們走運了。但不知怎的，她對自己扮演的角色還是有些懊悔，但同時她也挺喜歡。男人們以為她沒有依靠，其實無助的是他們，這使她感覺占優勢；他們用傻乎乎的口音結結巴巴地道歉，在豪華的賓館房間裡單腳跳著，穿不上褲子；屁股露在外面，光滑的屁股，毛茸茸的屁股，形形色色的屁股，同時還得被恩叔痛罵；有時他們還會哭。談到錢他們就掏空口袋，把所有鈔票都扔給恩叔，並感謝他收下這些錢。他們不想蹲監獄，這城市的監獄可不比酒店，而且訴訟和判決都曠日費時。他們只想盡快鑽進計程車，登上大飛機逃之夭夭。

走到酒店外面的街上，恩叔就把奧麗克絲放下，並說：「小蘇蘇，妳真是個機靈的女孩！我能跟妳結婚就好了，妳願意嗎？」

這是奧麗克絲當時所能得到最接近愛的東西，因此她感到很快樂。但怎麼回答才對，願意還是不願意？她明白那不是認真的問題而是玩笑話：她只有五歲，或六歲，或七歲，所以她結不了婚。再說，其他孩子講過恩叔有個成年的妻子，住在別的地方，還有其他子女。真正的子女，他們在學校念書。

「我能聽聽你的手錶嗎？」奧麗克絲帶著羞澀的微笑，她真正想做的是迴避這個問題。迴避跟你結婚，迴避回答那個問題，迴避當你真正的孩子。他又笑起來，讓她聽了聽手錶，但裡面沒有聲音。

小淘氣樂園爵士樂

有天來了一個不同的男人，一個他們從沒見過的人——他又高又瘦，比恩叔高，穿著不合身的衣服，有張麻臉——他說他們今後都得跟著他。這個人說恩叔把鮮花生意賣給他：鮮花、賣花人，以及其他所有東西。恩叔搬到別的城市了。這個高瘦的人現在成為老闆。

大約一年後，有個女孩告訴奧麗克絲——這個女孩在奧麗克絲剛來的幾週裡跟她一起睡在有床墊的房間，後來跟她一起拍電影——事實並非如此。實際情況是恩叔被發現漂浮在城市的運河，喉嚨被割開。

這個女孩看見他。不，不對——她沒看見，但她知道有人看見了。屍體的身分毫無疑問，他的肚子膨脹得像顆枕頭，臉也腫得變形，但他就是恩叔。他沒穿衣服——一定被拿走了。不是割他喉嚨的那個，也許是另一個人，或許就是同一個人，死屍穿這麼好的衣服做什麼呢？他的手錶也不見了。

「身上沒錢，」女孩邊說邊笑，「沒有口袋，所以沒錢！」

「那個城市裡有運河？」吉米問。他想這也許是找到那座城市的線索。在那些日子裡他總想盡可能地了解奧麗克絲，她到底去過哪些地方。他想找出所有傷害過她或使她不快樂的人，並親手揍他們一頓。他用那些令人心痛的事實折磨著自己：對於一切他所能搜集到，並讓他血脈賁張的資訊，無論是否真切，他都牢牢記著。受的傷痛越深，他就越愛她——他深信如此。

「喔，是啊，有運河，」奧麗克絲說，「農夫和花農利用運河去市場。他們拴好船，就地在碼頭把船上的東西賣掉。從遠處看很漂亮的，那麼多花。」她看著他：她總是能猜出他在想什麼。「可是很多城市都有運河啊，」她說，「還有河流，這些河道很有用，可以沖走垃圾、死人和被扔掉的嬰兒，還有屎。」雖然她不愛聽他說髒話，但她有時也喜歡說她所謂的「髒話」，因為這可以嚇他一跳。她一旦開始，就可以滔滔不絕地說那些髒話。「別那麼心煩，吉米，」她又柔聲補充道，「都是很久以前的事了。」她往往表現得似乎是她在保護他，保護他不受她自己——過去的自己——侵擾。她喜歡把明亮的一面對著他，她喜歡發光發亮。

這麼說來恩叔是命送運河裡，他真不走運。他沒有找對人去打點，要麼就是打點得不夠，要麼就是他們想買他的生意，但出價低得讓他無法接受。要麼被他自己人出賣了，有很多可能。或許這並沒有預謀，只是意外，臨時起意的凶殺案，是個小賊幹的。恩叔太大意了——他單獨外出，雖然他並不是個大意的人。

「我聽到後哭了，」奧麗克絲說，「可憐的恩叔。」

「妳為什麼要護著他？」吉米問，「他是寄生蟲，是蟑螂！」

「他喜歡我。」

「他喜歡錢！」

「當然，吉米，」奧麗克絲說，「人人都喜歡。但他本來可以對我做出更壞的事，而他沒有。聽到他死時我哭了，我哭了又哭。」

「什麼更壞的事情？還有什麼能更壞？」

「吉米，你操心的事太多了。」

孩子們像羊群一樣被帶出那間有灰色床墊的屋子，奧麗克絲再也沒有看過它；她也沒有再見到大多數其他孩子。他們被分開，有了不同的去向。唯有奧麗克絲被賣給一個拍電影的男人。他對她說她是個漂亮的小姑娘，問她多大了，但她不知道答案。他問她喜不喜歡拍電影。她從沒看過電影，所以她不知道喜不喜歡；但那聽起來像是一種優待，於是她說是。此時她已很了解何時該回答「是」了。

那個男的開車帶走她，車裡還有其他三四個女孩，她都不認識。他們在一幢房子裡過夜，一幢大房子。那是有錢人家的房子，房子周圍有高牆，牆頂安插碎玻璃和刺鐵絲網，他們從一扇大門裡進去。屋裡透著有錢人家的氣味。

「妳說的有錢人家的氣味是什麼意思？」吉米問，但奧麗克絲說不上來。有錢只是一種你學會辨別的方式。那座房子的氣味就像她曾去過、好一點的酒店：琳琅滿目的食品、木製家具、鞋油和肥皂，所有氣味都混合在一起。附近肯定還有花、開花的樹或灌木，因為花香也是那氣味的一部分。地板上鋪著地毯，但孩子們沒有走在上面：地毯在一間大屋子裡，她們經過敞開的門並向裡張望時看見的。地毯上綴著藍、粉紅和鮮紅的色塊，很美。

她們住的房間靠著廚房，可能是儲藏室，或以前是：有稻米和米袋的氣味，儘管房間裡並沒有米。有人送食物給她們——吃得比平常好，奧麗克絲說，還有雞肉呢——並叫她們別出聲，然後她們就被鎖起來。這座房子裡養著狗，能聽見牠們在院子裡叫。

第二天幾個孩子上了輛卡車，坐在卡車後面。車上另有兩個小孩，都是女孩，都和奧麗克絲一樣小。其中一個剛從村裡來，很想念家人，不停摀著臉默默哭泣。她們被拎進卡車後車廂鎖起來，車廂裡又黑又熱，她們感到口渴，而尿急時只得撒在車上，因為車不會停下來。車廂很高的地方有扇小窗，能有些空氣進來。

因為悶熱和黑暗，幾小時的行程顯得似乎過了很久很久。當到達目的地時，她們被轉交給另一個人，一個不同的人，然後車開走了。

「上面有沒有寫什麼字？那輛卡車？」吉米用偵探的口吻問道。

「有。有紅色的字。」

「寫了些什麼？」

「我怎麼會知道。」奧麗克絲嗔怪道。

吉米覺得自己很愚蠢。「有圖畫嗎？」

「有，有一幅畫。」奧麗克絲過了一會兒說。

「什麼畫？」

奧麗克絲想了想。「是隻鸚鵡，紅鸚鵡。」

「飛著還是站著？」

「吉米，你這人太怪了！」

吉米總對牠念念不忘，這隻紅鸚鵡，他一直把牠放在心上。有時牠會出現在他的白日夢裡，充滿神祕和暗藏的深意，是個脫離一切語境的符號。牠必定是某個品牌，一種商標。他在網上搜索「鸚鵡」、「鸚鵡牌」、「鸚鵡公司」、「紅鸚鵡」。他找到了發明「軟木花生」一詞的鸚鵡艾力克斯，牠會說我要走了，但這幫不了他，因為艾力克斯的顏色不對。他想讓那隻紅鸚鵡成為連結奧麗克絲講的故事與所謂的真實世界的關鍵。當他走在街上或上網閒逛時，「紅鸚鵡」便成為破解的密碼或是口令，許多謎底就解開了。

拍電影的建築在另一座城市，或者在同一座城市裡的另一個地方，因為那城市非常大，奧麗克絲說。她和其他女孩住的屋子也在那棟樓裡。她們幾乎足不出戶，除了有時為拍片的需要到樓頂的平台上。有些到這幢樓來的男人希望拍片子時能在室外。他們想被看見，同時又想躲藏著，房頂上有圍牆。「也許他們想讓上帝看見，」奧麗克絲說，「你覺得呢，吉米？他們是想在上帝面前表現自己吧？我想是。」

這些男人對於他們的電影該怎麼拍都自有主張。他們想在背景上布置些東西，椅子或樹木，或者他們希望出現繩索、尖叫聲或鞋子。有時他們會說只管去做，我付錢，或是之類的話，因為在這些電影裡，什麼都有價錢。每一種髮結，每一朵花，每件物體，每個姿勢。如果哪個男人突發奇想，他們就要討論一番，為這個新點子定價錢。

「所以我學會生活。」奧麗克絲說。

「學什麼？」吉米說。他真不該吃披薩，不該緊接著又抽大麻。他覺得有一點點噁心。

「每樣東西都有價錢。」

「不是都這樣。不對，妳買不到時間。妳不能買……」他想說愛情，但又猶豫了。太矯情。

「你買不到，但仍有個價錢，」奧麗克絲說，「每樣東西都有價錢。」

「我不算。」吉米說。他想開個玩笑。「我沒有價錢。」

錯了，跟平常一樣。

拍電影，奧麗克絲說，就是叫你做什麼就做什麼。他們要你笑你就得笑，要你哭你也得哭，不管是什麼都要照著做，這是因為你害怕。你按照要求去應付來的男人，那些男人有時也對你那樣。這就是電影。

「對妳哪樣？」吉米說。

「你知道的呀，」奧麗克絲說，「你看過，你有那種圖片。」

「我只看過那張，」吉米說，「只有那張，有妳在上面的。」

「我打賭你見過更多有我的畫面，你記不得了，我可以以不同的面貌出現。我可以穿不同的衣服，戴不同的假髮，我可以是其他人，做其他事情。」

「比如呢，還有什麼事情？他們還要妳做什麼？」

「大同小異，那些片子。」奧麗克絲說。她已洗過手，正在塗指甲油，她那精巧的橢圓形指甲，形狀那麼完美。桃紅色的，與她穿的印花浴衣十分搭配。她手上沒有任何瑕疵，待會兒她還要塗腳趾甲油。

對於孩子們而言，拍電影還能解點悶，因為不拍電影的時候她們都無所事事。她們在房間裡看老DVD卡通，老鼠和小鳥被其他動物追來追去，但後者總不能得逞；或者她們互相梳頭、編辮子，或者就只吃飯、睡覺。有時另有一些人來用這塊場地，製作其他種電影。來的是成年女人，胸脯很大的女人，還有成年男人——都是男演員，孩子們如果不搗亂就可以看他們拍。不過有時男演員會提出抗議，因為這些小女孩看見他們那話兒時嬉笑個不停——它們那麼大，而有時突然又那麼小——要是這樣，孩子們就得回自己房間了。

她們得勤洗澡——這很重要。她們用桶子淋浴。她們得看上去潔淨無瑕。在無事可做、不順心的日子裡，她們會覺得厭倦、焦躁，於是便會吵嘴、打架。有時候她們會得到一口菸或一口酒以平穩情緒——也許是啤酒——但不會是烈酒，那樣會弄得她們昏頭昏腦；而且她們不得自己去找菸抽。負責管理的人——一個身材高大的男人，不是那個扛攝影機的——說她們不能抽菸是因為會使牙齒發黃。

她們有時還是抽，因為那個扛攝影機的會分給她們。

扛攝影機的是個白人，名叫傑克。他和她們接觸最多。他的頭髮像磨損的繩子，身上散發著強烈氣味，因為他愛吃肉。他吃的肉太多了！他不喜歡吃魚。他也不喜歡米飯，他喜歡麵條，放了很多肉的麵條。

傑克說在他的出生地電影更大更好看，是世界上最好的。他總說想要回家，他說他還沒死掉——這個該死的國家臭飯菜還沒能要他的命——真是他媽的走運了。他說他從水裡得過一種病，差點死掉，他喝得大醉來救命，因為酒精能殺菌。然後他不得不向她們解釋細菌。小女孩們覺得細菌很好笑，因為她們不相信有細菌；但她們相信有這種病，因為她們曾看過。是神靈降下的，大家都知道。神靈以及厄運。傑克的祈禱詞念得不對。

傑克說變質的食物和水更容易讓他生病，幸虧他的胃強壯無比。他說幹這一行的胃一定得健康。他說這攝影機已是古董了，照明又差，還是過去劇團巡迴演出時用的破爛玩意兒，難怪拍出來都像粗製濫造的廉價貨。他說他希望能賺一百萬，但他把錢全用來買醉。他說他無法留住錢，錢從手上溜走就像水從抹了油的婊子身上流下來一樣。「長大了可別學我。」他說。然後女孩們就笑，因為再怎麼樣她們也不會像他，一個頭髮像繩索、雞巴像根皺巴巴的老胡蘿蔔、小丑一樣的大漢。

奧麗克絲說她有很多機會湊近看到那根老胡蘿蔔，因為在不拍片子時，傑克就想和她幹片子裡的那種事。然後他就會很難過，並告訴她他很抱歉。這真讓人搞不懂。

「妳做了卻什麼也沒要？」吉米說，「我以為妳說過什麼都有價錢的。」他並沒有感到他辯贏關於錢這一點，他只想換個話題。

奧麗克絲停頓了一下，拿起修指甲的銼刀。她看了看自己的手。「我跟他有交易的。」她說。「跟他做什麼交易？」吉米說，「那個鬥敗了的倒楣無賴能給妳什麼？」

「你為什麼覺得他壞？」奧麗克絲說，「他從沒和我幹過你沒幹過的事。沒你幹的事多呢！」

「我並沒有違背妳的意願，」吉米說，「再說妳現在是成人了。」

奧麗克絲笑起來。「我的意願是什麼？」她說。她必定看見他痛苦的神色，所以她止住了笑。「他教我識字，」她靜靜地說，「教我說英語，念英語單字。先說，再照著念，一開始說不好，我現在說得還是不大好，但總得從頭學，你不覺得嗎，吉米？」

「妳說得很好。」吉米說。

「你不需要騙我，事實就是如此。認字花了很長時間，但他很有耐心。他有一本書，我不知道他是怎麼弄來的，但那是本給孩子看的書。裡面有個梳長辮穿長襪的女孩——那個詞可真難，長襪——小女孩蹦蹦跳跳，想做什麼就做什麼。那就是我們念的書。這是筆不錯的交易，吉米，因為要是我沒做那個的話，我現在就不能和你說話了，是嗎？」

「做哪個？」吉米說。他無法忍受這件事，如果現在傑克這個人渣在這屋裡，吉米要把他的脖子當成又舊又臭的襪子一樣用力地擰。「妳為他做什麼了？妳去舔他了？」

「克雷科說得沒錯，」奧麗克絲冷冷地說，「你缺乏精確的頭腦。」

精確的頭腦只是那些搞數學的呆子使用的充滿優越感的術語，但這還是刺傷了吉米。不。刺傷他的是想到奧麗克絲和克雷科在他背後那樣議論他。

「對不起。」他說。他應該明智一點，而不是粗魯地這麼和她說話。

「也許我現在不會做了，但那時我還是小孩呀，」奧麗克絲語氣緩和下來，「你幹麼要這麼生氣呢？」

「我不相信。」吉米說。她的憤怒隱藏在何處，埋得有多深，要把它掘出來，他得做什麼？

「你不相信什麼？」

「妳講的這整個該死的故事。所有這些和善、順從和廢話。」

「如果你不願意相信這些，吉米，」奧麗克絲溫柔地看著他說，「你願意相信什麼呢？」

傑克為這幢拍片子的樓取了個名字。他叫它小淘氣樂園。孩子們都不明白他的意思——小淘氣樂園——因為那是個有特殊英文含義的單字，而傑克也解釋不清。「好了，淘氣鬼，起來吧，打扮得漂亮點，」他會說，「該吃糖啦！」有時他把糖果拿給她們，算是款待。「要吃糖嗎，糖？」他說。這也是在開玩笑，但這個字的意思她們也不懂。

要是他興致來了或剛吸過毒，他會讓她們看有她們鏡頭的電影。她們知道他什麼時候注射了毒品或吸過毒，因為那時他會顯得高興些。他喜歡在她們幹活時放流行音樂，節奏比較活潑的。他稱之為「上拍」。貓王之類的歌。他說他喜歡那些經典老歌。「就當我多愁善感吧。」他說，他用的這個詞引起了一片疑惑。他也喜歡法蘭克・辛那屈，還有多麗斯・戴。奧麗克絲在能夠理解〈愛我或是離開我〉的歌詞前就全會唱了。傑克會說：「給我們來一段小淘氣樂園爵士吧。」於是奧麗克絲就唱一段。他聽了總是很開心。

「這傢伙叫什麼名字？」吉米說。真是個怪客，這個傑克。怪客傑克，蠢貨一個。罵他能消些氣，吉米想。他真想把這傢伙的腦袋擰下來。

「他的名字就叫傑克，我告訴過你。他還和我說過關於這個名字的一首詩，用英語說的。傑克輕如燕，傑克快似馬，傑克有根好大的蠟燭架。」

「我是說他其他名字。」

「他沒別的名字。」

傑克把她們做的事稱為上班。他把她們叫做上班女孩。他常說：上班時吹吹口哨。他常說：努力上班。他常說：上班時加點爵士樂。他常說：來吧，小性機器，妳們還可以做得更棒。他常說：妳們只年輕一次呀。

「就這些了。」奧麗克絲說。

「什麼叫就這些了？」

「全部就是這些了，」她說，「過去就是這樣。」

「他們有沒有……」

「有沒有什麼？」

「妳們那麼小，不會的。他們不可能那樣。」

「拜託，吉米，告訴我你想問什麼。」酷！他想用力搖晃她。

「他們強暴過妳嗎？」他好不容易才把話擠出來。他想要怎樣的答案？他要怎樣呢？

「為什麼你老想談醜惡的事情呢？」她說，聲音悅耳得如同音樂盒。她揮舞著手使指甲油變乾。「我們應該盡可能地去想美好的事情。如果你看看四周，你會看到那麼多美好的東西。你只盯著腳下的塵土看，吉米，這樣不好。」

她絕不會告訴他答案。為什麼這件事讓他這麼抓狂？「那不是真正的性愛，對吧？」他問，「那些電影，都只是演戲，對吧？」

「可是吉米，你應該懂的，所有的性都是真的。」

7

斯維爾塔那

雪人睜開眼睛，閉上又睜開，然後保持張開。昨夜過得很糟。他不曉得哪件事比較糟，是一去不復返的歲月？還是如果看得太清楚就會毀滅的現在？對於未來，他感到暈眩。

太陽爬上地平線，像滑輪般地持續攀升；四周層層疊起的雲彩，靜靜環繞著太陽，上層泛著粉紅與紫色，底下則透著金黃色，如波濤般上上下下起伏。想到起伏，雪人感到欲嘔。他渴得要命，頭很疼，兩耳間似乎有個軟乎乎的空洞。他費了很大的神才意識到這是宿醉。

「都怪你自己。」他自言自語。昨晚前，他的言行舉止很可笑：暴飲暴食、大吼大叫、嘰嘰喳喳，不斷重複些無意義的話。以前這麼點酒還不至於宿醉，因為太久沒喝而完全失控。

但至少他沒有從樹上掉下來。「明天又是新的一天。」他對著紫紅色雲彩慨然說道。然而，如果明天是新的一天，那今天又是什麼呢？就像往常一樣，只不過，他覺得全身長滿了羽毛。

一列鳥群紛紛從空盪盪的塔樓飛出。海鷗、白鷺、蒼鷺，直奔沿岸捕魚。往南一英里左右，一片用回收物填成的地方形成了鹽沼地，其間點綴著一排別墅。所有鳥類都會去小魚聚集處。他厭惡地看著牠們。牠們完全無所謂，對世界漠不關心，只知道吃、交配、拉屎和尖叫。以前他也許會悄悄靠近，用望遠鏡看個究竟，對牠們的優雅身影嘖嘖稱奇。不對，他再也做不出這種事，那已不是他會做的，不會像個喜歡觀察自然的小學老師——是叫做莎麗？——在她所謂的校外考察旅行中，一路追逐鳥類。公司園區的高爾夫球場和百合花池，曾是牠們的狩獵場。看哪！看見那些漂亮的鴨子嗎？牠們叫做綠頭鴨！雪人那時就覺得賞鳥枯燥乏味，他從沒想過要傷害牠們，而現在，他真渴望有一把大彈弓。

他爬下樹，仍然覺得有點頭暈，動作也比平常更小心。他檢查一下棒球帽，抖掉被鹽味吸引而飛進帽裡的蝴蝶，接著跟往常一樣，對著蚱蜢撒尿。我也有每日的例行公事了！他想。有例行公事可做也不錯。他的腦袋現在像老式冰箱的大冷藏室。

他打開水泥櫃、戴上單眼太陽眼鏡，從啤酒瓶裡取些水喝。他想，要是有一瓶啤酒多好，或者一片阿司匹靈，也許再來一點威士忌。

「可以解宿醉呀！」他對著啤酒瓶說。不能一次喝太多水，會吐的。他把剩下的水澆在頭上，又拿了一瓶水，靠著樹幹坐下，等待胃部恢復平靜。他希望能讀點東西。可以讀，可以看，可以聽，可以學，能累積。殘餘的隻字片語在他腦海裡飄蕩：惡臭的、節拍器、乳腺炎、蹠骨、感情脆弱。

「我曾經知識淵博！」他大聲說。知識淵博。一個毫無希望的字眼。所有那些他曾以為明白的東西，究竟是什麼？都到哪去了？

過了一會兒，他感到餓了。櫃子裡有什麼？有哪些可以吃的？該有個芒果吧？不，那是昨天的事了。所剩的只是一個黏答答、爬滿螞蟻的塑膠袋。倒是還有一塊巧克力口味的勁力棒，但現在他還不想吃，他用生鏽的開罐器打開斯維爾塔那無肉合成香腸。他可以吃掉一大半這種東西，香腸營養，還能減肥，呈現灰白色且過於軟爛。他想，這是嬰兒食物，不過他還是吃了。吃斯維爾塔那的食品時，還是閉著眼睛比較好。

香腸很營養，但熱量不足，他把香腸汁也一併喝了。他想，這香腸汁一定含有維生素，或是礦物質之類的成分。這些知識他以前都知道，但現在，他的腦袋怎麼回事？他彷彿看見自己脖子上開了個孔，像浴室的排水口一樣；碎裂的隻字片語流入水管，他意識到，那匯成一灘灰色的液體是他正在溶解的腦袋。

現在該面對現實，殘忍的事實——他會慢慢餓死。每星期僅有一條魚；那些人總是頑固不知變通，有時比較大條，有時是全身帶刺、小得離譜的魚。他知道，如果不用澱粉或其他類似的東西——例如碳水化合物，或是類似澱粉之類的東西——來平衡蛋白質，體內所剩的一點點脂肪就會開始分解，然後是肌肉。心臟就是一塊肌肉。他想像自己的心臟萎縮成一團，最後只剩核桃般大小。

起初他還有水果吃，不僅能找到罐裝的，還能在北方一英里遠的廢棄植物園裡找到新鮮水果。他本來有張到植物園的地圖，但在一場暴風雨中被吹走了。世界水果區是他進入植物園後要去的地方，那裡有幾棵熱帶香蕉樹和結了些果子的植物，有圓的、綠的，像小圓榴的水果。他不想吃這些，它們可能有毒。在溫帶區，還有爬在棚架上的葡萄。儘管有扇窗戶破了，溫室裡的太陽能空調仍在運轉。還有些杏子依牆而生，數量不多，表皮有的已變成褐色，那是馬蜂鑽進去吃過的，有些已開始腐爛，但他仍把它們吞下，並吃了些檸檬。檸檬酸得要命，但他還是勉為其難吸光檸檬汁。以前看過的航海電影讓他了解敗血症，牙齦會出血、牙齒一顆顆掉落。這些都還沒有發生。

世界水果區現在已光禿禿一片，要等多久才會再長出？他毫無頭緒。應該還有些草莓，等下次那些孩子來問東問西的時候，他要向他們打聽，那些孩子會知道哪兒有草莓。他能聽見他們在遠處的沙灘上嬉戲，但今早他們似乎是不會來了。也許他們厭倦了，對那些他答不上來，或胡亂回答的問題不再有興趣。也許，他像一個舊東西或髒玩具，已經過時了。或許他已失去魅力，就像流行歌星已風光不再。他本該高興可享受片刻清靜，但想到這，反而使他覺得很沮喪。

如果他有艘小船，就可以划到塔台；有梯子的話，就可以爬上去洗劫鳥窩、偷鳥蛋。不，這是個餿主意。塔台太不穩了，他來這裡才幾個月就已經倒了好幾座。他可以去平房住宅和停放拖車式房屋的地區抓老鼠，放在火紅的煤炭上燒烤。這倒可以考慮。或者他可以走到更遠的地方，到最近的一處套房區收穫會更大，那些屋子裡有好多食物。或是到退休住宅區、大門有警衛的社區，諸如此類的地方。但他把地圖弄丟了，也不願冒迷路的風險，在暮色中四處遊蕩、沒有遮掩的地方、沒有可依靠的樹。狗狼必定會一路追捕他。

他可以誘捕器官豬，用木棍打死牠，偷偷地開膛破肚。不可以讓克雷科的孩子看到血淋淋的豬肚豬腸，這會使他的形象完全改變。但器官豬盛宴會帶給他巨大的好處，牠很胖，而脂肪正是碳水化合物。是這樣嗎？他在腦海裡搜索上過的課中的圖表。他曾學過這些知識，但現在已無濟於事，腦子裡一片空白。

「把培根帶回家。」他說。他幾乎能聞到平底鍋裡和雞蛋一塊煎烤的培根香味，吃的時候再配上吐司和一杯咖啡……要加奶油嗎？耳邊出現女人的聲音。出自《白圍裙加雞毛撢》黃色鬧劇裡，俏皮、說不上名字的女服務員。他發覺自己在流口水了。

「脂肪不屬於碳水化合物，脂肪就是脂肪。」他拍拍額頭，聳聳肩，攤開手。「聰明的傢伙，」他說，「下一個問題呢？」

別小看你腳下豐富、營養的資源。出現另一個令人惱火、教訓口吻的聲音。他聽出這句話來自一本求生手冊，在別人的洗手間裡他曾經讀過。從橋上往下跳時要夾緊屁股，這樣水就不會沖進肛門。身陷流沙時，要拿支滑雪桿。好棒的建議啊！這傢伙還說，可以用削尖的木棍捉鱷魚；蠕蟲和蛆是他推薦的小吃，喜歡的話，還可以烤一烤。

雪人想像自己在倒下的樹木間匍匐而行。不過還不至於如此，他還有其他選擇。他打算循著自己的足跡，返回回春真精園區（譯註：原文RejoovenEsense與rejuvenescence諧音諧形）。這是漫長的旅程，比他最近走過的都還長，但如果能到公司園區，一切就值得了。他可以肯定，那裡還剩不少東西；不僅有罐頭，還有酒。園區的人一知道有事發生，便馬上拋下所有家當落荒而逃。他們連多耽誤幾分鐘到超市搶購食物都不肯。

他現在真正需要的是一把噴槍。有了槍就可以射殺器官豬，趕走狗狼。哦，有了！全想起來了！他非常清楚該上哪找槍了。克雷科的圓頂屋裡有很多槍枝彈藥，應該還維持和他離開時一模一樣。他為那地方取名為天塘。他也是大門守衛天使的一員，可以說，他非常清楚所有東西放在哪，他能拿到他想要的東西。快進快出，拿了就走。這樣他就有了一切裝備。

可是你並不想回到那裡，對吧？一個輕柔的呢喃。

「倒也沒什麼不願意。」

因為？

「沒有因為什麼。」

繼續說。

「我忘了。」

不，你沒忘。你什麼都沒忘。

「我是個病人，」他央求著，「我得了敗血症，快要死了。走開！」

他需要的是集中精神，確定做事的優先順序。釐清事物的本質。本質是：進食，或死亡。你不可能再找到其他更基本的規則。

花一天徒步是無法走到回春園區。這更像是探險。想到要在外過夜，他實在很不樂意——睡哪呢？——但如果小心應該不會有事。

那罐斯維爾塔那香腸下肚後，雪人又有了新目標，他開始感到幾乎要回復正常狀態。他有個新使命，甚至急切地盼望著。說不定什麼東西都能翻出來。放在果子酒裡保鮮的櫻桃、炭烤花生，運氣好的話還能找到一罐珍貴的人造午餐肉、一卡車的酒。公司園區裡的物品都沒有限量，外面的商品短缺，而園區裡的貨物則相當齊全。

他站起來，伸展四肢，抓一抓背上的舊傷疤，摸上去像是長錯位置的腳趾甲；然後沿著樹後的小徑往回走，撿起前夜用來砸狗狼的威士忌空酒瓶。他依依不捨地嗅一嗅瓶子，接著把酒瓶和香腸罐丟到堆放空瓶罐的地方；一大群囂張的蒼蠅正在那裡吃喝玩樂。夜裡，他有時會聽見浣鼬用爪子刨這個垃圾堆，在劫後的殘餘中尋找一頓免費菜飯，就像他經常幹的事。

他開始著手準備。把床單捆在身上，包住肩部，把其他部分從胯下提上來，紮在腰前當褲帶，再把最後那塊巧克力勁力棒綁在床單的角邊。他找到一根很長很直的木棍，決定只帶一瓶水；沿路可能會有水，要是沒有，也總能從午後雷雨中接一點。

他不得不告訴克雷科的孩子們，他要走了。他不想等他們發現他不見了，還跑出去找他。他們會遇上危險或迷失方向。雖然他們有些令人不耐煩的習性——其中包括：盲目的樂觀、毫無心機的友好態度、平靜的心，和有限的詞彙——但他仍很關心他們。他們是被有意或無意地留給他照顧，而他們卻渾然不知；對於他的粗心、不盡職的保母工作，他們則根本不明白。

他手握木杖，沿小徑向他們的營地走去，同時演練他要編給他們聽的故事。他們把這條小徑叫做雪人魚路，因為他們每週都要走這條路送魚給他。小路在海灘邊緣，兩旁有樹蔭遮蔽，但他還是覺得太亮了，他拉低棒球帽遮住光線。走近他們時，他吹起口哨，他總是藉此讓他們知道他來了。他不想驚嚇他們，不想勉強他們露出禮貌的表情；他不想做不速之客，像暴露狂一樣突然從灌木叢裡跳出來，暴露身體給小學生看。

他吹的口哨聲就像痲瘋病人手上搖的鈴，手腳再不靈光的人，也會急著讓路。倒不是他有傳染病，他身上的病毒永遠不會傳染給他們；他們對病毒有免疫力。

呼嚕

男人正在舉行晨間儀式，他們每人相距六英尺，圍成長長的弧線，一直延伸到兩邊的林子裡。他們面朝外，就像圖片裡的麝牛順著一條看不見的領地界線撒尿。他們表情肅穆，與莊嚴的任務相當契合。他們讓雪人想起父親早晨出門時的情景，手提公事包，眉頭殷切地皺起，像在瞄準目標。

這些人按照教導一天做兩次，保證有足夠的氣味持續散發。克雷科的設計參照了犬科、鼬科以及其他科種。他說，製造氣味是哺乳動物廣泛採用的方法，而且也不限於哺乳動物，有些爬行類，像蜥蜴……

「蜥蜴就算了吧！」吉米說。

按照克雷科的說法——雪人還找不到證據可以反駁——把這些人的尿液加入編碼指令序列的化合物，能有效驅趕狗狼和浣鼬，也能在某個程度上對付野豬和器官豬。狗狼和野貓能對同類的氣味做出反應，但現在牠們一定在想，散發這種氣味的是一隻巨大無比的狗狼或野貓，明智的做法就是逃之夭夭。浣鼬和器官豬則會想像有一隻大型的肉食動物。至少，理論上是這樣。

克雷科只把這種特別的撒尿行為分派給男人；他說他們需要做重要的事，某件跟生孩子無關的事，這樣他們就不會覺得受到冷落。他開玩笑說：做木工、打獵、巨額融資、戰爭和高爾夫，不再列入選擇的範圍。

這個設計在實行上有一些缺點，這一圈用尿畫出的邊界線，聞起來就像疏於清洗的動物園。不過這塊地盤很大，裡面有足夠的地方聞不到尿味，況且雪人現在也已習慣了。

他禮貌地等著那些男人完成儀式。他沒有受到邀請加入，他們已經知道他的尿沒有用。在做這件事的時候，他們習慣緘默不語；他們需要全神貫注，以保證尿在正確的位置上。每人都有三英尺長的疆界，有自己的責任區。這些男人有女人般光滑的皮膚、強健的肌肉，看起來像一座座雕像。他們聚在一起撒尿的場面相當壯觀，活像巴洛克風格的噴泉。如果再加幾條美人魚、海豚和幾個小天使，這畫面就完整了。雪人的腦子裡又出現了站成一圈的裸體汽車修理工，他們每人拿一把扳手。整整一班的汽車修理工，出現在男同性戀雜誌的特大折疊插頁。目睹他們整齊畫一的行動，他期望他們能搖身一變，成為某個從下流夜總會裡來的同性戀合唱隊。

男人撒完尿後抖一抖，不再排成一圈。他們用清一色的綠眼睛微笑著打量他。他們總是他媽的這麼友好。

「噢雪人，歡迎！」那個叫亞伯拉罕．林肯的說，「要到我們的家園嗎？」他快要像個領袖。要小心帶頭的，克雷科以前常說，先是領導和被領導，再來是暴君和奴隸，接著便有了大屠殺。歷史皆然。

雪人跨過地上那道濕線，隨那些人不急不徐地走著。他剛剛想出一個絕妙主意：要是他帶點這些濕泥巴上路，當作防護工具應該不錯？也許能驅趕狗狼。但轉念一想，這些人會發現他們的防線被挖過了，而且會知道是他幹的。這樣的行為會被誤解，他可不願成為破壞防禦、讓他們的孩子暴露在危險中的嫌疑犯。

他得再假造一條克雷科的指令，向他們下達：克雷科告訴我，你們必須搜集一份你們的氣味貢獻給他。讓他們全尿在一個鐵罐裡，把這罐尿灑在樹的周圍，做成一個魔圈，在沙地裡畫出他的防線。

他們來到領土中央的空地上。空地旁有三個女人和一個男人，正在照顧似乎受了傷的男孩。受傷是免不了的，小孩跌倒或一頭撞到樹、女人生火時灼傷了手指，或被割破、擦破的嘴唇。不過目前他們只受到一點輕傷，很容易用呼嚕聲來治療。

克雷科對呼嚕聲研究很多年。他發現貓科動物在發出呼嚕聲時，頻率與用於治療骨折和皮膚損傷的超音波一致，這樣就有了自我治療機制。他立刻著手進行徹底研究，試著把這特性移植過來，其招術是把舌骨的結構加以修改，將自發神經通道連接起來，在不影響語言能力的同時，改編大腦皮層控制系統。為此試驗曾經失敗多次，雪人回憶著。有一批實驗兒童會長出長長的鬍鬚，還會爬上窗簾；還有一些出現語言表達障礙，其中有個孩子只能說名詞、動詞，此外就是吼叫。

克雷科還是成功了。雪人心想，瞧瞧這四個人就明白了：低頭靠近他們，像汽車引擎一樣發出呼嚕的聲音。

「他怎麼了？」他問。

「被咬了，」亞伯拉罕說，「奧麗克絲的孩子咬了他。」之前沒發生過這種事。

「哪一種？」

「野貓。不曉得什麼原因。」

「在森林裡，我們的圈子之外。」其中一個女人說。她是埃莉諾．羅斯福？還是約瑟芬皇后？雪人總記不住她們的名字。

「我們迫不得已用石頭扔牠，把牠趕跑。」李奧納多．達文西說。他是那四個呼嚕叫的人之一。

這麼說，小山貓現在要獵食小孩了，雪人想。可能牠們越來越餓，像他一樣。可是牠們有許多兔子可以吃，所以不會只是因為飢餓。也許牠們把克雷科的孩子，至少是把其中較年幼的，視作另一種兔子，更容易捕捉的一種。

「今天晚上我們要向奧麗克絲謝罪，」一個女人說——是薩卡加維亞？（譯註：Sacajawea，薩卡加維亞，十九世紀北美印地安婦女，攜嬰兒隨W．克拉克和M．路易斯的探險隊西征，當任嚮導、翻譯，使探險隊絕路逢生）——「因為我們向她的孩子扔石頭。我們還要請求她，別讓她的孩子再咬我們。」

儘管她們常常提到，但雪人從沒見過這些女人與奧麗克絲有情感交流。採用何種形式？一定是念某種禱詞或咒語。她們很難相信，奧麗克絲會以人的面目出現在她們眼前。也許她們進入催眠狀態。克雷科以為他把這些都處理過了，去除了他所謂大腦中的「G點」。上帝就是一簇神經元。克雷科堅持著。不過這是個棘手問題，那個區域去掉太多，人就會變得木訥呆板或成為精神變態。但這些人還好。

不過他們自己學會了某種東西，某種克雷科意想不到的東西；他們在和看不見的東西交談，他們培育出敬畏之心。這對他們很不錯，雪人想。他喜歡證明克雷科有錯。但他還沒看見他們雕出過任何偶像。

「孩子不會有事吧？」他問。

「不會，」那個女人平靜地說，「傷口開始癒合了。看見了嗎？」

其他女人忙著早晨例行工作。有的顧著中央那堆火，有的蹲在火堆旁取暖。他們的體溫是根據熱帶條件設定的，所以在午前他們有時會覺得冷。火是用枯枝生起，但主要是靠糞便，這些糞便做成漢堡形狀大小，放在正午太陽下曬乾。克雷科的孩子都吃素，食物大都為草、樹葉和根，排出的糞便容易燃燒。據雪人所知，這裡的女人除了每星期捉條魚，烤一烤送給他之外，生火是她們唯一的工作。但自己吃的東西，是不用火煮。

「噢雪人，歡迎！」他遇到第二個女人。她早餐不知吃了什麼，嘴都變綠了。她正在給一歲大的男孩餵奶，孩子抬頭看了看雪人，從嘴裡吐出奶頭，哭了起來。「是雪人呀！」她說，「不要怕啊！」

雪人對這些小孩的生長速度還是不習慣，滿周歲的寶寶看起來有五歲大，到了四歲就算青少年了。克雷科說過：撫養小孩、當小孩太花時間，沒有任何動物像這樣花上十六年。

大一點的孩子認出他，圍過來叫著：「雪人，雪人！」看來他還沒有失去吸引力。現在所有人都好奇地瞧著他，猜想他來這做什麼，他向來都是有事才會來。過去他幾次來訪，他們從他的臉色認定他一定是餓了，就給他端來很多吃的，精挑細選的樹葉、草、根以及特意為他留的盲腸便，而他只能小心解釋，他們的食物並不是他能吃的。

他覺得盲腸便十分噁心，它的成分是消化一半的牧草，從肛門排出，每星期還要重複吃兩三次。這又是克雷科這個少年天才想出的。他利用闌尾製造器官的基礎，理由是在進化的早期階段，當原始飲食還極其粗糙時，闌尾必定發揮過某種作用。在具體的想法上他巧妙借用了兔科動物，如野兔和穴兔的習性，後者依靠吃盲腸便，而不是像反芻動物那樣依靠好幾個胃的消化。雪人想，這也許是野貓開始襲擊年幼的克雷科人的緣故。在柑橘味下，牠們還是能嗅出盲腸便散發的兔子氣息。

吉米曾為此與克雷科爭辯過。「不管你怎麼看這個問題，」他說，「歸根究柢你是在吃自己的屎。」克雷科只是笑笑。他指出，以粗糙植物為主食的動物而言，這一機制在分解纖維素時是必要的，不然的話這些人就活不成了。而且，在兔科動物中，盲腸便含豐富維生素B_1，其他維生素和礦物質也不少，是普通廢物的四五倍。盲腸分解物只是營養消化和吸收的一部分，是獲得營養物的最佳途徑。對這一過程的任何反對，都純粹是美學上的。

「這正是重點。」吉米說。

克雷科認為，若是這樣，那就沒任何說服力。

雪人現在成為關注的焦點。「你們好啊，克雷科的孩子，」他說，「我是來告訴你們，我要出遠門了。」年紀稍大的已經從他的長棍和捆紮的床單看出。他以前也出過門，他把這樣的旅行稱作到拖車停放場和鄰近的平民區去打劫。

「你打算去見克雷科嗎？」一個孩子問。

「是的，」雪人回答，「我要想辦法去見他。如果他在那兒我就去看看他。」

「為什麼？」一個大一點的孩子說。

「有些事我得問他。」雪人小心翼翼地說。

「你得跟他提起那隻小山貓，」約瑟芬皇后說，「咬人的那隻。」

「那是奧麗克絲的事，」居里夫人說，「克雷科不管。」其他女人都點點頭。

「我們也要見克雷科，」孩子們開始央求，「我們也要，我們也要！我們也要見克雷科！」這是他們最津津樂道的想法之一：去見克雷科。雪人責怪自己，他真不該從一開始就向他們扯出這麼激動人心的謊話。他把克雷科說得像聖誕老人。

「別煩雪人，」埃莉諾．羅斯福柔聲說，「他離開一定是要幫助我們。我們應該感謝他。」

「克雷科不見孩子。」雪人說。他盡可能板起面孔。

「讓我們也去嘛！我們想見克雷科！」

「只有雪人才能見到克雷科。」亞伯拉罕．林肯溫和地說。看樣子問題已解決了。

「這次離開會久一些，」雪人說，「比前幾次都久，也許兩天也回不來。」他伸出兩根手指。「或者三天，」他補充，「你們別擔心，我不在時你們要保證會待在家裡，一切都得照著克雷科和奧麗克絲教給你們的方法去做。」

他們點著頭。雪人沒有提到自己可能遇上危險，也許他們根本沒想到，他也不想說這個話題。他們越是覺得他百害不侵就越好。

「我們和你一塊走。」亞伯拉罕．林肯說。其他幾個男人看看他，然後點點頭。

「不行！」雪人說，他吃了一驚。「我的意思是你們不能見克雷科，這是不允許的。」他不想讓他們尾隨著自己，絕對不行！他不想讓他們目擊自己的軟弱和失敗。還有，沿路的景象會損害他們的精神狀態，他們會追著他問東問西，而且跟他們待一整天會讓他覺得很厭煩。

但是你沒穿褲子耶！（譯註：bore the pants off，非常厭煩某人某事。故意聽成厭煩褲子掉下）他的腦子裡出現一個聲音。這次是個很輕的聲音，很傷感的小孩聲音。開玩笑的，開玩笑的，別打我喔！

拜託，現在不要，雪人想。別在有人的時候，他無法在有人的時候回答。

「我們一起保護你，」班傑明．富蘭克林看著雪人的長棍子說，「幫你趕走咬人的小山貓，趕走狗狼。」

「你的氣味不夠強烈。」拿破崙補充說。

雪人覺得這話充滿得意，令他十分反感。他自我安慰：他們都明白，他的氣味夠強烈了，只是類型不對。「我沒事的，」他說，「你們待在這。」

那些男人露出懷疑的神色，不過他認為他們會照辦的。為了強調他的權威，他舉起手錶貼近耳朵。「克雷科說他會看顧著你們，」他說，「會保證你們的安全。」手錶，看護。那個小孩的聲音說，那是雙關語（譯註：watch、watch over。watch有手錶、看護的意思），你這個軟木花生。

「克雷科在白天看顧我們，奧麗克絲在晚上看顧我們。」亞伯拉罕．林肯順從地說，聽起來他並沒有被說服。

「克雷科總是看顧著我們。」西蒙．波娃平靜地說。她是個有黃褐色皮膚的女人，讓雪人想起了德洛麗絲，他早已失去的菲律賓保母，有時候他得壓抑跪下來攔腰抱住她的衝動。

「他把我們照顧得很好，」居里夫人說，「你一定要告訴他，我們很感激。」

雪人沿著雪人魚路往回走。他覺得有些傷感：沒有什麼能像這些慷慨、助人為樂的人更讓他感到不安。還有他們對克雷科的感謝，那麼動人卻寄託錯對象。

「克雷科，你這蠢蛋。」他說，他很想哭。他聽見聲音，他自己的聲音，發出嗚嗚；他看見了，彷彿是漫畫書上那種氣泡裡的字。淚水順頰而下。

「下不為例。」他說。是什麼情感？說憤怒並不確切；煩惱，一個舊詞，但可以用在這。煩惱並不只針對克雷科，那為什麼只怪克雷科一人呢？

也許他只是嫉妒。又在嫉妒了。他也想要隱藏起來，受到人們的喜愛，他也想能置身別處。沒有希望實現了，他已深陷此時此地。

他放慢速度，蹣跚而行，然後停下來。哦，嗚嗚！他為什麼控制不了自己？從某方面說，又何必太在意呢？反正沒有人在看他。他發出的嚎哭聲像個為了博取掌聲正誇張地表演可憐相的小丑。

別哭哭啼啼的，孩子。他爸爸的聲音說：振作起來。你是這裡的男子漢。你可是負責掌控這裡的人。

「對極了！」雪人吼叫，「你到底想說什麼？那時候你可真是好榜樣啊！」

嘲諷聲消散在樹叢間。他用手擤一擤鼻涕，繼續向前走。

藍

　　雪人離開魚路轉向內陸時，從太陽的方位辨識，應該是早上九點。一走出海風的範圍，濕度便立刻快速上升，而且他還招來一群會咬人的綠頭小蒼蠅。他光著腳，鞋子幾天前就磨壞了，反正它們穿起來又熱又濕。他現在並不需要鞋子，他的腳板已硬得像老橡膠。即使如此，他走路時還是很小心，也許會有碎玻璃、斷裂的金屬，說不定還有蛇或其他能狠狠咬他一口的東西。除了木棍，他沒有其他防身之物。

　　起初他在樹蔭下行走，從這過去都是公共用地。遠處傳來小山貓咳嗽似的喵喵聲，那是牠們發出的警告，也許是隻公的，遇見了另一隻公山貓，牠們會大幹一場，勝者獲得地盤和所有母貓，可能的話還會把幼貓全打發走，給自己的骨肉騰出生存空間。

　　一旦大綠兔成了多產且耐受性極強的禍害時，小山貓就成了一種牽制力量。比山貓小，攻擊性也稍弱些。這是對小山貓的正式描述。人類期待能趕走野貓，以增加幾乎要滅絕的燕雀數量。理論上，小山貓不會去驚擾鳥類，牠們缺乏捕鳥所必需的輕盈和敏捷。

　　所有設想都成了現實，只是這回輪到小山貓的數量迅速失去控制。後院裡的小狗、娃娃車裡的嬰兒不見了，慢跑的人也被咬傷。當然這些不會發生在公司園區裡：套房區也很罕見，平民區裡的抱怨就很多。他得留神各種足跡，還要小心垂下來的樹枝：他可不願有哪隻動物落到他頭上。

　　始終讓他驚恐的是狗狼。但狗狼是夜間獵手，在白天的炙熱中，牠們和多數有毛皮的動物一樣更愛睡覺。

他時常會走過較開闊的場地，那是可以停車的野營地點，設有野餐桌和室外烤肉爐。不過自從氣候變得炎熱，每天下午都下雨，就很少有人使用。他現在來到一個這類場地，菌類從逐漸腐朽的桌上冒出來，烤肉架上滿是攀藤植物。

路旁一塊大概是供紮營和停拖車式活動屋的林間空地，傳來歌聲和笑聲，還有讚賞和鼓勵的喊叫。肯定是在交配，這對那些人來說非常少見。克雷科研究過交配次數，並規定每個女性每三年一次就足夠了。

標準形式是五人一組，就是處於熱烈情欲中的四男一女。所有人對她的狀態都一目了然，因為她的臀部和小腹會呈現蔚藍色——這種變換膚色的招術是從狒狒那裡學來的，同時也吸取了章魚可擴張的顯色囊。正如克雷科常說：想像一種適應機制吧！任何一種。已經有其他動物實行過了。

只有藍色組織和費洛蒙激素能夠刺激男性，所以就不會再有單相思，不再有受挫的情欲；願望與行動之間不再有陰影。費洛蒙激素散發出來，皮膚也微微泛出淡藍時，求愛便開始了，男性向女性呈上鮮花——就跟雄企鵝送圓石頭給雌企鵝一樣，克雷科說，或者像銀色金魚放出精子。這時他們還像燕雀般忙著引吭高歌。他們的生殖器變成明亮的藍色，和女性的藍色腹部相映襯，他們還跳藍色陰莖舞，舞者整齊畫一地來回晃動勃起的陰莖，並隨著舞步、歌聲合拍。這個特性是克雷科從能發出性訊號的螃蟹得到的提示。女人從獻上的花朵中挑中四枝，落選的求愛者其性氣味便立刻消散，他們也不會耿耿於懷。接下來，當她腹部的藍色達到最深時，女人及其四個伴侶就找個僻靜處交配，直到完成受孕，她的藍色也隨之消褪。便是如此。

不會再有不要意味著想要這樣的矯情了，雪人心想。不再有賣淫，兒童性虐待，為性交易討價還價，沒有拉皮條，沒有性奴隸了，不再有強姦。五個人要嬉鬧好幾個小時，三個男的邊站著守衛邊唱著、叫著，同時第四個男人就和女人交歡作樂，如此輪番進行。克雷科給這些女人配了超強度的外陰——加強型皮層和肌肉——這樣她們就能夠承受這種馬拉松式的性交。誰是孩子的父親無關緊要，因為不再有財產需要繼承，不再有打仗所需要的那種父子間的忠誠。性交不再是一種神祕的事，不必再帶著矛盾或十足的厭惡心情去看待，不用在黑暗中偷偷摸摸地進行，也不會再引發自殺或他殺。而今它更像體育表演，一種輕鬆自在的遊戲。

也許克雷科是對的，雪人想。在舊制度中，性競爭殘酷無情，每對快樂的情侶旁邊都有一個沮喪的旁觀者，一個被排斥在外的人。愛情存在於自己的透明氣泡裡，你能看見裡面的兩個人，可是自己卻不能進去。

這還是比較溫和的形式：那個形單影隻的倚窗男子，踩著探戈舞曲的憂傷旋律借酒澆愁。這種事可能會升級為血腥暴力。極端的情感是致命的。如果我不能得到你，誰也別想得到之類的狠話。死亡就會降臨了。

「有多少煩惱，」克雷科有一次在吃午飯時說。那時他們約二十歲，克雷科已經在沃特森·克里克學院（譯註：作者假想的一所大學，Watson-Crikc原指以兩位生物學家命名的一種生化模型）就讀了。「有多少不必要的絕望，都是由一系列生物學上的不當配對，荷爾蒙與費洛蒙激素的錯誤連結所導致的，後果就是你所熱愛的人不願意或不能愛你。人類此一物種，在這方面是很悲哀的。不完美的一夫一妻制。如果我們能像長臂猿那樣，終身只能一夫一妻，或能選擇不必感到歉疚的雜交方式，那麼就不再有性愛的折磨。更好的方式是成為周期性和必然性的事情，就像其他哺乳動物的習性，那樣的話，你永遠不會想去得到你得不到的人。」

「言之有理，」吉米回答。或者該稱吉姆，他現在堅持要別人這麼叫他，但大家依然叫他吉米。

「但想想看，我們得放棄什麼？」

「比如呢？」

「求愛行為。在你的方案中，我們只是有荷爾蒙的機器人。」吉米想用克雷科的說話方式來表達，因此他說：求愛行為。他的意思其實是挑戰、刺激、追逐。「不會有自由選擇了。」

「我的方案中是有求愛行為，」克雷科說，「只是這種求愛總是可以成功。而且我們就是有荷爾蒙的機器人，只不過我們是有缺陷的機器人。」

「那麼藝術呢？」吉米有點絕望。他畢竟是瑪莎・葛蘭姆學院（譯註：作者假想的大學。瑪莎・葛雷姆〔Martha Graham，1895-1991〕為美國著名舞蹈藝術家）的學生，他覺得有必要捍衛藝術與創造力。

「藝術怎麼了？」克雷科平靜地微笑。

「關於你說的那些錯誤配對。那是一種靈感，他們這樣說的，想想那些詩歌吧，想想彼得拉克，想想約翰・韋恩，想想但丁的《新生》，想想……」

「藝術，」克雷科說，「我猜他們還在對你所處之境地高談闊論。拜倫是怎麼說的？如果人們有別的事可做，誰還會去寫作？類似這樣的話。」

「這正是我想說的。」吉米對他引用拜倫的話很驚訝。克雷科有什麼權利侵占吉米那一點點寒酸可憐的領地？克雷科應該執著於科學，把可憐的拜倫留給吉米。

「你想說什麼呢？」克雷科像在指導口吃患者。

「我是說，在你不能做別的事時，那……」

「難道你不想上床嗎？」克雷科沒有把自己包括在這個問句裡，他的語氣裡有種超然，卻又並不怎麼強烈的興趣，彷彿他正在對人類一些雞毛蒜皮的習慣進行調查，比如挖鼻孔之類。

吉米發覺克雷科越是說得肆無忌憚，他的臉就脹得越紅、音調也越高亢。他很討厭這種情形。「當任何一種文明灰飛煙滅之後，」他說，「藝術是唯一能倖存的東西。形象、文字、音樂，充滿想像力的建築。意義——指人類的意義——就是由它們充當註腳的。這你得承認。」

「藝術並非唯一留存下來的東西，」克雷科說，「考古學家眼中對啃過的骨頭、舊磚頭和硬掉的糞便也感興趣。有時這方面的興趣還更濃。他們認為人類的意義是由這些來充當註腳的。」

吉米很想說：為什麼你總要和我唱反調呢？可是他害怕那些可能的回答，因為回答之一非常可能是因為很容易。於是他忍住了，只說：「你有什麼證據可以反對？」

「反對什麼？硬化的糞便？」

「藝術。」

「沒有，」克雷科懶懶地說，「人們可以任意方式自娛自樂。如果他們想在公共場合手淫，胡亂玩弄，我也沒意見。不管怎樣，這有生理上的目的。」

「比如說呢？」吉米明白一切都取決於保持冷靜。辯論就像比賽，要是他心浮氣躁，克雷科就贏了。

「交配季節裡的雄蛙要盡可能地鼓譟，」克雷科說，「吸引雌性的是嗓門最大、最深沉的雄蛙，因為嗓門大表示這是一隻強壯、具備超級基因的雄蛙。個頭小的雄蛙——這是有紀錄的——如果置身空排水管中，排水管有擴音的效果，小個子青蛙會顯得比實際大得多。」

「那又怎樣？」

「那就是藝術的作用，對於藝術家而言，」克雷科繼續說，「空排水管。擴音器。以此謀求性滿足。」

「你的例子在碰到女藝術家時就不成立了，」吉米說，「她們不是來追求性滿足的。放大自己的音量也占不到生理上的便宜，這種放大將使潛在的配偶裹足不前，而不是吸引他們。男人不是青蛙，他們可不要比自己大十倍的女人。」

「女藝術家在生理上已經混淆了，」克雷科說，「現在你一定發現了。」這是惡意挖苦吉米一團糟的愛情生活。他喜歡一個黑髮詩人，她替自己取名叫摩根娜，並拒絕告訴他以前的名字，而且現在正過著為期二十八天的禁欲生活，只為了向大豆與兔子的庇護神奧斯塔拉女神致敬。瑪莎．葛蘭姆學院頗能吸引此類女孩。不過向克雷科吐露這事，看來是個錯誤。

可憐的摩根娜，雪人想，不知道她最近過得好不好。她永遠也不會知道，她那些高談闊論對我多麼有幫助。他把摩根娜的那些胡言亂語搬過來作為宇宙起源學講給克雷科聽，他現在覺得這多少有些卑鄙。可是這倒讓他們覺得很快樂。

雪人靠著樹，聽那些慢慢平息的聲音：我的愛就像湛藍的玫瑰，月光灑下，掬起那皎潔吧。他想：克雷科現在算完成了一樁心願。向他歡呼吧！不再有嫉妒，不再有殺妻的莽漢，不再有毒夫的悍婦。一切都和和氣氣，令人欽佩。沒有人矯情做作，更像是諸神與仙女兩情相願，在黃金時代的希臘樓宇間尋歡作樂。

那麼他為什麼情緒還這麼低落，還覺得如此孤寂呢？是因為他不能理解這種行為？是因為他置身事外？是因為他沒融入？

如果他去試試，會怎樣呢？如果他裹著又髒又破的床單猛然從灌木叢中跳出來，散發著臭味，蓬頭垢面，全身浮腫，像長著山羊睪丸和蹄子的薩堤爾（譯註：Satyr，即羊男，古希臘文學作品中半人半山羊的神，具人形而有羊尾、耳、角等，性嗜嬉戲，好色），森林之神或是老掉牙的海盜片裡帶眼罩的海盜那樣，色瞇瞇地到處瞟——啊，加緊幹呀，伙計們——企圖加入這群情深意濃、糾結在一塊兒的藍屁股中，會怎樣呢？他能想像那種驚愕，彷彿猩猩闖進隆重的華爾茲舞會，在嬌滴滴的公主身上亂摸。他也能想像出自己的驚愕。他有什麼權利把滿目瘡痍的自我與靈魂，強加給這些天真的生靈呢？

「克雷科！」他哭訴著，「我為什麼會在這塊土地上？怎麼會只有我一人？哪裡有科學怪人的新娘？」

他得抹掉那些討厭且揮之不去的記憶，逃離這個令人沮喪的場景。哦，親愛的，耳鬢間出現女人的聲音說，開心一點，想想光明的一面！你必須以積極的態度看問題呀！

他一邊對自己嘀咕，一邊固執地向前邁步。四周的森林把他的聲音扭曲得模糊不清，他說出的話像一串無色無聲的氣泡，如同溺水者嘴裡吐出的空氣。笑聲和歌聲在他身後迅速消退，很快他將什麼也聽不見了。

8

好好吃

吉米和克雷科在二月初溫暖、潮濕的日子，從康智中學畢業了。過去畢業典禮都在六月舉行，那時候天氣晴朗、溫和，但現在東海岸的六月都是雨季，雷雨不斷，根本沒法舉行戶外活動，即使二月上旬也好不到哪去：一天前他們剛躲過一場龍捲風。

康智中學喜歡用傳統方式辦畢業典禮，撐起大帳篷和涼篷，參加典禮的母親戴花帽，父親戴巴拿馬草帽，喝果汁口味的潘趣飲料，裡頭可加酒精也可不加，會場還提供快樂杯卡布基諾，和用小塑膠杯裝的太好吃冰淇淋，那是康智開發的品牌，有巧克力豆、芒果豆和烤蒲公英綠茶豆口味。那場面真是熱鬧。

克雷科是班上的高材生。在學生拍賣會上，每所學校都搶著競標，最後被沃特森·克里克學院高價標得。一旦跨進他們的校門，今後就衣食無慮了。就像以前進哈佛一樣，當它還沒有被水淹沒時。

吉米則成績平平，文科分數比較高，數科成績則差強人意。連那些起起落落的數學成績都是克雷科幫忙的，他用週末複習功課的時間來輔導吉米；而他並不會開夜車惡補自己的功課。他是個怪胎，可以在睡覺時把微分方程式運算出來。

「你為什麼要做這些？」在一次煩躁的輔導課上吉米問道（你需要用另一種角度看問題，你需要從中找出美感，就像下棋。這裡——試試這個，明白了吧？看出這種定律了嗎？現在全清楚了。但是吉米看不出什麼，也不是很清楚），「為什麼要幫我？」

「因為我是虐待狂，」克雷科說，「喜歡看你受罪。」

「不管怎樣，我還是很感謝。」吉米說。由於某些原因，他的確很感謝克雷科，最主要的原因是吉米的爸爸知道克雷科在輔導他，就不再整天嘮叨了。

如果吉米上的是套房區的學校——或再好一點，被稱作公共教育體系垃圾學校中的一所，那麼他會像陰溝裡的鑽石一樣閃閃發光。可是園區裡的中學生充滿智慧的遺傳基因，而他並沒有從父母聰明的腦袋繼承到什麼，所以相形見絀，也沒有因為會搞笑而加分。他現在也沒那麼會搞笑了：大家對他不感興趣了。

教育園區為了爭取頂尖聰明的學生激烈競爭；至於表現平凡的學生，他們只瞄一下手裡的成績單，有人還會不小心把咖啡潑在上面或丟在地上。此時吉米只好等著，他覺得很丟臉。最後他被瑪莎．葛蘭姆學院挑走，連這也是經過冗長、死氣沉沉的拍賣才成交的，還沒算上——吉米懷疑——他爸爸對學校施加的壓力。很久以前他爸爸就認識瑪莎．葛蘭姆的校長，和這位校長在夏令營待過，很可能握有他的醜聞。和小男孩亂搞、賣黑市藥品。或許這都是吉米的臆測，因為校長和他握手時所透露出病態的優雅，和過重的手勁。

「孩子，歡迎到瑪莎．葛蘭姆。」校長面帶微笑，那笑容就和維生素補充劑的推銷員一樣虛假。

我什麼時候可以不當孩子？吉米想。

還不行。哦，還不行。「好小子，吉米。」典禮後的露天招待會上他父親對他說，還在他手臂上打一拳。他那條印有飛豬圖案的領帶沾到了巧克力。千萬別抱我，吉米禱告著。

「寶貝，我們真為你驕傲。」拉蒙娜打扮得像妓女，上衣領口開得很低，襯著粉紅色花邊。吉米在熱童看過類似的衣服，只不過那是八歲女孩穿的。拉蒙娜的乳房被魔術胸罩高高撐起，因為曬太多陽光而長雀斑。吉米對這些不再有興趣了。利用懸臂原理製作乳腺支撐裝置的構造學，他已經很熟悉，而且對拉蒙娜最近扮成家庭主婦的作風很反感。雖然注射了膠原蛋白，她的嘴角仍然出現細微皺紋；她常津津樂道地表示她的生物時鐘滴答滴答地走著。她很快就可以施行欣膚排毒美容療法了——永久除皺，員工半價——還贈送泉馨回春泉（譯註：原文AnooYoo與A New You諧音諧形，故採用與全新諧音之譯名），五年後可以把所有皮膚都換過。她吻了他鼻子的一側，留下櫻桃色唇印；他能感覺到口紅像自行車潤滑油一樣附著在臉頰上。

她有權說我們並親吻他，因為她現在是他的法定繼母了。他的母親因遺棄罪遭判決與他父親離婚，她隨即與他父親舉行冒牌婚禮，如果能用這個詞的話。並不是因為親生母親知道了會大發雷霆，吉米想。她不會放在心上。她獨自浪跡天涯，遠離這些令她痛苦的熱鬧慶典。他有好幾個月沒收到她的明信片了；最後一張上面畫著印尼巨蜥，貼馬來西亞郵票，這很快又招來公司安全衛隊登門拜訪。

吉米在婚宴上酩酊大醉。他靠著牆，咧嘴傻笑，此時那對喜洋洋的新人正切著甜蛋糕，純天然成分，拉蒙娜已經向大家透露了。像一隻得意的母雞咯咯咯地吹噓自己剛下的蛋。現在的拉蒙娜時時刻刻都計畫著要生個寶寶，一個比吉米更加人見人愛的寶寶。

「誰在乎，誰在乎。」他輕聲自言自語。他反正不想要爸爸，也不想做爸爸；或說不想要兒子，也不想當兒子。他只想做自己，一個人，獨一無二，自生自滅，自給自足。從現在起他要無憂無慮、隨心所欲，摘生命之樹的成熟果實，咬一兩口，吸吮汁液，再把果皮扔掉。

是克雷科送他回房間。那時吉米一臉憂鬱，幾乎不能走路。「睡一覺就好了，」克雷科溫和地說，「明早再打電話給你。」

克雷科從畢業露天酒會的人群中走出來，閃耀著成功的光輝。不，並非如此，雪人修正，至少應該稱讚他吧，他從來不會因勝利而驕傲。

「恭喜你。」吉米強迫自己說。這比較容易，因為他是酒會上唯一認識克雷科很久的人。皮特叔叔也在，但他不算；而且，他盡可能遠離克雷科。也許他終於發現誰在增加他的網路帳單了。至於克雷科的母親，她已在上個月過世。那是意外事故，或類似的狀況（誰也不想用蓄意破壞一詞，大家都知道這對公司的事業有害）。她的手一定是在醫院割傷——儘管，克雷科說，她的工作不需要用手術刀——或是自己抓破的，或是太大意脫下橡膠手套，手上破皮的地方接觸到帶細菌的病人。這有可能：她愛咬指甲，也許就有他們所謂的入侵點。不管怎樣，她感染到很強的病菌，病菌像太陽能割草機一樣吞噬她。它是屬於轉基因葡萄球菌，穿實驗室制服的人說，還混雜了黏菌家族中一種很聰明的基因；可是等他們找到病源並採取他們希望有效的治療時，她已進了隔離室，並被快速變化的病情折磨得不成人樣。克雷科當然不能進去看她——誰也不能，裡面都由機器手臂操作，就像在處理核物質——但他可以透過觀察窗看見她。

「真讓人難忘，」克雷科對吉米說，「有泡沫滲出來。」

「泡沫？」

「你有在鼻涕蟲身上撒過鹽嗎？」

吉米說沒有。

「這麼形容吧，就像你刷牙時那樣。」

克雷科說他母親本來可以透過麥克風對他交代幾句話，可是資料傳輸失敗了；儘管他看得見她嘴唇在動，卻無法聽見她說什麼。「從另一個角度看，這就跟平常的日子沒什麼兩樣。」克雷科說。他說反正沒錯過什麼重要的遺言，因為在那個階段她已經語無倫次了。

吉米不理解他怎麼能如此無動於衷——這很恐怖，想到克雷科眼睜睜地看著母親被分解。假如換成他，完全做不到。但這大概也是一種姿態。這是克雷科維護自尊的方式，因為不這樣的話他就會失去尊嚴。

快樂杯卡布基諾

畢業後的假期裡，吉米受邀到哈得遜灣西岸的慕松尼，那裡有加了圍牆和大門的康智度假社區，康智的高層都到那裡避暑。皮特叔叔在那裡有個好地方，好地方是他自己說的。其實很像大而陰森的建築物和週末未婚男女性交的隱密處的混合體——有很多石製品，特大號按摩床，每間浴室都有圓形澡盆——儘管很難想像皮特叔叔對這些會有多少興趣。吉米很確定，他獲邀是因為這樣皮特叔叔就不用和克雷科單獨相處。皮特叔叔大都在高爾夫球場，其他時間則泡熱水澡，吉米和克雷科可以自由自在地做想做的事。

他們本來會去重溫網上遊戲、官方色情節目和色情網站，當作大考後的娛樂。可是那年夏天正是真假咖啡之戰打得如火如荼的時候，他們也轉而關注這個事件。爭執起於康智子公司開發的新型快樂杯咖啡豆。在此之前，每棵咖啡樹的豆子成熟期都不同，每次只能小量採收、加工、運送，但經過改良的快樂杯卡布基諾豆會同時成熟，可以在大型農場種植並用機器收割。這使得小量生產的園主紛紛破產，把他們和失業勞工推向貧窮飢餓的困境。

隨之而來的抵制運動是全球性的。暴動、燒毀咖啡樹、快樂杯咖啡廳遭搶、員工遭遇汽車炸彈，或是被綁架、遭狙擊手暗殺，還有人命喪暴民的亂棍下；另一方面，農民遭到軍隊屠殺，或是聯合軍隊的圍剿，各式各樣的軍隊；有許多國家被捲入。不過，不管從哪種角度看，士兵和死掉的農民都一樣，看起來全都滿布灰塵。在這些過程中竟會揚起這麼多灰塵，令人驚愕。

「那些傢伙該打。」克雷科說。

「哪些？農民？還是槍殺他們的人？」

「後者。但不是因為他們槍殺農民，每天都有農民喪命，而是因為他們摧毀了雲霧籠罩的森林、樹木。」

「要是農民有一半的機會，也會這麼做。」吉米說。

「沒錯，但他們連一半的機會也沒有。」

「你站在哪一方？」

「理論上應該沒有任何一方存在。」

沒什麼好說了。吉米想大叫：冒牌貨，但又覺得用詞不當。這個詞他們用太多了。「換頻道吧。」他說。

可是到處都在轉播快樂杯咖啡事件，不管轉到什麼頻道。有抗議和示威的人群，有催淚彈、開槍和棍擊的鏡頭；然後是更多抗議，更多示威，更多催淚彈，更多槍擊和棍擊。動亂持續進行，一天接著一天。從本世紀開始以來的十年，沒發生過這樣的事。克雷科說這正是在締造歷史。

標語說：**不要啜飲死亡！**在還有工會組織的澳大利亞，碼頭工人拒絕為快樂杯卸貨；在美國則有「波士頓咖啡事件」（譯註：Boston Coffee Party，戲擬了美國獨立戰爭時期，著名的波士頓茶葉事件Boston Tea Party，亦稱波士頓傾茶事件，是一七七三年十二月十六日於波士頓舉行的政治和商業抗議，抗議對象是《茶稅法》，示威者登上船，將一箱箱的茶葉傾倒於波士頓港。該事件是美國革命發展過程中的一個重要事件，後來危機升級，一七七五年於波士頓附近爆發美國獨立戰爭。），事先已和媒體套好劇本，很無聊，因為沒有暴力；只有一些頭髮日漸稀疏的人，身上有刺青或去除刺青後留下的一塊塊白色皮膚；還有乳房鬆弛、神情嚴厲的女人，以及邊緣的宗教團體，那些虔誠的信徒有胖有瘦，都身穿T恤，胸前印著與鳥齊飛的笑面天使，或與農民握手的耶穌，或「上帝支持環保」（God is Green）。他們在攝影機前將快樂杯的產品扔進港灣，但沒有一只箱子往下沉。於是到處都有快樂杯的商標在電視螢幕上下漂動。這有廣告效果。

「這讓我覺得很渴。」吉米說。

「他們腦筋壞了，」克雷科說，「忘了加石頭。」

和往常一樣，他們上網到「裸體新聞」看事情的發展；為了換換口味，有時也到皮特叔叔用小牛皮裝飾的視聽室，透過牆壁大小的等離子螢幕，收看穿著整齊的主播報新聞。那樣的西裝、襯衫配那條領帶讓吉米覺得很怪異，特別是抽幾口大麻後更有這種感覺。這些一本正經的主播要是脫去時髦的服裝，直接到「裸體新聞」會是什麼德行？想到這些就感到很荒誕。

皮特叔叔有時也看電視，都是在傍晚從高爾夫球場回來之後。他會調一杯飲料，然後滔滔不絕地高談闊論。「不過是普通的騷亂，」他說，「他們會感到厭倦，接著便偃旗息鼓。誰都想喝便宜咖啡——這點你無法反駁。」

「是呀。」克雷科附和。皮特叔叔的投資中就持有快樂杯的股票，而且持股頗為可觀。「真是大戶呀！」克雷科用電腦瀏覽皮特叔叔的持股量時說。

「你可以買賣他的股票嘛，」吉米說，「賣出快樂杯，買進他不喜歡的公司。買風力發電股。不，還有更妙的，買些快要倒閉公司的股票。幫他買些南美畜牧業的期貨。」

「不行啦，」克雷科說，「我不能在像迷宮的防火牆裡冒險，他會注意到。他會發現我進到他的電腦。」

一群反對快樂杯的極端狂熱分子炸掉林肯紀念堂，炸死五個來參加民主之旅的日本小學生，局勢變得更加混亂。別假「猩猩」了！那些狂熱分子在警戒線外留下字條。

「程度真差，」吉米說，「他們老是寫錯字。」

「重點已經表達了。」克雷科說。

「我真希望把他們抓去坐電椅。」皮特叔叔說。

吉米沒有回答，他正專心收看馬里蘭州快樂杯總部園區被群眾包圍的轉播。在叫囂的人群中，有個人舉著**快樂杯卑鄙無恥**的牌子，臉上繫一條綠色大手帕圍住鼻子、嘴巴，就是——是什麼？——是他失蹤的媽媽。瞬間，手帕滑了下來，吉米非常清楚地看到她——她皺著眉頭，她坦率的藍眼睛，她堅毅的嘴唇。他的內心喚起了愛、突兀與痛苦，接著是憤怒。好像被踢了一腳：他深深地吸了一口氣。電視畫面接著是公司安全衛隊衝向群眾，催淚彈的煙霧四處瀰漫，似乎還有零星的槍聲，等吉米再能看到人群時，他媽媽已消失了。

「畫面靜止！」他說，「重播！」他想再確認。她怎麼能冒這個險？如果他們抓住她，她就真的要消失了，這可是會永遠消失啊。但克雷科看了他一眼便轉台。

我應該默不作聲的，吉米想。我不該引起他們注意。現在他心裡充滿恐懼。要是皮特叔叔打電話向公司安全衛隊報告該怎麼辦？他們會馬上審問她並置她於死地。

但皮特叔叔看來並沒有注意到。他又倒了杯威士忌。「他們應該向那群人開火，」他說，「等他們一砸攝影機就可以動手了。是誰把這些拍下來的？有時真搞不懂是誰在主導這齣戲。」

「怎麼回事？」只剩他們兩人時克雷科問。

「沒什麼。」吉米回答。

「我有把它定格，」克雷科說，「那些鏡頭都有保存下來。」

「我想你最好把它洗掉。」吉米說。他已不再害怕了，只是情緒很低落。這時皮特叔叔一定拿著手機在按電話號碼；數小時後公司安全衛隊沒完沒了的盤問又要開始了。他媽媽這個怎樣，他媽媽那個如何。他還得硬著頭皮對付。

「放心吧！」克雷科說，吉米對此的理解為：你可以相信我。然後他說：「讓我猜猜。脊索動物門，脊椎動物綱，哺乳目，靈長科，人屬，智人種，亞種，你媽媽。」

「猜對了。」吉米無精打采地說。

「毫不費力，」克雷科說，「我一眼就認出她了，那對藍眼睛。不是她就是她的ＤＮＡ複製。」

如果克雷科能認出來，還有誰不能呢？康智園區裡的每個人一定都看到那些畫面：看見那個女人了嗎？母親離經叛道的故事，像隻沒人要的狗一直尾隨著吉米，這與他在學生拍賣會上被冷落可能也有關。他不可靠，危險，有污點。

「我父親也一樣，」克雷科說，「他也溜走了。」

「我還以為他過世了。」吉米說。此前他從克雷科嘴裡只問出過這麼多：父親死了，句號，換個話題。那不是克雷科願意談的事。

「我是這麼說的。他從平民區的一座高架橋掉下來。那時正是交通尖峰，找到時他已成了貓食。」

「他是自己跳下，還是有其他原因？」吉米問。克雷科的情緒看起來並沒有特別激動，所以他覺得問一下沒什麼關係。

「這是一般的說法，」克雷科說，「他是康智西部分公司的頂尖研究員，因此葬禮舉行得很隆重，得體得令人吃驚。誰也不提自殺。他們只說『你父親的意外』。」

「我很難過。」吉米說。

「皮特叔叔辛勤張羅。我母親說他真的給她很大的支持。」克雷科說很大的支持時像是特別模仿他母親的話。「她說，他是我父親的上司和最好的朋友，不僅如此，還是這個家的好朋友，但我並沒見他來過幾次。他想幫我們解決問題，說他很擔心我們。他不斷地找我談心；告訴我父親是如何有問題。」

「意思是說你父親腦袋有問題。」吉米說。

克雷科的綠眼睛斜向吉米看了一下：「是啊。不過他沒毛病。他那陣子憂心忡忡，但並沒有問題。他的精神好得很，根本不可能往下跳。要是真的那樣，我會知道。」

「你認為他可能是掉下去的？」

「掉下去？」

「從高架橋掉下。」吉米想問的是他在高架橋上做什麼，但還不到時候，「有欄杆嗎？」

「他是那種沒有協調感的人，」克雷科帶著怪異的微笑，「他走路時不注意周遭環境。心不在焉。他專心在改善人類命運的工作。」

「你跟他合得來嗎？」

克雷科沉默片刻：「他教我下棋，事發之前。」

「哦，我想不會在事發之後。」吉米說。他想使氣氛輕鬆些，他為克雷科難過，一點也不喜歡這樣。

我是如何錯過的？雪人想。他所告訴我的那些。我怎麼會那麼愚蠢？

不，不是愚蠢。他無法形容自己過去的處世方式。並非過去沒有給他留下任何印記；每件事在他身上都有留下痕跡，他有自己的傷疤，他陰鬱的情感。無知，也許是。不成熟，幼稚。

在他的無知裡，存有某種被制約的東西。確切地說不是被制約，而是被建構的。他的成長環境四周築有高牆，然後他成為其一。他把自己封閉起來。

假期快結束時克雷科去了沃特森·克里克，吉米則去瑪莎·葛蘭姆。他們在子彈列車站握手。

「回頭見。」吉米說。

「我們會通電子郵件的。」克雷科說。他注意到吉米的情緒低落，便說：「好啦，你做得不錯，那地方滿有名的。」

「曾經有名。」吉米說。

「不至於那麼糟。」

這一次克雷科錯了。瑪莎·葛蘭姆正迅速衰敗。列車進站時，吉米注意到四周都是破落的平民區：閒置的倉庫，燒焦的廉價租屋，空盪盪的停車場。隨處可見用撿來的鐵皮、塑膠板搭建的房子，裡面住的一定都是違章住戶。這些人如何生存？吉米想不通。但他們就在那，在鐵路隔離網的另一邊。有幾個朝他們豎起中指並叫喊著，聲音被防彈玻璃擋在外面。

瑪莎·葛蘭姆大門的安全檢查簡直就是笑話。警衛都處於半夢半醒之間，圍牆上到處都是褪色的塗鴉，即使只有一條腿的侏儒也能輕鬆跨越。圍牆內，模仿西班牙畢爾包風格，用混凝土建築的大樓上布滿裂縫。草坪和泥地沒有差別，隨著季節變化成為乾涸的硬泥土，或遭水漬的爛泥巴。除了看起來和聞起來都像個碩大的沙丁魚罐頭的游泳池外，再沒有其他娛樂設備。宿舍裡的空調有一半時間不能運轉，部分供電管制；餐廳食物多呈米白色，看起來像浣鼬的屎。臥室裡各個科屬的節肢動物應有盡有，但有一半是蟑螂。這地方讓吉米感到很壓抑，任何一個神經比鬱金香健全的人都能感受到。這就是生活給他的允諾，父親在和他急促道別時就是這麼說的，現在吉米只能盡力去應付了。

是啊，老爸，吉米當時想。我一向都知道，我可以依靠你明智的勸告。

瑪莎．葛蘭姆學院是以二十世紀一位舞蹈女神命名，這位受尊崇的女性在她的年代出盡風頭。行政大樓前有一尊她令人毛骨悚然的雕像，呈現她所演過的茱蒂絲角色——那塊青銅匾額是這麼寫的——砍了一名著古裝、叫荷羅菲南的腦袋（譯註：二者均為基督教《偽經》故事人物。茱蒂絲是一名古猶太寡婦，相傳殺亞述大將軍荷羅菲南而救了全城），緬懷女性主義者愚蠢的往事，這是學生們的普遍看法。雕像的乳頭有時會被人弄些裝飾品，或在陰部黏上鐵灰色的羊毛——吉米就做過這種事——校方的管理很鬆懈，這樣的裝飾品要過好幾個月才會被注意到。家長很反對在校園擺這尊雕像——糟糕的角色模範，他們說，太暴力、太血腥等等——學生則群起為雕像辯護。老瑪莎是他們的吉祥物，他們說，陰沉的臉、血淋淋的頭顱，每一部分都是。她代表了生活，或藝術等等。把手拿開，別去煩她。

學院由幾個來自老紐約的有錢人創辦，那是二十世紀後期的事，那些口口聲聲要進行社會改革的自由派人士已不在人世。他們想辦一所藝術與人文大學，尤其強調表演藝術——演戲、唱歌、舞蹈等等。八〇年代又增設了電影製作，後來又有攝影藝術。瑪莎．葛蘭姆仍保留這些課程——他們仍然在排戲，吉米就是在那裡看到真正的《馬克白》，他覺得安娜．K為偷窺癖者架設的網站比他們更出色，尤其是坐在馬桶上的馬克白夫人更能打動他。

主修歌唱和舞蹈的學生仍然繼續唱歌和跳舞，只是他們的表演有氣無力，班級的規模很小。現場演出在二十一世紀初期遭受打擊，因為大家對各種陰謀破壞極為恐慌——在那一二十年間，沒有人願意在一個黑暗、容易被破壞的空間裡舉行活動；或者說，任何一個頭腦冷靜、有身分的人都不願意。劇院的活動淪為雜牌樂團的歌友會或互砸番茄或穿濕T恤競賽的鬧劇。儘管各種舊表演形式，如電視肥皂劇、搖滾樂節目，還在苦苦支撐，觀眾都是上了年紀的人，吸引他們的懷舊情結。

在瑪莎．葛蘭姆發生的一切就像是學習拉丁語，或者裝訂書籍：只能讓人在沉思默想中自得其樂，本身的影響已日薄西山。即使校長在向呵欠連連的貴賓介紹這些表演時會強調此類藝術的重要，還會提起鋪有紅色天鵝絨地毯的圓形大劇場裡那令人羨慕的包廂。但這些只能保留在人類的心裡。

至於電影製作和電視藝術，誰還需要呢？任何人都可以用電腦拼湊出自己想要的東西，或是通過數位技術更新素材，創造新的動畫效果。你可以下載一段標準劇情，選擇你要的臉孔和身材。吉米就曾因為好玩而編排過裸體版的《傲慢與偏見》和《燈塔行》。早在康智中學二年級的視覺藝術課上，他就做過《馬耳他之鷹》，採用凱特．格里納韋（譯註：Kate Greenaway，十九世紀英國女畫家、兒童圖書插畫家）類似林布蘭風格的服裝畫法。那是很不錯的畫法。深色調，很棒的明暗對比。

瑪莎．葛蘭姆學院持續沒落，原有的學術領域不再風光，已拿不出令人刮目相看的專業能力。最初的贊助人都已作古，為附庸風雅而捐款助學的熱情已經消退，學校募款活動轉向更現實的地方，科系的重心安排也做了調整。他們稱這是要面對當代領域。例如網路動畫遊戲，可以從這裡弄到一點錢；或者形象表現，教務處將它列為圖像與雕塑藝術的輔系。獲得圖雕術（學生這麼稱呼它）學位，就能毫不費力進入廣告業。

還有問題分析學科系。問題分析學適合有文字基礎的學生，於是吉米選了這科系。學生給它的綽號是**編造加傻笑**。與瑪莎．葛蘭姆學院的其他科系一樣，這個科系有非常實用的目的。「我們的學生一畢業，就具備可雇用的技能。」原來的拉丁語格言下，多了這麼一條：藝術是永恆的，生命是短暫的（Ars Longa Vita Brevis）。

吉米不存有幻想。他明白，當他帶著可笑的學位證書從問題分析學畢業時，會面對什麼樣的工作。最理想的情況就是替人裝飾門面——用華麗而膚淺的辭藻去粉飾這個冷漠、痛苦、數位化的現實世界。他依據在問題分析學所修過的課——應用邏輯學、應用修辭學、醫藥倫理學及術語學、應用語義學、相對論及高等錯述學（Mischaracterization）、比較文化心理學，及其他課程內容，他挑選適合的專業知識為待遇優厚的大企業裝飾門面，或向小公司招攬一些價廉的工作機會。未來的日子光景像句子般在他面前伸展開來；不是審判條文，而是冗長、夾雜許多累贅附屬子句的句子，就像他趁特價供應時間泡在酒吧和小飯館裡一樣，很快就習慣那裡的嘲諷雙關語。並非他對自己後半輩子能過這種生活心存渴望。

不過他就像掉進水溝般，還是認真融入瑪莎．葛蘭姆學院的生活直到畢業。他和一個叫伯妮斯的極端素食主義者合住一間宿舍——兩邊各有間狹窄的起居室，中間是爬滿蠹魚的洗手間。這位室友用木夾子把捲曲的頭髮束在腦後，像一隻巨嘴鳥。她總穿著同一系列的上帝的園丁T恤，由於她討厭像腋下除臭劑之類的化學合成物，所以那些T恤即使剛剛洗過也散發著異味。

伯妮斯搶走他的皮拖鞋，並拿到草坪上焚燒，以此讓他知道她多麼反對他的肉食習性。當他抗議鞋子不是用真皮做的時候，她說它們的樣子像真皮，活該遭此下場。當他把幾個女孩帶進自己房間——根本不關伯妮斯的事，而且她們除了發出幾聲由藥物引起的傻笑和可以理解的呻吟之外都算安靜——她一把火燒掉他所有四角褲，藉此表達她對兩廂情願的性愛看法。

他向學生服務部投訴，費了一番功夫後——瑪莎．葛蘭姆學生服務部是出了名的惡劣，服務人員就像江郎才盡的連續劇演員，因自己小小的名氣迅速喪失而遷怒整個世界——總算搬進一間單人宿舍（先是我的拖鞋，接著是我的內褲，下一個就是我了。這女人是縱火狂，換個說法吧，她在拚命挑戰現實。你要看看她給褲子火刑的證據嗎？看一下這個小信封裡吧。下一回如果你看見我被裝在骨灰甕裡，成了一堆灰，裡面還有兩顆牙齒，你願意擔這個責任嗎？嘿，我是這裡的學生，你是這裡的服務人員。看見這封信的抬頭嗎？我已經發過電子郵件給校長了）。

（這當然不是他當時所說的話。他表現得很理智。他面帶微笑，顯得知書達理，獲得他們的同情。）

搬進單人宿舍後，情況稍微改善，至少可以無拘無束地過他的社交生活。他發現自己的憂鬱氣質很能吸引某種類型的女人，那種有些藝術品味、經歷過傷痛的女人；這種女人在瑪莎．葛蘭姆還真不少。雪人現在回憶起，那些都是慷慨、體貼、富於理想主義的女人。她們正努力醫治自己的傷疤。一開始，吉米總是飛奔而來，伸出援助之手：她們告訴他，他的心腸很軟，具備真正的騎士精神。他讓她們說出傷心的故事，他像藥膏一樣敷在她們的傷口上。可是很快地，整個過程顛倒過來，吉米從包紮別人傷口的角色轉換成被包紮的人。這些女人開始明白他受到什麼挫折，她們希望幫助他正確看待生活，認識自己積極的精神面。她們視他為一項創造性工程：處於傷感狀況下的吉米，是原料；而快樂的吉米則是成品。

吉米任由她們對自己付出心血，這使她們很開心，使她們覺得自己很有用。她們的努力付出令人感動。這使他感到快樂嗎？會嗎？好吧，那這個怎樣？他小心翼翼地保持那種傷感的氣質。要是他的憂鬱氣質消失了，她們就會指望某種回報，或至少是某種成果；她們會更進一步地要求，接著就是誓言。他為什麼要蠢到放棄那種如雨天般憂鬱的魅力呢？迷人的特質，模糊的光暈，可是吸引她們的主要原因呀！

「我是個失敗者，」他會對她們說，「我患了情感上的閱讀障礙症。」他還說她們很美麗，而且對他投懷送抱。千真萬確，沒有半點虛假，他說的都是真心話。他還說，她們在情感上對他所做的巨額投資，都會白白地付諸東流；他是感情的廢渣掩埋場，她們只需要及時行樂。

沒過多久她們就會抱怨他不願認真面對事實。這些抱怨常常是在她們勸他應該振作之類的話之後。最後當她們的熱情漸漸淡去，並開始哭哭啼啼時，他就說他愛她們。他小心地用絕望的語氣傾訴：被他愛上，如同飲鴆止渴，這種愛是精神上的毒藥，會把她們推向黑暗的深處；那裡是他的囚籠，而他非常愛她們，所以多麼希望她們遠離他，退出他廢墟般的世界。她們有人一眼便看穿——別那麼幼稚了，吉米！——但是他的話還是很有說服力。

她們的離去還是讓他很傷心。他不喜歡她們對他發怒，任何女人的怒火都使他心煩，但他知道，女人發脾氣的時候也表示沒事了。他討厭被拋棄，即使是自己一手策畫。很快，另一個纖弱、迷人的女人出現了。那是他不愁沒有女人的時期。

他沒有說謊，至少那時沒有。在某種程度，他的確愛那些女人。他很希望她們能感到好過點。但他持續關心的時間很短。

「你這個無賴！」雪人大聲說。無賴是很好的用字，一個過時的好字彙。

那些女人當然聽過他那丟人現眼的母親。好事不出門，壞事傳千里。雪人回想他利用母親的故事時——這裡暗示一下，那裡賣弄關子——都不覺得面紅耳赤。那些女人會忙著安慰他，他就周而復始地享用她們的同情心，浸潤其中，用她們的柔情按摩自己。整個氛圍就像是一場按摩浴。

那時他的母親已具有神祕色彩，某種超越凡人的能力，有著黑色翅膀，像正義女神那樣眼神熾烈，手持利劍。當他講到母親偷走他的浣鼬「殺手」時，他總能擠出一兩滴眼淚，不是從自己眼裡，是從聽眾眼裡。

你怎麼辦呢？（眼睛睜得大大的，輕拍他的手臂，充滿同情地凝視著他。）

哦，妳知道的。（聳聳肩，移開目光，轉變話題。）

並非全是演戲。

只有奧麗克絲對他那個恐怖、長著翅膀的母親不為所動。吉米，你母親到別的地方了嗎？真糟糕。也許她有自己的理由。你想過沒有？奧麗克絲不憐憫他，也不憐憫自己。她不是無動於衷：相反地，她拒絕感受吉米想讓她感受的東西。那是她用來引起他注意的方式——他永遠無法在她身上得到，像其他人慷慨施予他的東西？那是她的祕密嗎？

克雷科和吉米透過電子郵件保持聯繫。吉米試著用一種他希望能達到娛樂效果的方式來敘述瑪莎·葛蘭姆的生活，他用冷僻和帶貶意的字形容他的教授和同學。他描述改造過的肉毒桿菌和沙門氏菌製成的營養飲食，列出宿舍裡找到的多足生物清單；他還抱怨，陰暗的學生購物商場特價商品雖然不斷更新，但品質很差。出於自我保護，他對自己複雜的性關係則守口如瓶，只透露些無關痛癢的訊息（這些女人可能連數到十都不會，可是誰需要在床上算數學呢？只要她們覺得已經數到十就行了，哈哈，開個玩笑）。

他忍不住吹噓一下，因為這似乎是——從各種跡象顯示——他唯一可以勝過克雷科的領域。在康智高中時，克雷科不算是性生活活躍的人。女孩子覺得他有壓迫感。沒錯，但也有幾個女生對他著迷，她們以為他能在水上行走，並到處跟著他，寄給他情意綿綿的無聊郵件，還威脅要為他割腕。也許他偶爾還真跟她們睡過；不過他從不會做太過火。在他看來，墮入愛河儘管會改變身體的化學成分，但真實上仍屬於一種荷爾蒙非自發性分泌的幻覺狀態。此外還會帶來恥辱。你置身在不利的處境，而你愛的對象卻被賦予太多權利。至於性，它缺乏挑戰，又了無新意，只不過是解決世代間非完美的基因轉移。

圍繞在吉米身旁的女生覺得克雷科令人毛骨悚然，而吉米在為他辯護時卻感到一種優越感。他常常這麼說：「他沒問題，他只是在另一顆行星上。」

但如何了解克雷科的現狀？克雷科很少透露自己的情況。他有室友嗎？有女朋友嗎？他都沒提過，但也看不出有什麼問題。他在電子郵件裡描述學校的設備，都是些令人肅然起敬的東西——例如像阿拉丁寶物窟的生物研究裝置——還有，嗯，還有什麼呢？克雷科從沃特森．克里克學院寄來的那些三言兩語的信件，他到底都說了些什麼？雪人已想不起來了。

不過他們還下棋，棋局曠日費時，每天只下兩步。吉米的棋藝有進步；克雷科總是讓他分神，克雷科會用指關節敲打桌面還喃喃自語，彷彿已看出後三十步棋，並耐心等待吉米的烏龜腦筋掉進陷阱裡。克雷科現在不在場，他覺得輕鬆多了。而且在舉棋前，吉米還可以上網參考棋賽大師的每次賽局。克雷科或許也這麼做。

過了五、六個月，克雷科的信寫得沒那麼勤了。他必須比在康智高中時更用功，他寫道，因為競爭比以前更激烈。那裡的學生把沃特森．克里克稱作亞斯柏格大學，因為學校裡有很多聰明且古怪的人，他們經常漫步、蹦跳，或蹣跚行走於迴廊間。近似孤僻，思想單純，眼光狹隘；顯而易見的社交低能。不過，輕微偏差的行為在公共場合都能得到最大的寬容；對那些人來說真是幸運。

比在康智還嚴重？吉米問。

跟這裡比起來，康智像個平民區。克雷科回答：這裡到處都能見到典神。

典神？

典型神經。

什麼意思？

負面天才基因。

那你是典型神經嗎？過了一週，吉米思考了一陣子後問道。他也擔心自己是不是典型神經，如果是，那這在克雷科的經驗整體（譯註：gestalt，源自德語，又稱格式塔、完形；心理學用語，強調以機能、力學的體系為基礎，將知覺形態或心理現象做整體性的說明）中是不是很糟糕？他懷疑克雷科是典型神經，也的確如此。

克雷科一直沒有回答這個問題。這是他的作風：對不想回答的問題就迴避，當作沒發生過。

你應該來這裡看看。大二那年的十月下旬，他告訴吉米，給自己一次難得的體驗吧，我會佯稱你是我有些傻氣的表弟。趁感恩節假期過來吧。

吉米的另一個選擇是回家和父母一起吃火雞（開玩笑的，哈哈！吉米說），對此他興趣缺缺；所以他很樂意接受邀請。他告訴自己，他是在為朋友兩肋插刀，除了那個長得像古猿猴、令人厭煩的冒牌皮特叔叔，孤獨的克雷科在假期還能和誰在一起？不過他也想念克雷科。有一年多沒見面了，他很想看看克雷科有沒有什麼改變。

吉米有幾份期末報告要在放假前完成。當然他也可以上網購買。瑪莎．葛蘭姆因成績計算很寬鬆而有不好的名聲，販賣學期報告成了小型產業，對此他很不以為然。他要自己寫報告，即使別人會覺得很奇怪；這種態度很容易迎合瑪莎．葛蘭姆的女人胃口。她們喜歡原創精神、冒險的衝勁和治學的嚴格。

同樣的理由，他開始習慣在圖書館裡一待就是數個鐘頭，在那些比較冷僻的藏書間徘徊，硬啃著那些晦澀的知識。那些有錢學校的先進圖書館，書籍早已付之一炬，他們把文字都存在光碟裡，而瑪莎．葛蘭姆在其他方面也一樣趕不上時代。吉米戴著防黴菌的錐形過濾口罩，埋頭翻閱書架上一排排長著黴斑的書本，興致一來就讀幾句。

激勵他的原因部分出於固執，甚至是仇視。現行體制把他歸入不良品，他正在鑽研的知識——在決策層面，即有真正權力的層面上——被視為過時、浪費時間的東西。很好，他就是要把這些廢物當作目標來追逐。他要成為佼佼者，成為捍衛者和保存者。是誰說所有藝術全無用處？吉米記不得了，但真該為此人歡呼，不管他是誰。越是老掉牙的書，吉米越渴望將它加到內心的收藏架。

他還搜集舊詞，具有精確性和暗示性的詞，它們在現在的世界裡已失去應用的價值，或者說「獻媚的世界」（譯註：現在的世界、獻在的世界，在原文中分別為today's world和toady's world，toady即諂媚者），吉米有時會在期末報告上故意打錯字（打字錯誤，教授會這樣批改，以表現他們對錯誤的警覺）。他背誦這些過時的語言表達方式，車輪修造工、天然磁石、鉛中毒、金剛石，並且生硬地在談話中加以應用：他對這些名詞產生一種奇特的感情，彷彿它們是林中的棄兒，他有義務去拯救它們。

他的應用修辭學期末報告題目是「二十世紀自我幫助類圖書：利用希望和恐懼」，這為他在學生酒吧演獨角戲提供很多素材。他這裡取一段，那裡拿一篇，包括《提升你的自我形象》、《協助自殺的十二步驟》、《如何交朋友及影響別人》、《五週內墮胎法》、《你能盡情享受》、《沒有女人的玩樂法》、《蠢蛋如何處理麻煩》，他周圍的人則捧腹大笑。

現在又有一群人圍著他了：他重新找到那種愉快。哦，吉米，來一段《大眾化妝手術》！來一段《拜訪你的精神兒童》！來一段《完全女人腔》！來一段《養海狸鼠好玩又賺錢》！來一段《幽會與做愛生存手冊》！隨時可以即興演出的吉米從不會讓他們失望。他有時還會杜撰不存在的書：《歌頌與祈禱法醫治憩室炎》是他最得意的創造之一，誰都聽不出破綻。

後來他把期末報告擴展為畢業論文。他得到了A。

瑪莎・葛蘭姆和沃特森・克里克之間有子彈列車連接，中途只須換一趟車。三個小時的車程裡大部分時間吉米透過窗戶觀看沿途的平民區景觀。一排排骯髒的房屋；有小陽台的公寓，在欄杆上晾著衣服；煙囪冒著煙的工廠；礫石坑。一座巨大的垃圾場緊挨著他認為是高溫焚化爐的建築。一間購物商場，跟康智園區的差不多，只是停車場停的是汽車而不是電動高爾夫球車。一條霓虹大道，有酒吧、色情場所和一座看起來是古董級的電影院。他看到幾處拖車式活動屋停車場，心裡很納悶，住在裡面是什麼滋味；單單這麼想，就讓他有點暈眩，如同想像置身沙漠或大海中。平民區的一切似乎都那麼不著邊際，那麼懶洋洋，那麼容易穿透，那麼一覽無遺，那麼容易受偶然性左右。

園區裡的人普遍認為平民區除了買賣活動外其他發生的事情都毫無意義，沒有精神生活可言。做買賣，再加上多如牛毛的犯罪活動；對吉米而言，在安全護欄邊緣，這些顯得神祕而刺激。同時也充滿危險。如果身處平民區，他將不知道該如何是好，不知道該怎樣做事才算正確。他甚至不知道該怎麼泡妞。她們會立刻讓他天翻地覆，讓他的腦袋神智不清。她們會嘲笑他。他會被用飼料餵食。

沃特森．克里克嚴格的安全檢查與瑪莎．葛蘭姆形同虛設的門禁有著天壤之別。應該是擔心匪徒潛入校園傷害這一代的菁英，藉以嚴重打擊各種勢力。有好幾十個全副武裝的公司安全衛隊看守校門。他們配備噴槍和橡皮棍棒，戴有沃特森．克里克的徽章，一眼便能看出他們真正身分。他們把吉米的虹膜防偽證件插入系統辨識，然後就有兩個臉色陰沉、像舉重選手的公司安全衛隊把他拉到一旁盤問。他立刻猜到原因。

「最近見過你那個逃跑的母親嗎？」

「沒有。」他實話實說。

「收過她的信嗎？有沒有來電話？有沒有寄明信片？」這麼聽來，他們還在追蹤那些他從郵局收到的信件。所有明信片一定都存在他們的電腦裡，還有他目前讀書的地方，因此他們沒有問他是從哪裡來。

他說，沒有她的新消息了。他們把他與神經脈衝監視儀連接起來，確認他沒有說謊；他們也一定看出，這個問題使他情緒低落。他很想衝動地說：即使知道也不告訴你們，笨蛋！但現在他已沒那麼幼稚，他明白這麼做不會有好下場，很可能會把他驅離，讓他坐下一班子彈列車回瑪莎・葛蘭姆，或是更糟。

「知道她現在在做什麼？跟什麼人在一起？」

吉米不知道，但他能感覺出他們可能掌握某些情況。不過他們並沒有提起馬里蘭州的那次反快樂杯示威，也許他們知道的比他所擔心的要少。

「孩子，為什麼來這裡？」現在他們厭煩了。重要的盤問已經結束。

「我趁感恩節假期來看老朋友，」吉米說，「在康智中學時的老朋友。他是這裡的學生，他邀請我來的。」他報了名字和克雷科提供的來訪許可權代碼。

「幾年級的學生？研究什麼的？」

基因變種研究，吉米告訴他們。

他們打開資料夾查詢，皺起眉頭，似乎有些懷疑。然後他們用手機打了電話，好像不相信他。他們的態度似乎在暗示，一介平民為何拜見貴族？不過他們還是放他進去，而克雷科就在那裡，穿著毫無個性的黑衣服，看起來更老了些，更瘦了點，也更聰明了，他靠在出口的護欄上咧嘴笑著。

「嗨，軟木花生。」克雷科說，懷舊的情緒像突如其來的飢餓一樣襲遍了吉米全身。他多麼高興看見克雷科，他幾乎流出了眼淚。

狗狼

跟瑪莎．葛蘭姆相比，沃特森．克里克就是皇宮。入口處放著一尊銅塑的學院吉祥物，羊蛛（spoat/gider）——首批基因成功改造的產物，本世紀初在蒙特婁製造，山羊與蜘蛛的基因結合，能在羊奶中產出高韌度的蛛絲，現在主要應用在防彈背心。公司安全衛隊穿的就是這種。

安全圍牆內，寬闊的場地鋪設得非常漂亮：克雷科說那是造景系教職員的傑作。研究植物基因變種的學生（裝飾系的分部）研發出一系列能同時抵抗乾旱和水患的混合品種，它的花和葉子呈現出一大片耀眼絢麗的鉻黃、火紅、磷藍和氖紫。與瑪莎．葛蘭姆的爛水泥路不同，這裡的道路明亮寬敞。學生和教師駕著電動高爾夫球車在上面飛快地穿梭。

校園裡到處點綴著巨大的人造岩石，那是用回收的塑膠瓶和採自樹形大仙人掌，及多種石生植物（番杏科肉質植物長在石頭上活著的部分）的材料混雜出的合成體。這已獲得專利的處理過程，最初就是由沃特森．克里克開發的，克雷科說，現在已成了一台很不錯的賺錢機器。人造岩石看起來和真的一樣，但重量比較輕；不僅如此，還能在雨季除濕，到了旱季又能釋放水分，於是就有天然草坪調節器的功能。它的名稱就叫「岩石調節器」。不過大雷雨時要避開那些假岩石，聽說它們會在那時爆開。

但這個小問題已獲得解決，克雷科說，而且每個月都有新品問世。學生研究組正在考慮開發一種叫「摩西模型」的產品，它能提供可靠的飲用水以應不時之需。**以杖擊之即可**（譯註：《聖經》中有摩西用手杖施行神蹟的故事，以上描述與此典故有關），他們提議用這個廣告詞。

「這些東西是怎麼用的？」吉米故意裝得無關緊要。

「儘管問，」克雷科說，「我可不是生在新地質時代。」

「那，這些蝴蝶……是新品種嗎？」吉米過了片刻問道。他正盯著布滿紫色灌木叢的粉紅色蝴蝶，牠們的翅膀有烙餅那麼大。

「你是要問，牠們是在自然狀態下生長，還是由人工創造？你是要了解牠們到底是真的還是假的？」

「嗯。」吉米不想和克雷科討論真假之類的問題。

「你知道一般人什麼時候去染髮、做牙齒矯正？女人什麼時候會去隆乳？」

「什麼時候？」

「做了之後，就跟真的一樣了，過程不重要。」

「假乳房摸起來可比不上真的。」吉米說，他覺得自己在這方面還懂一點。

「如果你能辨別出是假的，」克雷科說，「那說明手術做得差勁。這些蝴蝶能飛，能交配，能產卵，卵裡會爬出幼蟲。」

「嗯。」吉米回答。

克雷科獨自一人住套房，家具大都是木製品，有觸動式百葉窗和能真正運轉的空調。套房包括一間大臥室，一間有蒸氣浴設備的浴室，一間有沙發床的客廳——克雷科說，吉米睡這裡——以及一間裝了嵌入式音響和一套電腦設備的書房。還有女傭會來整理房間，她們把髒衣服拿走，洗好了再送來（吉米聽了很沮喪，在瑪莎．葛蘭姆，他得自己動手，使用嘎嘎叫、喘吁吁的洗衣機和能把衣服烤熟的烘衣機。你必須投塑膠代幣，因為若用了真硬幣就會常常被撬開）。

克雷科還有一間很不錯的廚房。「我很少用微波爐，」克雷科說，「除了微波速食，我們都在餐廳吃飯。每個系都有餐廳。」

「伙食好嗎？」吉米問。他越來越覺得自己像個原始人；住山洞，抓蝨子，啃硬骨頭。

「還可以。」克雷科淡淡地說。

第一天他們參觀屬於沃特森．克里克的一些奇蹟。克雷科對所有進行中的專案都感興趣。他常說：「未來的潮流。」講了第三遍後，吉米就感到非常厭煩。

他們先去植物景觀布置研究組，有五個高年級學生在那裡研發聰明壁紙，這種壁紙能依照你的情緒變換色彩。他們告訴吉米，這裡面加了一種改良過的水藻，它能感受情緒變化所帶來的微波能量。在這種水藻下還有營養層供它生長，不過仍有些技術上的瑕疵亟待解決。壁紙在潮濕的天氣裡壽命不長，它會吃光所有營養物質，色澤就開始變得黯淡；此外，它還無法辨別淫欲和暴怒；在你需要陰森、像微血管要爆開前略帶綠色的紅時，它卻可能變成充滿情色味道的粉紅色。

這個研發的成敗關係到另一個有相似功能的浴巾，但他們還不能克服水生植物的基本規律：藻類遇到水時便開始膨脹生長。到目前為止，他們的浴巾實驗過了一夜後都是膨脹得像方形蜀葵，而且還在浴室裡緩緩延伸。

「未來的潮流。」克雷科說。

接著他們去參觀「新農莊」。學生給它取的綽號是新農裝（譯註：Agri Couture，作者以 Agriculture〔農業〕造新字，couture 是女裝之意）。進去之前他們必須穿上生化衣、洗手、戴上錐形過濾面罩，因為他們要看的東西不能——至少無法徹底——抵禦微生物的攻擊。一名笑起來像啄木鳥伍迪的女人帶他們進入走廊。

「這是最新產品。」克雷科說。

他們看到一個巨大球狀的物體，上面覆蓋一層小斑點的黃白色皮膚。從裡面伸出二十根肉質粗管，每根管子的末端各有一個球狀物在生長。

「那是什麼鬼東西？」吉米問。

「是雞，」克雷科說，「雞的每部分。這裡的只長雞胸，另外還有只長雞腿的部分，每個生長單位是十二份。」

「可是沒有頭呀！」吉米說。他明白了，畢竟他是在多器官生產者長大的，但這也太過分了。至少他小時候見到的器官豬還是有腦袋的。

「頭在那裡，中間，」那個女人說，「嘴巴開在最上面，營養劑就從那裡灌進去。沒有眼睛，沒有嘴巴，沒有其他任何器官，牠們不需要。」

「但牠會怎麼想呢？」吉米問。

「想想海葵的構造，」克雷科說，「那有助於你理解。」

「真可怕。」吉米說。簡直是場噩夢，就像一種動物蛋白塊莖。

女人像啄木鳥一樣滑稽地笑起來並解釋，他們已去掉所有與消化、吸收和生長無關的大腦功能。

「就像鉤蟲。」克雷科說。

「不用添加生長激素，」女人說，「快速生長已成為內嵌機制。兩週就可以拿到雞胸肉，這比目前產出率最高的低照明、高密度的營養雞足足提前三週。那些鼓吹動物福利的瘋子也無話可說，因為這種雞不會感覺痛苦。」

「那些傢伙要發財了。」他們離開後克雷科說。沃特森．克里克學生對他們的發明都享有一半的專利權。克雷科說這是一種強而有力的激勵。「人造雞肉球，他們考慮叫這個名字。」

「已經上市了嗎？」吉米虛弱地問。他不想看到吃人造雞肉球的情景。就像在吃一塊大肉瘤。但這和乳房移植一樣，如果手術天衣無縫的話，他可能也難分真假。

「已經取得外賣的特許權，」克雷科說，「投資者正排隊等著哪。他們能把價格壓得比其他雞肉經銷商還低。」

克雷科介紹吉米的方式令他很惱怒——「這是吉米，典型神經。」——不過他還是按捺住。這好像把他當作舊石器時代的克羅馬努人（譯註：Cro-Magnon，舊石器時代晚期新人的總稱）。接著，他們會把他關進籠子，餵他吃香蕉，還會用電擊棒戳他。

他對沃特森．克里克的女人沒什麼好印象。也許不值得去追她們：她們腦袋裡有別的焦點。吉米幾次上前調情都招來驚訝的目光，驚訝且不大高興，彷彿他會在這些女人的地毯上撒尿一樣。

看看她們邋遢的樣子，不化妝也不打扮，對於他獻上的殷勤，她們本來應該要暈倒的。格子襯衫是她們的正式穿著，髮型也不怎麼樣：很多人看起來是用廚房的剪刀修過的。當作一個群體，她們使他想起了伯妮斯，那個上帝之園丁會兼縱火狂再加素食者。伯妮斯的類型在瑪莎．葛蘭姆屬於例外，那裡的女人總讓人覺得她們是，或曾經是，或有可能成為舞蹈家，或演員或歌唱家或表演藝術家或概念派攝影家或其他有藝術氣質的人。婀娜多姿是她們的目標，風情萬種是她們的追求，不論她們的表演水準如何。但在這，伯妮斯式的臉孔便是標準模型，只是很少人會穿那種宗教色彩的T恤，比較常見的是衣服上印著複雜的數學方程式，有能力將方程式符號譯成文字的人都會竊笑。

「她在T恤上寫什麼？」吉米問。他快受不了了，每個人都相互擊掌致意，他卻傻傻站著，好像剛遇到扒手。

「那個女孩是學物理的。」克雷科說。好像這就能說明一切。

「所以？」
「她的T恤上寫的是關於第十一次元。」
「這是什麼笑話？」
「很複雜。」克雷科說。
「試試我能不能聽懂。」
「你要先了解次元的意思，以及它們是怎樣蜷縮在我們所能理解的空間中。」
「還有呢？」
「比方說，我可以把你從這個世界中帶走，但所走的路程只需要十億分之一秒時間，但在我們現有的空間結構裡沒有辦法計算十億分之一秒。」
「都用符號和數字表示？」
「沒辦法用這麼多字。」
「哦。」
「我可沒說這很好玩，」克雷科說，「這些人是學物理的，只有他們覺得好玩，但你問了我問題。」
「她在T恤上寫的方程式意思大概是在說：只要他老二夠好，他們就能一起做愛了，然而他並沒有？」吉米說，他一直在苦苦思索。
「吉米，你真是天才！」克雷科說。
「這裡是生物防禦研究組，」克雷科說，「我保證，這是最後一站了。」他能感受吉米的興致越來越淡了。所有事物都喚起他太多的回憶。實驗室、特異的生物體，不善社交的科學家。這太像他過去的生活，小時候的生活。那是他最不願意參觀的地方，他寧願回瑪莎．葛蘭姆。

他們站在一排籠子前。每個籠子關一隻狗，品種、體型都不同，但都友善地盯著吉米，搖著尾巴。

「是小狗收留所嘛。」吉米說。

「不完全對，」克雷科說，「別太靠近護欄，手別伸進去。」

「牠們看起來滿友善的。」吉米說。他一直想要養隻寵物，現在這個念頭又被勾起了：「牠們賣不賣？」

「牠們不是狗，只是看起來很像。牠們是狗狼，用來騙人的。如果伸手去摸牠們，你的手就會被咬掉。牠們最大的特色就是好勇鬥狠。」

「為什麼要把狗弄成這樣？」吉米邊說邊倒退一步，「誰需要這種狗呢？」

「公司安全衛隊很有興趣，」克雷科說，「可以協助任務執行。投資了不少錢。他們想把牠們部署在壕溝之類的地方。」

「壕溝？」

「沒錯。牠們比預警系統還強，要這些狗狼放棄攻擊是不可能的。要和牠們稱兄道弟也不可能，這跟真狗不同。」

「要是牠們跑出來怎麼辦？為非作歹？然後繁殖後代，數量激增到失去控制，就像那些大綠兔？」

「這的確是個問題，」克雷科說，「但牠們不會跑出來。自然之於動物園如同上帝之於教堂。」

「什麼意思？」吉米問。他有點心不在焉，他正憂慮著人造雞肉球和狗狼。他為什麼會覺得好像有某條線被逾越了，好像發生了什麼越軌的事？到了什麼程度才算過分，走了多遠才算太遠？

「牆垣與籠欄的存在自有其道理，」克雷科說，「並不是要把我們擋在外面，而是要把他們關在裡面。人類在這兩種情況下都需要屏障。」

「你說的他們是？」

「自然和上帝。」

「我本來以為你不信上帝的。」吉米說。

「我也不相信自然，」克雷科說，「或者說，不相信全稱的自然。」

假設

「那麼，你有女朋友嗎？」第四天，吉米問了這個問題。他在等待適當時機。「我是說，有這麼多女孩可以挑選。」他是在反諷。他無法想像自己和那個笑起來像伍迪啄木鳥的女人，或那些胸前印滿方程式的女學生搞在一起的樣子，但他也想不出克雷科會和她們往來。克雷科太斯文了。

「不是那回事。」克雷科簡短的回答。

「不是那回事？什麼意思？你有了女朋友，但她不是人？」

「學校不鼓勵男女在現階段交往，」克雷科像在引用學習指南上的口吻說話，「我們應該著眼於功課。」

「這對身體沒好處，」吉米說，「得合理地安排生活。」

「說得倒輕鬆，」克雷科說，「你是蚱蜢，我是螞蟻。我不能把時間浪費在毫無效益的目的。」

從他們認識以來，吉米第一次感到疑惑：可能嗎？克雷科是不是在嫉妒他？有可能克雷科只是偶爾當個自負的小氣鬼，也許是沃特森．克里克對他的不良影響。那麼，什麼是超級小腦三項全能的極端生活任務？吉米很想問：能解釋一下嗎？他把這問題嚥下，改說：「我不覺得那是浪費時間，除非你沒有力氣嘿咻。」他想讓克雷科輕鬆點。

「如果真有需要，可以透過學生服務部安排，」克雷科結結巴巴地說，「費用從獎學金扣，就跟扣住宿費一樣。那些工作人員是從平民區來的，是受過訓練的專業人員。當然，她們先要接受體檢。」

「學生服務部？在你夢裡出現的吧！他們是做什麼的？」

「這很合理，」克雷科說，「作為一種體制，它可以避免能量流向沒有任何效益的地方，也可以避免情緒受挫引起的不適。女生當然可以獲得相同的服務。膚色、年齡任選，嗯，差不多是任選。體型任選。他們可以提供一切，如果是同性戀或有戀物癖，他們也能安排。」

起先吉米以為克雷科在開玩笑，但他沒有。吉米非常想問他試過了什麼？譬如，有沒有和雙腿都被截肢的人性交？這樣的問題顯得太唐突，而且這樣嘲弄克雷科可能不好。

克雷科他們系上的餐廳提供的食物相當棒。真正的蝦，不是像他在瑪莎．葛蘭姆吃的甲殼狀豆製品；還有真正的雞肉，吉米認為這也是真的，但他不想吃，因為忘不了曾看過的人造雞肉球；還有不少與真乳酪十分相似的食品，儘管克雷科說那是用蔬菜做的，一種他們正在試驗的綠皮胡瓜新品種。甜點淋上一層厚厚的巧克力，是真的巧克力。咖啡也是貨真價實。沒有摻燒焦的穀物，沒有加糖蜜。是快樂杯生產的，但誰在乎呢？還有真正的啤酒，啤酒肯定是真的。

吉米非常喜歡這裡和瑪莎．葛蘭姆不同的地方。雖然克雷科的同學忘了要如何使用刀叉，吃飯用手抓、用袖子擦嘴。吉米並不是吹毛求疵，但覺得這些動作有點粗俗。他們總是喋喋不休，不管有沒有人在聽，喜歡談他們正在構思的點子。他們發現吉米不是研究空間的，而是讀一所被他們視為泥巴的學校，便對他很冷淡。他們把自己系裡的學生稱為同一物種，其他人則是非同種。這是個很流行的笑話。

過了幾小時，吉米也失去找人聊天的熱情。他寧願待在克雷科的宿舍，任憑克雷科在下棋或玩3D韋科時打敗自己，或試著解讀克雷科的冰箱磁鐵。是沒有數字和符號的那種。沃特森．克里克盛行冰箱磁鐵文化：人們買磁鐵、交換磁鐵、自己做磁鐵。

沒有大腦，就沒有苦惱（譯註：No Brain, No Pain.，作者衍用 No Pains, No Gains 沒有耕耘，就沒有收穫）（配有綠色的大腦全息圖）。

矽定意識（譯註：asiliconsciousness，作者參照 silicon〔矽〕和 consciousness〔意識〕，創造的新字）。

我在空間裡遊蕩。

想看看製肉機嗎？

自己去，不要理我。

小羊蛛，誰創造了你？

生命的實驗就像忙碌的浣鼬。

我思，故我吃豬肉罐頭（譯註：I think, therefore I spam.，作者衍用笛卡兒 I think, therefore I am.。spam，美國豬肉罐頭商標）。

對人的合理研究至關重要。

有時他們看電視或上網，就像過去。裸體新聞、腦煎熬網站、阿里伯伯網站，諸如此類能讓他們一飽眼福的東西。他們用微波爐爆玉米花，抽幾根強效大麻，菸草是由植物基因變種研究的學生在溫室裡培養的；吉米不久便醉臥沙發。他的地位在這個人才濟濟的學校裡就跟一株室內盆栽植物差不多，在他適應了這種看法之後也覺得不算太壞。做做輕鬆運動，伸伸懶腰，就像在健身房。反正過幾天就走了。同時，聽克雷科說話總是很有趣，當只有克雷科一個人時，當他談興正濃時。

離開的前二天晚上，克雷科說：「跟我一起進入假想的情節中。」

「我做好準備了。」吉米說。實際上他非常睏，爆米花和啤酒吞食太多了。但他打起精神，換上專注的神情，這是他在中學時練成的。假想情節是克雷科最愛做的事之一。

「原理：疾病不是生產性的，因為不生產，所以不能賺錢。雖然它為很多活動提供了理由，但它與金錢的所有關聯，只是使財富從身體差的流向健康的。從病人流向醫生，從顧客到賣藥的。金錢滲透，你可以這樣說。」

「同意。」吉米說。

「現在，假設你在一家叫康智的公司。假設你透過生產藥品和提供醫療手段來營利，你能夠醫治病人，或更理想的是使人免於生病。」

「嗯？」吉米說。這些並非是假想，康智的確就做這些事。

「那麼，你早晚會需要什麼呢？」

「更多治療方法？」

「再往後。」

「什麼『再往後』？」

「在治好了所有的病之後。」

吉米假裝思考。其實沒有什麼好想，克雷科已預先決定結果，他很快就會說出解決問題的辦法。

「還記得那種新型漱口水上市後牙醫師遭受的打擊嗎？那種藥水用有益的微生物取代有害的微生物，並填補牙齒的隙縫。再也沒有人需要補牙，許多牙醫師失業了。」

「那又怎樣？」

「那麼，你就得需要更多的病人。或者說——也是同一回事——需要更多的疾病。新的，與以往不同的疾病。對吧？」

「理論上是如此，」吉米停頓了一下才回答，以前也這樣，「但他們不是一直在發現新病種嗎？」

「不是發現，」克雷科說，「他們在創造疾病。」

「誰？」吉米問。破壞分子、恐怖主義者，這是克雷科的意思嗎？大家都知道，這些人正在從事這些事，或準備做。到現在為止他們不怎麼成功：用園區裡的話來說，他們弄出的那些小病毒實在有點弱智，也很容易控制。

「康智，」克雷科說，「做了好幾年。有個研究團隊悄悄進行。還有一項工作就是散布、傳播。聽著，這很聰明。他們把有害的生物放入維他命——康智生產的那種非處方高價品牌，你知道吧？他們擁有相當精良的傳遞系統：將病毒植入一種叫E．大腸桿菌接合體的微生物載體中，不會被消化，並且在到達幽門時爆開。嘿嘿！當然是隨機，也不需要持續進行，不然就會被捉住，即使在平民區也有人能識破。不過一旦你讓這種有害生物在平民區人群中，趁著他們四處閒逛而開始傳播後，它就或多或少可以自行繁衍。很自然地，他們根據市場需求改造這些病毒，也研發出解毒的抗生素，但他們囤積藥品，利用市場供不應求來獲取高額利潤。」

「這是你編出來的嗎？」吉米問。

「從生意人的眼光看，」克雷科說，「最好的病原體是那些能引起久治不癒的疾病。在能獲取最大利潤的理想狀態下，病人的疾病應該是在他散盡家產的同時死亡或痊癒。這是經過精細的計算。」

「這樣很邪惡。」吉米說。

「這也是我父親當時的想法。」克雷科說。

「他知道？」吉米現在開始注意聽了。

「他發現的。這就是為什麼他們要把他推下橋。」

「誰做的？」

「讓他掉進來來往往的車潮裡。」

「你是偏執狂還是怎麼了？」

「我根本不是，」克雷科說，「這是赤裸裸的事實。在他們徹底殺掉我父親的電腦檔案前，我侵入他的電子郵件信箱。他搜集的證據全在那裡。他對維他命所做的檢驗，所有的證據。」

吉米覺得一股寒氣從脊椎骨升上來。

「猜猜他還告訴了誰？」克雷科說，「我母親和皮特叔叔。他準備在一個很有人氣的網站上披露真相，此類新聞的瀏覽量很大，這將會毀掉平民區裡所有的康智維他命專賣店，整個陰謀會曝光。這還會引發公司財務危機。想想看，會有多少人失去工作。他想先給他們發警訊。」克雷科停頓了一下，「他以為皮特叔叔不知道。」

「天哪，」吉米說，「那麼他們兩人中有一個……」

「也許兩個都有，」克雷科說，「皮特叔叔不允許公司受到威脅。我母親也許只是害怕，覺得要是我父親垮了，她也跟著倒楣。也有可能是公司安全衛隊。也許他的工作表現很反常，暗中被他們調查了。他把所有檔案都加密，不過如果我能侵入，他們也能。」

「真不可思議，」吉米說，「這麼說他們害死了你父親？」

「處死，」克雷科說，「這是他們的用語。他們會說他企圖毀掉一種高雅的理念。他們會說他們在為一種普遍利益行事。」

他們倆在那坐著。克雷科仰頭看著天花板，像是在欣賞。吉米不知道說些什麼好。安慰之詞是多餘的。

最後克雷科說：「你母親為什麼就這樣一走了之？」

「不知道，」吉米說，「有很多原因。我不想談這個。」

「我打賭你父親也有分，參與類似康智做的那種陰謀。我打賭她發現了。」

「噢，我想不是，」吉米說，「我認為她和上帝之園丁會之類的團體有牽連。某個狂人組織的分支。不管怎樣，我父親不會……」

「我敢肯定，她明白他們已掌握到她知道那些事。」

「我累了。」吉米說。他打了呵欠，忽然間這變成了實話：「我想我要上床睡覺了。」（譯註：turn in，有上床睡覺、檢舉密告的意思；吉米說了一個雙關語）

大滅絕

最後一晚，克雷科說：「想玩大滅絕嗎？」

「大滅絕？」吉米說。這讓他愣了一下，不過接著他就想起來：那個不好玩的網路互動遊戲，裡面有許多絕種的動植物。「我們是什麼時候玩的？這麼久了，現在不可能還有吧？」

「從沒停止過。」克雷科說。吉米理解其中的含義：克雷科從來沒停止過。這些年來他一直在玩。嗯，他有強迫症，沒什麼新鮮。

「那你積分多少了？」他出於禮貌問道。

「積滿三千分就可以成為大師。」克雷科說。這意思就是說他已是大師了，如果他還不是就不會提起。

「喔！真棒，」吉米說，「拿到獎品了嗎？」

「給你看件東西。」克雷科說。他上網找到網址並開啟，出現熟悉的路徑：**大滅絕**，由瘋狂亞當監製。亞當為活著的動物命名，瘋狂亞當則替死亡的動物命名。你想玩嗎？

克雷科按了是，並輸入代號：克雷科。一個小小的空棘魚圖示出現在他名字上方，代表大師。然後新東西冒出來，一封吉米從沒看過的短信：歡迎克雷科大師。你想玩普通的遊戲還是和另一位大師比賽？

克雷科選擇了後者。很好。找一間自己的遊戲室。瘋狂亞當會在那裡見你。

「瘋狂亞當是個人？」吉米問。

「是團體，」克雷科說，「或者說是多個團體。」

「那他們是做什麼的，這個瘋狂亞當……」他覺得很傻。這就像在看過時的間諜ＤＶＤ片，詹姆斯．龐德之類的人物。「我是說，除了數頭蓋骨和生皮。」

「看這個。」克雷科離開了大滅絕，然後駭入平民區當地銀行，從那裡跳到一家像是生產太陽能汽車零件的工廠。他移動游標按了輪圈蓋的圖片，於是跑出一份文件夾，名為熱童裸女。文件上有日期，但沒有主旨；他選了其中一個，將它傳送到睡蓮浮葉上，然後再轉到另一片浮葉，抹掉路徑，接著從那裡打開文件，下載一幅圖像。

是奧麗克絲的照片，大約七、八歲，除了絲帶和花之外，全身赤裸。就是她向他凝視的那張照片，那是他——在多大的時候？十四歲？——覺得像挨了一拳似的直率、輕蔑、能夠看穿一切的目光。他仍留著這張列印的照片，摺得很仔細，藏得很好。這張照片是私人物件。他自己的私人物件：他的內疚、他的羞恥、他的欲望。為什麼克雷科有這張照片？偷來的吧。

吉米覺得中了圈套。她在這裡做什麼？他想吼叫：那是我的！還給我！他像是在隊伍中等待被指認的罪犯；有人正沉著臉對著他指指點點，還有跟伯妮斯一樣瘋狂的人燒著他的內褲。報應來臨了，為什麼呢？他做了什麼？沒有。他只是看。

克雷科將滑鼠游標移到女孩的左眼，點了虹膜。那是一條通道：遊戲室的門開了。

你好，克雷科大師。請輸入密碼。

克雷科照做了。又有新的一行話出現：亞當為動物命名。瘋狂亞當根據市場改造牠們。

接著出現一連串快顯視窗，上面寫了地點、日期，看起來像公司安全衛隊的告示，註明「僅作為治安通報」。

一種極小的寄生黃蜂入侵幾座人造雞肉球生產設備，牠們攜帶了一種水痘病毒的變體，特別會對人造雞肉球形成致命危害。在瘟疫得到控制前，這幾座生產設備不得不焚毀。

一種新的嗜吃電線絕緣材料的家鼠正橫行於克利夫蘭，引發了空前的火災。控制措施仍在試驗中。

快樂杯咖啡豆受到新種的豆象蟲威脅，人們發現這種昆蟲能夠抵抗所有殺蟲劑。

一種兼有豪豬和河狸遺傳基因的微型齧齒類動物出現在西北地區，牠們爬進停車場車輛的引擎，毀壞風扇皮帶和傳動系統。

一種吃瀝青焦油的微生物已將幾條州際公路變成沙地。所有州際公路都處於警戒狀態，一條隔離帶已經完成。

「出了什麼事？」吉米問，「是誰在網頁上貼了這些東西？」

快顯視窗消失，出現新視窗。瘋狂亞當需要更多的創意。有好點子嗎？與我們分享吧！

克雷科打出：對不起，有人打擾。要下線了。

好的，克雷科大師。我們以後再聊。克雷科將電腦關機。

吉米感到一股涼意，使他回想起媽媽出走時那場景的涼意：彼時、此時，他都感覺到禁區的存在，察覺到本應緊鎖的門被撞開，察覺到一股隱密的生命之流在地下奔騰，就在他腳底下的黑暗中。

「這一切到底是怎麼回事？」他說。也許什麼都不是，他告訴自己。也許是克雷科在賣弄。可能是一種複雜的設備，克雷科的發明，用來嚇唬他的惡作劇。

「我也不能肯定，」克雷科說，「剛開始我還以為他們只是另一個瘋狂的動物解放組織。但情況沒那麼簡單，我想他們是在跟機器做對，他們在跟整個體系做對，他們想將它徹底關閉。目前他們還沒對人下手，但顯然他們辦得到。」

「你不應該上這種網站！」吉米說，「你不會想要被牽扯進去！有人會認為你是其中一員。要是你被抓了怎麼辦？下場就是腦煎熬！」他現在害怕了。

「我不會被抓到，」克雷科說，「我只是隨便上網逛逛。但是拜託別在電子郵件裡提這個。」

「沒問題，」吉米說，「但為什麼要冒險？」

「我很好奇，僅此而已，」克雷科說，「他們讓我進去等候室，但沒再往裡去了。他們肯定是園區的人，或是經園區訓練的。他們正在合成非常複雜的生物體；這我想平民區的人是做不到的。」他的綠眼睛斜睨著吉米，那眼神（雪人現在想來）意味著信任。克雷科信任他，否則不會讓他看這間隱藏的遊戲室。

「說不定是公司安全衛隊設下的圈套。」吉米說。公司安全衛隊慣於使這種詭計，逮捕正在凝聚力量的顛覆分子。這叫替豌豆田鋤雜草，他聽人這麼講。據說園區下面可能有此類致命的坑道。「你得小心啊。」

「當然。」克雷科說。

吉米實際上想知道的是：在所有你掌握的可能性中，在那麼多通道中，你為什麼偏偏選擇了她？但他問不出口。他不願意洩漏心事。

那次沃特森．克里克之行還發生另外一件事；某件重要的事，儘管當時吉米並沒有意識到。在頭一晚，當他睡在克雷科的沙發床上時，他聽見了喊聲。他以為那是從外面傳來，在瑪莎．葛蘭姆，這會是學生的惡作劇，但事實上叫聲發自克雷科的房間。是克雷科喊出來的。不只是喊，是尖叫。沒有隻字片語。他在那裡的每個晚上都是如此。

「那應該是你在做夢。」吉米第一次聽到後的隔天早上說道。

「我從不做夢。」克雷科說。他嘴裡塞滿食物，看著窗外。對於如此瘦削的人來說他吃得夠多了。

那是因為速度，高速的新陳代謝：克雷科簡直就像在燒燃料。

「誰都會做夢的，」吉米說，「還記得在康智中學研究過睡眠時的快速眼球運動嗎？」

「我們折磨貓的那次？」

「真正的貓，是啊。不能做夢的貓都瘋了。」

「我從不記得我的夢，」克雷科說，「再吃點薯條吧。」

「但不管怎樣你肯定做了。」

「好吧，重來，重點對，但用字錯誤。我的意思不是我從不做夢。我沒有瘋，所以我肯定做夢。假設、證明、結論，若A則非B。行了吧？」克雷科微笑著給自己倒了點咖啡。

這麼說克雷科從來記不得夢。相反地，雪人則能記住。比記住還要糟：他沉浸在其中，他跋涉在其中，他身陷其中。過去這幾個月他生活中每一時刻，都被克雷科先夢見了。難怪克雷科要發出這麼多尖叫。

9

徒步旅行

走了一小時後，雪人從曾是公園的地方走出來，沿著平民區荒廢的大道朝著內陸方向前行。報廢的太陽能車滿街都是，有的因連環車禍堆成了一堆，有的燒毀了，有的像是臨時停車般好端端的。有卡車、貨車、電池驅動車、老式的汽油與柴油車，還有全功能越野車。有幾輛自行車、摩托車。想想，在交通極度混亂、一連堵上好幾天時，騎機車真是不壞的選擇。騎在兩個輪子上你可以自由穿梭在大車間，直到有人向你開槍，或撞上你，或你跌倒。

這裡有一棟曾是住商混合。一樓是店面，現已洗劫一空；樓上是昏暗的小公寓。大部分路標都還在原處，只是布滿彈孔。雖然平民區頒布過禁槍令，但在噴槍出現前，大家就開始囤積鉛彈。雪人一顆子彈也找不到，當然更找不到一把鏽跡斑斑可以裝子彈的老槍。

沒有燃燒或爆炸的樓宇仍然矗立著，但形形色色的植物從每一道縫隙裡向外狂長。假以時日，它們會扯碎柏油、推倒牆壁、掀翻屋頂。有種藤蔓到處都是，掛上窗框，爬進破碎的窗戶，攀上窗閂和窗櫺。這一區將很快就布滿厚實且糾結的植被。如果他再延後行程，回去的路將難以通過。用不了多久，人類活動的足跡將不復在。

不過假設——只是假設，雪人想——他並非人類最後一員。假設還有其他人，他希望他們活著，這些可能的殘餘人口也許存活在某些孤立的地帶，因通訊網絡中斷而與世隔絕，並設法保住性命。隔居沙漠的僧侶便是遠離傳染區的人；還有從不與河谷居民打交道的山區牧人，以及消失在叢林裡的部落。未雨綢繆的貪生怕死者槍殺了所有外來人，把自己封閉在地堡中。山區農民、隱士；流浪的瘋子，裹在自己那百毒不侵的迷幻世界裡。成群結隊的遊牧民族依循著他們古老的生活方式。

這是怎麼發生的？他們的後代在這些遺跡廢墟中躑躅而行時會問。這些破敗不堪的遺跡。誰建造了這些東西？誰住在裡面？誰銷毀了它們？泰姬陵、羅浮宮、金字塔、帝國大廈——他在電視、舊書、明信片，在血與玫瑰上看見的東西，在猝不及防的時候遇見的這些建築都是3D立體實物大小——你會震驚，會逃離，但而後會有個解釋、說法。首先他們會歸因於巨人或神，但遲早他們會去尋求真相。與他一樣，他們也會有猴子般的好奇腦袋。

也許他們會說：這些東西不是真的，是變化無常的幻覺。由夢而生，當無人再去夢想時，便灰飛煙滅了。

「我們只是討論，」克雷科有一天晚上說，「假設我們所知的文明被毀了。要爆米花嗎？」

「是真奶油嗎？」吉米說。

「反正是沃特森．克里克最好的，」克雷科說，「文明一旦被夷為平地，就再也無法重建。」

「因為什麼原因？有鹽嗎？」

「因為所有可找到的地表金屬都挖出來了，」克雷科說，「沒有金屬，就不會有鐵器時代，不會有青銅時代，不會有鋼鐵時代，以及其他的進步。在地底很深處仍有金屬，但開採所需的先進技術到那時也將湮沒。」

「可以重新建設起來嘛。」吉米一邊嚼一邊說。他很久沒吃到這麼好吃的爆米花了。「他們仍可得到操作說明。」

「現在不行了，」克雷科說，「這跟輪子不同，太複雜了。假設這些操作說明能保存下來，假設還有人具備前人留下的知識而能夠閱讀這些說明，那麼這些人數量會極少，他們之間相隔的年代也會很久遠，況且他們不會有工具。別忘了，沒電。一旦這些人死了，就完了。他們沒有徒弟，後繼乏人。

來罐啤酒？」

「是冰的嗎？」

「那意味著一個世代的消滅，」克雷科說，「一個世代的所有。甲蟲、樹、微生物、科學家、說法文者，隨便什麼。打斷兩代人之間的連結，遊戲就永遠結束了。」

「講到遊戲，」吉米說，「下一步該你走了。」

走路對於雪人來說已成了跨越障礙訓練；在幾個地方他需要迂迴前進才行。現在他走在一條狹窄的小街上，街上到處是藤蔓，把整條街都鋪得滿滿的，所有屋頂也都覆蓋其下。從頭頂綠蔭的縫隙中，他能看見幾隻禿鷹，在天上懶散地盤旋者。牠們也看得見他，牠們擁有高倍放大鏡般的視力，這些傢伙能數得清你口袋裡的零錢。他對禿鷹略知一二。「還不到時候！」他衝著牠們叫道。

為什麼要讓牠們失望？如果他跌倒受傷，昏迷過去，並成為狗狼或器官豬的盤中餐，那麼除了他自己，又有誰會受到影響？克雷科人過得很自在，不再需要他了。他們可能會暫時感到迷惑，他去哪了呢？但他已準備好答案：他去找克雷科了。他將成為他們神話中的二號人物——造物主的後備隊。他將被錯誤地緬懷。他不會被哀悼。

太陽爬得更高了，射線強度更大。他感到有些暈眩。當他的腳落在一根粗厚的捲鬚旁時，那東西吐了吐舌頭並溜開。他得更小心。這些蛇有毒嗎？他差點要踩上去的那條長尾巴前端有毛茸茸的身體？他沒看清楚。他當然希望並非如此。當時已宣布，所有蛇鼠都已被殺滅，但是留下一對。一對，蛇鼠的亞當與夏娃，還有某個心懷怨毒的怪人放走牠們，讓牠們繁殖，想使這些東西日後能纏繞著堵在排水管道裡。有著長長的綠色鱗尾的老鼠，齜著響尾蛇的毒牙。他決定不去想這些。

於是他哼起了歌，想讓自己高興。什麼歌？〈冬日奇景〉。每年耶誕節購物商場上都反覆播放這首歌，但下雪也已是很久以前的事。這首歌歌詞描述在雪人融化前對雪人的惡作劇。

也許他不是喜馬拉雅山的雪人，也許他是另一種雪人，純粹只是好玩而被堆出，又為了取樂而被推倒。他那石子嵌出的笑容和胡蘿蔔鼻子便惹人嘲笑和欺侮。也許那就是真實的他，最後一個智人——人的白色幻影，今天尚能苟活，明日便不復存在，那麼輕易地被鏟除，被遺棄在太陽下自行融化，越來越瘦小，直至化成水並流淌殆盡。就像雪人現在。他停下腳步，抹掉臉上的汗，喝掉了半瓶水。他希望很快能找到水。

放眼望去，房屋越來越稀疏，最終看不見了。間或有些停車場和倉庫，接著是水泥柱間張著的有刺鐵絲網，一扇精緻但已脫落的大門。這裡是平民區延伸的盡頭，園區勢力的起始。這裡是密閉隧道子彈列車的最後一站，顏色就像兒童遊戲玩的塑膠立體方格架。沒有危險，這些顏色似乎這麼說。只有童趣。

可是這裡正是危險所在。在這之前，要是遭到側面攻擊，他總有地方可以攀爬躲閃，而現在面臨的卻是空曠大地，毫無遮蔽，也難躲藏。他拉起床單蓋過棒球帽以抵擋烈日，把自己裹得像阿拉伯人，沉重而緩慢地繼續向前走，並盡可能加快步伐。他明白如果在這裡待太久，即便包著床單也會被灼傷；只有加快速度才有希望避免。他得在正午前走到能蔽日的地方，因為到那時路面上的瀝青將燙得難以行走。

現在他抵達了園區。他走過通往凍才（譯註：原文CryoJeenyus與cryo-genius「冰凍天才」諧音）的岔道，那是一家小型企業。當燈光全熄滅，兩千個冰凍並等待復生的百萬富翁的頭顱開始在黑暗中融化時，他很想當一隻停在牆上的蒼蠅。下一家是精靈侏儒，吉祥物是小精靈，長了尖耳朵的頭在試管裡縮進又伸出。他注意到霓虹燈是亮的；太陽能電路肯定還能運作，儘管有些許故障。那些圖案應該只在晚上亮。

接下去，終於到了回春真精。就是在這，他做錯了那麼多，誤解了那麼多，也享受了他最後的快樂。比奧根農場大，比康智公司大。是最大的一家。

他經過第一道路障，那裡的監視鏡頭已被搗毀，探照燈也破裂。然後走到檢查站。一名警衛半個身子躺在裡面，半個身子在外。雪人看見他沒有頭時並不大意外：這危險時刻，會讓情緒高昂。他檢查一下，看看這人是否還佩著噴槍，但沒有。

接下去是一大片沒有建築物的空地。克雷科以前把這裡叫「無人地帶」。沒有樹；他們移除了能藏身的遮蔽物，將土地分成方格，邊線上安裝感溫探測器。這種怪異的棋盤效益已不復存在；雜草如鬍鬚般冒出並蓋滿地面。雪人花了幾分鐘來回掃視這塊地，但除了一群黑鳥在為地上的某東西爭吵不休外，再無其他動靜。於是他向前走去。

現在他已走入進門通道。沿路是人們在逃跑時丟了一地的東西，就像一場逆向的尋寶活動。公事包、露出衣物的帆布袋、已破裂的小旅行箱，旁邊有一把孤零零的粉紅色牙刷。手鐲、蝶形女人頭飾、記事簿，紙張浸濕了，上面的字跡已無法辨認。

逃亡者起初一定還心存希望，認為還可以重新開始。他們必定認為這些日後還用得著，後來卻改變主意棄之不顧了。

回春真精

他到達到回春真精的圍牆時已氣喘吁吁，大汗淋漓。圍牆仍高達十二英尺，但不再通電，鐵製尖刺也開始生鏽。他走進外門，大門像是被人撞開般。他在門的陰影裡停下來吃巧克力勁力棒並喝掉剩下的水。然後他繼續向前跨越壕溝，走過昔日荷槍實彈的公司安全衛隊放哨的崗位，以及放置監控設備的玻璃亭，又走過有鐵門的防禦牆瞭望塔——從此將一直敞開了——過去在這裡，他得出示他的指紋和虹膜。

再往前便是他印象深刻的地方：住宅像郊區公園那樣鋪展開來，那些高大的房屋有仿喬治王朝時期風格的，有仿都鐸風格，有仿法國地方風格，蜿蜒的街道伸向員工的高爾夫球場、員工餐廳、夜總會、診所、購物商場、室內網球場，以及醫院。右手邊是微生物隔離設施，呈亮橘色，還有黑色的立方體鋼化玻璃製成堡壘似的建築，那是園區業務重心。遠處有他的目的地——中央公園，克雷科住的地方，似有魔力保護的穹頂在樹林上清晰可見，圓潤潔白、耀眼奪目，像是冰做的透明球體。他看著它，打了寒顫。

來不及無謂的長吁短嘆。他沿著主幹道快步向前，同時繞開東一堆西一團的衣物，以及被啃咬過的軀體，除骨骼外已所剩無幾；食腐動物善盡了本分。當初他出去時，這兒看起來像是經歷了暴亂並散發著屠宰場的腥臭，但如今一切歸於沉寂，惡臭也差不多散盡。器官豬將草坪上的草連根掘起，四處都是牠們的蹄印，不過所幸都不是剛剛留下的。

他的首要目標是食物。本該順著路一直走到購物商場；比較可能大吃大喝一頓，但他已餓得等不及了。另外他也需要躲開陽光，馬上。

所以他在第二個十字路口向左拐進一片住宅區。人行道邊的雜草已長得相當茂密。街道呈環形，中間的小島有一叢未加修剪、亂蓬蓬的灌木，盛開著紅色和紫色的花。某個奇異的基因變種品種；過幾年它們就會凋萎，要不就會到處蔓延，長驅直入地扼殺本地植物。誰知道呢？整個世界現在是個巨大、無節制的試驗場——克雷科會說：向來如此——對非預期性實驗後果的提倡是主導的原則。

他選了一間中等大小、安娜女王朝代風格的屋子。前門鎖住，但有一扇菱形窗戶被打碎了，一定是有個注定要死的劫掠者在他之前來過。雪人不明白那可憐的傢伙在找什麼？食物、沒用的錢，或者只是睡覺的地方？不管怎樣，這房子沒什麼用。

他從石製鳥澡盆裡捧了些水喝，小盆子裝飾著面貌愚笨的青蛙，昨天的雷雨使盆裡的水滿溢，也沒被鳥糞攪得渾濁。鳥兒攜帶的是什麼病菌？在牠們的屎裡有嗎？他只得冒險。他把水潑灑在臉和脖子上，又灌滿瓶子。接著他仔細端詳房屋，尋找活動的跡象。一個念頭總在腦子裡盤桓：某個人——某個像他一樣的人——正潛伏、等待著，在某個角落裡，在某扇虛掩的門背後。

他把太陽眼鏡摘下來綁在床單上，然後爬進砸破的窗戶。一隻腳接著另一隻腳爬，先前他已把木杖扔進去。現在他置身於一片昏黑中，手臂的汗毛刺痛了他：幽閉恐懼和衰竭的體力不斷地壓迫他。空氣密度很大，彷彿驚慌在此經過壓縮，還來不及瀰漫。屋裡的氣味如同上千條臭水溝散發出的惡臭。

「喂！」他叫道，「有人在家嗎？」他不禁想要這樣喊。在他看來，每間房子都可能有人居住，他很想原路返回；嘔吐感在他喉嚨醞釀著。但他還是拿著酸臭的床單一角遮住鼻子——至少這是他自己的味道——並在發霉的寬地毯上挪動腳步，走過一件件昏暗而臃腫的再生家具。地上有東西亂竄並發出吱吱叫聲；這裡成了老鼠的地盤。他小心地選擇落腳處。他知道自己在鼠輩眼裡的模樣——行屍走肉。不過聽聲音牠們還是真老鼠而非蛇鼠，後者現在發出的不是吱吱聲，是嘶嘶聲。

曾是吱吱聲，曾是嘶嘶聲，他糾正自己。牠們被消滅了，絕種了，他得記住。

先做重要的事。他找到餐廳的酒櫃並快速檢查一遍。半瓶波本威士忌；沒有其他，只有幾個空瓶。沒有香菸，一定是個無菸家庭，要不然就是之前的訪客已先下手為強。「去你的。」他對燻黑的橡木櫥櫃說。

接著他踮著腳走上通往二樓、鋪了地毯的樓梯。幹麼這麼輕手輕腳，好像他真是盜賊？他不禁這樣想。這裡一定有人，在睡夢中，一定會有人聽見他並醒過來。他明白這想法很愚蠢。

浴室裡有個男的，仰面躺在泥土色地磚上，身上是藍色與褐紫紅色條紋睡衣，他僅存的殘餘。真怪，雪人忖道，在緊急時刻怎麼有那麼多人會往浴室跑？在這些房子裡，浴室是和教堂之類的聖所最接近的，是能讓你獨自沉思的地方。你還可以在這裡嘔吐，讓血從眼睛裡流出來，把五臟六腑都拉出來，並在藥櫃裡絕望地摸索著，尋找可以挽救你的藥。

這是間挺不錯的浴室。按摩浴缸，牆上有墨西哥美人魚陶瓷畫，她們頭戴花冠，披著波浪般的金髮，鮮亮的粉紅色乳頭長在小巧而圓潤的乳房上。他很樂意沖個澡——這地方很可能有收集雨水的備用水箱——但浴缸裡有一層乾硬的泥污。他拿了塊肥皂以備之後洗澡時用，並在櫃子裡尋找防曬油，但一無所獲。有半瓶喜福多，一瓶阿司匹靈，他把這抓在手裡。他考慮要不要再拿把牙刷，但將死人的牙刷塞進自己嘴裡的想法使他厭惡，於是他只取了牙膏。**為了更純潔的笑容**，他讀了上面的文字。很適合他用，他需要更純潔的笑容，儘管此時他想不出應該為什麼而笑。

藥櫃前端的鏡子被砸碎：最後一次徒勞的激憤之舉，極度的抗議之舉——為什麼會這樣？為什麼是我？——他能理解，換了他也會這樣。打碎東西，把對自己的最後一瞥化為碎片。玻璃大都在水槽裡，但他還是小心翼翼找地方落腳：就像馬，他的生命現在全靠它們。要是不能走路，他就只能餵老鼠。

他沿走道繼續向前。屋子的女主人在臥室裡，一條特大號的粉紅色與金黃色相間的羽絨被蓋住她的身子，但一邊的手和肩膀露在外，殘留的骨頭和肌腱包在豹紋睡衣裡。她的臉背向著他，這樣比較好，不過她的頭髮卻安然無損，完整的一束，如同假髮：烏黑的髮根，結霜似的髮束，精靈式髮型。若長在一個好端端的女人頭上，會很吸引人。

曾幾何時，如果能有機會去翻看別人的衣櫃，他都不會放過。在這間屋子裡他卻不想這麼做。反正都是些大同小異的東西。內衣、輔助性具、和鉛筆頭混在一起的人造珠寶、零錢，以及別針；幸運的話還能找到一本日記。當他還是中學生時他喜歡讀女孩子的日記，喜歡看她們的大寫字母，那麼多的驚嘆號和極端的措詞——愛愛愛，恨恨恨——還有畫彩色的底線，就像後來在工作中常常收到的古怪來信。他會一直等著，等到那女孩去淋浴，便閃電般地到她屋子搜查一番。當然他找的是自己的名字，但找到的並不總是好話。

有一回他讀到：吉米你這個多管閒事的小混蛋，我知道你正在讀，真討厭！我跟你上床並不等於我喜歡你，所以**給我滾！！！**討厭有兩道紅槓，給我滾是三道。她的名字叫布蘭達。很可愛，喜歡嚼口香糖，在生活技能課時坐在他前面。她的梳妝檯上有一隻太陽能驅動的機器狗，會叫，啃塑膠骨頭，會抬起腿撒出黃色的液體。最凶悍的女孩卻會在房間裡放最溫情的玩意，這每每讓他覺得不可思議。

現在這個梳妝檯上擺著一堆標準配備：緊膚霜、荷爾蒙藥膏、安瓶及注射用具、化妝品、香水。在百葉窗射進來的朦朧光線中，這些東西都慘澹地閃爍著，像是上了一層亮光的沉默生命。他用其中一個瓶子對著自己噴了噴，一股麝香的氣味，他希望這也許能沖掉屋裡其他氣味。強效可卡因，瓶子的標籤上用燙金字寫著。一時間他想著灌幾口，但又記起來他還有波本威士忌。

然後他彎身在橢圓形鏡子打量自己。只要闖入某地方，他都抵擋不住鏡子的誘惑，一有機會就照。每次看到都益發震驚。一個陌生人回瞪著他，睡眼惺忪，臉頰凹陷，布滿蟲咬的疤痕。他看上去比實際年齡老二十歲。他眨眨眼，朝自己咧嘴笑笑，伸伸舌頭：那效果真的很好笑。鏡中他身後床上的那具女人軀殼看來幾乎像個真人，彷彿隨時會轉過身來面對他，伸出雙臂輕聲喚他過來共赴雲雨。她以及那精靈似的頭髮。

奧麗克絲有一副那樣的假髮。她喜歡精心打扮，把自己改得面目全非，裝成不同的女子。她會在房間裡昂首闊步，跳一小段脫衣舞，扭扭屁股，擺個姿勢。她說男人喜歡變換花樣。

「誰告訴你的？」吉米問她。

「噢，人家說的。」然後她就笑起來。緊接著他將她一把抱起，她的假髮脫落了……「吉米——！」

可是現在去想奧麗克絲是一種他付不起的奢侈。

他看見自己站在屋子中央，雙手下垂，嘴張著。「我總是很笨。」他大聲說。

隔壁是小孩房，裡面有一台鮮紅色塑膠外殼的電腦，有一書架的玩具熊，有長頸鹿圖案的壁紙，還有一堆光碟；從封套圖案判斷，都是些極端暴力的遊戲。但是看不見孩子，不見孩子的屍體。也許是在最初幾天死的，被火化了，那時還有時間安排火化；或者在看到父母倒下並開始吐血時嚇得逃到別處。也許化成了他在街上經過的一堆堆破布和骨頭。那兒有幾堆是很小的。

他找到走道上的衣櫥，拿出一條乾淨床單，換下身上那條骯髒不堪的。這回不是素色，而是印著渦卷形圖案和花。那會給克雷科人的孩子留下深刻印象。「瞧，」他們會說，「雪人長葉子啦！」他們不會就此罷休。衣櫥裡有一大落乾淨床單，整整齊齊地疊好了，但他只拿了這麼一條。他不想拿不是真正需要的東西來增加累贅。如果必要，他隨時能回來取用。

他聽見媽媽的聲音要他把髒床單扔到放髒衣服的籃子裡——舊的習慣很難改變——他卻丟在地板上，並回到樓下進了廚房。他希望能找到些罐頭，燉豆或蠶豆，人造炸小牛排，任何有蛋白質的東西；即使蔬菜也好，無論人造與否，他都會吃。但那個打破窗戶的人也將碗櫥清了一遍。一個密封塑膠容器裡裝了點乾麥片，於是他把麥片吃了；味如嚼蠟，他得嚼上半天，並喝些水沖下去。他找到三袋腰果，是子彈列車上那種零食袋包裝，他立刻狼吞虎嚥地吃光一袋；腰果不算太乾癟。還有一罐黃豆片沙丁魚。除此之外只剩半瓶番茄醬，呈暗褐色，已在發酵。

他很明智沒去打開冰箱。廚房裡的臭味有一部分就是從那傳出來的。

櫃檯式長桌下的抽屜裡有支還能用的手電筒。他拿在手裡，還有兩截蠟燭和幾包火柴。他在放垃圾的地方找到塑膠垃圾袋，把所有東西都放進去，包括沙丁魚罐頭、剩下的兩袋腰果，還有波本威士忌、肥皂及阿司匹靈。有幾把刀，都不算很利；他挑了兩把，還有一只小煮鍋。假如他能找到可煮的東西，就能派上用場。

在走道盡頭，在廚房和儲藏室之間有間小書房。寫字檯上擺著一台沒聲息的電腦，一部傳真機和印表機；裝塑膠鋼筆的筆筒，一排放參考書的書架——一本字典，一本同義詞典，由巴特・利特編纂，以及《諾頓版現代詩集》。看來樓上那個穿條紋睡衣的傢伙一定是個文字工作者；為回春真精思寫演講稿、意識形態者、編故事專家、受雇的詭辯家。可憐的傢伙，雪人想。

在一盆凋零的花和父子拍立得相框旁邊——這麼說是個男孩子，約莫七八歲——有本電話簿。首頁上潦草地寫著**修草坪**。接著是幾個小一些、淡一些的字：打電話給診所……原子筆仍然擱在上面，彷彿是從力氣衰竭的手裡滑落下來。必定來得非常突然，在那一刻染病以及意識到染病。雪人想像此人低頭看自己顫動的手，明白發生的事情。他肯定是在早期發病的，否則他不會還操心草坪。

他脖子後面又感到刺痛。他為什麼覺得他闖入的是他自己的房子？二十五年前他自己的家，他就是那個失蹤的孩子。

雪人邁動步伐，穿過因拉上窗簾而光線昏暗的客廳，走到房屋前，盤算著下一步。他得找一間罐頭藏量更豐富的房子，甚至要去購物商場找。他可以在那裡過夜，睡在架子的最上層；這樣他就能從容一點了，而且只拿最好的。誰知道？也許還會有一些巧克力。然後，當他確實解決營養問題後，他就可以朝那座圓頂屋出發，去找點槍枝彈藥。一旦有了能用的噴槍，他就會覺得安全多了。

他將木杖從破窗戶扔出去，然後往外爬，同時小心翼翼地不讓尖利的碎玻璃劃破他的新印花床單，或是割傷自己，或是割破他那只塑膠袋。他面前是片雜草叢生的草坪，阻斷通往街道的小徑，草坪上有五隻器官豬在拱著一堆垃圾，他希望那只是衣服的碎片。一隻公的，兩隻母的，兩隻幼崽。當聽到他的動靜時，牠們停下來並抬起頭。牠們看見他，那也沒什麼。他舉起木杖向牠們揮舞。通常只要這麼做，牠們便會逃跑——器官豬記性很好，而木杖的樣子很像電棒——這次牠們卻原地站著。牠們大惑不解似地對著他的方向嗅著；也許聞到他噴在身上的香水。那可能含有類似哺乳動物費洛蒙的成分，那麼他可就倒楣了。死在春情勃發的器官豬的踐踏下。多麼愚蠢的結局啊。

如果牠們發起攻擊，他可以怎麼做？只有一個選擇：忙不迭地爬回窗戶裡。來得及嗎？這些該死的東西雖然有粗短的腿，且身體臃腫，但奔跑起來卻相當快。廚房裡撿的刀就在垃圾袋裡，但它們都太短太脆弱，對於成年器官豬而言沒有多少殺傷力。就好比企圖把水果刀刺進卡車輪胎裡。

那隻公豬低下頭，拱起壯碩的脖子和肩，不安地來回搖晃著，牠正在想辦法。可是其餘的豬已開始離去，因此這一頭也覺得走為上策，並跟在牠們後面，只是邊走邊拉了一堆屎以示輕蔑和挑釁。雪人站著不動，直到看不見牠們後才小心翼翼地繼續向前，並不時回頭看。周圍布滿了器官豬的足跡。這些畜牲聰明到能佯裝撤退，然後潛伏在下一轉角。牠們會掀翻他，踩他，對他開膛破肚，並津津有味地吃掉他的五臟。他知道牠們的口味。智慧而雜食性動物，器官豬。其中一些狡詐的豬腦袋裡甚至還有人類的大腦皮層組織。

沒錯！牠們在那，就在前面。牠們正從灌木後轉出來，五隻都來了，不，是七隻。牠們朝著他的方向瞪大眼睛。轉過身或開始跑動都是錯誤的，他舉起木杖，側身原路返回。必要時他可以躲在警衛室裡直到牠們離開。然後他將找一條通往圓頂屋的迂迴路線，並保持走在邊道，那兒還有躲避的可能。

他在器官豬的注視下橫向滑步往回走，像在跳一種怪誕的舞。就在此時，烏雲從南方遮天蔽日地升騰。這不是平常的午後暴雨。太早了，而且天空透出一種發綠的黃色。那是龍捲風，規模很大。器官豬現在不見了，找地方躲起來了。

他站在警衛室外注視著捲土而來的颶風，真是壯觀。他曾看過一個業餘紀錄片導演帶著攝影機被吸進這樣的旋風中。他很想知道克雷科的孩子們在海岸邊是否安然無恙。克氏理論的這些鮮活果實若是被捲到天上或被巨浪掃進海裡，那對他來說可真是太糟糕了。但那不會發生。驚濤拍岸的時候，由落石形成的防波堤會保護他們。至於龍捲風，他們有過一次經驗。他們會退到水泥堡壘中間，他們稱為雷電之家的大洞裡，等到風暴平息。

第一波的疾風掃了過來，捲起空地上的瓦礫，閃電在雲層間穿梭。他看見那個瘦長的深色錐體，曲曲折折地垂下，黑暗便從天而降。所幸警衛室在建造時是與旁邊的安全大樓連在一塊，像地堡一樣厚實。第一陣雨澆下來時，他便低頭衝進警衛室裡。

風在狂嘯，雷在暴鳴，還有所有尚留在地面上的東西發出一陣顫動聲，像龐大的發動機裡正在運轉的齒輪。一件巨大的物體撞擊外牆。他往裡走，穿過一個又一個通道，同時在垃圾袋裡摸索著手電筒。他取出手電筒，正在摸索時，外面又爆出巨響，頭頂的燈亮了。某條先前被炸壞的太陽能電路又被炸得接通了。

他希望電燈沒有打開：對面角落裡丟著兩套生化衣，裡面已是一塌糊塗。檔案櫃被拉開，紙張撒得到處都是。看起來警衛根本招架不住，也許他們企圖阻止人們湧出大門；他回想著，本來想要強制闢出隔離區，然而肯定是反公共利益的力量——那時這股力量已席捲所有人——破門而入並搗毀了這些機密文件。他們想得太美了，他們還相信這些文件及磁片也許還有用武之地。

他強迫自己走到生化衣那，用木杖戳了戳，將它們翻身。沒他想的那樣糟糕，氣味不算太難聞，只有幾隻金龜子；所有柔軟的東西都沒有了。他沒找到武器。那些反社會分子一定拿著槍跑了，換了他也會這麼做。他當時也的確如此。

他離開後面的房間，回到有櫃檯及書桌的接待區。突然間他感到非常疲乏。他坐在一把人體工學椅上；已經很久沒坐過椅子，感覺奇怪。他決定把火柴和短蠟燭拿出來，以防燈再次熄滅。他一邊忙著一邊喝了口從鳥澡盆裡汲的水，還吃了第二袋腰果。從外面傳來風的呼號，一種不屬於世俗的嘯聲，如掙脫束縛的巨獸在怒吼。一陣陣狂風從他關上的門門縫裡鑽進來，揚起地上的灰塵；一切都在格格作響。他的手在顫抖，恐懼漸漸襲上心頭，超過他所願意承認的程度。

要是有老鼠怎麼辦？肯定有老鼠。要是淹起水來呢？會淹過他的腿！他舉起腿放在工學座椅的扶手上，將印花床單緊緊裹在身上。別指望能聽到警報器的鳴叫，風暴的聲音太大了。

偉大的人必勇於面對生活的挑戰。一個聲音在說。這回是哪個？回春電視台上某個鼓吹運動人士、穿著西裝的饒舌蠢貨。花錢請來說廢話的。這無疑是歷史教給我們的。障礙越高，跳得就越高。面對危機使你成長為真正的人。

「我沒有成長為真正的人，你這個白癡，」雪人吼道，「看看我！我已經萎縮了！我的大腦只剩葡萄那麼大！」

可是他不知道自己的大腦現在究竟有多大，是更大還是更小了，因為找不到人來做比較。他已迷失在濃霧裡，沒有基準。

燈滅了。現在他獨自待在黑暗裡。

「怎樣？」他自言自語道，「在光明中你仍是孑然一身，沒什麼差別。」但還是有差別。不過他有所準備，他沒有失去分寸。他把手電筒豎立在桌上，用火柴劃出一道微弱的火光，並點燃一根蠟燭。燭火在湍急的氣流中搖曳，仍燃燒著，在桌上投下一小圈柔和的黃色光暈，將環抱著他的屋子變成古老的洞穴，很暗卻能庇護他。

他在塑膠袋裡翻找，找出第三包腰果，撕開袋子吃了起來。他取出波本威士忌，想了片刻後便扭開蓋子。咕咕，咕咕，咕咕，咕咕，腦袋裡的卡通片繪聲繪影地放映著。烈酒。

哦，寶貝。屋角傳出一個女人的聲音。你做得很好。

「不，不好。」他說。

一陣風呼地撲向他耳朵，撲滅了蠟燭。他不用費神再去點起來，因為波本酒正發揮著力道，他寧願待在黑暗中。他能感覺到奧麗克絲拍動著輕柔的羽翅向他飄來。現在她可以隨時來陪他了。他蜷身坐在椅子裡，頭擱在桌上，眼睛閉著，沉浸在淒苦和寧靜中。

10

經過雜亂無章的四年，吉米拿到微不足道的「問題分析學」學位，從瑪莎．葛蘭姆畢業。他不指望馬上能找到工作，這點他並未錯估。好幾個星期裡，他發出去那點可憐的證明文件轉眼間又被退回，有時候上面還沾了油斑和指紋，那是某個級別低下但又有些小權的官員邊吃午飯邊翻閱這些文件時留下的。然後他把那幾頁髒的換成乾淨的，又一股腦地寄出去。

他還把在瑪莎．葛蘭姆圖書館獲得的一份暑假工作弄得一團糟。他的任務是翻看舊書，標記要銷毀的書，同時決定哪些書應以數位形式繼續留存於世，但他做了一半便丟了這份工作，因為他什麼都捨不得扔。之後他和當時的女友住在一起。她是個概念藝術家，頭髮長而烏亮，膚色淺黑，名叫亞曼達．佩因。名字是杜撰的，她對別人談自己的情況時也編造了很多；她的真名叫芭布．瓊斯。她得重新塑造自己，她告訴吉米，原來的芭布已被她那個說髒話成性、食糖過多的窮苦白人家庭磨平了（譯註：芭布〔Barb〕可能是芭芭拉〔Barbara〕的縮寫，字面上有鋒芒畢露之意，故有下文被磨平之說）。她只不過就像一件庭院裡出售的舊貨，像一副用折彎的叉子做的風鈴，或是一把三條腿的椅子。

這正是她吸引吉米之處，對於後者而言，「舊貨」是個奇特的概念。他很想修理修理她，重上一遍漆，將她翻新。「你有副好心腸。」她告訴他，那是她第一次讓他進入自己的防線。更正：進入自己的罩衫。

亞曼達在套房區有一間年久失修的公寓，與另外兩個藝術家合住，都是男的。三人都來自平民區，憑獎學金進入瑪莎．葛蘭姆，並自視要強於園區裡那些擁有特權的軟脊椎孬種，比如吉米。他們得非常堅韌，要能勇敢忍受痛苦，披荊斬棘拓出一條生路。他們聲稱擁有銳利的眼光，那是只能在現實這塊磐石上磨礪出來的。其中一人曾企圖自殺，這賦予他——他暗示說——特殊的優勢。另一人曾吸食大量的海洛因，也曾參與交易，然後才洗手不幹轉向藝術。頭幾個星期，吉米還覺得他們魅力非凡，時間久了他便得出結論，這兩人只是蹩腳的畫匠，此外還自命不凡，蠻橫無禮。

亞曼達之外的這兩人容忍了吉米，但也是有限度。為取悅他們，他不時得下廚——三位藝術家對微波爐嗤之以鼻，都各煮各的義大利麵——但他這個廚師實在不怎麼樣。有天晚上他犯了錯誤，買了一桶奧那賓斯人造雞肉球回來——街角有一家專賣店，而且若是別去理會肉是從何而來，味道還不算壞——除亞曼達，另外兩人就不怎麼理他了。

但這並沒有妨礙他倆的交談。他們津津樂道於各種他們自以為了解的亂七八糟的東西。他們像是受到某種煽動，不斷進行著單調無聊的談話，向彼此慷慨陳詞、拐彎抹角地說教，而實際上——吉米感覺——這些都是衝著他來的。在他們看來，遊戲從六七千年前發明農業的那一刻起就結束了。之後，人類的試驗便注定要失敗，先是由於食品供給達到最高值而趨向大型化工業生產，然後一旦所有可獲得的營養物質都消耗殆盡，人就滅亡了。

「那你們有答案嗎？」吉米說。他很樂於用話來刺激他們，因為他們這麼判古論今，以為自己是誰呀？對嘲諷不甚敏感的藝術家們來說，正確的分析是一回事，拿出正確的解決辦法是另一回事，而後者的缺乏並不能抹消前者。

不管怎麼說，也許沒有什麼解決辦法。他們宣稱，人類社會就是怪物，主要副產品便是屍首和瓦礫，從不吸取教訓，周而復始地犯著愚蠢的錯誤，用短暫的獲益來換取長期的痛苦。如同一條巨型蛞蝓無情地一路吃光這個星球上的所有生物，將地球的生命消滅殆盡，還像拉屎一樣到處拋撒所製造出來、很快就會被淘汰的塑膠垃圾。

「就像你們的電腦？」吉米喃喃地說，「就是你們用來創造藝術的那些？」

藝術家們不理會他繼續說道，很快，除了一系列漫長、覆蓋了這顆星球表面的地下管道外，未來將一無所有。由於地球上的臭氧層和氧氣層都已遭到毀滅，因而管道內的空氣和照明都是人工的。人們排成單列，一絲不掛地在管子裡爬行，唯一映入眼簾的就是佇列中前一個人的屁眼，他們的排泄物順著地上的孔道流出去。直到有一天，他們被一種數位化機械裝置隨機挑出來，並被吸進支線坑道，然後機器將他們碾碎，通過管道內壁上的一組乳頭形餵食器餵給其他人吃。該系統自給自足，永久性運行，且對所有人一視同仁。

「我猜這樣就不會打仗了。」吉米說，「而且大夥的膝蓋骨都厚厚的。但性生活怎麼辦？可不容易呀，像那樣裝在管子裡。」亞曼達厭惡地瞪了他一眼。厭惡，然而又是同謀；看得出她也有同樣的疑問。

亞曼達不大愛說話。她稱自己是個熱衷於圖像而非文字的人；通過圖像來思考。這讓吉米很喜歡，因為這點連結感讓他覺得受歡迎。

「我這樣做時妳看到什麼？」他問她，那是在他們最初、最熱烈的日子裡。

「花，」她會說，「兩三朵，粉紅的。」

「這樣呢？看到什麼？」

「紅花，紅色和紫色的，五六朵。」

「這樣呢？哦寶貝我好愛妳！」

「霓虹燈！」事後她對他讚嘆道，「那是花的世界。」

她那些無形的花兒很輕易地打動了他；畢竟那是對他的讚美。吸引他的還有她的屁股，胸部也貨真價實，不過——他很早就注意到——她的眼中帶著些剛硬。

亞曼達來自德州。她宣稱還能記得那裡在乾涸成為不毛之地前的模樣。若真如此，吉米想，她就比看上去要大十歲。她為一項叫做禿鷹雕塑的計畫忙好一陣子了。其原意是把動物屍體切成大塊，用卡車送到空地或廢棄工廠的停車場，排成字的形狀，等到禿鷹落下來撕扯這些肉時，從直升機上拍下整個場景。起初吸引了不少大眾的目光，同時也收到幾袋表達厭惡的郵件，和來自上帝之園丁會以及一些狂熱分子的死亡威脅。有一封信是吉米的舊室友伯妮斯寫的，言詞之激烈更甚以往。

後來有個滿臉皺紋的老傢伙資助她。他靠一系列生產心臟器官的農莊發了幾筆橫財。他給她一筆可觀的錢，以為她正在做的事絕對驚世駭俗。這樣很好，亞曼達說，因為要是沒那一大筆錢，她的藝術創作就得偃旗息鼓了：直升機得花許多錢，當然還要取得安全許可。公司安全衛隊對於空中領域極度執著。她說，他們疑心每個人都企圖從天上扔下核子彈，而在他們讓你坐租來的直升機上天前，簡直得讓他們鑽進你的褲襠看個究竟，除非你是園區裡帶著大把髒錢的富家少爺。

她用「禿鷹書寫」（她的術語）寫出的字得有四個字母。對此她費了不少心思；每個字母都要有共鳴，要有正面或負面的感召力，因此書寫的單字必須精挑細選。她的理念是「禿鷹書寫」賦予了它們生命，然後又殺死它們。這是充滿力量的過程——如同「在觀看上帝思考」，這是她在網上回答問題時說的。此時她已經做了PAIN——她在聊天室的訪談裡指出，該字是與她姓氏諧音的雙關語（譯註：PAIN，痛苦，與亞曼達的姓氏Payne諧音）——還有WHOM，接著是GUTS。與吉米在一起的那個暑假裡，她十分苦悶，因為她想不出下一個該寫什麼。

終於，吉米再也不能忍受吃通心麵，亞曼達邊咬著頭髮邊凝視著天空的情景也不能再使他春心蕩漾時，他找到一份工作。和他簽約的是名叫泉馨回春泉的企業，一個很不起眼的園區，離日益破敗的平民區非常近，幾乎也可以算是平民區。如果有其他選擇的話，沒有多少人願意在那工作，這是他去面試的那天得到的感覺；也許這解釋了面試官為何會略微露出討好的神色。他可以打賭，此前起碼有一二十名求職者看不上他們。好啊，他微笑著，似乎在用通靈術與他們對話。我大概不是你們心目中的人選，但至少我要價不高。

共有兩人參與面試，一男一女，他們說，他研究二十世紀勵志類書籍的畢業論文給了他們好印象。他們告訴他，公司的核心產品之一便是這類東西的改進版——當然不再是書了，而是DVD、光碟、網站等。可以產生超額收益的不是那些教育內容，他們解釋道，而是相應的器材，以及為獲得最佳效果所需的替代性藥品。精神與肉體齊頭並進，吉米的工作就是做精神層面的事情。換句話說，就是行銷。

「大家要的是完美，」那個男的說，「自我的完美。」

「但需要逐步指導。」女的說。

「以簡單的步驟。」男的說。

「還需要鼓勵，以及積極的態度。」女的說。

「他們想知道前因後果，」男的說，「這是可能性的藝術。不過當然，我們不做任何保證。」

「你在論文中表現了對這種事情卓越的洞察力，」女的說，「我們發現你的分析非常成熟。」

「如果你理解了一個世紀，你就理解了所有世紀。」男的說。

「但是那些形容詞都在變，」吉米說，「去年的形容詞就是最糟糕的。」

「完全正確！」男的說，彷彿吉米在電光石火的一瞬間解開了宇宙之謎。男人與他握手時幾乎要把他的手指捏碎；女人則給他親切而柔弱的微笑，這使他很想知道她有沒有結過婚。泉馨的薪水不算高，然而也許會有別的好處。

那天晚上他告訴亞曼達．佩因自己走運了。近來她為了錢一直在挑剔——或不叫挑剔，而是在交談中間故意拖長的沉默中穿插幾句尖銳的話，說什麼你應該找好分內的工作之類的，這是她的拿手戲——因此他想她聽了會高興。最近他們在床上不是特別好，實際上自從他上回錯買了人造雞肉球以來便是如此。或許他們該振作起來，用誠摯、感傷和行動為他們的關係畫上一個完美的句號。他已經在演練他的退場詞了：我不是妳要的人，妳應該能找到更好的，我會毀了妳的生活。不過要走到這一步最好是順其自然，所以他詳細地解釋了他的新工作。

「現在我可以賺錢餬口了。」他希望自己在下此結論時用的是討人喜歡但同時也認真負責的口吻。

亞曼達看不出多興奮。「你準備在哪工作？」這是她的反應；她的意思逐漸顯現：泉馨是烏合之眾，這些人的存在，只為詐騙恐懼症患者，搜刮那些焦慮、輕信的人的銀行存款。亞曼達本來有個朋友似乎與泉馨簽了五個月的合作專案，該專案吹噓可以同時治療抑鬱、皺紋及失眠。然而最近她把自己從精神崩潰的邊緣推了下去——實際上是把自己從十樓公寓的窗台上推了下去——摔落在一種南美洲樹的樹皮上。

「我可以隨時回絕，」吉米聽完這個故事後說，「我可以加入永久失業者的行列。或者，哈，我可以繼續讓人養我，就像現在。開玩笑！開玩笑！別要了我的命！」

接下來幾天，亞曼達比以往都要沉默。然後她告訴他，她在藝術上茅塞頓開了，她想出禿鷹雕塑的下一個關鍵字。

「是什麼？」吉米說，他想裝出饒有興味的樣子。

她若有所思地看著她。「LOVE。」她說。

泉馨

吉米搬進泉馨園區為他準備的低級職員公寓。臥室偏於一隅，狹窄小廚房，仿二十世紀五〇年代的家具。作為一處棲息地，它只比瑪莎．葛蘭姆的宿舍好一點，但至少不用終日與昆蟲為伍。他很快發現，從公司角度來看，他只是苦力、奴隸。他得絞盡腦汁，每天花上十個小時鑽在同義字詞典的迷宮裡，生硬拼湊出連篇廢話。然後高層對他提供的文字進行批閱，並退還給他修改，然後繼續再退還給他。*我們要的東西比這個更……要更少……反正就是不大對。*但漸漸地，他寫的東西有了進步，不管那有什麼意義。

化妝品乳液，健身器材，能將肌肉鍛鍊得如同大理石雕像那麼動人的勁力棒。使你更胖、更瘦、生長毛髮、更禿、更白、更偏棕色、更黝黑、更黃、更性感、更快樂的各種藥片。他的工作就是描繪、讚頌，展現那些產品所能——喔，不費吹灰之力！——達到的效果。希望與恐懼，意願與厭惡，這些都是他買賣的貨色，他便在這些東西上變花樣做文章。偶爾他還自創名詞——*抗張性、纖維質的、類外激素的*——但從沒被識破。他的客戶很喜歡這些用小字體印在外包裝上的各類詞語，因為它們聽起來很科學，因而頗具說服力。

他本來該為成功杜撰出這些詞語而高興，但這卻使他鬱鬱寡歡。從高層傳下來的備忘錄誇他做得好，這對他毫無意義，因為備忘錄都是些半文盲口授；只能證明泉馨上上下下無人能賞識他的聰明。他開始懂得為什麼連續殺人犯會把有用的線索寄給警察。

他的社交生活——多年來頭一次——為零，自八歲後他還沒有像這樣被擱在性愛的荒漠裡。亞曼達．佩因像失落的礁湖般，在過去的時日裡泛著微光，湖中的鱷魚現已被忘卻。他為什麼這麼隨意地拋開她？因為他有下一個目標。他對那個在泉馨面試時遇見的女子滿懷希望，但她再也沒有出現，而其他在辦公室或泉馨酒吧裡碰到的女人，要麼如同緊盯著獵物的凶惡鯊魚，要麼在感情上飢渴得連吉米都要躲避，彷彿她們是一片片泥沼。他沒出息到去與女招待調情，而連她們都對他冷眼相待。這種花言巧語的小子她們見多了，知道他是無足輕重的小人物。

在公司餐廳裡，他是新面孔，又一次形單影隻，一切得重新開始。他逐漸習慣在園區購物商場吃黃豆男孩素漢堡，或是在加班時從他的電腦終端機前拿出一盒油膩膩的奧那賓斯人造雞肉球來啃。園區每週都舉辦社交性燒烤會，是一種綜合遊樂場合，邀請所有職員參加。這對吉米而言是難熬的時刻。他沒有精力去對付那麼多人，他們從他那些幼稚而無傷大雅的傻話聽出來他是新來的；他在人群邊緣遊蕩，一邊啃一隻烤糊的豆製熱狗，一邊暗暗把視野中的每個人都撕開。鬆垂的奶頭，他在腦子裡像漫畫一樣用線條圈出想說的話。圓臉似的豆腐腦。海報中吮著大拇指的男孩。被裝在冰箱裡的女人。把奶奶賣掉。一瘸一拐的呆牛。長著氣泡狀腦袋的傻瓜。

他偶爾收到爸爸的電子郵件；也許是張電子生日卡，比他真正的生日晚到幾天，卡上是翩翩起舞的器官豬，好像他還是十一歲似的。生日快樂，吉米，願你所有夢想成真。拉蒙娜則寫給他一些輕鬆親切、不乏責任感的短信。她會說，還沒給他生個弟弟呢，但他們仍然「繼續努力」。他不願去想像這種努力過程中那些充溢著荷爾蒙、春藥及膠狀物質的場面。她說，事情如果不能「自然」發生，他們將到那些機構中的一家去試試別的方法——育嬰園、胎兒豐產房、完美寶寶，當中的一家。自從吉米來了以後，這種事情已發生很大變化（來了！似乎他不是生下來的，而是像順道串門）。她正在「調查」，因為他們要把錢花在值得的地方。

了不起，吉米想。他們將要生幾個試驗品，而如果這些孩子不能達到標準，便會被回收再利用，以生產出合格零件。直到最後，他們會得到完全符合要求的東西——在任何方面都十分理想，不但是數學天才，而且與曙光一樣美麗。接下來他們會把自己日益膨脹的殷切期望加在這個假定的神童身上，直到可憐的小傢伙不堪重壓而徹底崩潰。吉米並不羨慕他。

（他羨慕他。）

拉蒙娜邀他度假，但他不願去，於是推託要加班。這不算謊話，他漸漸地把工作看成一種挑戰：如何可以肆無忌憚地替舊詞加上荒唐的新義，同時還能獲得表揚？

過一陣子他升職了，他可以購置新玩具。他買了更先進的DVD；一件運動衫，它能靠食汗微生物在一夜間自動洗淨；一件可從袖子上顯示電子郵件的襯衫，每次有信來時還會輕輕碰他一下；根據服裝要求而變色的鞋子；會說話的烤麵包機。嗯，算個夥伴了。吉米，麵包烤好啦。他還換了一間好一點的公寓。

當境況一路往上攀升，他找到一個女人，接著又一個，之後又是一個。他不再把這些女子想成是女友：現在她們是情人。她們都已結婚或都有伴侶，背著丈夫或同伴，悄悄尋找偷情的機會，以此證明自己還年輕或作為報復。或是她們受到傷害，想尋求慰籍，或只因為她們覺得被忽視。

同時擁有幾個也沒什麼不可以，只要他能精心安排。起初他熱衷於忽然間即興的風流快活，那種祕密的氣氛，性急地把魔鬼氈撕開的聲音，卻在地板上緩慢翻滾作樂。不過很快他便體認到，對這些情人而言他只是臨時——無須認真把他當回事，而是像對待從麥片盒子裡挖出的免費兒童禮物那樣去寶貝他，他跟這些玩具一樣顏色鮮亮，討人喜歡，卻沒多大用處；是她們在真實生活中可供娛樂的角色。他充其量只是她們的消遣，她們對他的意義也是如此，儘管對她們來說賭注大了點：離異，或大打出手；至少，若被抓到的話，一場口水仗是免不了的。

有個好處，她們從不勸他要成熟點。他懷疑是自己的不成熟才使她們喜歡。她們沒有人願意離開丈夫與他在一起，或是和他逃到平民區，而且現在這也是不大可能的事。據說對於初來乍到的人而言，平民區已變得極其危險，而公司安全衛隊設在園區門口的安全檢查也更加森嚴。

這便是他之後的生活了。感覺像他受邀參加聚會，但卻不大清楚地址。一定有人在那裡，在他的生活裡玩得興高采烈；只不過，就在當下，這個人卻不是他。

以前他的身體狀況很容易維持，但現在他得加把勁。要是沒去健身館，鬆弛的肌肉便會在一夜間顯現出來，過去絕不會發生。他的體能在下降，他還得注意勁力棒的攝取量：過多的類固醇會讓那玩意兒變得不中用。雖然包裝盒上說這個問題因添加了一種專利化合物（他念不出名字）已經解決了，但他所撰寫過的外包裝文字說明已多得足以使他無法相信那些話。他太陽穴附近的頭髮日漸稀疏，雖然他做過六個星期療程的泉馨毛囊再生術。他本該明白那是騙局——廣告詞是他一手操弄的——但那廣告太迷人，連他也信以為真。他發覺自己很想知道克雷科的髮際線到哪了。

克雷科比較早畢業，修了研究所課程，然後便奔向理想前程。現在他在回春真精——最有勢力的園區之一——職位正不斷升遷。一開始，他們還通過電子郵件保持聯絡。克雷科隱約提到他正在做一個專案，他被絕對授權，可以做任何決定，無須知會大老闆。吉米該找個時間來看看，他會帶他去參觀。吉米都在忙些什麼呢？

吉米則用他們下棋時的那種方式回應他。

克雷科傳來的下個消息是皮特叔叔突然死了，死於某種病毒。不管那是什麼，反正當時情況極為糟糕。就像燒烤架上的粉紅色雪糕——立刻化成一灘液體。公司懷疑是有人在搞破壞，但拿不到任何證據。

你在場嗎？吉米問。

可以這麼說。克雷科說。

吉米想了一會兒，然後問還有沒有其他人染上病毒。克雷科說沒有。

隨著時間流逝，他們通信的間隔變得越來越長，串連的線也越來越細。他們有什麼話題呢？克雷科一定會鄙視吉米的文字苦役，儘管他仍謙恭有禮。克雷科的志向吉米或許再也無法理解。他意識到他還是把他看成過去認識的克雷科。

他越發地煩躁不安。甚至性生活也有別於過去，雖然他仍樂此不疲。他感到自己那話兒在扯著他的身子，彷彿他其餘部分只是碰巧連在另一端、完全不相干。也許讓這玩意兒獨自去闖蕩它會更開心。

在他的情人們都無法向老公或伴侶撒謊，不能溜出來跟他睡的晚上，他會到購物商場去看電影，只為讓自己相信他是人群中的一分子。或者他看新聞：更多瘟疫，更多饑荒，更多洪水，更多昆蟲或微生物或小型哺乳動物爆發，更多旱災，遙遠國度裡更多童兵的戰爭。為什麼一切都與昔日無太多差異？

平民區如往常一樣發生政治謀殺，有如往常一樣的奇怪事故、無法解釋的失蹤案件。或許還有性醜聞，性醜聞總是讓新聞播音員激動莫名。一會兒是體育教練對小男孩幹的事，然後又有一些少女被關在車庫裡。據說——據關她們的人說——這些女孩正做著傭人的工作，是從她們骯髒、原始的國家被帶過來尋求幸福的。把少女們關在車庫裡是為了保護她們，這些被迫上法庭為自己辯護的人說——他們都是受人尊敬的人，會計、律師、經營戶外家具的商人。他們的妻子往往力挺丈夫。妻子們說，這些女孩子幾乎是被收養的，差不多像家庭成員般地被接納。吉米喜歡那兩個詞：幾乎、差不多。

女孩們則另有說法，並非所有說法都取信於人。有的說她們被下了藥。她們被逼表演下流動作，表演地點也令她們很難受，比如在寵物店。有人用橡皮筏載著她們划過太平洋，把她們裝進輪船偷運過來，藏在成堆的豆製品裡。她們被迫幹著褻瀆神聖的勾當，包括像爬行動物一樣地趴在地上活動。另一方面，有些女孩則滿意目前的處境。她們說，車庫不錯，比老家住的地方好，吃飯有保障。工作不算太累，她們拿不到報酬，哪兒都不能去，確實是的，但這沒什麼稀奇，她們也不意外。

其中有個女孩——人們發現她被關在舊金山一個有錢藥商住所的車庫裡——自稱曾拍過電影，但很高興被賣給她的主人，他是在網上看見她的，很替她難過，並親自帶了大把現金來救她，帶著她坐飛機飄洋過海，並允諾一等她的英語足夠好了就送她上學。她不願說這個男人的壞話；她看上去很單純，很誠實，很真摯。當問及車庫為什麼要上鎖時，她說這樣壞人就進不來了。當問及她在那幹什麼時，她說她學英語、看電視。當問及對關她的人有什麼想法時，她說永遠感激他。訴訟程序在她的證詞面前無能為力，那傢伙得以逍遙法外，不過他們勒令他立即送她上學。她說她想學兒童心理學。

螢幕上放映她的特寫鏡頭，她那美麗貓兒似的臉龐，她清秀的笑容。吉米覺得認識她。他將她的圖像定格，然後翻出原來那份列印文件，他十四歲時印的那張——不管他搬到哪裡都帶著，幾乎成了他的家庭照片；他不拿出來看但一直沒有丟掉，而是把它和瑪莎．葛蘭姆學院的成績冊夾在一起。他比較著兩張臉，時間隔得很遠了。那個女孩，列印文件中那個八歲的小姑娘，現在應該十七八九歲了，而新聞裡播放的這一位看起來小很多。然而其神情卻別無二致：同樣混合著純真、輕蔑與理解。這使他頭暈目眩，幾乎不能保持平衡，似乎站在懸崖邊，下面是亂石峽谷，低頭看一眼都很危險。

無力

公司安全衛隊從沒放過吉米。在瑪莎．葛蘭姆時他們定期把他拉去進行所謂的短談，一年四次。他們問他已問過不下十餘遍同樣的問題，只為了確定答案是否相同。我不知道是吉米能想出的最安全的話，大多數時候事實也的確如此。

一段時間後他們開始讓他辨認照片——針孔攝影機拍下的定格畫面，或一些黑白照，像是他們從平民區銀行的自動取款機旁的閉路攝影機帶子或各頻道的新聞（示威、騷亂、行刑）剪下的。他們想知道他是否能認出一些面孔。他們把他接上測謊儀，這樣即便他裝作一無所知，他們也能捕捉他所無法控制的神經電流的動作。他等著有關馬里蘭州那起快樂杯事件的影像出現，就是有他媽媽的那次——他很害怕——但那畫面從沒有出現過。

他很久沒收到外國明信片了。

他到泉馨工作後，公司安全衛隊似乎把他忘了。然而不是這樣，他們只是在放長線釣大魚——看看他，或者他母親會不會利用他的新職位，他這點額外的自由，試著再次取得聯繫。過了一年左右，又響起熟悉的敲門聲。他總能知道那是他們，因為他們從來不會先用內部對講機，他們一定另有門路進來，對大門密碼更是不屑一顧。嗨，吉米，過得怎麼樣，我們只須問幾個問題，看你能不能給點幫助。

當然，樂意效勞。

好小子！好極了！

問題就開始了。

他在泉馨的第——是第幾個？——五個年頭時，他們終於得逞了。那時他已看了兩個鐘頭的照片。發生在大洋彼岸某貧瘠山區的叢林戰照片，陣亡的外國傭兵的特寫，男女都有；一組援助人員在某遙遠的塵土飛揚的饑荒災區遭到饑民的毆打；一排柱子上的首級——公司安全衛隊說，那是在以前的阿根廷。不過他們沒說這些頭顱是誰的，以及為何會在柱子上。幾個女人走過超市的出口收銀台，都戴著墨鏡。在突襲上帝之園丁會成員的一個安全藏身處後，躺在地板上的十幾具屍體裡——該機構現已成為非法組織——其中一個非常像他過去的室友，縱火成性的伯妮斯。他以合作的態度說，他們拍拍他的肩膀以示表揚，但顯然早就知道，因為他們不感興趣。他很為伯妮斯難過：她是個瘋子、討厭鬼，但罪不至死。

從薩克拉門托監獄調來一批嫌犯的臉部照片。一起自殺性汽車炸彈元凶的駕照相片（如果車已炸掉了，他們又是怎麼得到駕照的？）。平民區裡一家豔情表演酒吧裡三個沒穿褲子的女招待——他們將這張照片塞進來是為了好玩，也確實引起神經監視器上的波動，要不這樣倒是反常了，於是響起一陣咯咯笑聲。一個騷亂場面，吉米認出來那是重拍的電影《科學怪人》裡的鏡頭。他們總是這樣加點惡作劇在裡面，好讓他打起精神。

然後又是一組嫌犯臉部照片。不認得，吉米說。不，不，誰都不認得。

接下來似乎是個普通的行刑場景。沒有人胡鬧，沒有犯人掙脫，沒有髒話：這些使吉米在看到犯人之前就知道，他們要幹掉的是個女人。然後那人身穿寬大的灰色囚服，拖著步伐走過來，頭髮束在後面，戴著手銬，眼睛被蒙住，兩邊各有一女警衛。準備用噴槍來執行。不需要用到一個班的行刑隊，一把噴槍就足夠，但保留過去的慣例，五人站成一排，這樣劊子手就會搞不清是誰的子彈殺了犯人，而不會煩惱得睡不著了。

槍決僅適用於謀反罪。否則只須用毒氣、絞刑或電刑。

有個男人聲音，攝影鏡頭外的說話聲。公司安全衛隊把音量調得很低，因為他們想讓吉米專注在畫面上。但一定是命令，因為警衛們取下了遮眼布。一個特寫鏡頭：那女子直視著他，目光從畫面上直刺出來：蔚藍色的眼神，直率、挑釁、忍耐、受到傷害；然而沒有眼淚。接著音量突然被調高。再見。別忘了「殺手」。我愛你。不要讓我失望。

毫無疑問，是他母親。她的蒼老讓吉米震驚：皮膚皺起，嘴唇也變得乾枯。是由於亡命生涯的艱辛嗎？抑或受到虐待？她落入他們的掌控、被監禁多久了？他們對她做了什麼？

等等，他想叫，但那無濟於事，鏡頭拉了回來，眼罩重又蒙上，嚓嚓嚓。差勁地瞄準，鮮紅色噴湧出來，他們幾乎打掉她的腦袋。她委頓在地上的遠鏡頭。

「有什麼情況嗎，吉米？」

「沒有，抱歉，沒什麼。」她怎麼知道他會看到？

他們一定察覺到他心跳異常，那能量的湧動。幾個不痛不癢的問題——「來杯咖啡？要去洗手間嗎？」——之後，一個公司安全衛隊說：「這個『殺手』是誰？」

「殺手——」吉米說。他開始放聲大笑。「殺手是一隻臭鼬。」好了，他說出來了。另一次背叛。他情不自禁。

「不是好人，嗯？騎飛車的？」

「不是，」吉米說，他還在笑，「你們不明白。是一隻臭鼬，浣鼬，一隻動物。」他頭向下擱在雙拳上，帶著笑聲哭泣著。她幹麼要把殺手牽扯進去？這樣他就明白真是她了，這就是原因。這樣他便會相信她。但她說不要讓她失望是什麼意思？

「我們很難過，孩子，」兩個公司安全衛隊中年長的一個說，「我們只是要確認一下。」

吉米當時沒想到要問行刑的時間，當他想到時也許已是好幾年後了。要是這整個過程是假的呢？甚至可能是電腦合成；那些鏡頭，那噴湧的鮮血、那倒地的動作，全都可以模擬。說不定他媽媽還活著，說不定她還沒被抓。如果是這樣，他有沒有洩漏什麼？

接下來的幾星期是他記憶中最難挨的。太多東西重返他的意識中，太多他已失去的——或更悲哀的是——他根本沒擁有過的。所有這些都消耗著時間，而他甚至不知道是誰消耗的。

他總是難捺心頭的憤懣。剛開始時他去找他那些形形色色的情人，但他跟她們在一起時喜怒無常，不再能夠討她們的喜歡，更糟的是，他對性失去興趣。他不回答她們的短訊——出了什麼事，是我做錯了什麼，我能幫什麼忙——也不回她們的電話：不值得解釋。若在過去，他會把媽媽的死演成一齣心理劇，並獲得一些同情，但現在這不是他想要的。

他想要什麼？

他去園區裡供單身男女幽會的酒吧；尋不到樂趣，那兒的女人他大都認識，他不渴求她們的欲望。他重新打開色情網頁，發覺它已不再有過去的光彩：變得重複、機械、失去了往日的誘惑力。他在網上搜索熱童的網址，希望某種熟悉的東西能使他少些孤獨，但那不復存在了。

現在他開始在夜晚獨飲，這不是好現象。他不應該這麼做，這只會使他抑鬱，可是他需要緩解痛楚。什麼痛楚？裸露傷口的痛楚，他戰鼓上的薄膜被捅破了，他猛力擂擊那面鼓以對抗宇宙的巨大冷漠。大鯊魚的嘴，這宇宙。一排又一排的利齒。

他明白自己正踉踉蹌蹌地走著，努力想穩住腳步。他生活中的一切都是暫時的，都沒有根基。語言本身已失去固態特性，變得稀薄、不確定、滑溜，成為一層半流質的薄膜，他就在上面滑行，如同裝在盤子裡的一顆眼球。然而這是一顆仍能觀看的眼球。麻煩就在這。

他記得自己在少年時期是無憂無慮的。沒有憂慮，又厚臉皮，輕快地躍過事情的表面，吹著口哨行進在黑暗中，什麼困境都能應付。眼不見心不煩。現在他發現自己退縮了，最小的困難都成為最大的障礙——一隻不見的襪子，一把卡住的電動牙刷。甚至連日出都刺得他睜不開眼。有張砂紙在打磨著他全身。「抓緊呀，」他告訴自己，「找個能使力的地方，把自己往前推，向前進，造就一個新的你。」

多麼積極的口號，多麼枯燥的鼓動宣傳，多麼噁心。他真正想要的是復仇。但找誰尋仇，又為了什麼？即便他有這個力量，即便他可以聚精會神全力以赴，也絲毫不能改變什麼。

在最苦悶的夜晚，他會把鸚鵡艾力克斯喚出來，牠早就死了，但仍在網上踱著步、說著話，看著他徘徊。訓練員：那個圓球是什麼顏色，艾力克斯？那個圓球？艾力克斯歪著腦袋思考：藍色。訓練員：好孩子！艾力克斯：軟木花生，軟木花生！訓練員：喏，給你！於是艾力克斯得到了一塊圓玉米餅，這不是牠想要的，牠想要一粒杏仁。看這節目會讓吉米熱淚盈眶。

他熬到很晚才去睡覺，上了床他就直挺挺地盯著天花板，溫習他那些廢棄詞表，在其中尋求慰藉。挖穴小手鏟、失語症、胸犁、謎語、狹航道。如果鸚鵡艾力克斯是他的，他們會成為朋友、哥兒們。他會再教牠一些單字。喪鐘、輕武器步兵隊、嗚呼。

然而，在這些詞中再也找不到安慰，裡面什麼也沒有。搜集並擁有這些他人已忘卻的字不再能給吉米樂趣；就像把自己的乳牙藏在一只盒子裡。

即將入睡時，他的眼底會出現一排隊伍，從樹蔭裡移到左邊，越過他的視野。年輕苗條的女孩擺動著纖纖玉手，秀髮用帶子束著，頭戴五彩花環。視野是綠色的，但並非一派田園風光：女孩們處於危難中，需要營救。林子後面有某種東西，隱現著殺機。

或許危險就在他體內，也許他就是危險。一隻尖牙利齒的動物從他腦內一幽深的洞穴裡向外張望。或許這些女孩本身就很危險，這種可能一直存在。她們說不定是誘餌、陷阱。他明白她們比看上去要大得多，也強悍得多。和他不同，她們有著無情的智慧。

女孩們很平靜，肅穆而凝重。她們會看著他，會盯著他，會認出並接納他，接納他的憂傷。然後她們會展顏一笑。

哦親愛的，我了解你，我懂得你，我知道你要什麼。

11

器官豬

吉米在他五歲時住過的房子的廚房裡，坐在餐桌邊。已是午飯時間，面前的盤子裡有一片圓麵包——用花生醬畫成的臉上有用亮亮的果醬畫出的微笑，葡萄乾做的牙齒；這些東西使他厭惡，媽媽隨時都會進來。可是不對，她不會來：她的椅子是空的。她一定為他做好了午飯，留給他吃，但她去哪了，她在哪裡？

有一陣抓扒聲，從牆那邊傳來，牆的另一邊有人，正要挖個洞闖進來。他看了看牆，在那個用各種鳥標示出不同時刻的鐘下面。呼呼，呼呼，知更鳥鳴唱道。是他把鐘改裝了——貓頭鷹說呱呱，呱呱，烏鴉說別趴，別趴。可是他五歲時並沒有那個鐘，是後來買的。有什麼不對勁，時間不對勁，他說不出是怎麼回事，他害怕得全身癱軟。牆上的灰泥開始坍塌，他醒了。

他恨這些夢。現在的情形不用過去來攪和已經很糟了。活在此時此刻。他將這句子寫在一張贈送的日曆上，送日曆的公司謊稱其產品可以提高女性性欲。為什麼要把身子跟鐘錶聯想到一塊呢？你能夠打破時間的桎梏，等等，等等。日曆上畫了一個長了翅膀的女人，從一堆骯髒、全是褶皺的破布，也可能是舊皮膚上飛了起來。

那麼現在就是了，此時此刻，他所應該生活的時刻。他的頭靠著硬物，身體塞在椅子裡，全身起了一陣強烈的痙攣。他伸直四肢，疼得大叫起來。

他花了一分鐘才平靜下來。噢對了——龍捲風、警衛室。一片死寂，沒有風吹，沒有呼號。現在是下午或是晚上，第二天早晨？屋裡有光，日光，是從櫃檯上方的窗戶照進來的，裝有內部對講機的防彈玻璃窗。很久很久以前，曾經有段時間，你得對著這個裝置陳述來意。讓你遞送微碼文件的投信口，二十四小時攝影機，做成笑臉形狀、讓你問問題及回答問題的傳聲器——整個裝置都被擊毀了。可能是手榴彈，許多碎磚塊落下。

那抓扒聲還在繼續。屋角有東西，最初他沒有認出來，有點像是頭蓋骨，後來看出來是隻地蟹，有黃白相間的圓形甲殼，大小如一顆萎縮的頭，還有一隻巨大的鉗子；正在瓦礫堆裡挖出越來越大的洞。「你在搞什麼鬼啊？」他問，「你應該在外面破壞花園。」他把空波本酒瓶朝牠扔去，沒有砸到，瓶子碎了。真是蠢，弄得一地碎玻璃。地蟹猛然轉身面對著他並舉起大鉗子，然後退進挖了一半的洞裡，坐在那瞧著他。牠也是到這來避風的，和他一樣，找不到出去的路。

他從椅子站起身，先查看地上有沒有蛇、鼠等他不願踩到的東西，然後把蠟燭和火柴丟進塑膠袋，小心地順著通往前門櫃檯的通道向前走。他關上背後的門：他可不想受到螃蟹從後面襲擊。

快到出口時他停下來查看四周情況。除了三隻烏鴉棲息在城牆上，沒有其他動物。牠們呱呱地相互交談，話題大概關於他。天空是清早那種如珍珠般的灰粉紅色，幾乎沒有一絲雲朵。自昨天以來，整體景觀已重新布置過：從沒有那麼多脫落的金屬碎片，那麼多連根拔起的樹。泥濘的地上密布著樹葉和殘破的苔蘚。

假如現在出發，就可能在上午十點左右到中央購物商場。儘管他的肚子咕咕叫，他還得等到達後才吃早餐。他希望還有些腰果剩下，但只有黃豆男孩沙丁魚，那是他留著作為最後存糧的。

空氣清涼而新鮮，聞夠了警衛室裡潮濕腐敗的氣味後，被壓碎的枝葉芬芳就是奢侈的款待。他愉快地呼吸著，然後朝購物商場走去。走了三個街區後，他停下腳步：七隻器官豬忽然冒出。牠們盯著他，耳朵向前豎著。是昨天那群嗎？牠們在他注視下不急不徐地向他靠近。

牠們打定了主意，好吧！他掉頭向警衛室退去，並加快步伐。牠們還離得很遠，如果需要的話，他可以跑。他回頭看了看：牠們現在開始小跑了。他加快速度慢跑起來。接著他看見前面另外一群器官豬進了大門口，正穿越「無人地帶」衝著他過來。牠們差不多抵達大門口，擋住他的去路，兩群豬彷彿事先謀畫好了；牠們似乎早已知道他躲在警衛室裡，並一直等著他出來，而且要等他出來得夠遠，以便包圍他。

他到達警衛室，穿過走廊，把門拉緊，門關不緊，電子鎖必然失靈了。

「果然！」他吼道。牠們會把它拱開，用蹄子或鼻子撬。這些器官豬向來是脫逃大師；如果牠們有手指，便可以統治世界。他奔進下一段通往接待區的走廊，砰地關上門。還是鎖不上，哦一點都不意外。他把剛剛睡過的長桌猛推過來頂住門，並從防彈窗向外張望：牠們來了。牠們用鼻子把門頂開，現在牠們已進入第一間屋子，有二三十頭，公的母的都有，但公豬居多，牠們湧入房間，發出渴望的嘟噥聲，嗅著他的足印。現在其中一隻透過窗戶看見他。又是一陣嘟噥：現在牠們都在看他。牠們看見的是他的頭，牠們知道與頭相連的是一塊等著被享用的美味肉餡餅。最大的兩頭，兩隻長了——沒錯——尖利獠牙的公豬並排衝向門，用肩撞擊著。這些器官豬懂得團隊合作。牠們有得是肌肉。

如果推不開門牠們就會等他出來。牠們會輪流上陣，有的在外面吃草，其餘的守著門。牠們將堅持下去，讓他餓得就範。牠們能聞出裡面有他的氣味，聞出他的肉香。

現在他回頭尋找那隻地蟹，牠不見了，一定是退回地洞裡。那也正是他需要的，自己的地洞。一個地洞，一副甲殼，一對鉗子。

「好了，」他大聲說，「下一步該怎麼辦？」

親愛的，你完蛋了。

經過一段什麼也沒有發生的空白後，雪人從椅子站起來。他記不得何時坐在椅子上，但他一定是坐下了。他的內臟在抽搐，他一定非常害怕，雖然他沒有這種感覺，他很鎮定。經過另一側外力的撞擊，門移動了；不用多久，器官豬就會闖進來。他從塑膠袋裡取出手電筒打開，走向躺著兩個穿生化衣的死人的房間。他四處照著。有三扇緊閉的門，昨晚他應該看到了，但那時他並沒有打算出去。

他試著打開這些門，有兩扇文風不動，應該是鎖住或從門外被擋住了。第三扇門很輕易地打開，裡面的樓梯給他一線希望。是一道很陡的樓梯。他突然想到器官豬腿短肚肥，和他正相反。

他急急忙忙爬上梯子，以致被自己的印花床單絆了一下。身後傳來激動的嘟噥聲和尖叫聲，接著桌子轟然翻倒。

他出現在一塊明亮的長方形空間裡。什麼地方？瞭望塔？當然，他早該知道。主門兩邊各有一座瞭望塔，其他瞭望塔分布在防禦牆的各個地段。塔內有探照燈、監控攝影機、擴音喇叭、大門出入控制鎖、催淚瓦斯噴槍、遠端噴槍。是的，螢幕全在這，控制台也在這：找到目標，鎖定，按下開關。不需要知道結果，不用看血肉橫飛的真場景。在那段混亂不堪的時間裡，當警衛們還有力氣，當下面還有人群時，警衛們大概就是從此處向人群開火。

然而，這些高科技的玩意兒現在沒有一樣能用。他尋找人工作業的後備武器——要是能居高臨下把這些器官豬都射死就好了——但是沒有，什麼也沒有。

死氣沉沉的螢幕牆旁邊有扇小窗：他從那向下看了一眼器官豬，就是把守在警衛室外的那一群，牠們悠閒地張望著。假如牠們是人，也許是在邊抽菸邊閒扯，但並沒有放鬆警惕，觀察著周圍。他把頭縮回來：他不想讓牠們看見，知道他在上面。

這並不是說牠們還不知道，牠們應該已猜出他爬上樓梯。但是否也明白已經困住了他？因為他看不到還有其他出路。

他暫時沒有危險——牠們不會爬樓梯，否則早就上來了。還有時間可以四處查看並重新組隊。重組？真是個愚蠢念頭，這裡只有他一人。

此處一定是警衛輪流打盹的地方：旁邊房間裡有兩張行軍床。床上沒人，沒有屍體。也許警衛也像所有其他人一樣企圖闖出回春真精。可能他們也希望跑得比感染的速度快。

有張床收拾整齊，另一張則沒有。數位聲控鬧鐘仍在那張沒收拾的床邊閃爍。「幾點了？」他問它，但沒有回答。要讓它聽他的聲音行事需要重設程式。

這些傢伙裝備精良：兩套家庭劇院設備，配有螢幕、播放器、耳機。掛在鉤子上的衣服，標準的休閒夏裝；用過的毛巾放在地板上，還有一隻襪子。其中一個床頭櫃上有十多張下載的列印文件。一個全身赤裸乾瘦的女孩，只穿了高跟涼鞋倒立著；一名金髮女郎在從天花板上垂下來的鉤子上晃蕩著，穿了黑色皮革、有許多裂口的緊身衣，眼睛被蒙住，嘴卻鬆弛而滑稽地張開，像在說著「再揍我吧」；一個高大的女人，露出隆乳過的巨大乳房，搽了鮮紅濕潤的唇膏，彎著腰伸出穿了舌環的舌頭。老套。

這些傢伙一定走得很匆忙，也許樓下穿生化衣的就是他們，這很合理。不過看來這兩位離開後沒人來過；或者即便有人來過，也沒什麼東西好拿。

床頭櫃的一只抽屜裡有包香菸，只抽了兩根。雪人彈出一根——有濕氣，若是能找到口袋裡的碎棉屑他都願意抽——並四處找可以點火的東西。他的垃圾袋裡有火柴，袋子呢？一定是匆匆忙忙上這時把它丟在樓梯上。他回到樓梯井並向下看。袋子就在那，在倒數第四個台階處。他小心謹慎地開始向下走。就在他伸出手時，有東西猛撲過來，他向上跳到那東西搆不著的地方。再回頭只見一隻器官豬順著樓梯滑了回去，然後又向上衝來。牠的眼睛在昏暗的光線中亮晃晃的，他覺得牠在咧著嘴笑。

牠們在等著他，用垃圾袋做誘餌，牠們猜到袋子裡有他需要的東西，他會下來取。狡猾呀，真狡猾。當他登上最後一級階梯時，他的腿在顫抖。

休息室通往一間小浴室，裡面有真正的馬桶。他剛好很需要：驚恐使他漲滿了。他解放了——有紙，一個小小的恩惠，不需要找樹葉了——正要準備沖水時想到水箱一定是滿的，而他很需要水。他掀起水箱蓋，沒錯，滿滿的，一方迷你綠洲。水色發紅，但氣味正常，於是他把頭伸下去牛飲了一番。經過這些折騰後他處於極度乾渴的狀態。

現在他覺得好些了。沒必要驚慌失措，還沒到驚慌的時候。他在小廚房找到了火柴並點燃香菸。吸了幾口後他覺得有些頭暈，但感覺仍十分美妙。

「如果你九十歲了，你有機會再幹一次，但你明白這會要了你的命，你還會幹嗎？」克雷科曾問過他。

「一定會。」吉米說。

「色胚。」克雷科說。

雪人檢查櫥櫃時發現自己在輕聲哼唱著。方形巧克力，真巧克力。即溶咖啡、奶精、白糖各一罐。抹在餅乾上的蝦醬，人造合成的，但還嚥得下去。一條乳酪製品，美乃滋，雞汁蔬菜麵條湯，裝在密封塑膠袋裡的餅乾，還有不少勁力棒。好豐富呀。

他鼓起勇氣，打開冰箱。心想，這些人不會儲存太多真正的食物，所以那腐臭味不會太讓人受不了，最壞的情況就是冷凍的肉融化變質走味。他之前在平民區裡各家翻箱倒櫃時見多了。

沒什麼太難聞的氣味，僅有皺縮的蘋果、表面長了灰毛的橘子，兩瓶啤酒，還沒打開——真正的啤酒！瓶子呈棕色，是那種重新流行的細頸瓶。

他打開一瓶，喝下一半。溫的，但誰在乎？然後他坐在桌子旁吃蝦醬、餅乾、乳酪、美乃滋，最後還吃了一勺混和了咖啡、奶精和白糖的粉末。他把雞湯麵條、巧克力及勁力棒留下來等以後再吃。

他在櫥櫃裡找到一台充電式收音機。他還記得每當有龍捲風或洪水等會干擾電路的災害時，就會分發下來。當他的父母還是他的父母時就有一台，他常常偷偷地玩。收音機上有個把手，轉動把手就能充電，可以用半個小時。

這台看起來沒有受損，於是他試著轉動把手。他不期待能聽見什麼，但期待與希望是兩碼子事。

空白的噪音，還是空白的噪音，仍然是空白的噪音。他試了試中波，接著再試調頻。什麼也沒有，只有那種雜訊，像是星光劃過外太空時發出的聲音。扣扣扣扣扣。然後他又調了調短波，他轉得非常仔細且緩慢。也許在其他國家，遙遠的國度裡，尚有逃過此劫的人——紐西蘭、馬達加斯加、巴塔哥尼亞——諸如此類的地方。

可是他們逃不過的，或者說大多數人都逃不過。一旦開始，便是通過空氣傳播。欲望和恐懼存在於宇宙間，他們充當了掘墓人。

扣扣扣扣扣。扣扣扣扣扣。扣扣扣扣扣。

喔，跟我說話吧，他祈禱。說點什麼，只要說說話。

忽然有人回答了。是說話聲，人類的聲音。不幸的是一種他聽不懂的語言，像俄文。

雪人不敢相信自己的耳朵。這麼說他不是唯一的人——有其他人存活下來，與他同一物種、懂得使用短波發射機的人。而且有一個，就可能有其他人。但這一位卻幫不上雪人的忙，他離得太遠。

豬頭！他把民用電台忘了，那是在緊急情況下應該用的。如果附近有人，就會使用民用電台頻道。

他旋轉著調節器。接收，那是他準備試的。

扣扣扣扣扣。

接著，微弱地傳出男人的聲音：「有誰聽到我了嗎？有人嗎？你聽到我了嗎？完畢。」

雪人胡亂摸索著那些按鈕。怎麼發送呢？他忘了。那鬼東西在哪裡？

「我在這！我在這！」他嚷著。

再調回接收，沒聲音了。

很快地他有了另一個想法。他是否太不經大腦了？他怎麼知道那頭是誰？十有八九是他不願見到的人。儘管如此，他還是充滿希望，甚至是歡欣鼓舞。現在有了更多的可能性。

防禦牆

雪人魂不守舍——被興奮、食物、電台裡的聲音——甚至忘了腳上的劃傷。現在那傷口在提醒他，他感覺有東西在戳他，像是一根棘刺。他在餐桌旁坐下，將腳盡量舉高以便仔細檢查。好像有片狹長的波本酒瓶玻璃嵌在裡面。他又摳又擠，希望能有把鑷子或長指甲。終於他抓住那塊細小碎片，並把它拔出來。很疼但沒流多少血。

一取出玻璃片他立即倒了些啤酒沖洗傷口，然後一瘸一拐地進了浴室並在藥櫃裡翻找。沒什麼有用的，只找到防曬油——對傷口沒用——一點過期的抗生素類藥膏。他把藥塗在傷口上，還有個瓶子裡剩一點點刮鬍水，聞起來像人造檸檬味。他把這個也倒在腳上，因為當中應有酒精成分。也許他應該四處搜尋一些清洗創傷的紗布條之類的東西。但他不想活動太多，以免整個腳跟都綻裂開來。他只得把雙手交握，祈求好運。感染的腳會馬上使他的行動變得遲緩。他真不該那麼長時間不處理傷口，樓下地板上一定有很多細菌。

傍晚，他透過瞭望塔狹長的窗口看日落。當十部攝影機的螢幕都開放時一定很壯觀，可以看到全景，可以調高色彩亮度，使紅色更鮮豔。嘴叼大麻菸，靠椅背坐著騰雲駕霧。而今，所有螢幕都沒了生氣，他只能湊合著去看真實的景色，只有這麼狹長的一條，橘紅色，接著是火鶴鳥的顏色，然後是稀釋的血紅，然後是草莓霜淇淋，一直延伸至太陽所在之處。

在越來越淡的粉紅色光線中，在一樓等著他下去的器官豬看上去像小型塑膠雕像，兒童玩具盒裡的鄉村生活複製品；透著玫瑰色的天真無邪氣息，跟隔著一段距離的東西一樣，難以想像牠們會加害於他。

夜幕降下。他躺在臥室裡的那張收拾好的床上。我現在躺的地方是一個死人睡過的，他想。他從沒見到他來，他沒有絲毫線索。吉米就不一樣，他知道來龍去脈，應該能預見卻沒有。要是我早點殺死克雷科，雪人想，會有什麼不同嗎？

這裡極為悶熱，儘管他已設法撬開緊急通風口。他無法立刻入睡，便點起一根蠟燭——蠟燭放在一個有蓋子的鐵盒裡，那是緊急用品，應該學會用它們煮湯的——接著又點了一支菸，香菸沒再使他頭暈。所有他養成的習慣都留在他身體裡，像沙漠裡的花一樣沉睡著。一旦有合適的條件，他那些舊習慣便都要盛放開來。

他翻著那些色情網站的列印文件。這些女人不是他喜歡的類型——太凹凸有致，整容得太厲害，太沒有情調。太多挑逗的眼神和太濃重的睫毛膏，太多母牛舔舌般的姿勢。他的反應是驚愕，而不是淫欲。

更正：帶了驚愕的淫欲。

「你怎麼能這樣，」他不是頭一次這樣喃喃自語了，同時他在腦中正和一個應召女郎做愛，這個妓女穿著紅色中國絲質肚兜及六英寸高跟鞋，屁股上刺了一條龍。

喔寶貝。

他在這間燠熱的小屋裡做著夢，又是他媽媽。不，他從來沒夢見過他媽媽，只夢見她的缺席。他在廚房裡。風在耳邊呼嘯，一扇門關上。她的睡袍掛在鉤子上，紫紅色，空蕩蕩的，很嚇人。

醒來時他的心跳得很劇烈。他想起她走後他穿過那件睡袍。上面依然留存著她的氣味，她曾用過的茉莉花香水。他在鏡子裡打量自己，脖子上是男孩的頭顱，老練而冰冷的凝視，脖子下裹著女性色系的織物。那一刻他是多麼恨她。他呼吸困難，因仇恨而窒息，憤懣的淚水滾過臉頰。他仍一直用雙臂環抱著自己。

她的雙臂。

睡前他把聲控數位鐘設定在黎明前一小時，心裡還猜想著那該是幾點。「快起床吧，」鬧鐘用充滿誘惑的女聲說，「快起床吧。快起床吧。」

「停。」他說，它停住了。

「需要音樂嗎？」

「不。」他說，儘管他受到誘誘，想躺在床上和鐘裡的女人交流一下——幾乎算是談話——今天他得採取行動。他離開海岸、離開克雷科人已多久了？他掰著手指頭算：第一天，徒步走到回春真精、龍捲風；第二天，被器官豬困住了。那麼這應該是第三天。

窗外是一片灰色亮光。他對著廚房水池撒尿，從馬桶水箱裡潑點水在臉上。昨天他不該沒煮就喝。現在他燒開了一鍋——瓦斯桶裡還有瓦斯——並洗了洗腳，傷口周圍有些發紅，沒什麼好大驚小怪。他替自己調了杯即溶咖啡，加了很多糖和奶精。他吃了一根三種水果味的勁力棒，品嘗著熟悉的香蕉以及甜香草的滋味，並感到能量翻騰。

水瓶在昨天奔波的路途中掉了，不過想到裡面可能會有的東西也無所謂了——鳥糞、孑孓、線蟲。他用一隻空啤酒瓶裝滿煮開的水，從臥室裡翻出統一分發的微纖維洗衣袋，他把水、所有能找到的糖以及六根勁力棒裝進去。他搽了防曬油，並把剩下的也裝起來，然後穿上卡其布襯衫。還有一副太陽眼鏡，於是他把原來那副只有一個鏡片的扔了。他拿著一條短褲比著，但腰圍太大也短得無法保護腿背，於是他仍用那條印花床單，將它對摺，像紗籠那樣打個結繫在腰上。想了一下，他又解下摺好裝進洗衣袋：在路上也許會被東西鉤住，他可以晚點再穿。他補充了不見的阿司匹靈和蠟燭，還將六小盒火柴、一把水果刀以及那頂酷似紅襪隊棒球帽統統扔進袋子裡。他不想在大逃亡途中把這頂帽子弄丟。

好了。不算太重，該殺出重圍了。

他試著去砸廚房窗子——他可以用撕成一條條的床單綁成的布條降從那到園區防禦牆上——可是不幸的是，那是防彈玻璃。俯瞰大門的那扇狹窄的窗戶則根本不可能，即使他爬得出去，也會降落在一群垂涎的器官豬之中。洗手間裡還有一扇開得很高的窗，但也在器官豬頭頂上。

經過三個小時的苦力，先利用廚房梯凳、瓶塞鑽、餐刀，最後又借助於他在儲藏櫃後面找到的槌子、電動螺絲刀，他終於拆開緊急通風道，並將內部機械裝置搬出來。通風道如煙囪一樣垂直向上，然後彎到側面。他想自己應該夠瘦可以鑽過去——半飢餓狀態也不無好處——如果卡住了，他將死得痛苦而離奇。卡在通風口裡蒸熟了，非常滑稽。他將自己臨時做成的繩子一端綁在餐桌腿上——幸好桌腿是用螺栓固定在地上——然後把其餘的繩子纏在腰上。他把補給袋綁在第二根繩子末端。他屏住呼吸，擠進去，扭轉著身子，蠕動著蜿蜒向前。很幸運他不是女的，否則寬大的臀部便會使他的計畫擱淺。沒有一絲多餘的空間，不過現在他的頭已探進外面的空氣中，然後——再扭一下——他的肩膀出來了。從這到防禦牆上有八英尺的高度。他不得不讓頭部先下，並寄望這根臨時搓的繩子能承受得住。

最後再用力一推，身子往上時再扭動一下，他便歪歪斜斜地吊在半空。他抓牢繩子，穩住自己，解開繩子纏在腰裡的一端，用手逐步地將自己放下來。然後拉過補給袋。毫不費事。

媽的倒楣。他忘記帶那台收音機了。算了，反正也回不去了。

防禦牆有六英尺寬，左右都砌了護欄。兩邊每隔十英尺各有一個開口，不是相對而是彼此錯開，這是設計來觀察敵情，也用來安放最後一道防線的武器。防禦牆高二十英尺，加上護欄就有二十七英尺。它將園區團團圍住，每隔一段還築有瞭望塔以強化防禦功能，就像他剛剛離開的這座。

園區呈長方形，另外還設有五扇大門。他曾全面研究過這裡的布局，因而瞭若指掌。那還是他在天塘的日子裡做的事，現在他正要去那裡。他能看見那個圓頂，在樹林上方像半個月亮一樣閃耀著。他的計畫是到那裡取得他所需要的東西，然後通過防禦牆繞道走——或者，如果條件允許，他可以在地面直接穿越園區——並從側門溜出去。

太陽升得老高。他動作得快點，否則會被烤熟。他很想在器官豬面前晃晃，嘲弄牠們，但他克制住。牠們會沿著防禦牆跟著他，他就下不來了。所以每到觀察口他都彎著腰，低於從下往上看的視線。

走到第三座瞭望塔時他停了下來。他看到防禦牆護欄上有團白色的東西——灰白色，像雲朵——但那太低了，不可能是雲，形狀也不對。它很細，像飄動的柱子。位置應該離海邊不遠，在克雷科人營地以北數英里處。起初他覺得是霧，但霧不會像柱子似地升起，不會一陣陣地噴湧。現在沒有疑問了，是煙。

克雷科人經常需要生火，但從不會生很大堆火，也不可能弄出這樣的煙。也許是昨天那場風暴幹的好事，雷電打出的火堆，被雨澆熄又開始悶燃起來。或許克雷科人沒有遵守命令，來找他了，並點火作為信號指引他回家。不大可能——這不是他們的思路——若真是如此，那他們就錯了。

他吃了半根勁力棒，喝了些水，沿防禦牆繼續向前。現在他走路有點瘸，他意識到腳傷，但不能停下來處理，他得盡量走快些。他需要那把噴槍，不僅因為要對付狗狼和器官豬。他不時回頭看，煙柱還在那，只有一條，沒有擴散，仍冉冉上升。

12

平民區酒吧遊

雪人順著防禦牆一跛一跛地走向那座光滑且潔白的圓頂建築，那穹頂卻似海市蜃樓般離他越來越遠。由於腳傷，他走不快，十一點左右水泥地已燙得難以行走。他把床單蓋過頭頂，盡可能裹得嚴密，把棒球帽和襯衫也裹在裡頭，儘管有兩層布擋著，還塗了防曬油，他仍然可能會被灼傷。他很感謝那副有兩個鏡片的新太陽眼鏡。

他弓身坐進另一座瞭望塔的陰影裡，喝著瓶裡的水，等待正午過去。在酷熱與強光最盛的時間之後，在每天必來的雷暴雨下過之後，他還得走約三小時。若一切配合，他能夠在夜幕降臨之前抵達。

熱量傾瀉在水泥地上又反彈開，他放鬆自己融入熱氣裡，在其中呼吸，感覺著汗珠滴下來，像是多足節肢動物在他身上般，他的眼光變得迷離，老電影在腦袋裡嗒嗒地放。「真見鬼，他需要我做什麼，」他說，「他為什麼就不能不來煩我？」

在這樣的酷熱中，在他的腦子快要變融化的乳酪時，想這些毫無意義。不是融化的乳酪，最好避開食物的意象。去想想油灰，想想接合劑，想想護髮產品，做成霜膏放在管子裡，他曾用過的那些。他能在心裡準確地畫出在架子上的位置，與刮鬍刀並排。他喜歡將置物架收拾得整整齊齊。忽然間他看見自己的影像，剛沖過澡，用手把霜狀物揉進濕頭髮。在天塘，等著奧麗克絲。

那時他是懷著好意的，至少沒有惡意。他從來沒想過要傷害誰，不想在真正的時空裡嚴重地傷害誰。幻想不算數。

那是星期六，吉米躺在床上。他近來發現起床真不容易，上週他遲到了兩次，加上之前的次數，他很快就要有麻煩了。並非出門玩樂了一夜，正相反。他一直在迴避與人接觸。泉馨的高層還沒有責備過他，大概他們聽說他母親以及她的叛徒的死亡結局。唔，他們當然聽說了，儘管這在園區裡是不能公開的祕密。壞運氣，惡毒的眼神，也許還有傳染性，最好裝聾作啞，等等。大概他們對他睜一隻眼閉一隻眼。

倒是有件好事：可能他們終於把他媽媽從名單上劃掉，公司安全衛隊不會再來打擾他了。

「挺起來，挺起來，挺起來。」他的語音鬧鐘說。那是個粉紅色、男性生殖器造型的鐘：一隻咕咕鐘，他的某個情人開玩笑送給他的。拿到的時候他覺得很滑稽，但這個早晨他發覺這是一種污辱。那便是他對於她、對於她們所有人的全部意義：一個機械玩笑。誰也不想過無性的生活，但誰也不想過只有性的生活，克雷科曾這麼說。哦先生所言極是，吉米心想。另一個人類難題。

「幾點了？」他對鐘說。它低下頭，然後又霍地挺直。

「中午了。中午了，中午了，中……」

「閉嘴。」吉米說。鬧鐘縮了下來，它的程式能對嚴厲的語氣做出反應。

吉米考慮著要不要下床到廚房去開一罐啤酒。好主意，昨晚睡得很晚。他的情人，就是送他鐘的那個，鑽進了他的沉默之牆。約十點時她帶了些外賣食物出現了——人造雞肉球和炸薯片，她知道他愛吃什麼，還有一瓶蘇格蘭威士忌。

「我很關心你。」她說。其實她是想悄悄且迅速地做那件事，於是他使出了渾身解數，她也滿足了。但他的心思並沒放在上面，這一定也很明顯。然後兩人還不得不說些怎麼了，你嫌我煩了嗎、我真的很關心你之類的廢話。

「離開妳老公，」吉米說，「我們到平民區，住在拖車停車場。」
「哦，我想你不是認真的。」
「如果我是認真的呢？」
「你知道我很關心你，但我也關心他，而且——」
「腰部以下。」
「不好意思？」她是有教養的女人，她說「不好意思……」而不是「什麼」。
「我說，腰部以下。那就是妳對我的關心，要我拼給妳聽嗎？」
「不知道你是怎麼了，最近那麼討厭。」
「一點也不好玩。」
「嗯，的確如此。」
「那麼就走吧。」
之後他們吵了一架，她哭了。非常奇怪，這反而讓吉米覺得好受些。之後他們喝完蘇格蘭威士忌，他們又做愛，這回吉米做得很痛快，他的情人卻沒了興致，因為他太粗暴，太快了，他沒說那些好聽的話，比如：好棒的屁股，等等，等等。
他不該那麼暴躁。她是個不錯的女人，有真正的胸部，也有她的煩惱。不知還會不會再見到她。八成會，因為離去時她眼裡有我能治癒你的神情。
吉米小完便，正從冰箱裡拿啤酒時，他的內部對講機叫了起來。是她，想著想著，他立刻又覺得火起來，他過去拿起話筒。「走開。」他說。
「我是克雷科，在樓下。」

「我不相信。」吉米說。他敲著樓道攝影機的密碼：是克雷科，不會錯，向他伸出中指，咧嘴笑著。

「讓我進來。」克雷科說，吉米照做了，因為此刻克雷科是唯一他願意見的人。

克雷科差不多還是那樣，同樣的深色衣服，頭也沒比以前更禿。

「你到這來搞什麼鬼？」吉米說。在最初的一陣喜悅過後他感到很難為情，因為他還沒穿衣服，而且滿地都是成團的灰塵、菸頭、髒玻璃杯以及人造雞肉球空盒，簡直要淹沒膝蓋了，不過克雷科似乎沒有注意到。

「很高興自己這麼受歡迎。」克雷科說。

「抱歉，近來情況不大好。」吉米說。

「是啊，我看到了，你媽媽。我發了電子郵件，但你沒回。」

「一直沒去收信。」吉米說。

「可以理解。罪名羅織了不少：煽動暴亂、加入非法組織，阻撓商業產品流通，危害社會的謀反罪。我猜最後一條是指她參加那次示威遊行。扔了磚頭什麼的。太糟了，她是一位很好的女士。」

無論是很好還是女士，都與吉米的看法不符，不過他不想爭辯，不想在一大早就開始論理。「來罐啤酒？」他說。

「不，謝謝，」克雷科說，「我就是來看看你，看看你是不是還好。」

「還好。」吉米說。

克雷科看著他。「我們去平民區吧，」他說，「逛逛酒吧。」

「開玩笑吧？」吉米說。

「不是，我有通行證，我的可常年使用，也幫你弄了一張。」

這才使吉米明白克雷科真的是有地位的人，不過不只如此，讓他感動的是克雷科那麼體諒他，大老遠地來找他。雖然他們最近不是那麼親密——吉米的錯——克雷科仍是他的朋友。

五小時後他們已漫步在新紐約以北的平民區。到那裡只需要兩小時——先坐子彈列車到最近的園區，然後換乘公司安全衛隊車，車裡有武裝司機，不知是誰提供的，但是聽命於克雷科。車把他們送到克雷科所謂的行動中心，放他們下車。還是會有人罩著他們，克雷科說，有人會保護他們，所以他們不會有任何危險。

出發前，克雷科在吉米的手臂上打了一針——他自己製備的全能短期疫苗。他說平民區是個巨大的培養皿，到處都是髒東西。如果在那樣的環境裡長大，多少會有些免疫力，除非有新的菌種侵入；但如果你來自園區，剛剛到平民區，那麼你就成了俎上肉。就像在前額貼了個醒目的標誌，上面寫著「來吃我」。

克雷科還準備了錐形口罩，最新型的，不僅可以過濾微生物，還可以去除懸浮微粒。他說，平民區空氣品質極差，風吹來的垃圾更多，旋渦式淨化器卻更少。

吉米從未去過平民區，只隔著牆張望過。現在終於身在其中，這使他很興奮。他沒想到有這麼多人，且靠得這麼近，走著，說著，匆匆忙忙地趕路。在人行道上吐痰是他不想多談的平民區特色。有錢的平民區人坐著豪華轎車，沒錢的騎太陽能自行車，妓女身穿花枝招展的尼龍衣服或超短褲——身材更健美的，為展示結實的大腿——坐著小摩托在車流中穿梭不息。各種膚色，各類身材都有。但不是什麼價格都有，克雷科說，這些都是低檔貨。因而吉米可以走馬觀花，但不要購買，他應該把錢留著等下再用。

平民區人並不像園區人所描述的那樣有智力缺陷，或者說大部分都不是。過了一段時間，吉米放鬆下來，並開始享受。有那麼多可以看的——有那麼多東西在叫賣、兜售，隨處都是霓虹燈標語、告示牌和廣告。還有真的流浪漢，真的女乞丐，和老DVD音樂片裡一樣。吉米總在期待她們會踢起破爛不堪的靴底並引吭高歌。真有音樂家站在轉角，真有成群的街頭頑童。個個不勻稱、畸形；這裡的面孔與園區人端正的五官大相逕庭。甚至還有人牙都爛了，他看呆了。

「小心你的錢包，」克雷科說，「反正你也用不到現金。」

「為什麼用不到？」

「我請客。」克雷科說。

「我不能讓你請。」

「下次你付。」

「很公平。」吉米說。

「到了——他們叫這夢想大街。」

這裡的店鋪都是中高檔，招牌醒目而陳設精美。「藍色基因日？」吉米讀道。「試試一剪通！」「到此病除。」「為什麼短小？向巨人歌利亞看齊！」「夢幻小子。」「治療你的杜頭。」「填縫有限公司。」「小香腸小香腸？」「大老二研究生！」

「這就是我們的東西變金子的地方。」克雷科說。

「我們的東西？」

「我們正在回春研製的產品，以及其他經營跟身體有關用品的園區。」

「這些都有效嗎？」給吉米留下深刻印象的不是標語的效果，而是那些標語：他的同行已經撈過界了。早晨陰鬱的心情已消失了，他覺得有那麼多東西迎面而來，那麼多資訊，占滿了他的腦子。

「很多都很有效，」克雷科說，「當然，不是十全十美，可是競爭異常激烈，特別是有俄國人參與，還有日本人，當然少不了德國人，不過我們掌握得很好，我們因為品質可靠而聲譽卓著。世界各地的人都來這，他們到處採購——性別、性取向、身高、皮膚與眼睛顏色都可以訂做，什麼都可以做或再造；你無法想像光是這條街就有多少錢在交易。」

「我們去喝東西。」吉米說。他想到他那個假想的弟弟，還沒生的那個。他爸爸和拉蒙娜是到這來花錢的嗎？

他們喝了飲料，又吃了些東西——真正的牡蠣，克雷科說，真正的日本牛肉，像鑽石一樣稀罕，一定價格不菲。他們又逛了其他幾個地方，還去了一家在高空鞦韆上表演口交的酒吧，吉米喝了一杯會在黑暗中發光的橙色飲料，又再喝了兩杯。他向克雷科講起他的生活經歷——不，他母親的生活經歷——只用了一個冗長、顛三倒四的句子，像一條剛從他嘴裡吐出來的口香糖。後來他們去了另一個地方，上有鋪了綠緞子的環形床，讓兩個從頭到腳都是閃光裝飾片的女孩服侍。那些飾片緊貼她們的皮膚，像實實在在的魚鱗那樣閃閃發光。吉米從沒見過一個女孩可以扭動得這麼好看。

是在這，還是在之前的酒吧，他們談起了工作的事？第二天早晨他已經記不清了。克雷科說了工作、你、回春，吉米說了幹什麼，掃廁所嗎？然後克雷科笑著說：比那好。吉米記不得自己說過「好吧」，但他應該說了。他願意做任何工作，不管是什麼。他很想向前走，繼續向前。他已為生活的新篇章做好準備。

喜福多

與克雷科度完週末的星期一早晨，吉米出現在泉馨，開始了又一天的廢話製造工作。他覺得很疲憊，但希望不要顯露出來。儘管泉馨鼓勵各式各樣由客戶支付費用的化學實驗，但它反對雇員在自己身上做類似的事。吉米認為這不無道理：過去非法販酒的人自己很少酗酒。他好像讀過這個。

在走向自己的桌子前，他去了趟洗手間，對著鏡子觀察自己：他就像一塊吃下去又吐出來的披薩。而且他還遲到了，但這次總算沒人注意到。忽然間他的上司冒了出來，還有其他管理人員，他們的職務都非常高，吉米以前一次也沒見過。吉米的手被握了又握，他的背被親切地拍了又拍，一杯像是香檳的飲料塞進他手裡。哦太好啦！還有解宿醉的酒嘛！咕嘟咕嘟咕嘟。吉米腦袋裡像漫畫人物說話的氣泡裡寫著，但他只小心地啜了一口。

然後有人說泉馨有他在是件多麼愉快的事，他已經證明自己非常有價值，有那麼多溫暖的祝願將陪伴著他上路，對了，還有那麼多那麼多恭賀的話！他的離職金會立即存入他的公司銀行帳戶。那是一筆很豐厚的酬金，多於他保證的服務期所得的收入。說實話是因為他在泉馨的朋友希望吉米在那了不起的新崗位上想起他們時，腦子裡浮現的是積極正面的形象。

管他呢，吉米坐在密閉式子彈列車裡想。列車是為他安排的，工作調動也是如此——一個小組將過來打理一切，他們都很內行，不用怕。他幾乎抽不出時間來與他的每個情人聯絡，當聯絡上後，他發現她們都收到克雷科措詞慎重的通知，看來克雷科的觸角很長。他怎麼打聽到她們的？也許他入侵了吉米的電子信箱，這對他是易如反掌。可是需要這樣嗎？

我會想念你的，吉米。其中一個情人在電子短訊裡說。

哦吉米，你曾是那麼有趣。另一位說。

曾是就這樣出現。這詞並不代表他已死亡或者其他。

在回春真精的第一個晚上，吉米住的是頂級飯店。他在迷你吧檯倒了杯酒，純蘇格蘭威士忌，絕對正宗，然後隔著觀景窗向外張望了一會兒，除了燈火，其餘景物都看不大清楚。他看到了天塘的穹頂，那是位於遠處的巨大的半圓形結構，被地面的燈光照得通明，當時他還不知道那是什麼。他以為是溜冰場。

第二天早晨，克雷科駕著他加強馬力的電動小車，帶他初遊回春真精園區。吉米得承認，這裡所有東西都豪華富麗，一切都乾淨透亮，都進行過景觀美化，都營造成原始的生態面貌，都十分昂貴。空氣纖塵不染，這要歸功於眾多漩渦式淨化塔，它們被小心安置並偽裝成現代藝術品。岩石調節器照管著此地的微型氣候區，大如盤子的蝴蝶在五彩繽紛的灌木叢中飛舞。相形之下，吉米去過的園區——包括沃特森．克里克——都顯得破舊和過時。

「哪來錢弄這些？」他問克雷科，說話時兩人正穿過最新潮的高級購物商場——所有建築都用大理石，成排的行道樹、咖啡館、蕨類植物、外賣亭、輪滑道、果汁吧、自發電式健身館（你得不停地在踏車上跑才能讓電燈泡亮起來）。羅馬風噴泉，其中有仙女和海神的雕像。

「是面對必然來臨的死亡的哀痛，」克雷科說，「是希望時間停下腳步，是人類的生存狀態。」

我不大懂，吉米說。

「你會明白。」克雷科說。

他們到回春一家五星級飯店用午餐，坐在有空調和仿造的陽台裡，俯瞰著園區裡那座最具規模的有機肥植物園。克雷科要了份袋羊肉，那是新的澳洲雜交品種，結合綿羊和袋鼠的優點，前者性格溫和，蛋白質產量高，後者則免疫力強，且不會產生由綿羊胃脹引起、會破壞臭氧層的甲烷。吉米點了填葡萄乾閹雞——克雷科向他保證是真正的放養閹雞，真正的太陽曬出的葡萄乾。吉米現在已太習慣人造雞肉球了，習慣那種平淡、如豆腐般均勻的質料，以及溫和無刺激的味道，以至於閹雞吃起來很像是野味。

「我所在的單位叫天塘，」克雷科就著火燒豆醬香蕉說，「我們正在研究長生不老。」

「其他人不也在做這個嗎？」吉米說，「他們在老鼠身上實驗成功。」

「什麼樣的實驗是關鍵。」克雷科說。

「那些研究低溫學的呢？」吉米說，「把你的頭顱冷凍起來，然後一旦懂得如何重新構造你的身體就會讓你死而復生。他們的生意很旺呀，股價很高。」

「當然，但過了兩年他們就把你的腦袋從後門拋出去，告訴你家人停了一次電。反正我們是把深度冷凍這一環節去掉了。」

「什麼意思？」

「跟我們合作，」克雷科說，「不必先死去。」

「你們成功了？」

「還沒有，」克雷科說，「可是想想研發預算吧。」

「有好幾百萬吧？」

「有好幾億萬！」克雷科說。

「我能再來一杯嗎？」吉米說。他需要消化這些資訊。

「不行，我要你仔細聽。」

「我可以邊聽邊喝。」

「這樣聽不清楚。」

「試試看。」吉米說。

克雷科說飯後他們將去參觀天塘，那裡正在進行兩大創造性工程。第一項是喜福多，為一種預防性藥品，背後的邏輯很簡單：摒除死亡的外在因素，就成功一半了。

「外在因素？」吉米說。

「戰爭，也就是說錯置的性能量，我們認為這比經常提到的經濟、種族、宗教等因素都重要。傳染病，特別是性傳播疾病。人口過剩，我們已看出這導致了環境退化和營養不良。」

吉米說這有點好高騖遠了吧？在這方面已有了那麼多嘗試和失敗。克雷科笑了。「如果一開始不成功，就讀操作指南。」他說。

「什麼意思呢？」

「研究人類的最佳方式就是研究人本身。」

「什麼意思呢？」

「你得多加注意顯而易見的現象。」

喜福多在設計時考慮到相關已知事實，主要指人性的本質，並且將其引入更能造福人類的方向，這比以前的做法都好。這是以對現已不幸滅絕的俾格米人（譯註：屬一種矮小人種，身高不滿五英尺，分布在中非、東南亞、大洋洲及太平洋部分島嶼），或倭黑猩猩的研究為基礎，後者是現代智人的近親。與智人不同，倭黑猩猩並非實行一夫一妻制，或一夫多妻或一妻多夫的取向，而是一視同仁地隨意交配，不存在成雙入對的現象。牠們醒著的時候不是在吃東西就是在交媾。種內攻擊係數非常低。

這引出了喜福多的理念，目標是製造出一顆藥就可以實現如下功效：

(1) 保護使用者，抵禦所有已知的性疾病傳播：不論是致命的、造成殘疾的，或只是損害容顏的。

(2) 提供無限的性欲和性能力，配上一種擴大的力量與舒適感，從而降低會導致嫉妒和暴力的挫折感及睾丸素受阻程度，以此消除自卑情緒。

(3) 延長青春。

這三大功效將是賣點，克雷科說，還有第四點。但這點不會寫在宣傳廣告裡。喜福多還可以是絕對可靠、一勞永逸的節育藥品，對男女都適用，這樣便可自動降低人口數。但可依需求而改變成分，也就是當某地區的人口數過低時就不會添加，但不會依據個人的要求。

「基本上說來，你打算在人們不知道的情況下，用縱欲狂歡作偽裝使他們不能生育？」

「說得殘忍一點就是這樣。」克雷科說。

他說，這種藥將有很多好處，不僅對使用者有益——它得討這些人的歡心，否則就會失去市場——還能造福整個社會；不僅是社會，而是這個星球。投資者對此興趣濃厚，它將是全球性的。行情將一路上漲，後勢看好。他，克雷科，對此非常興奮。

「我不知道你還這麼利他主義。」吉米說。他克雷科什麼時候做了人類進步的啦啦隊長了？

「確切地說這不叫利他主義，」克雷科說，「更像是成敗在此一搏。我看過公司裡最新的人口統計報告。作為一個物種，我們憂患深重，比任何人談論過的都要糟糕。他們害怕將統計數字公諸於眾，因為如此一來人們也許乾脆就放棄了。但我不能坐視不管，我們占有的時空越來越不夠用了。從地緣政治學的邊際效用來說，對資源的需求超過供給已有幾十年了，所以才會發生饑荒和旱災。但很快地，需求超過供給將成為所有人的問題。有了喜福多，人類將更有機會尋找到自身出路。」

「你是怎麼想的？」也許吉米真不該多喝那杯，他現在有些糊塗了。

「人變少了，因此分給每個人的就多了。」

「要是數量減少了的人類還是很貪婪、很浪費呢？」吉米說，「這不是不可能的。」

「他們不會的。」克雷科說。

「你已經得到了？」吉米說。他開始認識到這種可能性。無止境的高水準性生活，沒有不良後果。想想看吧，他的性欲可以更加高漲。「能讓頭髮重新長回去嗎？」他幾乎要說我怎樣可以拿到，但總算及時把話嚥了回去。

它是個理想的概念，克雷科說，雖然還要再加強。他們還沒辦法把它打造得完美無缺，尚在臨床實驗階段。有兩個參加實驗的人做愛做得送了命，有幾個攻擊了老太太和寵物，在另外幾次實驗中不幸發生了陰莖異常勃起並導致破裂的意外。在初始階段，針對防止性病的傳播機制竟毫無用處。有一個志願者的表皮上長了碩大的生殖器疣，看起來真是觸目驚心，不過他們用鐳射和表皮脫落術治好了，至少暫時治好了。簡單說，出了不少錯，也曾走錯方向，但都快解決了。

不用說，克雷科繼續說，這將會成為一台巨大的印鈔機。它將成為所有國家，世界上每個社會的必服藥。當然，那些古怪的宗教不會喜歡它，因為悲慘、被無限推遲的滿足以及性愛上的挫折正是這些宗教存在的理由，不過堅持不了多久的。人總想追求更多更好的東西，這種欲望之潮會壓倒它們。這種欲望控制著局面，操縱著事態發展，歷史上每次重大變故都受其左右。

吉米說這東西聽起來很有意思，如果缺陷能得到彌補的話。名字也很好——喜福多。帶著一種柔和而有誘惑力的音調。他很喜歡，不過他不想親自嘗試；陰莖還沒有爆開，他的麻煩就夠多了。

「你到哪兒去找受試者？」他說，「願意接受臨床實驗？」

克雷科咧嘴笑了。「到窮國去找。付一點錢，他們連吃了什麼藥都搞不清楚。當然還有性病診所，他們也樂意幫忙。還有妓院、監獄，還有那些病急亂投醫的人。」

「我可以做什麼？」

「你做廣告策畫。」克雷科說。

瘋狂亞當

吃過午餐，他們就去天塘。

這座圓頂綜合大樓在回春園區的最右邊。有庭院環繞著，院子裡生長著鬱鬱蔥蔥、可調節氣候的熱帶混種植物群，圓頂樓就像一隻失明的眼球似地從中升起。庭院四周有保全設施，非常嚴密，克雷科說，連公司安全衛隊都不能進去。天塘是他的構想，在同意實施時他談好條件：他不願有那麼多粗手笨腳的無知之輩進來對他們不懂的東西探頭探腦。

克雷科的通行證當然很好用。他們把車開進第一道大門，並沿著路穿過林子向前行駛，來到另一個檢查點——這個崗哨像是突然從灌木林裡冒出來的，有警衛把守——克雷科解釋。他們穿天塘的制服，而不是公司的。再往前走又是樹，接著便看到圓頂屋的弧形外牆。看起來很精緻，克雷科說，用的是新型的合成材料，具有超強耐受力。要有極為先進的工具才能切開，因為它在受到壓力時會重新自我整合，自動修補任何裂口。不僅如此，它還能夠像蛋殼那樣過濾和呼吸，只需要太陽能驅動。

他們把車開到其中一個警衛面前，按過密碼後進了外門，門很響亮地咔嗒一聲從背後關上。

「怎麼會有這種聲音？」吉米緊張地說。

「是氣密艙，」克雷科說，「就像在太空船裡。」

「幹什麼用的？」

「以備這個地方得封閉時用，」克雷科說，「就像往常那些有害微生物、毒氣襲擊、瘋子的破壞。」

這時候吉米覺得有點不安。實際上克雷科還沒有告訴他這裡到底在進行著什麼，沒有很具體地談過。他只說：「等著瞧吧。」

一走進內門，他們就置身於十分熟悉的綜合設施裡。大廳，門，拿著數位記事簿的員工，其他人則彎腰坐在電腦螢幕前；很像奧根農場，很像康智，很像沃特森．克里克，只是更新。不過硬體設備只是外殼，克雷科說，操控研究設施的是大腦。

「這些都是頂尖好手。」他邊說邊向兩邊點頭致意。回應他的是許多恭順的微笑，以及——這可不是裝出來的——許多敬畏。吉米始終沒弄清楚克雷科的職位，但不論他的頭銜是什麼——他對此含糊其詞——他顯然是這座蟻塚裡的蟻王。

每一位員工胸口都有名牌，上面印著幾個粗體字——黑犀牛、白莎草、象牙啄木鳥、北極熊、印度虎、蓮灰蝶、閃狐。

「這些名字是你從大滅絕裡挖來的！」他對克雷科說。

「不只是名字，」克雷科說，「這些人就是大滅絕。都是大師。你現在看到的就是瘋狂亞當，都是精華。」

「你在開玩笑！他們怎會在這？」吉米說。

「他們都是基因變種的天才，」克雷科說，「就是他們想出了那些異想天開的事：吃柏油的微生物、西海岸爆發的彩虹單純性皰疹、殺害人造雞肉球的黃蜂，等等。」

「彩虹皰疹？我沒聽說過。」吉米說。真是古怪。「你怎麼找出他們的？」

「不只是我要找他們，他們在某些地區非常不討人喜歡，我只是趕在公司安全衛隊前跟他們聯繫上，就這樣。或者說我找到大部分人。」

吉米想問那其餘的怎樣了，但他想想還是不問的好。

「那你綁架了他們嗎？」真是那樣也不會讓吉米吃驚，搶奪人才司空見慣；不過這種爭奪戰通常發生在國與國之間而非國家內部。

「我只是說服他們，在這比在外面要開心得多，也更安全。」

「更安全？在公司的地盤上？」

「我給他們保證安全的文件，他們大多數都同意，特別是當我提出銷毀他們的真實身分和舊紀錄時。」

「我以為他們都反對園區制度？」吉米說，「瘋狂亞當做的事都是對園區充滿敵意的，從你給我看的東西來判斷。」

「他們那時的確很反對園區，現在仍很可能是這樣。不過在二十世紀的第二次世界大戰後，盟軍邀請大批德國火箭專家與他們合作，我想沒有人會說不的。當遊戲結束時，你可以把棋盤搬到別處。」

「要是他們圖謀不軌，或……」

「逃跑？是的，」克雷科說，「最初是有兩個，不願意跟我們合作，以為可以把在這裡做的東西帶走，帶到海外去或者轉入地下，或者到別處另圖發展。」

「你們怎麼辦？」

「他們從平民區的天橋上摔下去了。」克雷科說。

「你在開玩笑吧？」

「可以這麼說。你得再取個名字，」克雷科說，「一個瘋狂亞當式的名字，這樣你就很適合在這了。我想過了，既然我在這兒叫克雷科，你可以叫做西克尼，你用過的，那時我們多大？」

「十四歲。」

「那是人格定型期。」克雷科說。

吉米還想再待一會，但克雷科已經催他向前走。他還想和這些人談談，聽聽他們的故事——比如，有人認識他媽媽嗎？——不過也許他以後可以再問。但可能也問不到；他們看見他和克雷科一起，後者是領頭狼，是銀背大猩猩，是獅王。誰都不願意太巴結他，他們會把他看成是走狗。

天塘

他們到克雷科的辦公室，這樣吉米可以適應一下環境，克雷科說。那是一塊很大的空間，不出吉米所料，裡面有不少機械小玩意兒。牆上還有幅油畫：盛在橘色盤子裡的茄子。這是吉米記得在克雷科房間看見過的第一幅畫。他想問那是不是克雷科的女朋友，但想還是不問為妙。

他的目光集中在迷你吧檯上。「裡面有什麼？」

「等會兒再說。」克雷科說。

克雷科仍搜集了不少冰箱磁鐵，但內容不同了，不再有科學妙語了。

有上帝就沒有人。

有兩個月亮，一個你能看見，一個你看不見。

Du musz dein Leben andern.★

我們所理解的比我們所知道的多。

我思，故。

保留人性就是突破局限。

夢從藏身地悄悄向獵物逼近。

「你究竟在忙些什麼？」吉米說。

克雷科笑起來。「什麼叫究竟？」

「冒牌貨。」吉米說。他心裡很不平衡。

現在，克雷科說，該談正經事了。他要讓吉米看他們正在做的另一件事——主要的事，在天塘裡。吉米馬上要看到的是……唔，無法形容，簡單說，那是克雷科一生中最重要的工作。

吉米換了個嚴肅的表情。接下來呢？某種令人毛骨悚然的代食品，毫無疑問。結出肝臟的樹，掛了香腸的藤，或是長羊毛的胡瓜？他做好心理準備。

克雷科領著吉米曲曲折折地向前走；然後站在一扇大觀景窗前。不，是單向鏡。吉米向內看，裡面有一大塊長滿樹和其他植物的地帶，上面是藍天（並非真正的藍天，只是這座圓頂屋的弧形天花板，用機器巧妙地投射出黎明、日光、傍晚和午夜的色調。有個假月亮，後來他發現它還能根據月相變化，還有人工雨水）。

那是他第一次看到克雷科人。他們一絲不掛，但與裸體新聞的人不同：沒有絲毫忸怩，一點都沒有。起初他不相信他們是真的，他們那麼美麗。黑的、黃的、白的、棕的，膚色應有盡有。每一位都那麼標致。「他們是機器人還是什麼？」他說。

「你知道家具店有展示用的樣品嗎？」克雷科說。

★譯註：原為 Du mußt dein Leben ändern，「你必須改變自己的生活」。是德國哲學家彼得．斯洛特迪克（Peter Sloterdijk）所寫的一本書，內容涉及整個地球的歷史和實踐哲學，以及人類工程學的發展。

「嗯？」

「他們就是樣品。」

這是合乎邏輯的進化結果，克雷科那天晚上說。他們正在天塘雅座酒吧裡喝酒（假棕櫚樹，唱片音樂，真的堪培利開胃酒，真蘇打）。當蛋白質能完全解析時，種際基因和部分基因接合的改造工作也能完全展開，此項天塘計畫或類似的項目只是早晚的問題。他們已深入研究了七年，做了無數次試驗，而吉米剛才看到的就是最接近成果的結果。

「開始的時候，」克雷科說，「我們得改造正常人類的胚胎，這些胚胎我們是從——別管我們從哪兒找來的吧。但現在這些人可以自體生殖。他們可以自行繁衍。」

「他們看上去不止七歲呀！」吉米說。

克雷科向他解釋，他們添加了快速成長因子。「還有，」他說，「按照設定的程式，他們將在三十歲時死亡——突然的，不是因為生病，不是因為老化，沒有那些憂慮，就倒下不起。不過他們還不知道，還沒有人死過。」

「我還以為你們是在研究長生不老呢。」

「長生不老，」克雷科說，「是一種概念。如果你不把『必死性』看成死亡，而當作預知和恐懼，那麼『長生不老』就是指去除這種恐懼。嬰兒是長生的，去除了恐懼，你就……」

「聽起來像應用修辭學一〇一。」吉米說。

「什麼？」

「別在意。瑪莎·葛蘭姆教的東西。」

「哦，對。」

在其他國家裡的園區也正採用類似的思路進行研究，克雷科說，他們正在開發自己的原型樣本，因此圓頂屋裡生活的這一群是高度保密的。有關工作人員都宣誓保密，未經特別批准只能在內部傳送電子郵件，生活區設在安全區內、氣密艙外。如果員工生病，傳染的機率就會減少；這些天塘樣品具有增強的免疫系統功能，傳染病流行的可能性就很低。

誰也不准出去，幾乎所有人。克雷科當然可以出去，他是天塘和回春高層之間的聯絡人，不過他還沒讓他們進來過，他還在讓他們等。他們那夥人貪財得很，對他們的投資總不放心；起跑槍還沒鳴他們就想跑，太早把原型產品流入市場；另外他們太多話，會把消息走漏給競爭對手。他們都愛吹噓，那些傢伙。

「那麼，我現在進來了，就哪兒都不能去了？」吉米說，「你可沒告訴我。」

「你是例外，」克雷科說，「誰也不會因為你腦子裡的念頭而綁架你。你只做廣告，記得嗎？」但是這裡的其他人，他說，瘋狂亞當團隊就非得關在這個基地直到結束。

「直到結束？」

「直到產品公諸於世。」克雷科說。回春真精希望能很快向市場提供類型齊全的混合品種，他們將能夠創造出精品寶寶，可以具有任何體貌、心智或精神上的特徵，供顧客挑選。而現行的供貨方案是隨意的，克雷科說，某些遺傳疾病可被篩除，這沒錯，但除此以外仍有很多損壞，很多浪費。顧客不確定他們訂購的跟拿到的是否相同；不只如此，還有太多無法預期的後果。

然而，天塘的方案將有百分之九十九的準確率。整個人口都可以按預先挑選好的特點被創造出來。當然要美麗，那是有極高需求的。還有溫順，一些世界領導人對此很感興趣。天塘已開發出抗紫外線皮膚、內嵌式驅蟲體味，以及一種前所未有的對粗製食料的消化能力。至於對微生物的免疫力，目前各類藥品所具有的抗生效用也很快將成為天生的功能。

與天塘計畫相比，喜福多只是粗糙的工具，儘管它將是一種能賺錢的過渡性解決方案。但從長遠看，兩者相結合所產生的對未來人種的益處將不可限量。它們是不可分的——喜福多和天塘計畫。喜福多將終止毫無節制的繁育，該計畫則用一種超級方法取而代之。它們是一項計畫的兩個步驟，可以這麼說。

這讓人驚嘆，克雷科說，無法想像的事情已由這裡的團隊做到了。被改造的是跟古猿大腦差不多落後的機制，有破壞性的特徵將一去不復返，而正是這些特徵造成了世界上現有的各種頑疾。比如，種族主義——或者叫偽物種形式，這是天塘裡的工作人員對它的稱呼——已在那群原型人中被根除，這只要通過轉換相對的機制就可以了；天塘人根本不注意膚色。等級觀念也無法立足，因為他們缺乏製造這種觀念的神經叢。他們既非獵人，也不是渴求土地的農民，因而沒有領地意識；一直困擾著人性的那種想稱王稱霸的野心已解除。他們只吃樹葉、草、根以及一兩種莓果；所以他們的食物數量豐沛，唾手可得。性生活對他們而言並不是一種持續不斷的折磨，並非是荷爾蒙的劇烈噴發；他們定期發情，像大多數哺乳動物那樣，而不像人。

由於這些人沒有遺產可繼承，就沒有家族譜系，沒有結婚離婚。他們能充分適應其棲息地，所以永遠也不必修建房屋、製造工具和武器，連衣服也不需要。也無須發明任何有害的符號體系，如王國、偶像、神及錢幣。最妙的是，他們可以將自己的糞便再回收利用。這是通過一項非常聰明的基因轉接來完成的，所包括的基因原料取自……

「對不起我要插一句，」吉米說，「可是這其中有很多是一般父母不指望自己的寶寶所能具有的特性。你們是不是有點偏了？」

「我告訴過你，」克雷科耐心地說，「這些都是樣品。他們代表了可能性的藝術。我們能夠為潛在的買家列出各種性能，然後便可以量身訂做。我們知道，並非每個人都需要所有這些丁鈴噹啷的玩意兒。不過你會覺得很吃驚，有那麼多人想得到一個非常漂亮、聰明、只吃草的寶寶。嚴格的素食主義者對這個點子表現出濃厚興趣。我們做了市場調查。」

哦真棒，吉米想。你的寶寶可以兼做除草機了。

「他們會說話嗎？」他問。

「當然會，」克雷科說，「在想說的時候。」

「會開玩笑嗎？」

「這還不行，」克雷科說，「開玩笑需要某種尖銳，還得有一點惡意。我們反覆做了多次試驗，現在仍在做，不過我想我們倒是使他們不開玩笑。」他扶了扶眼鏡，對吉米笑了。「真高興你在這，軟木花生，」他說，「我需要可以聊天的人。」

吉米在天塘圓頂屋裡有了屬於自己的套房。他的行李在他來之前就到了，每一件都整整齊齊地放在該放的地方：內衣放在內衣抽屜裡，襯衫也摺得乾淨齊整，電動牙刷在插座上充電；只是東西比他所記得的要多。更多的襯衫，更多的內衣，更多的電動牙刷。空調設定在他喜歡的溫度，餐桌上還有可口的零食（甜瓜、義大利燻火腿、有標籤的法國布里乳酪，看來是真貨）。餐桌！他從沒有用過餐桌。

戀愛中的克雷科

閃電嘶嘶作響，伴隨著隆隆雷聲，雨水不斷傾瀉，下得如此之大，周遭的空氣都是白色，呈現出一種固態的霧氣，如同活動的玻璃。雪人滑稽得像個膽小鬼，蹲在防禦牆上，手臂在腦袋上方交握，招架著來自天上的打擊，像是個眾人恥笑的對象。他的模樣似人非人，似鬼非鬼；他將成為傳奇人物，如果還有人能活著去講述這種傳奇的話。

如果身邊有個聽眾該多好，他有好多話可以講，有好多委屈可以傾訴。向情婦嘆念的情話或類似的絮叨；有許多話題可供選擇。

因為他想起最重要的關鍵，這悲劇中奧麗克絲出場的地方，命運一刻。然而是哪個決定性時刻？兒童色情網站上的小女孩奧麗克絲出場，頭上戴著花，下巴沾著射出的精液；或是青少年新聞欄目裡的奧麗克絲出場，她剛從一個性變態的車庫裡被解救出來；或是一絲不掛地與克雷科人一起待在密閉空間裡的奧麗克絲出場，充當他們的教員；或是剛剛出浴、用毛巾裹著頭髮的奧麗克絲出場；還是身穿青灰色絲質褲套裝、腳蹬端莊的矮高跟鞋的奧麗克絲出場，她提著公事包，一副負責全球業務的專業園區女推銷員的模樣？是哪一個，他怎能確定從第一個到最後一個是相關的呢？只有一個奧麗克絲，還是有許多個？

任何一個都可以，雪人想。雨水順著他的面頰流下來。她們始終存在著，因為她們此刻正都陪伴著我。

哦吉米，這種想法很積極呀，很高興你能領悟這一點。失去了天塘，你在心中仍擁有一個天塘，那兒能找到更多的快樂。然後便響起了銀鈴般的笑聲，就在他耳中。

吉米沒有立刻認出奧麗克絲，儘管第一天下午他就看見她，當他透過單向鏡往裡看的時候。她像克雷科人一樣沒穿衣服，也像克雷科人一樣美麗，所以從遠處看她並不突出。她烏黑的長髮上沒有任何飾品，她背對著他，她被一群人圍在中間，只是這景的一部分。

幾天後，吉米認出她的臉，那時克雷科正在示範如何使用監視螢幕，從隱藏在樹裡的微型攝影機獲得圖像。她進入鏡頭，昔日的情景再現，同樣的神情，同樣的凝視，那凝視深入他的內心，看見了真實的他。唯一的變化是她的雙眸，與克雷科人的眼睛一樣是碧綠的。

吉米看著這雙眼睛，剎那間感受到純粹的喜悅，純粹的恐懼，因為現在她不再是一幅圖像，不再只是個形象，她的列印圖片正藏於隱密與黑暗中，被夾在他回春套房的新床墊和第三條橫槓間。忽然間她是活生生的、立體的。他覺得自己夢見過她。一個人怎麼能這樣，在一瞬間被一道目光、聳起的眉毛，被手臂上的曲線俘獲了呢？而他就被俘獲了。

「那是誰？」他問克雷科。她正抱著一隻幼小的浣鼬，並把這小動物拿給周圍的人看，他們正輕輕地觸摸著牠。「她不是他們的一分子，她在那幹什麼？」

「她是他們的老師，」克雷科說，「我們需要中間人，一個可以在他們的層次上進行交流的人。用簡單的概念，而不是形而上的東西。」

「她教什麼？」吉米用漠不關心的語氣說。當著克雷科的面對女人表現出太大的興趣不是什麼好主意，克雷科會拐彎抹角地嘲弄他。

「植物學和動物學，」克雷科笑著說，「換句話說，什麼不能吃，什麼會咬人，還有不能傷害什麼。」他補充道。

「她得赤身露體？」

「他們從沒見過衣服，衣服只會迷惑他們。」

奧麗克絲教的課很短。一次學一樣最好，克雷科說。這些天塘樣品並不笨，但他們從簡單的學起，所以他們喜歡重複。另一個工作人員，即該知識領域的專家，會先和奧麗克絲把教授內容看一遍，包括她準備要向他們解說的葉子、昆蟲、哺乳動物或是爬行動物。然後，她要用一種從柑橘水果中提煉出的化合物將周身噴一遍，以遮掩住她的費落蒙——不這樣做會有麻煩，因為那些男人會聞出她的氣味，以為該交配了。準備好後她便從隱蔽在濃密樹葉裡、與周圍環境相同的入口進去。這樣她在克雷科的家園裡出現和消失時都不會使他們大惑不解。

「他們信賴她，」克雷科說，「她的表現出色極了。」

吉米的心一沉。克雷科戀愛了，平生頭一回。他語調帶著比讚揚還多的感情，這很罕見。聽聽那語氣就明白了。

「你怎麼找到她的？」他問。

「我認識她有段時間了。從沃特森．克里克研究所畢業後就認得。」

「她在那裡念書？」如果是這樣，她會念什麼呢，吉米想。

「倒不是，」克雷科說，「我是藉由學生服務遇見她的。」

「那時你還是學生，她提供服務？」吉米說，他竭力想表現得輕鬆些。

「沒錯。我告訴他們條件——你可以描述得非常具體，給他們照片或模擬錄影之類的東西，他們就會盡力去找符合條件的人。我想要的是長得像——你記得網上的那個表演嗎？……」

「什麼網上的表演？」

「我給過你一張列印文件的。從熱童下載的——你知道的。」
「想不起來了。」吉米說。
「我們常看的那種表演。記得嗎？」
「好像吧，」吉米說，「有點印象。」
「我把那女孩用在登錄大滅絕的首頁，就是那一位。」
「哦，是啊，」吉米說，「可以自選圖片。你想要那張雛妓的樣子？」
「他們找到她時她已不是孩子了。」
「那當然。」
「然後我做了些私人的安排。照規矩是不行的，但我們都會通融。」
「規矩就是讓人通融的。」吉米說。他的情緒越來越糟。
「接下來，當我主導這裡時，我就能給她更加名正言順的職位。她很高興接受了。報酬是她以前的三倍，還有不少獎金；不過她還說這份工作本身也很吸引她。我得說她是個盡職的雇員。」克雷科得意地笑了笑，充滿優越感的微笑，吉米想狠狠地揍他。
「真棒。」他說。他感覺如萬箭穿心，剛找到又失去了。克雷科是他最好的朋友。更正：他唯一的朋友。他連碰都不能碰她，他怎能這樣做？
他們等奧麗克絲從淋浴間出來，她正在裡面洗去那層保護噴劑。她還要摘下那副碧綠色的隱形眼鏡，克雷科補充。克雷科人會覺得她的棕色眼睛很難看。她終於現身了，頭髮已編成辮子，仍是濕漉漉。克雷科把她介紹給吉米，她的小手握住吉米的手。（我觸摸到她了，吉米像個十歲少年那樣想道。我真觸摸到她了！）

她已穿上衣服，統一分發的實驗室工作服，夾克和長褲。穿在她身上就像睡衣。口袋旁夾著她的名牌：奧麗克絲・貝薩，奧麗克絲是種大羚羊，她從克雷科提供的名單裡挑的。她很高興做一隻溫順、能保持水土的東非食草動物，但她聽說這種動物已經滅絕時就不那麼高興了。克雷科還得向她解釋天塘裡的名字都是這樣。

三人在天塘的員工餐廳喝了咖啡。談話的內容是克雷科人——奧麗克絲這麼叫他們——以及他們的表現。每天都一樣，奧麗克絲說。他們總是安靜而知足。他們現在懂得怎麼生火了，他們很喜歡浣鼬，她覺得和他們在一起很放鬆。

「他們有沒有問過自己是從哪來的？」吉米說，「他們在這做什麼呢？」此時他再也不能不注意聽了，他想參與談話，這樣盯著奧麗克絲就不會顯得太突兀。

「你不明白，」克雷科說，他的語氣像在跟弱智說話，「那種好奇心已被刪除了。」

「哎，他們還真問了，」奧麗克絲說，「今天他們問是誰造出他們。」

「然後呢？」

「然後我就跟他們說了實話，我說是克雷科造的。」她充滿欽佩地對克雷科微笑，吉米只好忍受。

「我告訴他們他非常聰明，非常好。」

「他們有沒有問克雷科是誰？」克雷科說，「他們想見他嗎？」

「他們好像不感興趣。」

吉米日日夜夜都受著折磨。他想要觸摸奧麗克絲，崇拜她，把她像個包裝漂亮的禮盒那樣打開，即便他懷疑裡面藏有不可告人的東西——毒蛇或者自製炸彈或致命的粉末。當然不是包藏在她體內，是包藏在情景中。她是碰不得的，他不斷重複地告訴自己。

他盡可能表現得體：他對她毫無興趣，或者說他企圖表現得如此。他開始沉湎於平民區的聲色場所，與酒吧裡的女人尋歡作樂。有荷葉邊裙襬的、綴了金屬飾片的、鑲花邊的，不論穿什麼衣服的女孩他都要。他打了克雷科的速效預防針，他現在也有自己的公司安全衛隊了，所以很安全。頭兩次相當刺激，接下來就成了消遣，然後只是習慣。可這始終解不了對奧麗克絲的相思之毒。

工作的時候他漫不經心，這裡沒有太多挑戰。喜福多自會有人買，不需要他幫助。不過正式上市的時間趨近，因此他帶著手下也做了一些廣告設計以及幾句吸引人的廣告詞：把保險套扔了吧！喜福多，全身都爽！無須淺嘗即止，盡情享受人生！還有一對男女激情的畫面，他們正把身上的衣服扯掉，笑得像瘋子似的。然後是男的跟男的，女的跟女的，不過這個就不用保險套那句了。還有三個人在一起的。那些廢話他睡著時都可以張口就來。

假如他能睡得著的話。在夜晚，他毫無倦意地躺著，責備自己，哀嘆自己的命運。責備、哀嘆，很有用的字眼。鬱悶、失戀、吾愛、孤寂。

然而，奧麗克絲勾引了他，還能用什麼字眼？她故意去他的套房，大踏步地邁進屋裡，她只用短短兩分鐘就把他從自己的殼裡拉了出來。這使他感到自己還只有十二歲。在這方面她顯然經驗老到，而且第一次就這麼像家常便飯，使他有些目瞪口呆。

「我不願看見你這麼難過，吉米，」她解釋道，「不想讓你為我難過。」

「妳怎麼看出來我難過的？」

「哦，我一直就知道。」

「那克雷科呢？」當她第一次誘惑他上鉤，他停下來喘氣時說。

「你是克雷科的朋友，他不會願意你不開心的。」

吉米可沒把握，不過他說：「我無法不予理會。」

「你說什麼，吉米？」

「妳難道——他難道……」好一個傻瓜！

「克雷科生活在更上面的世界裡，吉米，」她說，「他活在概念的世界裡，他正在做大事，他沒時間玩。克雷科是我老闆，你可以跟我玩。」

「是啊，但……」

「克雷科不會知道的。」

看來是真的，克雷科不知道。也許她太讓他著迷了，使他注意不到這些；或許，吉米想，愛情真的是盲目的，或使人盲目。而毫無疑問，克雷科愛著奧麗克絲；他簡直是在討好她。他甚至在公開場合撫摸她。克雷科以前從不會動手動腳，他與別人的身體保持著距離，而現在他總愛用手去觸摸奧麗克絲：摸她的肩，她的手臂，她的纖腰，她完美的屁股。我的，我的。那隻手在說。

不僅如此，他似乎對她信賴有加，也許超過對吉米的信賴。她很會做生意，他說。他給了她一些喜福多試用品：她在平民區很有人脈，那是透過和她在學生服務一起工作的姐妹們所建立的。為此她得經常外出旅行，世界奔波。性病診所，克雷科說。妓院，奧麗克絲說：還有比這些更好的地方嗎？

「只要別拿自己做試驗就可以。」吉米說。

「哦，不會，吉米。克雷科說不行。」

「妳總是照克雷科告訴妳的去做？」

「他是我上司。」

「是他叫妳做這個的？」

眼睛睜得大大的。「做什麼，吉米？」

「妳現在做的。」

「哦，吉米。你總是鬧笑話。」

她外出的日子對吉米來說很難熬。他為她擔心，他渴求她，他恨她不在。而出差回來時，她則會於午夜時分出現在他房間裡；不管克雷科有什麼安排她總能做得到。她先向克雷科報告情況，說明她做了哪些事以及如何地成功——發放了多少喜福多，在哪分發，結果為何。一份非常明確的報告，因為他極為重視。然後她就開始照料她所謂的私事。

據奧麗克絲說，克雷科的性需求直接而簡單；不像和吉米做愛那樣讓她神魂顛倒。不是樂趣，只是工作——儘管她很尊敬克雷科，她的確很尊敬他，因為他是才華洋溢的天才。不過要是克雷科要她待晚一點，或許是再做一次，她就要找藉口——時差，頭疼，反正是個搪塞的理由。她編造的藉口總是天衣無縫，她是世界上最鎮定自如的說謊者，於是就有了給愚蠢的克雷科的吻別，嫣然一笑間揮揮小手把門關上，而轉眼功夫她便翩然而至，與吉米相為伴。

好濫情字眼。為伴。

對她，他永遠也不會膩，每一次都那麼新鮮，她就是裝滿了奧祕的寶庫。她現在隨時都會把心打開，向他呈現本質，藏在生活核心的隱密事物，或是她的生活，或是他的——他很想知道的事情，他一直都想要的，那會是什麼呢？

「在那間車庫裡到底發生了什麼事？」吉米說。他不能讓她單獨面對早期的生活，他很想知道。對他而言，那些日子裡每個細節都很重要，她過去的痛苦沒有絲毫不重要的。也許他是在挖掘她埋藏的憤怒，但他什麼也沒找到。要不是埋得太深，就是根本不存在。但他不相信，她不是受虐狂，更不是聖徒。

他們正在吉米的臥室裡，一起躺在床上，數位電視開著，與電腦相連，他們正瀏覽專門播放有動物參與的交媾網站，一對訓練有素的德國牧羊犬和一個會柔軟功、毛髮剃得精光的白化病人搞在一起，那人全身都紋著蜥蜴圖案。聲音關掉了，只有畫面：色情桌布。

他們吃著從最近的購物商城外賣連鎖店裡買回來的人造雞肉球，還有豆製炸薯條及沙拉。沙拉裡的蔬菜葉中有些是回春溫室裡培養的菠菜：不含殺蟲劑，或者說殺蟲劑是不准帶入回春的。其他菜葉則是大白菜混種——巨型大白菜樹，能持續不斷地長出菜葉，產量很大。它有一點點污水味，但已被特殊的調味料蓋住。

「什麼車庫，吉米？」奧麗克絲說，她沒注意聽。她喜歡用手指吃東西，她討厭食具。為什麼要拿邊緣鋒利的金屬塞進嘴裡呢？她說這樣使食物吃起來跟鐵皮差不多。

「你知道那個車庫，」他說，「在舊金山的那間。那個人渣，那個買下你，帶你飛回來，讓他老婆說妳是女傭的變態。」

「吉米，你為什麼要幻想這些？我從來沒有待在車庫裡。」她舔了舔手指，把人造雞肉球撕成一口大小，並餵吉米一塊，然後讓他為她舔手指。他的舌頭拂過她細小的橢圓形指甲。這是她最能貼近他、又不會被他吞掉的方式；她在他體內，或者說，她的一部分在他的一部分之中。性交則相反：做那種事情時他在她體內。我要使你成為我的。舊書裡的情人們這麼說。他們從不說：我要使你成為我。

「我知道那是妳，」吉米說，「我看過那些照片。」

「什麼照片？」

「所謂的女傭醜聞，在舊金山。那個變態老混蛋有沒有強迫妳跟他做愛？」

「哦吉米。」一聲嘆息。「你就在想這些呀？我在電視上看過。你幹麼要為那種人煩惱？他那麼老，都快死了。」

「不，他有沒有做？」

「沒人強迫我在車庫裡做愛，我說過了。」

「那好，更正一下，沒人強迫妳，但妳做了嗎？」

「你不了解我，吉米。」

「但我很想了解。」

「是嗎？」一陣停頓。「這麼好吃的豆製炸薯片。想想吧，吉米——世界上還有幾百萬人從沒吃過這樣的炸薯片！我們多麼幸運！」

「告訴我。」那一定是她。「我不會生氣。」

又嘆了口氣。「他是個好人。」奧麗克絲說，她的口氣像在講故事。有時他懷疑她是在即興發揮，只為了迎合他；有時候他覺得她的整個過去——她告訴他的一切——都是他自己的杜撰。「他在營救年輕的女孩，他為我付了機票，就像那上面說的。如果不是他，我也不會在這裡，你應該喜歡他！」

「我為什麼要去喜歡這麼一個虛情假意、道貌岸然的混蛋？妳還沒回答我的問題。」

「是的，我做了，吉米。現在別管那個了。」

「他把妳鎖在車庫裡關了多久？」

「那比較像是公寓，」奧麗克絲說，「他們的房子不夠大，我不是他們唯一帶進來的女孩。」

「他們？」

「他和他妻子，他們努力想幫助我們。」

「而她不喜歡性生活，是這樣吧？所以她能忍受妳？是妳把那老山羊從她背上趕下來的。」

奧麗克絲嘆了口氣。「你總把人往最壞處想，吉米。她是個十分注重精神層面的人。」

「她那種人就那鳥樣。」

「別罵人，吉米。我想好好享受和你在一起的時刻。我時間不多，很快就得走，還有事情要辦。你為什麼這麼在乎那麼久以前的事情呢？」她傾身向前，用吃過人造雞肉球的嘴去吻他。潤滑膏、油膩的、奢侈的、淫逸的、淫蕩的、好色的、美味的，這些詞穿過吉米的腦子。他沉浸到這些詞語、這些感覺中。

過了一會兒他說：「妳要去哪？」

「喔，去一個地方。到了以後打電話給你。」她不會告訴他。

外賣

現在是雪人在腦中重複播放的情景。「早知道」的念頭不斷地侵襲著他，「早知道」什麼？他會表現不同的言行嗎？有什麼能改變事情的發展？從大方向來說，沒有。在小細節上，有很多。

別去，留在這。至少他們可以在一起，甚至她還可能活著——有何不可？如果是這樣，她現在就會和他在一起了，此時此刻。

我只是去買外賣，就只去購物商場，透透氣，走一走。

我跟妳去，那裡不安全。

別傻了！到處都有警衛。他們都知道我是誰。還能有誰比我更安全？

我有一種直覺。

但吉米並沒有直覺。那晚他很快樂，快樂而懶散。她比以往早來一小時，她從克雷科人那裡來，教他們辨認幾種草木。所以她剛從淋浴間出來，還有些濕淋淋的。她穿了件印滿紅色和橙色蝴蝶的和服，黑髮用粉紅絲帶編成辮子，盤在頭頂，用簪子鬆鬆地別著。當她上氣不接下氣地匆匆趕到他門口，洋溢著喜悅的興奮或是類似的好心情時，他做的第一件事便是解開她的秀髮。辮子在他手裡轉了三圈。

「克雷科呢？」他耳語道。她的身體散發著檸檬的氣味，搗碎的藥草的芳香。

「別擔心，吉米。」

「他在哪？」

「他在天塘外面，他出去了。他去參加會議，回來時不想見我，他說今晚他要思考，思考的時候他不需要性。」

「妳愛我嗎？」

她的笑是什麼意思？傻問題。幹麼問這個？你太囉嗦了。或者：什麼是愛？或還可能是：在你夢裡。

時間就這麼過去了。然後她又把頭髮盤了起來，又穿上和服繫好腰帶。他站在她背後，對著鏡子看。他很想攬住她，脫掉她剛剛穿上的衣服，重新來過。

「還不要走，」他說，但是還不要走對她向來沒用，她決定了就不會改變。有時他覺得自己只是她神祕行程中的服務之一——夜晚結束前她還要應付名單上所有的人。胡思亂想，但並非全無可能。他從不清楚她不在他身邊時都做些什麼。

「馬上回來，」她說，邊穿上小巧的粉紅與紅色相間的涼鞋，「我去買披薩。你還想吃什麼，吉米？」

「我們為什麼不把這些鬼東西都扔了，一走了之？」他一時衝動地說。

「離開這裡？離開天塘？為什麼？」

「我們可以在一起。」

「吉米，你真好笑！我們現在就在一起！」

「我們可以離開克雷科，」吉米說，「我們就不用這麼偷偷摸摸的了，我們可以……」

「可是吉米，」她睜大了眼睛，「克雷科需要我們！」

「我想他知道，」吉米說，「我們的事。」他並不確定，同時他又很確定。可以確定的是他們近來變得肆無忌憚。克雷科怎會沒發覺呢？在許多方面都聰明無比的人會在某方面很弱智嗎？或者克雷科的狡黠勝吉米一籌？如果是這樣，吉米也看不出任何跡象。

吉米開始在房間裡到處搜尋竊聽器：隱藏的迷你麥克風、微型攝影機。他知道要找什麼，或者他認為自己知道。但那裡什麼也沒有。

的確有跡可尋，雪人想。有徵兆但我沒發現。

比如，克雷科有一回說：「你會殺掉你愛的人以避免痛苦嗎？」

「你是說安樂死嗎？」吉米說，「就像結束飼養海龜的生命？」

「只要回答我。」克雷科說。

「我不知道。你是指什麼樣的愛、什麼樣的痛苦？」

克雷科轉移了話題。

又有一次在午餐時間，他說：「如果我出了什麼事，我要靠你接管天塘計畫。只要我不在，就由你來負責。我已經把這項指令變成標準程序。」

「什麼意思，什麼叫出事？」吉米說，「能出什麼事？」

「你知道的。」

吉米以為他是指綁架或被反對者打倒：對於園區裡的人才而言，那是一直存在的危險。「當然，不過第一，你的安全防衛是最好的，第二，這兒比我強的人多得是。我無法領導，我沒有科學頭腦。」

「這些人都是專家，」克雷科說，「他們不會有同情心去與那些樣品相處，他們的專長不在這，他們會很不耐煩，連我也不行。要和他們打成一片我做不到，但你比較像通才。」

「意思是？」

「你很會坐著無所事事，就跟他們一樣。」

「謝謝。」吉米說。

「不，我是說真的。我要——我想要你做。」

「那奧麗克絲呢？」吉米說，「她比我更了解克雷科人。」「克雷科人」是吉米和奧麗克絲的用語，而克雷科從來不用這個字眼。

「要是我不在了，奧麗克絲也不會在。」克雷科說。

「她會殉死？別亂說了！她會為你陪葬嗎？」

「類似。」克雷科笑道。吉米把這當成是克雷科狂妄的症候群。

「我覺得克雷科在暗中監視我們。」吉米在最後那晚上說。一說出口他就明白這的確有可能，他本來只是嚇奧麗克絲。或許可以嚇唬她讓她跟他走，雖然他還沒有具體計畫。假如他們逃跑，他們要住哪，怎樣不被克雷科發現，錢要從哪裡來？吉米會硬著頭皮去做男妓、靠變賣財物為生嗎？因為他根本沒有賺錢的技能，他的本事在平民區根本用不上；而他們必須這麼做。「我覺得他很嫉妒。」

「喔吉米。克雷科為什麼會嫉妒呢？他不贊成嫉妒，他認為那是錯的。」

「他也是人啊，」吉米說，「這不是贊不贊成的問題。」

「吉米，我認為嫉妒的人是你。」奧麗克絲微笑著踮起腳來親吻他的鼻子。「你是個好人，但我永遠不會離開克雷科。我信賴克雷科，我相信他。」她在尋找合適的詞。「他的眼光。他想讓世界變得更美好，這是他一直對我說的。我覺得這多麼好啊，你不覺得嗎，吉米？」

「我不相信，」吉米說，「我知道那是他說的，但我從不信。他根本不會在那方面做什麼屁事。他的興趣僅限於……」

「喔，你錯了，吉米。他已經發現問題，我想他是對的。世界上人太多了，這使人變壞了。我從生活中明白了這一點，吉米。克雷科是非常聰明的人！」
吉米真不應該說克雷科壞話的。克雷科是她的英雄，就某種意義上說。就某種重要的意義上說。
而他，吉米，不是。

「好吧，明白了。」至少他還沒把事情搞砸：她沒有生氣，那是最重要的。
我當時真是糊塗，雪人想。曾經那麼著迷，那麼著魔。不是曾經，現在也是。
「吉米，我要你答應我一件事。」
「沒問題，什麼事？」
「要是克雷科不在這了，要是他到別的地方去了，而且要是我也不在的話，我想讓你照顧克雷科人。」
「不在這？妳為什麼會不在這？」焦慮夾雜懷疑感又出現：他們在計畫遠走高飛嗎，留他一人？是這樣嗎？他只是奧麗克絲的玩物，克雷科的弄臣嗎？「你們要去度蜜月嗎？」
「別傻了，吉米。他們就跟孩子一樣，需要人照顧，你要好好對待他們。」
「妳找錯人啦，」吉米說，「跟他們待在一起超過五分鐘就會把我逼瘋。」
「我知道你能，我沒有開玩笑，吉米。答應我，別讓我失望。保證？」她撫摸著他，在他手臂上留下一行吻。
「好吧，我發誓，高興了吧？」這毫不費力，純粹是理論上的假設。
「是啊，現在我很高興。我馬上就回來，吉米，然後我們就可以吃東西了。你要鯷魚嗎？」
當時她在想什麼？雪人思索不下一百萬次。她猜到了多少？

他等著她，起先是不耐煩，接著是焦急，然後是驚慌。買兩個披薩不需要那麼久。

第一號簡報在九點四十五分送達。由於克雷科不在而吉米是副總管，因此他們從錄影監視室派了一個工作人員來找他。

起初吉米以為那只是一般事故，又一起小型瘟疫或是恐怖分子的生化攻擊，只是新聞。穿生化防護衣的女孩男孩們、手持噴槍的人、隔離帳篷、一箱箱漂白粉以及石灰池，會像往常一樣把問題解決。況且那是發生在巴西，還遠得很。但克雷科的標準程序是要求任何疫情都須報告，於是吉米就去看看。

接著第二份簡報又送到了，再來是第三份、第四份、第五份，如燎原之勢。台灣、曼谷、沙烏地阿拉伯、孟買、巴黎、柏林。芝加哥以西的平民區。監視螢幕的地圖如被燃起一般地火紅，好似被人用飽蘸油漆的刷子掃過。這不是零星隔離幾區就可以的，這是一次大爆發。

吉米試著撥克雷科的手機，卻沒有回音。他讓監視室裡的人切換到新聞頻道。那是一種猛爆性大出血，播報員說。症狀為高燒、眼睛和皮膚流血、抽搐，接著內部器官衰竭，然後便是死亡。從看得出的症候到最後那一刻的時間，短得讓人吃驚。病毒似乎是在空氣中傳播的，但跟水也有關。

吉米的手機響了。是奧麗克絲。「妳在哪？」他叫道，「回到這，妳有沒有看到……」

奧麗克絲在哭。這很少見，吉米亂了方寸。「哦吉米，」她說，「我很抱歉，我當時不知道。」

「沒關係，」他說，他想安慰她，然後，「妳在說什麼？」

「是裝在藥裡的，裝在我分發的藥裡，就是我正在銷售的那些。都是我去過的城市。那些藥應該是幫助人的呀！克雷科說……」

連線斷了。他試著回撥：嘟－嘟－嘟－然後是喀搭一聲，然後什麼也沒有了。

要是那東西已經在回春內部呢？要是她也暴露在其中呢？當她出現在門口時他不可能把她關在外面。他不忍這麼做，即便她的每個毛孔都在淌血。

到了午夜各地的報告幾乎在同時傳了過來。達拉斯、西雅圖、新紐約。那東西不像是從城市傳到城市，是許多城市同步爆發。

屋裡現在有三個工作人員：犀牛、白鯨、白莎草。一個在哼歌，一個在吹口哨；第三個——白莎草——在哭。這下嚴重了。這話另兩人已說過了。

「我們有應急通道嗎？」

「我們該怎麼做？」

「什麼也別做，」吉米強做鎮定地說，「我們在這很安全。我們可以等它結束，儲藏室裡的補給夠用。」他環顧三張緊張的面孔。「我們要保護那些天塘樣品。我們不知道潛伏期有多長，不知道誰是帶原者，我們不能放任何人進來。」

這給了他們些許安慰。他走出監視室，重新設置最裡面那道門，以及氣密艙門的密碼。正忙著時他的視訊手機響了。是克雷科。他在小型螢幕上的表情與往常一樣；看起來他好像在酒吧。

「你在哪？」吉米叫嚷道，「你不知道出了什麼事嗎？」

「別擔心，」克雷科說，「一切都在掌握之中。」他的聲音有著醉意，這並不常見。

「去他的什麼一切？這是一場全球瘟疫！是『紅死病』！喜福多裡究竟裝了什麼？」

「誰告訴你的？」克雷科說，「一隻小鳥？」他一定醉了，不是醉了就是藥物的作用。

「別管這個，真的是這樣嗎？」

「我在購物商場，披薩店裡。我馬上來，」克雷科說，「把堡壘守好。」

克雷科掛了手機，也許他找到奧麗克絲，吉米想。也許他會把她安全帶回來。然後他想，你這個白癡。

他去察看了一下天塘工程。模擬的夜空已打開了，人工月亮正發著光，克雷科人——就他所能看到的——正恬靜地睡著。「祝好夢，」他隔著玻璃喃喃地對他們說，「好好睡吧，現在只有你們睡得著。」

接下來發生的事像是慢動作的連續劇。那是消音的色情戲，是沒有廣告的「腦煎熬」。是演得太過火的情節劇，如果他和克雷科十四歲時在DVD上看了這齣戲一定會笑掉大牙。

先是等待。他坐在辦公室的椅子上，讓自己平靜下來。古舊的字詞在他腦子裡匆匆掠過：可互換的、萌發、裹屍布、娼婦。過了一會兒他站起來。閒扯、晚年開始學習的人。他打開電腦瀏覽新聞網站，外界一片倉皇失措，救護車應接不暇。呼籲人們保持鎮靜的政客演說已經展開，架著高音喇叭告誡大家待在家中的車輛在街上巡行。一片祈禱聲。

串連。黑禮服。積怨。

他去儲藏室拿了把噴槍別在身上，穿了寬鬆的薄夾克把它遮起來。他回到監視室，告訴那三位員工，他已和公司安全衛隊的園區保全部門談過——謊話——他們目前還算安全；還是謊話，他懷疑。他補充說他接到克雷科的命令，要他們都回房間睡覺，因為接下來的幾天裡他們要有充沛的精力。他們看來鬆了口氣，並且很樂於遵命。

吉米陪他們來到氣密艙口，用密碼打開門，將他們送進通往休息區的走廊。他們走在前面時他看著他們的背，他已經把他們看成死人。他感到很抱歉，可他不能存僥倖心理。那是三對一的局面：如果他們變得歇斯底里，如果他們企圖闖出這座綜合基地或是放同伴進來，他便控制不了了。一等他們消失在視線中，他便將他們鎖在外面，將自己鎖在裡面。現在這座內部圓頂房裡只剩下他自己和克雷科人。

他又看了些新聞，同時喝著蘇格蘭威士忌壯膽，不過他喝得很節制。長莖草。喉音素。女鬼。菘藍。他在等奧麗克絲，但希望渺茫。她一定出事了，要不然她會在這裡。

接近黎明時，大門監視器響了起來。有人在按密碼想打開氣密艙。這當然沒用，因為吉米已修改過密碼。

視內部通訊系統嘟嘟地叫起來。「你在幹什麼？」克雷科說。他的神色和語氣都不大好。「開門。」

「我在執行第二方案，」吉米說，「有生物災變來襲時，不讓任何人進來。你的命令，我把氣密艙關上了。」

「任何人指的不是我，」克雷科說，「別跟軟木花生似的。」

「我怎麼知道你不是帶原者呢？」吉米說。

「我不是。」

「我怎麼知道呢？」

「就假設我預見此事並採取了預防措施，」克雷科疲倦地說，「而且不管怎樣你有免疫力。」

「為什麼我有？」吉米說。今天晚上他的大腦對邏輯很遲鈍。克雷科的話中有話，但聽不出來。

「去平民區前種的疫苗中有免疫血清。還記得你打的那些針嗎？每次你去平民區縱情聲色，以解相思情愁的時候。」

「你怎麼知道的？」吉米說，「你怎麼知道我去哪，做了什麼？」他的心跳加速，頭腦現在很不清醒。

「別像個白癡，讓我進去。」

吉米用密碼打開通向氣密艙的門，現在克雷科到達最裡面的一道門。吉米打開氣密艙口的監視器：克雷科的頭就在他眼前，真實大小。他看起來很狼狽，襯衫領子上有什麼東西——血？

「你去哪？」吉米說，「打架了？」

「你想不到的，」克雷科說，「讓我進來。」

「奧麗克絲呢？」

「她正和我在一起，她剛才很難過。」

「她怎麼了？外面發生了什麼事？讓我跟她說話！」

「她現在不能說話。我抬不動她，我受了點傷。好了別扯了，讓我們進來。」

吉米拿出噴槍。然後他按下密碼。他退後靠牆邊站著。手臂上的汗毛全豎了起來。我們懂得的比我們知道的多。

門打開了。

克雷科的米色夏裝上沾滿紅褐色污點。他右手握著一把平時放在儲藏室裡的折疊刀，就是配了兩把刀片以及指甲刀、開瓶器和小剪刀的那種。他另一隻手摟著奧麗克絲，她似乎睡著了，臉倚著克雷科的胸口，她那用粉紅色髮帶編成的長辮子垂在背後。

吉米看著，難以置信地呆在那裡。就在這時，克雷科把奧麗克絲向後仰，倒在他左手臂彎裡。他直視著吉米，沒有笑容。

「都靠你了。」他說。然後割開她的喉嚨。

吉米向他開槍。

13

圓頂屋

經過暴風雨的肆虐後，空氣涼爽了些，霧靄從遠處的樹林裡裊然升起，太陽西沉，鳥兒們開始了傍晚的歡宴。三隻烏鴉從頭頂飛過，翅膀如同黑色的火焰，叫聲似乎像是在說：克雷科！克雷科！蟋蟀似乎在說：奧麗克絲。我出現幻覺了，雪人想。

他沿著防禦牆繼續向前，每走一步都痛徹心扉。他感覺腳就像煮熟的維也納大香腸，裡面塞滿滾熱的絞肉，沒有骨頭，而且即將爆裂。不管是什麼病毒在裡面作怪，很明顯地，對瞭望塔找到的抗生素藥膏有抗藥性。也許在天塘裡，克雷科的應急儲藏室已被翻得亂七八糟——他知道一定被翻遍了，他就翻過——他將能找到更有效的藥。

克雷科的應急儲藏室，克雷科的美妙計畫，克雷科的如意算盤。克雷科，克雷科王國的君主，因為克雷科仍在那裡，仍然掌握著一切，仍是他領地的主宰，無論那圓頂屋的光芒變得多麼黯淡。比黑暗還黑暗，而其中有一部分是雪人造成的。他助紂為虐。

「我們不要去了吧。」雪人說。

寶貝，你已經到了，你未曾離開過。

走到第八座塔，即俯視著環抱天塘的那座，他仔細觀察了一下，看看通向塔樓上層房間的兩扇門會不會沒鎖——如果可能的話，他比較想從樓梯下去——然而都是鎖著的。他小心翼翼地從其中一個觀察口環視牆下的地面：看不見有什麼大型或中型的生物，只有下層灌木裡一陣騷動，他希望那只是松鼠。他解開纏著的床單，綁在通風管上——不算牢靠，但沒別的了——把另一頭沿防禦牆的外壁放下去。還差了七英尺，這段落下的衝擊他還可以承受，只要他不用傷肢著地就可以。他翻過牆，雙手交替順著這根替代用的繩子降下去。他像蜘蛛一樣吊在繩索末端躊躇著是不是有什麼技巧？他讀過關於跳傘的文章嗎？好像是要屈膝，然後他鬆開了手。

他雙腳著地，劇烈疼痛，不過在一片泥濘的地面打了一會兒滾，發出動物被刺中的嚎叫聲後，他嗚咽著雙腳撐住身子把自己拖起來。更正：用一隻腳。看來並沒有摔斷。他環顧四周想找根樹枝當拐杖。找到了，真不錯，樹枝都長在樹上。

現在他口很渴。

他在繁茂的雜草中蹣跚而行，咬緊牙關。走著走著他踩上一條碩大的香蕉鼻涕蟲，幾乎摔了一跤。他厭惡這種感覺：涼涼的，黏黏的，像一塊剝了皮、冰凍過的瘦肉。會爬行的鼻涕。如果他是克雷科人，他還得向牠道歉——對不起我踩到了你，奧麗克絲的孩子，請原諒我這麼笨手笨腳。

他試著說出口：「對不起。」

他聽見什麼了嗎？有回答嗎？

當鼻涕蟲能開口說話時，一切就都無所謂了。

他到達了圓頂屋，沿著白色、滾燙、像冰一樣滑的隆起部分繞到前面。氣密艙門開著，和他記得的一樣。他深吸了口氣，向裡走去。

這就是克雷科和奧麗克絲，他們殘留的部分已被禿鷲瓜分，屍骸四處散落，大大小小的白骨交錯且雜亂地堆著，像一幅龐大的拼圖。

這就是雪人，像磚那麼厚，一副愚蠢、無聊，總是被捉弄的樣子，水從他臉上向下滴落，他的心像被巨大的拳頭攥著，他低頭瞪著全世界他唯一的愛人和最好的朋友。克雷科空洞的眼窩朝上瞧著雪人，正如他從前空洞的眼神。他把腦殼裡所有的牙都齜出來笑著。奧麗克絲呢，她面朝下背對著他，似乎在哀悼。頭髮上的髮帶和從前一樣粉紅。

要如何悼念他們呢？連這個他都不會。

雪人穿越內部走廊，經過安檢區域進入員工生活區。空氣潮濕悶熱且不新鮮。他第一個要去的地方是儲藏室，他毫不費力地找到了。除了幾縷從天窗射進來的光線外，這兒很昏暗，但他帶了手電筒。可以聞到黴菌及老鼠的氣味，除此之外，這個地方和他上次在這裡時的情形一樣，沒人動過。

他找到藥品櫃，在上面翻找著。壓舌板、紗布墊、燙傷膏、一盒肛溫計，可他不須將這玩意兒塞進肛門裡來判斷他正發燒。有三四種抗生素，是藥片，所以藥效會很慢，還有最後一瓶克雷科調製的、去平民區短期旅行時喝的強效殺菌雞尾酒。可以讓你安全往返，但別逗留到午夜鐘響，不然你會變成南瓜。克雷科當時常這麼說。他讀了標籤上克雷科標記的詳盡說明，並估計用量。他現在虛弱得幾乎提不起瓶子，花了一點時間才打開瓶蓋。

咕嘟咕嘟咕嘟，漫畫裡是這樣形容他的聲音的。乾杯。

可是不，他不應該喝的。他找到一盒乾淨的注射器，替自己打了一針。「完蛋吧，腳上的細菌。」他說。然後他一跛一跛地走向自己的套房，他從前的套房，並癱倒在潮濕、沒有鋪好的床上，關了手電筒。

鸚鵡艾力克斯來到他的夢裡。牠從窗口飛進來，落在枕頭上，離他很近，這次是翠綠色的羽毛，紫色的翅，黃色的喙，像燈塔一樣閃亮，雪人浸潤在歡喜和愛之中。牠偏著頭，先用一隻眼睛打量他，再用另一隻。「藍色三角形。」牠說。然後開始變成血紅色，先從眼睛開始。這很恐怖，彷彿那是一隻鸚鵡形狀、灌滿了血的燈泡。「我要走了。」牠說。

「不，等等，」雪人呼喚著，或想要呼喚。他的嘴沒法動。「別急著走！告訴我……」

然後是呼的一陣風，艾力克斯不見了，雪人坐在他以前的床上，在黑暗中，大汗淋漓。

塗鴉

第二天早上他的腳似乎好了些。腫脹開始消退，疼痛也有所減輕。傍晚他要用克雷科的超級製劑再打一針。他明白不能過量，這東西很強。要是攝入太多，他的細胞會像葡萄那樣支離破碎。

日光從朝向採光天井的絕緣玻璃磚中投射進來。他在這曾居住過的空間裡遊蕩，覺得就像脫離了肉體的感覺器官。這裡是他的櫥櫃，裡頭曾屬於他的衣服，薄襯衫以及寬鬆運動短褲，整齊地掛在衣架上，已開始發霉了。還有各種鞋子。現在他一想到要穿鞋子就無法忍受，那就像多了一隻腳，而且他那受感染的腳可能也穿不進去。內褲疊放在架子上。過去他怎麼會穿這種東西？他覺得它們現在看上去就像古怪的綳帶式服裝。

他在儲藏室找到幾包食品及罐頭。他吃了澆了番茄醬的冷義大利小方餃，外加半根勁力棒作為早餐，配溫的可樂。沒剩下啤酒或任何酒精飲料，被困在這的幾個星期裡，他已把酒全搜羅光了。要是有的話，他會衝動地以最快的速度喝光所有酒，將所有的記憶頻道都調成白色噪音。

現在沒希望了。他身陷過去的時間裡，潮濕的流沙正在上升，他正在下沉。

殺了克雷科後，他重設了內門密碼並把門關上。克雷科和奧麗克絲躺在氣密艙裡，肢體相互交疊；他無法忍受去碰觸他們，因而就把他們留在那兒原封未動。他在一瞬間有過浪漫的衝動——也許他該剪下一撮奧麗克絲的頭髮？但他克制住。

他回自己房間不斷喝著威士忌，直到能讓他醉得倒頭睡去。叫醒他的是外門的蜂鳴器：白莎草和黑犀牛企圖進入。其他人也一樣，毫無疑問。吉米不予理會。

第二天不知幾點時他烤了四片黃豆製麵包，強迫自己吃下去，喝了一瓶水。他感到整個身軀就像一隻碰傷了的腳趾，麻木又疼痛。

到了白天，他的手機響了，是個官階很高的公司安全衛隊，他正在找克雷科。

「告訴那個混蛋，帶著他媽的豬腦來這裡，把事情解決掉。」

「他不在這。」吉米說。

「你是誰？」

「無可奉告，這是公司保密章程。」

「聽著，不管你是誰，我已經知道那小子在玩什麼把戲，等我抓到他後非得把他的脖子擰斷。我打賭他手裡有疫苗，並且想拿這個敲我們一大筆。」

「是嗎？你這樣想？」吉米說。

「我知道這混蛋就在那，我要過來把門轟開。」

「我要是你就不會這麼做，」吉米說，「我們這裡正觀察到一種非常古怪的微生物活動，非常罕見。這地方比地獄還糟，我決定穿著生化衣在這堅持到底，但我不清楚自己是不是感染了，事態嚴重。」

「喔真他媽的！在這裡？在回春？我還以為我們是與外世隔絕。」

「是啊，這是一次惡性爆發，」吉米說，「我的建議是，到百慕達去找，我認為他帶了一大筆錢去那裡了。」

「他出賣了我們？這狗東西。為了競爭故意這麼散播。這就可以解釋了，的確有道理。聽著，謝謝你提供的情況。」

「祝你好運。」吉米說。

「是啊，當然，你也一樣。」

沒有人再去按外門的蜂鳴器了，也沒有人企圖闖進來。回春的人已經得到消息。至於那些工作人員，一旦發覺警衛不知去向時，必定跑到外面，直奔大門。他們不清楚發生了什麼事，以為自由了。

吉米一天要去察看克雷科人三次，像個偷窺狂一樣朝裡面張望著。別說「像」這個比喻了：他就是偷窺狂。他們看起來很快樂，或至少很知足。他們吃，他們睡覺，一坐就是好幾個小時，似乎什麼也不幹。母親們哺育著寶寶，小孩子們在玩耍，男人圍成一圈撒尿。其中有個女人進入她的藍色發情期，於是男人們跳著求偶舞，手捧鮮花唱著歌，藍色的陰莖隨節奏搖擺著。然後便產生了五人生殖盛會，他們鑽進灌木叢裡。

也許我可以有些交流，吉米想。幫助他們發明車輪，留下一些知識遺產，教他們我會的字彙。

不，他不能。別指望。

有時他們也流露出不安。他們會三三兩兩地聚在一起，小聲地交頭接耳。隱藏的麥克風傳出他們的談話：

「奧麗克絲去哪了？她什麼時候會回來？」

「她都會回來的。」

「她應該在這，教導我們。」

「她一直在教我們。她現在就在教我們。」

「她在這？」

「對於奧麗克絲而言，在這和不在這是一樣的。她說過的。」

「是啊。她說過。」

「什麼意思？」

這就像在聊天室的一個侃侃而談的偏僻角落裡進行的精神錯亂的神學辯論。吉米無法忍受聽太久。

在其餘的時間裡，他吃東西、睡覺，一坐就是好幾個小時什麼也不幹。前兩個星期他一直關注著網上報導的世界大事，或者看電視新聞：城市騷亂，因為交通陷入癱瘓，超市也遭到掠奪；爆炸此起彼伏，因為電力系統已經停頓，起火了也沒人來撲滅。人群湧向教堂、清真寺、猶太會堂、寺廟，去禱告、懺悔，而當這些信徒醒悟到，這樣更加劇受感染的危險時，又紛紛湧出。大批人口流向小城鎮和鄉村，而地方居民則拿起禁用的火器或棍棒及乾草叉，竭力地想把外來的難民趕走。

起初新聞播報員完全投入此事件的報導，從直升機上拍下事態的進展，並像在轉播足球比賽那樣嘖嘖驚嘆：大家看見了嗎？真讓人難以置信！布萊德，誰也無法相信這個。我們剛剛看見的是一群狂熱的上帝之園丁會暴徒，正在洗劫一處人造雞肉球生產設施。布萊德，這真好笑，這些長出人造雞肉球的東西連路都不會走！（笑聲）現在讓我們回到攝影棚。

一定是在這段最早的極端混亂時期，某個天才放出器官豬和狗狼，雪人想。哦，多謝多謝。

街頭的布道者陷入深深的自責，高呼《啟示錄》上預示的世界末日來臨了，不過他們似乎有些失望：號角和天使在哪呢？為什麼月亮沒變成血紅色？各種衣冠楚楚的權威現身螢幕；醫學專家，顯示感染率的圖表，追蹤瘟疫擴散的地圖。他們用暗粉紅色來表示，這過去曾用來描繪大英帝國的擴張。吉米就會用別的顏色。

播報毫不掩飾恐懼之情。誰是下一個，布萊德？他們什麼時候能製造出疫苗？噢，賽門，據我所知他們正在夜以繼日努力，但沒人宣布可以控制這東西。問題大了，布萊德。賽門，你說得沒錯，我們以前也出過問題啊。鼓舞人氣的笑容，豎起的大拇指，茫然的目光，蒼白的面色。

紀錄片倉促地拼湊，上面展示了病毒的樣子——至少他們將它分離了，它看起來就像融化的普通橡皮糖，只是長了刺毛——以及消滅的方法。這似乎是一種具有超級毒性的基因變種。大家都在猜測它是基因突變還是人為製造的產物。眾人紛紛煞有介事地點頭。他們為它命名，使人感覺它並不是完全不能控制——叫劇腐（JUVE），即超音速病毒（Jetspeed Ultra Virus Extraodinary）。他們現在可能有點概念了，比如克雷科在回春真精園區的中心都在研究些什麼。高高在上審判著全世界，吉米想，他憑什麼？

陰謀論層出不窮。這是宗教事件，是上帝之園丁會幹的，想圖謀控制世界。把水煮開和不要外出旅行的警告在第一週就發布了，還勸說人們不要握手。在同一週裡，人們還搶購橡膠手套和錐形過濾口罩。不會有什麼效果，吉米想，就像黑死病流行時人們吃蘸了丁香的橘子一樣。

以下是剛剛得到的消息。致命病毒劇腐已在斐濟爆發，該國此前一直不是疫區。公司安全衛隊總管宣布新紐約為災區，主要交通幹線都已封閉。

布萊德，這個東西移動速度好快。賽門，這真讓人無法相信。

「速度會改變狀態。」克雷科常常說，「用頭碰一下牆，什麼事也沒有，但如果頭以時速九十英里去撞同一面牆，那就把牆染紅了。我們正置身於高速隧道中，吉米。當水運動得比船快時，你就失去控制力。」

我當時聽見他說的，吉米想，但我沒聽進去。

在第二週，所有人都被動員。倉促集合的疫病管理官員開始發號施令——戰地診所、隔離帳篷；整個村鎮，接著是整個城市被隔離。但隨著醫護人員也染病或是倉皇逃跑，這些努力很快便化為泡影。

英國關閉港口、機場。

與印度的一切交通中斷。

醫院禁止進入，何時開放另行通知。如果感到不適，飲用足量的水並撥打以下熱線電話。

不要，再說一遍，不要試圖離開城市。

不再是布萊德或賽門在解說了。布萊德和賽門不在了。換了另外的人，接著又換人。

吉米撥打了熱線號碼，得到錄音回覆此號碼已停止服務。然後他打電話給父親，這是他多年沒做過的事。這個號碼也停話了。

他查了查電子郵件，沒有最近的郵件。他只找到一張沒刪除的舊生日賀卡：生日快樂，吉米，願你夢想都成真。插翅的豬的圖案。

一家私人網站展示了一張地圖，上面用亮點表示尚在使用衛星通訊的地區。吉米出神地看著亮點一個一個地熄滅。

他感到震驚。這也許是他無法接受的原因。整個事件看起來就像一部電影。然而他卻在場，奧麗克絲和克雷科也在，死在氣密艙裡。每當他發覺自己覺得這都是幻覺、惡作劇時，他就去看看他們。當然是隔著防彈玻璃窗：他知道他不能打開最裡面這道門。

他靠克雷科的應急儲藏室維生，先吃冷凍食品：一旦圓頂屋的太陽能系統癱瘓，冰箱和微波爐就不能再使用，因此他盡可能先吃人造雞肉球。他很快就抽完克雷科存放的大麻菸；他總算用這種方式躲過恐怖的三天。起初他喝酒尚有節制，但很快就濫飲無度。他需要以爛醉如泥的狀態去面對新聞，他需要減少對外界刺激的感受。

「我不相信，我不相信。」他會說。他開始大聲和自己說話，這不是個好現象。「這沒有真的發生。」當所有人類都快要完蛋時，他怎能生存在這間潔淨、乾燥、單調、平常的屋子裡，狼吞虎嚥地吃焦糖色黃豆製玉米和胡瓜奶酪餡餅，用烈酒把自己灌得頭昏腦脹，悶悶地想著以徹底失敗告終的個人生活呢？

最糟糕的是外面那些人——那些恐懼、痛苦，成批的死者——並沒有真正觸及他。克雷科曾說人類之間密切接觸的人數還不到兩百人，這正是原始部落的群體大小。而吉米會說只有二位數。奧麗克絲愛他嗎？她不愛他嗎？克雷科知道他們的事嗎？他知道多少？什麼時候知道的？是不是一直在暗中監視他們？他是否把這最後一幕導成協助式自殺，他是否想讓吉米殺死他，因為他明白接下來會發生什麼事，而他不願放下身段留下來眼睜睜地看著他所造成的後果？

或者他明白一旦公司安全衛隊抓住他，他就不能不拿出疫苗的配方？他策畫了多久時間？有沒有可能皮特叔叔，甚至是克雷科的母親，都曾充當過試驗品？下了這麼大的賭注後，他是否很害怕失敗，害怕自己只是另一個蹩腳的恐怖分子？抑或他是否被嫉妒折磨，被愛情沖昏了頭？這是否是報復，是不是他只想要吉米救他離開這個深淵？他是個瘋子還是能把事情設計得天衣無縫的天才？這兩者有分別嗎？

諸如此類的念頭在他的情緒中翻攪，他灌光了威士忌直到腦子變成一片空白。

在這期間，一個物種的滅亡正活生生地發生在他眼前。界、門、綱、目、科、屬、種。有幾條腿呢？人類加入了北極熊、白鯨、中亞野驢、穴鴞等組成的長長的名單中。哦，得分好高呀，大師。

有時他就把聲音關掉，獨自喃喃地誦讀單字。肉質的。形態學。視力模糊的。四開本。蛀屑。這可以讓他平靜一點。

網站和頻道一個接著一個掛了。有些主播或節目主持人用攝影機對準自己，播出自己的死亡——尖叫、皮膚溶解、眼球破裂等全部過程。多像在演戲呀，吉米想。有些人為了能上電視什麼都做得出來。

「你這個憤世嫉俗的廢物。」他自言自語，然後哭了起來。

「別他媽的這麼多愁善感。」克雷科常對他說。但是為什麼別這樣呢？為什麼他就不該多愁善感？好像周圍不會有人再來質疑他的品味了。

他曾想過自殺——這似乎是順理成章的——不知怎麼的，他沒有力氣有那種想法。無論如何，自殺是某種做給觀眾看的行為，就像在晚安再見上一樣。在目前的情況下，在此時此刻，那是一種不體面的舉動。他想像得出克雷科那種充滿戲謔的輕蔑，還有奧麗克絲的失望：可是吉米！你為什麼要放棄？你還有你的責任哪！你答應過的，還記得嗎？

也許他沒認真對待自己的絕望。

終於沒東西可看了，除了DVD老片子。他看《蓋世梟雄》裡的亨弗萊・鮑嘉（Humphrey Bogart）和愛德華・G・羅賓遜（Edward G. Robinson）。他還要，你呢，羅科？好呀，再來點！沒錯，我還要。你什麼時候會覺得夠？或者他看希區考克的《鳥》。撲撲撲。唷唷。吱吱。看得出這些空中的超級明星是用線與屋頂綁在一起的。或者他還可以看《活死人之夜》(*Night of the Living Dead*)。暗中潛伏，啊——咬呀啃呀，噎住了，咯咯咯咯。這類輕微偏執狂的故事能給他點安慰。

然後他會關掉電視，坐在空洞的螢幕前。在幾近昏黑的光線中，所有他認識的女人都從眼前經過。還有他媽媽，穿著紫紅色睡袍，又煥發出年輕的光彩。最後來的是奧麗克絲，手捧白花。她看了看他，便慢慢走出他的視野，進入陰影裡，克雷科正在那裡等她。

這些幻覺幾乎令他感到愉快。在幻想時每個人都好端端地活著。

他知道目前的狀況無法再維持。在天塘內部，克雷科人吃樹葉、草莖的速度快於樹草生長的速度，而且總有一天太陽能供電系統會停轉，後備系統也會失靈，吉米根本不懂如何修理這些東西。接下來通風設施也將停頓，門鎖會卡住，他和克雷科人都會被困在其中，窒息而死。他得在尚有機會時把他們弄出去，但不能太早，否則還會有一些走投無路的人等在外面，而走投無路意味著危險。他不想要一群肢體破碎的癲狂之人跪在地上伸出手想抓住他說：救救我們吧！救救我們吧！他也許對這種病毒免疫——除非克雷科說謊——但在那些病毒帶原者的憤怒和絕望面前卻無能為力。

不管怎樣，他怎麼會有勇氣站在那兒說：你們沒救了？

在幾近昏黑的光線中，在潮濕的空氣裡，雪人四處亂晃。這裡是他的辦公室，他的電腦擺在桌上，帶著空洞的神情面對著他，就像被拋棄卻又在聚會上偶遇的女友。電腦旁有幾張紙，那一定是他最後寫過的紙，他以後也不會再寫了。他好奇地將紙拿起來。吉米，這個他的前身，究竟用什麼合適的文字來告知，至少是記錄下——用白紙黑字，還有塗改——一個不復存在世界的文明教化呢？

敬啟者。吉米的文字是用筆寫而不是列印；那時他的電腦已經壞了，但他仍不辭辛苦，堅持用手寫了下來。他一定還抱著希望，他一定相信局面會扭轉，有人會出現，某個專家；而他所寫的就可以解釋一切了。正如克雷科曾經說過的，吉米是個浪漫的樂觀主義者。

我的時間不多了，吉米寫道。

這個開頭不壞，雪人想。

> 我的時間不多了，但我將盡量記下我看到的最近這些離奇的事件大災難的解釋。我檢查了那個在這裡被稱作克雷科的肉身電腦。他離去時讓電腦開著——我相信，他是故意的——於是我能夠做出如下通報：劇腐病毒是在這個天塘圓頂屋裡，由克雷科和他挑選的基因轉植專家親手製造並淘汰，隨後被包在喜福多裡。為了達到廣泛傳播，該病毒被植入了延遲因數：第一批病毒直到被鎖定的地區都使用了喜福多後才進入活躍狀態，所以爆發出一系列快速交疊的波浪形式。計畫成功的關鍵在於時間，社會混亂擴大，無法研製疫苗。克雷科在製造病毒的同時開發出了疫苗，但他在自殺死之前將它毀了。
>
> 雖然喜福多專案的各類工作人員都促成劇腐的製造，但我相信除克雷科外，誰也不知道。至於克雷科的動機，我只能臆斷。也許……

寫到此就停止了。不論吉米對克雷科的動機做何臆測，反正都沒有記下。

雪人把這些紙張揉成一團扔在地上。這些字的命運就是會被蟲吃掉。他本來應該提及克雷科的冰箱磁鐵的改變，從冰箱磁鐵上可以知道一個人的想法，不過當時他沒想這麼多。

殘餘

在三月分的第二個星期五——他一直在日曆上記著日期，天知道為什麼——吉米第一次出現在克雷科人面前。他沒有把衣服脫掉，他反對這麼做。他穿了一套卡其布回春夏季制服，衣服的腋下用的是網眼織料，還有無數個口袋。他穿了那雙最喜歡的仿皮涼鞋。克雷科人圍住他，安靜而驚奇地看著：他們以前從沒見過紡織物。孩子們指指點點，輕聲低語。

「你是誰？」那個被克雷科取名叫亞伯拉罕・林肯的人說。一個高個子男人，棕色皮膚，很瘦。說話並不算無禮。從一個普通人嘴裡說出來吉米會覺得生硬，甚至有挑釁的意味，但這些人並沒有學過說話的技巧：沒人教過他們遁詞、委婉語、粉飾。在措詞上，他們平實而直率。

「我的名字叫雪人。」吉米說，這一點他已仔細想過了。他不想再做吉米，甚至吉姆，他最不需要西克尼，他人生中的西克尼階段過得可不怎樣。他得忘記過去——遙遠的過去，最近的過去，任何形式的過去。他得只活在現在，不帶任何愧疚，不留一絲希望。就像克雷科人那樣。也許換個名字能助他一臂之力。

「你從哪來，雪人？」

「我從奧麗克絲和克雷科的地方來，」他說，「克雷科派我來的。」從某種意義上講這也沒錯。「還有奧麗克絲。」他保持簡單的句子結構和清楚的資訊：他透過玻璃牆觀察過奧麗克絲，當然也聽過她說話，所以知道該怎麼做。

「奧麗克絲去哪了？」

「她有些事情要做。」雪人說。他只能想出這些話來：只要說她的名字，他會什麼也講不出來。

「為什麼克雷科和奧麗克絲要派你來我們這裡？」叫居里夫人的女子說。

「因為要帶你們到一個新地方。」

「可這就是我們的地方呀，我們在這裡很滿足。」

「奧麗克絲和克雷科希望你們有一處比這裡更好的地方，」雪人說，「那裡吃的東西更多。」周圍是一片點頭和微笑。奧麗克絲和克雷科希望他們過得好，他們一向都知道。這麼說似乎已足夠了。

「你的皮膚為什麼這樣鬆鬆垮垮？」一個孩子說。

「製造我的方法跟你們不一樣。」雪人說。他開始覺得這種談話有點意思了，像在玩遊戲。這些人如同一張張白紙，他可以在上面隨心所欲地書寫。「克雷科用兩種皮膚做出我，有一種可以拿掉。」他把薄背心脫下來給他們看。他們饒有興味地盯著他的胸毛。

「那是什麼？」

「是羽毛，小羽毛。奧麗克絲給我的，作為特別的恩惠。看見了嗎？我的臉上還有更多的羽毛長出來。」他讓孩子們摸了摸鬍鬚。近來他疏於刮鬍子，因為似乎沒什麼意義，所以長了很多鬍子。

「是的。我們看見了。什麼是羽毛呢？」

噢，對了。他們從沒見過。「奧麗克絲的孩子中有一些是長羽毛的，」他說，「叫做鳥。我們要去的地方就有，然後你們就明白羽毛的意思了。」

雪人為自己的隨機應變感到驚奇：他優雅地繞著真理跳舞，腳步輕盈，身形靈動。但這也太容易了：他們不加質疑地接受了，他所說的一切。再多說一點——幾天，幾週——他就能看見自己厭倦地尖叫起來。我可以棄他們而不顧，他想。只管離開他們，讓他們獨自生活，他們不關我事。

但他不能那麼做，雖然克雷科人不關他事，他們現在卻是他的責任。他們還能找誰呢？

就此而言，他又還能找誰呢？

雪人提前計畫好路線：克雷科的儲藏室裡有的是地圖。他將把克雷科的孩子帶向海邊，他也從沒去過。那是他所期盼的：他終於可以看到海洋了。他將走上海灘，就像小時候大人講的故事裡的情形。他甚至能去游泳，不算太糟。

克雷科人可以住在植物園附近的公園裡，那一帶在地圖上是綠色的，用樹的圖案標示著。他們在那會覺得像在家一樣，而且還有不少可食用的樹葉。至於他，那兒一定會有魚。他搜集了一些補給品——不能太多，也不能太重，他得全背著——噴槍還裝滿了實彈。

出發前的晚上，他說了一番話。在去那個更美麗的新家路上，他將走在前面，他說，並帶著其中兩個男人。他挑了兩個最高的，之後是婦女和兒童，兩側各有一列男人，其餘的男人殿後。他們這樣做是因為克雷科說過這麼做才是對的（最好避免提及可能會有的危險：那樣太費唇舌了）。如果克雷科人發現有東西在活動——任何東西，不論什麼形狀、什麼形式的——他們要立即告訴他。他們也許會看到一些讓他們無法明白的東西，但不必擔心。如果他們及時告訴他，這些東西便傷害不了他們。

「他們為什麼要傷害我們？」塞加納．特魯斯問道。

「它們可能會誤傷你們，」雪人說，「就好比你們跌在地上時會受傷一樣。」

「可是地並不希望傷害我們。」

「奧麗克絲告訴過我們地是我們的朋友。」

「它為我們生長吃的東西。」

「是的，」雪人說，「但克雷科把地造得很硬，否則我們就不能在上面走路了。」

他們花了一分鐘才弄懂，然後就紛紛點頭。雪人的腦子飛速地轉著；他剛才的解釋缺乏邏輯性，連他自己也弄糊塗了。不過看來這個招數還算奏效。

在晨曦中，他最後一次按大門的密碼，打開圓頂屋，帶領克雷科人走出了天塘。他們注意到躺在地上的克雷科的遺骸，不過由於他們從沒見過活著時的克雷科，便很相信雪人告訴他們的：這是一件不重要的東西——只是一具空殼，一種容器。要是知道他們的創造者落得這般田地，他們會有多麼震驚。

而奧麗克絲呢？她臉朝下，又裹著絲質衣服，誰也認不出她來。

圓頂屋周圍的樹木鬱鬱蔥蔥，一切都看起來完好無損，而當他們來到回春真精園區裡時，毀滅與死亡的跡象便比比皆是。傾覆的高爾夫球車，濕漉漉、字跡模糊的列印文件，機芯都被扯出來的電腦。瓦礫，飄落的破布，被啃過的腐肉。破碎的玩具。禿鷲仍在忙碌著。

「拜託，噢雪人，那是什麼？」

是死屍，不然你們以為是什麼？「那是混沌的一部分，」雪人說，「克雷科和奧麗克絲正在清除混沌，為了你們——因為他們愛你們——不過他們還沒完成。」這個回答似乎讓他們很滿意。

「這混沌挺難聞的。」一個大一點的孩子說。

「是啊，」雪人邊說邊擠出一個他希望是微笑的表情，「混沌總是很難聞。」

離園區正門五個街區的地方，一名男子從一條小路走出，搖搖晃晃地朝他們而來。他正處於疫病的倒數第二階段：前額上滲出帶血的汗。「帶我一起走吧！」他吼道。這些話幾乎難以聽懂。那是動物的嘶叫，一隻被激怒的動物。

「別過來。」雪人喊道。克雷科人驚訝地停下腳步盯著那個人，但看起來並不害怕。那個男子奔過來，絆了一下跌倒了。雪人朝他開槍。他擔心會發生感染——克雷科人會被感染嗎？或者他們有著迴然不同的遺傳物質？克雷科應該已讓他們免疫了，不是嗎？

當他們到達園區外牆時又看見了一個女人。她猛然從門房裡歪歪斜斜地衝出來，哭著抓向一個小孩。

「救救我！」她哀求道，「別把我留在這！」雪人也朝她開槍。

在兩起事件中克雷科人都驚奇地觀望著：他們沒有把雪人那小棍子的聲響與這兩人的癱倒聯繫起來。

「那倒下的是什麼東西，噢雪人？是男人還是女人？他跟你一樣也有多出來的皮膚。」

「什麼都不是，是克雷科做的一場噩夢。」

他們知道夢，他明白這點：他們也做夢。克雷科沒除掉夢。他說過：我們和夢連結得太緊密。他也去不掉唱歌。我們和唱歌連結得也太緊密。唱歌與做夢是糾纏在一塊的。

「為什麼克雷科要做那樣的噩夢？」

「他做了，這樣你們就不用做了。」雪人說。

「他代我們受苦，真讓人難受。」

「我們很難過，我們感謝他。」

「這場噩夢會很快結束嗎？」

「是的，」雪人說。「很快。」最後的這場噩夢跟死裡逃生差不多，那個女人就像隻狂犬。他的手在發抖，他需要喝一杯。

「克雷科醒來噩夢就結束了吧？」

「是的，等他醒來。」

「我們希望他快點醒。」

於是他們一起越過無人地帶，不時停下來吃草或採摘花葉，女人和孩子手拉著手，其中有幾個用清脆的嗓音唱著歌，歌聲像葉片一樣舒張開來。然後他們便穿行在彎彎曲曲的平民區街道裡，像一列歪歪扭扭的遊行隊伍，或是宗教行列進行的周邊人群。下午雷暴雨來臨時，他們就找地方躲避；這很容易，因為門和窗戶都不再有意義。之後，在洗刷一新的空氣中，他們繼續漫步。

沿途一些樓宇還在悶燒，於是又有了很多問題和很多解釋。那裡是什麼煙？是克雷科的東西。那小孩為什麼躺著，沒了眼睛？那是克雷科的意願。類似的問題。

雪人邊走邊杜撰。他明白自己這個牧羊人多麼不稱職。為了讓他們放心，他盡可能表現出莊重、可靠、明智和善良的樣子。長這麼大了他一直都油嘴滑舌，現在可派上用場了。

他們終於走到了公園的邊際。雪人又被迫射殺了兩個正肢離體散的人。他是在幫助他們，因而他並沒有感覺很糟。讓他更難過的是別的事情。

傍晚臨近結束時他們終於到達海岸。樹葉沙沙作響，水波輕輕搖晃，海面反射著落日的光芒，一片粉紅和紅色。沙灘是白色的，已離海岸很遠、浸泡在水裡的塔樓上到處都是鳥。

「這裡多美啊。」

「哦瞧！那些是羽毛嗎？」

「這地方叫什麼？」

「叫家。」雪人說。

14

偶像

雪人將儲藏室洗劫一空，把能帶的都帶走了——風乾和罐裝的食物，手電筒和電池，地圖、火柴及蠟燭，彈匣，防水膠布，兩瓶水，止痛藥，抗生素藥膏，兩件防曬襯衫，以及一把有剪刀的小刀，當然還有噴槍。他撿起拐棍穿過氣密艙的門廊向外走去，同時迴避著克雷科的凝視，克雷科咧著嘴的笑容；還有被裹在絲質蝶形衣衫裡的奧麗克絲。

哦吉米。那不是我。

鳥開始歌唱。黎明前的光線是羽灰色，空氣霧濛；露珠掛在蛛網上。如果還是孩子，他會覺得很新鮮，給人一種古樸神奇的感受。他明白這其實是種幻覺：太陽升起時，一切都將隨即消弭。在空地上走了一半時他停下腳步，回頭最後看了一眼天塘，它像一只失落的氣球，從樹葉之中隆起。

他有一張園區地圖，他已研究並畫出路線。他橫越過一條主幹道，走向高爾夫球場，並平安地通過。他開始感到背包和槍的重壓，便停下來喝了口水。太陽已升起，禿鷲正乘著向上的氣流越飛越高；牠們已發現他，會注意到他的瘸腿，將一直注視著。

他費力穿越一片居住區，接著走過學校操場。在走到園區外牆前，他不得不打死一頭器官豬：牠只是友好地看了看他。但是他確定牠是偵察兵，會告訴其他同夥。走到邊門時他停頓了一下。這裡有座瞭望塔以及通往防禦牆的捷徑；他很想爬上去環顧四周，察看一下他見過的煙柱。然而進門房的通道鎖住了，於是他繼續往外走。

防禦牆外的壕溝裡什麼也沒有。

他穿過無人地帶，一段危險的行程：他不時用眼角的餘光觀察是否有長毛皮動物出沒，擔心草叢的輪廓會發生變化。最後他進了平民區；穿行在狹窄的街道中，提防著埋伏，但他沒有遭到襲擊。只有禿鷹在頭頂盤旋，等著他變成腐屍。

正午前一小時，他爬上一棵樹，把自己掩蓋在樹葉的濃蔭中。他在那裡吃了一罐黃豆仔小香腸，喝掉第一瓶水。一不走路，他的腳便開始發疼：一陣陣有規律的抽痛，摸上去又熱又緊，像是被塞進了小鞋。他在傷口上抹了些抗生素藥膏，卻不抱什麼希望：感染的細菌毫無疑問已經增強了抗藥性，即將展開全面進攻，把他的肌肉變得爛糊。

他仗著有利的樹棲位置，掃視地平線，但沒有看到任何類似煙的東西。樹棲，一個好詞。克雷科以前常說：我們的樹棲祖先待在樹上朝敵人的頭頂拉屎。所有飛機、火箭和炸彈都從該靈長類動物的本能發展而來。

要是我死在這裡，在這棵樹上呢？他尋思。我活該如此嗎？為什麼？誰還會發現我？而發現了又會怎樣？哦看呀，又一個死人。媽的，真是大新聞呀。平常得很，沒什麼了不起。是啊，可這位在樹上呀。那又怎樣，誰在乎？

「我可不是一般的死人！」他嚷道。

當然不是！我們每個人都是獨一無二的！每個死人都有自己特別的死法！現在，誰願意用自己獨特的語言跟大家說說死的樣子？吉米，你好像很想發言，那何不開始說呢？

哦真是折磨。這是在煉獄嗎？如果是的話，為何那麼像是在一年級的時候？

經過兩個小時並不安穩的休息後他繼續向前，午後下雷暴雨時就躲進一間平民區公寓的廢墟裡。

沒有人，死的活的都沒有。然後他一瘸一拐地繼續趕路，加快速度，先往南再折向東，向著海岸進發。

當他踏上雪人魚路時便鬆了口氣。他沒有向左走到他的樹那裡，而是蹣跚著朝村子走去。他很疲倦，很想睡覺，但他得讓克雷科人放下心來——讓他們看到他已平安返回，解釋一下他為什麼離開了這麼久，並把克雷科的訊息帶給他們。

為此他需要扯一些謊話。克雷科長什麼模樣？我看不見他，他藏在叢林裡。燃燒的叢林，幹麼不這麼說呢？對於臉部特徵的描述最好模稜兩可。不過他下達了幾條命令：我每星期要兩條魚——不，要說三條——還有塊根和莓果。也許他還該加上海藻，他們會知道什麼品種好吃。還有螃蟹——不是那種旱蟹，而是其他的。他將令他們把螃蟹蒸熟，每次一打。這些要求應該不算過分。

看過克雷科人後，他收好新帶來的食物並吃掉一些，接著在那棵熟悉的樹上打瞌睡。之後他的精神將煥然一新，他的腦子會更有用，他便可以想想接下來做什麼。

接下來做的事情是為了什麼呢？這太難了。不過假設周圍還有別人，像他這樣的人——弄出煙來的人——他希望跟他們打招呼時自己還能像個樣子。他會去洗一洗。因為這樣他可以冒險到那個水塘裡去泡一泡，再穿上一件他帶來的乾淨的防曬襯衫，也許還可以用那把有小剪刀的刀割掉些鬍鬚。

該死，他忘記拿一面小鏡子了。蠢蛋！

走近村莊時，他聽見一種不同尋常的聲音——一種古怪的低聲吟唱，高亢的和低沉的，男人的和女人的都有——很和諧，分成兩個聲部。這不是唱歌，更像在吟頌。接著是噹噹聲，一連串的乒乒乒的敲擊，低沉的隆隆聲。他們在幹什麼？不管是什麼，他們以前沒有這樣。

這裡是分界線，用尿澆出的臭味，看不見的化學牆，由男人們每天更新一遍。他跨過去，小心向前挪，躲在灌木叢後面窺探著。看見他們了。他迅速點了一下人頭——孩子們大都在場，大人只少了五個——肯定是有個五人組合正在林子裡交配。他們坐成半圓形圍著一個面貌怪誕的人像，像稻草人似的雕刻品。他們的注意力全部集中在那上面：當他從灌木叢後轉出來，一瘸一拐走向前時他們起先竟沒注意到。

歐——女人們低吟道。

蒙。男人們頌道。

那是在說阿門嗎？一定不是！克雷科的預防措施杜絕了這種可能，他堅決要讓這些人保持純潔，完全免受那種東西的玷污。而他們也不是從雪人學來的。這不可能。

叮噹。乒——乓——乒——乓。轟轟。歐蒙。

他現在看到了那組打擊樂器的演奏者。樂器包括汽車引擎蓋和一根金屬棒——能敲擊聲音——以及一串懸在樹枝上的空瓶，是用一把大湯匙來演奏。發出轟轟聲的是個油桶，由一根看起來像擀麵棍的東西敲打著。他們從哪找到這些？海灘上，毫無疑問。他覺得彷彿又看見很久以前自己上托兒所時參加的節奏樂隊，只是現在和他在一起的是這麼高大的綠眼睛孩子。

那是什麼——那雕像，或是稻草人，究竟是什麼？它有顆頭，有用破布做的軀體。類似於臉的臉部——一隻以卵石做的眼睛，還有一隻黑的，像是用瓶蓋充當。下頷上黏著一個細繩做的舊拖把。

現在他們看見他了。他們爭著爬起來向他問好，圍住他。所有人都快樂地笑著，孩子們歡呼雀躍，有幾個女人激動地拍著手。這比他們通常的表現衝動許多。

「雪人！雪人！」他們用手指尖輕輕地觸摸他。「你又跟我們在一起了！」

「我們知道我們可以呼喚你，而你也聽得見並回來找我們。」

這麼說念叨的不是阿門了。是雪人。

「我們做了你的像，來幫助我們把叫你的聲音傳出去。」

要提防藝術，克雷科曾說。一旦他們從事了藝術，我們就有麻煩。在克雷科看來，任何種類的符號思維都顯示著墮落。下一步他們就會發明出偶像、葬禮、陪葬品，以及來生，以及罪過，以及B類線形文字（譯註：西元前十五至十二世紀，希臘克里特島的克諾索斯人用代表音節的線形符號書寫的文字），以及國王，接著便有奴隸制和戰爭。雪人很想問問他們——是誰先想出這個主意，用瓶蓋和拖把弄出他雪人有模有樣的複製品？這還是等等再問吧。

「瞧呀！雪人身上長花了！」（是孩子們喊的，他們注意到了他的新印花紗龍。）

「我們身上也能長花嗎？」

「你的上天旅行是不是很艱難？」

「也要花！也要花！」

「克雷科要給我們什麼訊息？」

「為什麼你們覺得我是到天上了？」雪人問，他讓自己的語氣盡量不帶感情。他在腦子裡翻著自己編造的那些傳奇故事的檔案。他什麼時候提過天？他講過關於克雷科從何而來的寓言嗎？對了，現在他記起來了。他曾把雷與電作為克雷科的象徵。很自然他們會據此推斷克雷科一定是重上九霄了。

「我們知道克雷科住在天上。我們也曾看過那種旋風——它走的方向就是你走的方向。」

「是克雷科用風幫助你從地上升起。」

「現在你也上過天了，你差不多就和克雷科一樣了。」

最好別反駁他們，但他不能再讓他們繼續相信他會飛；遲早他們會想讓他露一手。「旋風這麼颳是為了能讓克雷科從天上下來，」他說。「他造出風是為了把自己從上面吹到下面。他決定不待在上面，因為在那裡的太陽熱極啦。所以我不是在那裡看見他的。」

「他在哪？」

「他在圓頂屋裡，」雪人說，這可是實話，「我們就是從那裡來的。他在天塘。」

「我們去那裡見他吧，」一個大一點兒的孩子說，「我們知道怎麼去，我們記得。」

「你們不能見他，」雪人說，語氣聽來有點太嚴厲，「你們認不出他的，他把自己變成了一棵植物。」這話的出處何在？他很累，想不起來了。

「為什麼克雷科要變成食物呢？」亞伯拉罕．林肯問。

「不是你們能吃的植物，」雪人說，「更像棵樹。」

出現了幾張茫然的臉孔。「他和你說過話的。他要是一棵樹，怎麼和你說話呢？」

這解釋起來可就困難了。他犯了一個敘事錯誤。他感到自己在樓梯的頂端失去了平衡。他手忙腳亂地想抓住什麼。「是棵長嘴巴的樹。」他說。

「樹是沒有長嘴的。」有個孩子說。

「可是你們看，」一個女人說——是居里夫人，薩卡加維亞？「雪人腳受傷了。」這些女人總能感覺到他的不安，她們想換個話題來緩解他的窘迫。「我們應該幫助他。」

「我們抓條魚給他吧。你現在想要一條魚嗎，雪人？我們去求奧麗克絲給我們一條魚，讓牠為你而死。」

「那好。」他如釋重負地說。

「奧麗克絲希望你身體健康。」

很快地，他便躺在地上，他們則對他呼嚕呼嚕地叫著。痛楚減輕了，不過雖然他們十分賣力，那腫起的部分不會因此消退。

「傷得一定不輕。」

「得再加把勁。」

「我們過會兒再試試。」

他們送來魚，魚已煮熟了，包在葉子裡。他們興高采烈地看著他吃。他並不算餓——是因為發燒——但他努力吃著，因為他不想讓他們害怕。

孩子們已經在破壞他們製作的他的雕像，分解成幾個部分，並準備把它們放回海灘上。這是奧麗克絲的教導，女人們告訴他：用過一件東西後應該把它送回到原來的地方。雪人的像已經發揮作用：既然真雪人已重回到他們身邊，就沒有理由留著另一個，那個替代品。看到孩子們的手上原本是自己鬍鬚、腦袋的部分，被七零八落地帶走了，雪人感到怪怪的。彷彿他自己已分崩離析，散落一地。

布道

「有幾個跟你一樣的人來過這裡。」亞伯拉罕．林肯在雪人努力吃完魚後說。他向後靠著樹幹躺著；他的腳現在只有輕微刺痛，像是睡著了；他覺得昏昏欲睡。

雪人驚醒過來。「跟我一樣的？」

「和你一樣有另一層皮膚的，」拿破崙說，「其中有一個臉上還有羽毛，和你一樣。」

「還有一個也有羽毛，但不是長長的羽毛。」

「我們想他們是克雷科派來的，和你一樣。」

「有一個是女的。」

「她一定是奧麗克絲派來的。」

「她聞起來有藍色的氣味。」

「我們沒看見藍色，因為她還有一層皮膚。」

「她聞起來有很重的藍色氣味，男人們就開始對著她唱歌。」

「我們向她獻花，還用陰莖招呼她，她並沒有愉快地回應我們。」

「那些多了層皮膚的男人看起來也不高興，他們顯得很生氣。」

「我們走過去問候他們，但他們跑了。」

雪人能想像。這些平靜異常、肌肉發達的男人齊一地走上前，唱著他們稀奇古怪的歌曲，綠眼睛發著光，藍色的生殖器整齊畫一地左右搖晃，雙手向外伸展得像殭屍電影裡的臨時演員。這情景怎不會讓人膽寒呢？

雪人現在心跳得很快，因為興奮或害怕，或是兩樣兼有。「他們有沒有拿著什麼？」

「有一個拿著會響的棍子，和你的那根一樣。」雪人的噴槍已收起來了。他們一定還記得以前走出天塘時雪人拿的那把。「但他們沒用它發出聲響。」克雷科的孩子說這些時一副若無其事的樣子，他們不知其中的含義，就如同在談一窩兔子般。

「他們什麼時候來的？」

「哦，前一天，好像是。」

要他們準確講出任何已發生過的事都是徒勞：他們不計算天數。「他們去哪了？」

「他們去那裡，順著海灘走。他們為什麼要從我們這兒跑開，噢雪人？」

「也許他們聽見克雷科了，」薩卡加維亞說，「也許他正叫他們呢。他們的手臂也戴著亮閃閃的東西，和你一樣。用來聽克雷科說話的東西。」

「我會問他們的，」雪人說，「我會去和他們談談，明天就去，現在我要睡覺了。」他費力地站起來，疼得直皺眉。那隻腳仍然不能讓承受太多重量。

「我們也去。」幾個男的說。

「不，」雪人說，「我認為那不是個好主意。」

「但你還沒好呢，」約瑟芬皇后說，「你需要更多的呼嚕呼嚕。」她顯得很憂慮：眉頭在兩眼之間微微蹙起。這在她們完美、沒有皺紋的臉龐上是很少見的。

雪人讓步了，於是一個新的呼嚕的團隊——這回是三男一女，他們一定認為得下猛藥——守在他的腿邊。他試著去感知體內有無相對應的振動，心裡納悶——不是第一次——這種方法是否只適用於他們。那些沒有呼嚕的人則關切地注視著他們的操作；有的低聲交談，過了約半小時後又換了新的團隊。

他無法在這種聲音中放鬆，雖然他知道應該如此。因為他在心裡預演著未來的事情，他禁不住要這樣。他的大腦在高速運轉；在他半閉的眼睛後面各種可能性在閃現、碰撞。也許一切都平安無事，也許那三個陌生人是好心腸的人，理智而熱情；也許他能在適當的時機成功地把克雷科人介紹給他們。另一方面，這些初來乍到的人很容易把克雷科的孩子視為怪物，或是野蠻人，或覺得他們根本不是人，構成很大的威脅。

過去歷史中的圖像一幅幅在他腦海裡掠過，「血與玫瑰」的遊戲補充說明：成吉思汗刀下堆積如山的頭骨，從達考運來的一堆堆鞋子和眼鏡，盧安達塞滿屍體的教堂和熊熊大火，十字軍對耶路撒冷的洗劫。阿拉瓦克印地安人用花環和水果迎接哥倫布，笑顏逐開，卻不知自己即將被屠殺，或被綁在床底下，他們的女人則在床上遭到姦污。

為什麼要朝最壞處想呢？也許這些人只是被嚇跑了，也許他們將會搬到別的地方，也許他們已病入膏肓。

或許都不是。

在去偵察前，在為完成一項——他現在明白了——使命而出發前，他得向克雷科人講一番話。像是一次布道，頒布幾條戒律。那是克雷科對他們的臨行囑託。只是他們並不需要戒律，汝等不可之類的話對他們起不了作用，或者說他們甚至不能理解，因為這些都是與生俱來的。告訴他們不准撒謊、偷竊、通姦、貪財都是毫無意義的。他們不會理解這些概念。

雖然如此他還是得說點什麼，留幾句他們能記住的話。最好是一些實用的建議，他應該說也許不會回來了，他應該說那些人，那些長了另一層皮膚和羽毛的，並非從克雷科那裡來。他應該說得把那根會響的棍子從他們那裡拿走並扔進海裡。他應該說如果這些人變得殘暴——噢雪人，拜託，什麼叫殘暴？——或者如果他們企圖強姦（什麼是強姦？）婦女，或殘害（什麼？）兒童，或者如果他們企圖強迫別人為自己工作……

沒希望，沒希望的。什麼叫工作？工作就是你在建造東西——什麼是建造？——或種植東西——什麼是種植？——因為如果你不做就會有人來打你殺你，如果你做了就會有人給你錢。

什麼是錢？

不，這些他都不能說。克雷科將會看著你們，奧麗克絲愛你們。他準備這麼說。

接下來他閉上眼睛，感到自己正被輕輕抬起，搬到了另一處，又被抬起，又被搬走，被人抱著。

15

腳印

雪人在天亮前醒來，他靜靜地躺著，傾聽潮汐湧向岸邊。一波接一波地拍打著各種障礙物，呼啦嘩啦，呼啦嘩啦，像是心跳的節奏。他寧願自己仍在睡夢中。

東邊的地平線上有一團灰霧，被一道刺眼的玫瑰色光芒照耀，奇怪的是色澤仍然那麼柔和。他癡迷地凝視著，沒有別的詞可以形容。*癡迷*。心被攫住，被抓走，彷彿成了某種大型猛禽的獵物。在這一切發生後，世界如何還能這麼美麗？因為它的確是美的。從泡在海水裡的塔樓上傳來鳥類的叫喊，這聲音沒有絲毫像人類的地方。

他做了幾次深呼吸，掃視一圈樹下的地面，看看有無野獸出沒，然後爬下樹，讓健康的腳先著地。他檢查了一下帽子襯裡，揮掉一隻螞蟻。一隻單獨的螞蟻能夠被視為生物嗎？從字面上的意義來說，或只有放在螞蟻堆時才能彰顯其意義？克雷科說過的一個老問題。

他一跛一跛地穿過沙灘走向水邊，洗了洗那隻腳，感受到鹽的刺激：一定有膿包，在一夜之間長出來，傷口現在摸上去很大。蒼蠅圍著他嗡嗡地飛，伺機落在他身上。

然後他跛著腳退回到樹蔭，解下印花床單，掛在樹枝上：他不希望有礙行動。他什麼也不穿，只戴了棒球帽用以遮陽。他也摘掉太陽眼鏡：時間還早仍用不著。他需要對周圍的動靜明察秋毫。

他對準蚱蜢撒尿，帶著懷舊的情緒看著牠們呼呼地飛走了。他的這些日常活動已經開始進入過去，彷彿透過火車車窗目送一個情人，後者則揮手惜別，且無可挽回地被拽向時間與空間的後面，那麼飛快。

他向儲物箱走去，打開箱子喝了些水。他的腳痛得要命，傷口周圍又開始泛紅，腳踝也腫了起來。不管這病菌是什麼，它已克服了天塘的雞尾酒藥以及克雷科人的治療。他抹了些抗生素藥膏，就和泥巴一樣沒用。所幸他還有阿司匹靈，可以緩解疼痛。他吞下四顆，嚼了半根勁力棒以補充能量。然後他取出噴槍，檢查了一下。

他準備得並不好。他在生病，他害怕。

他可以選擇靜觀其變。

哦，親愛的。你是我唯一的希望了。

他沿著沙灘向北走，用拐杖支撐著身體，盡可能走在樹蔭裡。天空正越發亮，他得趕快。他現在能看見煙了，細細的一縷向上升去。他得花約半個小時走到那裡。他們並不知道他，那些人；他們知道克雷科人而不知道他，沒想到他會來。這是他最好的機會。

他跛著腳走過一棵又一棵樹，身形蒼白而捉摸不定，就像是謠言。他尋找著他的同類。

這裡有一處人類的腳印，在沙地裡，接著又有一個。腳印的邊緣並不清晰，因為這裡的沙很乾燥，但絕無可能錯認。現在能看到一長串了，直通海裡。幾種大小不同的腳印，在沙子變得潮濕的地方他可以更清楚地辨認出。這些人當時在幹什麼？游泳、捕魚？洗澡？

他們穿著鞋子，或是涼鞋。他們在這脫鞋又穿上。他用那隻好腳使勁踏進濕沙裡，與那個最大的腳印並列：算是一種簽名。他一把腳拿開，印子裡便注滿水。

他能聞到煙味，聽見說話聲了。他躡手躡腳地向前走，好像走進一間空盪盪的屋子，而房間裡也許還有人。假如他們看見他呢？一個毛茸茸的裸體瘋子，除棒球帽和噴槍外一絲不掛。他們會怎麼做？尖叫並逃跑？進攻？懷著喜悅和手足情向他敞開胸懷？

他透過樹葉織成的屏障向外窺視：只有三個人，圍坐在火邊。他們有一支噴槍，公司安全衛隊常備的特種槍，但放在地上。他們很瘦，顯得狼狽不堪。兩個男人，一個棕色，一個白的，一個茶色的女人，男人穿卡其布薄襯衫，是制服但已非常骯髒，女人穿著某種制服的殘餘部分——護士、警衛？過去一定很有姿色，在失去那麼多體重前；現在她骨瘦如柴，頭髮曬得乾枯如稻草做的掃帚。三人看上去都很衰弱。

他們在烤著什麼——某種肉食。浣鼬？沒錯，尾巴在那，在對面的地上。他們一定開槍打死牠。可憐的動物。

雪人很久沒聞過烤肉味。這是他的眼睛在流淚的原因嗎？

他在顫抖。他又開始發燒了。

下一步怎麼辦？把床單綁在棍子上做成白旗走上前去？*我不是來打架的。*但他沒帶床單。

或者，*我可以給你們看好多金銀財寶。*可是不行，他拿不出東西跟他們交換，他們也一樣。除了自己，他們一無所有。他們會聽他說，聽他的故事，他可以聽他們的。至少他們會理解他的經歷。

或者，*在我把你們轟爆之前，快從我的地盤上滾走。*就像老一套的西部片裡那樣。*舉起手，向後退，噴槍留下。*然而不會就此了事。他們有三個而他只有一人。他們會以牙還牙：他們會溜走，他們會潛伏起來，會暗中監視。他們會趁黑接近他，用石塊砸他腦袋。他永遠也不知道他們何時會來。

他可以現在就結束他們，在他們看見他之前，趁他還有力氣的時候。趁他還能站起來的時候。他的腳就像流動的火。然而他們還沒有做什麼壞事，還沒有加害於他。他該冷酷無情地殺了他們嗎？他有能力嗎？如果他開始殺他們又住了手，他們中的一個就會先殺了他。這很自然。

「你要我怎麼做？」他喃喃地對著空中低語。

要知道答案很難。

噢吉米，你那時真有趣。

別讓我失望。

他習慣性地抬手看錶，它顯示著空洞的面孔。

零時，雪人想。該走了。

致謝

感謝吳爾芙（Virginia Woolf）的著作權代表英國作家協會（Society of Authors）惠允我引用《燈塔行》（*To the Lighthouse*）；感謝安娜・卡森（Anna Carson）惠允我引用《丈夫之美》（*The Beauty of the Husband*）；感謝卡德爾出版社（John Calder Publications）惠允我從貝克特（Samuel Beckett）的小說《梅西耶與卡米耶》（*Mercier and Camier*）引用八個字。我其他的引述和釋義引述，全部清單也許可以在oryxandcrake.com網站找到。第九章提到的歌曲〈冬日奇景〉（Winter Wonderland）為貝爾納德（Felix Bernard）和史密斯（Richard B. Smith）所作，版權屬於華納兄弟公司所有。

「亞曼達・佩因」（Amanda Payne）這個名字是拍賣得標人大方提供的，「關懷受虐者醫療基金會」（Medical Foundation for the Care of Victims of Torture）也因此而籌募到所需的經費。鸚鵡艾力克斯（Alex）是佩珀伯格博士（Irene Pepperberg）研究動物智力計畫的參與者，也是很多書籍、文件和網站的主角。我也要感謝鸚鵡圖措（Tuco）和鸚鵡列基（Rieki），前者跟杜本林（Shron Doobenen）與伯列特（Brian Brett）同住，後者跟露絲・愛特伍（Ruth Atwood）與西費德（Ralph Sifred）同住。

本書更深的源頭是我多年來隨意瀏覽的許多雜誌、報紙報導和科學作家非虛構類的作品。一張完整的清單可以在oryxandcrake.com網站找到。我要感激的人還有：莫索普博士夫婦（Dr. Dave and Grace Mossop）；加拿大育空（Yukon）的巴里切羅夫婦（Norman and Barbara Barricello）；澳洲「戴維森阿恩涵地之旅」（Davidson's Arnheiml and Safaris）的戴維森（Max Davidson）及其團隊；我兄弟神經生理學家哈洛・愛特伍博士（Dr. Harold Atwood），他對未出生老鼠性激素及其他奧秘的研究讓我獲益良多；古巴生物學家西爾瓦（Gilberto Silva）和加里多（Orlando Garrido）；「冒險加拿大」（Adventure Canada）的斯旺（Matthew Swan）及其團隊，本書的其中一部分就是寫成於與他們一道從事的北極之旅；一九三九年至四五年期間在實驗室工作的那批小夥子。最後我要感激的是澳洲昆士蘭「食火雞之家」的葛雷葛利夫婦（Philip and Sue Gregory），在二〇〇二年三月，從他們家的陽台，我可以看得到那種珍貴的鳥類：紅頸秧雞。

我還要感謝睿智的初稿讀者 Sarah Cooper、Matthew Poulikakis、Jess Atwood Gibson、Ron Bernstein、Maya Mavjee、Louise Dennys、Steve Rubin、Arnulf Conradi、Rosalie Abella；致我的經紀人拉摩爾（Phoebe Larmore）、舒師特（Vivienne Schuster）和麥凱（Diana Mackay）；致我的編輯，加拿大麥克里蘭與史都華出版社（McClelland & Stewart）的史萊曼（Ellen Seligman）、美國雙日出版社（Doubleday）的泰勒斯（Nan Talese），和英國布魯貝瑞出版社（Bloomsbury）的卡德勒（Liz Calder）；以及我勇敢的文字編輯桑斯特（Heather Sangster）。還要感謝我辛勤工作的助手奧絲蒂（Jennifer Osti），以及研究不祥預兆的棕色剪報箱的保管人芭達查理雅（Surya Bhattacharya）。還有 Arthur Gelgoot、Michael Bradley、Pat Williamsand；以及 Eileen Allen、Melinda Dabaay、Rose Tornato。最後，感謝格雷姆・吉布森（Graeme Gibson），我三十年的夥伴、專注的自然觀察者、加拿大安大略省皮利島鳥類競賽的熱心參與者，他了解我的痴迷。

劍羚與秧雞
附新版作者序
ORYX AND CRAKE

作　　者　瑪格麗特·愛特伍 Margaret Atwood
譯　　者　韋清琦、袁霞
封面設計　莊謹銘
文字校對　李鳳珠
內頁排版　高巧怡
行銷企劃　林瑀、陳慧敏
行銷統籌　駱漢琦
業務發行　邱紹溢
營運顧問　郭其彬
責任編輯　柳淑惠
總 編 輯　李亞南
出　　版　漫遊者文化事業股份有限公司
地　　址　台北市松山區復興北路331號4樓
電　　話　(02) 2715-2022
傳　　真　(02) 2715-2021
服務信箱　service@azothbooks.com
網路書店　www.azothbooks.com
臉　　書　www.facebook.com/azothbooks.read
營運統籌　大雁文化事業股份有限公司
地　　址　台北市松山區復興北路333號11樓之4
劃撥帳號　50022001
戶　　名　漫遊者文化事業股份有限公司
初版一刷　2022年7月
定　　價　台幣450元

ISBN　978-986-489-662-2

國家圖書館出版品預行編目 (CIP) 資料

劍羚與秧雞/ 瑪格麗特. 愛特伍(Margaret Atwood) 著 ; 韋清琦, 袁霞譯. -- 初版. -- 臺北市 : 漫遊者文化事業股份有限公司出版 : 大雁文化事業股份有限公司發行, 2022.07
面； 公分
譯自 : Oryx and crake
ISBN 978-986-489-662-2(平裝)
885.357　　111009365